KNAUR

Über die Autorin:
Hanna Kuhlmann, Jahrgang 1992, war schon immer eine leidenschaftliche Verfasserin von Geschichten, egal ob als Gedicht, Kurzgeschichte oder Roman. Schon in jungen Jahren ging sie dieser Faszination nach und studierte später Germanistik und Buchwissenschaft. Neben dem Buch ist der Film ihre größte Leidenschaft.

HANNA KUHLMANN

NACHT *der* DIEBE

ROMAN

KNAUR

Besuchen Sie uns im Internet:
www.knaur.de
Facebook: https://www.facebook.com/KnaurFantasy/
Instagram: @KnaurFantasy

FSC
www.fsc.org
MIX
Papier aus verantwortungsvollen Quellen
FSC® C083411

Originalausgabe März 2018
Knaur Taschenbuch

Ein Imprint der Verlagsgruppe
Droemer Knaur GmbH & Co. KG, München

Redaktion: Sandra Lode
Covergestaltung: Guter Punkt, München
Coverabbildung: Josu Hernaiz
Satz: Adobe InDesign im Verlag
Druck und Bindung: CPI books GmbH, Leck
ISBN 978-3-426-52121-2

2 4 5 3 1

DER SCHWARZGEWANDETE

Ich machte mich auf den Weg, als die ersten Dämmerdrachen flogen. Vor mir lag Vesontonio, majestätisch wie ein König, aufdringlich wie eine Hure. Eine stinkende, übermüdete Hure, die ihre besten Tage schon lange hinter sich hatte, denn hier in den Elendsvierteln bekam man selten das, was einem zustand.

In der hereinbrechenden Dunkelheit kroch das Gesindel aus seinen Löchern, lauerte in dunklen Gassen, versammelte sich an Kreuzungen und lungerte in den Hinterhöfen herum. Die Nacht war noch zu jung, um sie als gefährlich zu bezeichnen. Aber hier am unteren Ende der Gesellschaft war es sowieso nie wirklich sicher.

Weil ich mir keine Schuhe leisten konnte, lief ich barfuß und achtete darauf, nicht in irgendwelche Scherben oder Splitter zu treten. Gerade heute wollte ich es nicht darauf ankommen lassen, und auf den Schmerz konnte ich auch getrost verzichten. Zwar heilten meine Wunden schneller, wenn ich in meine Substanz griff, aber heute Nacht brauchte ich jede einzelne Essenz daraus, um erfolgreich zu sein. Viel mehr Versuche würde Askani mir nicht geben.

Ich ließ die rauen Straßen, die ungehobelten Menschen und vor allen Dingen den Gestank mehr und mehr hinter mir, je näher ich dem Königsviertel kam. Die Fassaden wurden sauberer, die Häuser weniger baufällig und die Straßen so blitzblank, dass ich mich fast schon schämte, meine Schmutzfüße darauf zu setzen. Fast.

Auf dem Windweg in der Nähe des Tempels sah ich aus der Entfernung die ersten Wachen. Sie begleiteten die Anzünder, die entlang der Hauptstraße die Laternen zum Leuchten brachten. Das war für mich das Zeichen, eine Etage höher weiterzumarschieren.

Ich bog in eine Seitenstraße und vergewisserte mich, dass ich unbeobachtet war, bevor ich in meine Substanz tauchte.

Sofort wurde die Welt unendlich viel klarer. Meine Sinne schärften sich, und ich spürte in meiner unmittelbaren Umgebung jede Pfütze, jeden Stein und jeden Splitter. Ich nahm den Dreck auf meinen Füßen wahr, den rauen Stoff meines Mantels, das leise Fiepen der Mäuse in einer Hauswand hinter mir. Mein Atem kam mir wie eine Sturmböe vor, verräterisch laut in dieser Welt der Stille.

Ich wartete einige Momente, bis ich mich an den Energiestrom gewöhnt hatte, der durch meinen Körper floss, und zog dann ein paar Essenzen aus meiner Substanz, die ich in meine Füße leitete und dort verdichtete. Vorsichtig setzte ich einen Fuß an die Mauer vor mir und belastete ihn kurz, um zu prüfen, ob er standhielt. Tat er. Dann setzte ich den zweiten Fuß daneben und stand nun waagerecht an der Wand, darum bemüht, das Gleichgewicht zu halten.

Sobald ich mein ganzes Gewicht dagegenstemmte, spürte ich den sanften Sog meiner Substanz, die die Energie verbrauchte. Ich verringerte sie etwas und hielt mich dafür mit den Händen an der Mauer fest, damit ich nicht abrutschte, als meine Magie etwas nachließ. Ich sollte mich nicht jetzt schon zu sehr verausgaben, ich wusste schließlich nicht, was im Laufe dieser Nacht noch alles geschehen würde, und wollte gut vorbereitet sein.

Angespannt fing ich an zu klettern und verscheuchte nebenbei ein paar Staubdrachen, die mich angifteten, weil ich ihre Nester als Trittstufe benutzte. Hier waren sie nicht so zahlreich wie in den Elendsvierteln, denn die Edelmänner hatten gerne saubere Fassaden. Als wäre ein tadelloses Äußeres gleichbedeutend mit einem reinen Inneren.

Oben angekommen, zog ich mich leicht keuchend auf das Flachdach. Vesontonios Lichtermeer erwachte langsam unter mir zum Leben, und ich ließ mir ein paar Minuten Zeit, um zur Ruhe zu kommen und mein Vorhaben noch einmal zu überdenken. Noch war es nicht zu spät, noch konnte ich umkehren. Schließlich war ein Einbruch ins Rathaus, um die Insignien des Bürgermeisters zu stehlen, ziemlich schwierig und für jemanden von meinem Stand ohnehin reiner Selbstmord, da ich keine höhere Magie beherrschte. Aber Askani wollte nun einmal die Insignien als Beweis meiner Eignung für die Aufnahme in die Diebesgilde. Dieser Mistkerl wusste ganz genau, wie schwierig es selbst für einen gut ausgebildeten und erfahrenen Dieb war, in das Haus eines Staatsbeamten einzudringen, weswegen er mir mit Vorliebe Aufträge erteilte, die ich kaum oder gar nicht bewältigen konnte. Insgeheim hoffte ich ja, eine seiner Huren würde ihm im Schlaf die Kehle aufschlitzen, dann wäre die Welt besser dran, aber das traute sich ja niemand. Zu mächtig war der Schwarze Drache, um einfach so in der *Nacht* zu verschwinden.

Ich atmete tief ein und konzentrierte einige Essenzen in meinen Beinen, bevor ich Anlauf nahm. Kurz vor der Dachkante ließ ich meine Magie frei und sprang über die breite Hauptstraße aufs nächste Dach, das ein Stockwerk über mir lag. Ich spürte nur ein leichtes Pochen in den Knien, als ich aufkam. Zu viel Energie durchströmte meinen Körper, als dass ich ernsthaft Schaden nehmen, geschweige denn wirklichen Schmerz empfinden konnte. Ohne an Schwung zu verlieren, lief ich weiter und nahm die Fassade des nächsten Gebäudes ins Visier. Mein zerschlissener Mantel flatterte hinter mir her.

Immer wieder warf ich prüfende Blicke nach unten. Je näher ich dem Stadtzentrum kam, desto öfter musste ich in Deckung gehen, wenn neugierige und aufmerksame Augenpaare nach oben sahen. Es war nun beinahe völlig dunkel, und als ich mich schließlich auf einem Dach gegenüber dem Rathaus hinter einem First versteckte, um von den patrouillierenden Stahlmännern nicht entdeckt zu werden, nahte der gefährlichere Teil meines Plans.

Diese Art von Magie war mir nicht vertraut, und es war gefährlich, höhere Zauberei zu wirken, ohne den dazu nötigen Spruch oder die Kenntnisse zu besitzen. Ich hatte schon viele Schattenmagier und Assassinen gesehen, die sich in einen Mantel aus Finsternis hüllten, um eins zu werden mit der Nacht. Allzu schwer hatte das nie ausgesehen. Aber wenn ich nicht als Krüppel oder Häufchen Asche im Wind enden wollte, durfte ich mich nicht verkalkulieren.

Wieder griff ich in meine Substanz, tiefer diesmal, und zog mehrere starke Essenzen daraus hervor, die ich um meinen Körper zu legen versuchte wie ein gut sitzendes Hemd. Einige Augenblicke vergingen, ohne dass etwas passierte, und ich merkte, wie sich die Magie wirkungslos verflüchtigte. In Gedanken fluchte ich heftig. Mit diesem dummen Versuch hatte ich wertvolle Energie verschwendet.

Beim nächsten Mal zog ich nicht allzu viele Essenzen, konzentrierte mich aber stärker auf die Dunkelheit um mich herum, versuchte, mich den Schatten anzupassen, ein Teil von ihnen zu werden. Dieses Mal hielt ich die Essenzen, als ich sie um meinen Körper wickelte, und versuchte durch pure Willenskraft, ihnen die Farbe der Nacht zu verleihen.

Es klappte, wenn auch nicht so wie erhofft. Ein grauer Schleier legte sich vor meine Augen, sodass ich selbst mit meinen geschärften Sinnen nicht mehr so viel erkennen konnte wie zuvor. Außerdem floss mir die Magie wie Wasser durch die Finger. Sie gehorchte meinen Befehlen nur widerwillig, als hätte ich sie in falsche Bahnen gelenkt. Sollte sie mir entgleiten, konnte das gefährlich werden. Brandgefährlich. Ich musste mich beeilen.

Schnell trat ich aus meiner Deckung und lief geradewegs auf das Rathaus zu. Unten auf der Straße schritten die Stahlmänner auf und ab, einer von ihnen müsste nur für einen Moment nach oben schauen, um mich hell erleuchtet im Licht der Straßenlaternen zu erkennen. Ich setzte auf zwei

Karten: darauf, dass niemand von diesen muskelbepackten Trotteln schlau genug war, die Umgebung auch von oben zu sichern, und darauf, dass mein Mantel aus Schatten mir lange genug Deckung geben würde, bis ich mich an der Fassade festhalten konnte und einen Weg hineingefunden hatte.

Der Aufprall war unkoordiniert und für meine Verhältnisse fast schon beschämend tollpatschig. Den Großteil meiner Aufmerksamkeit hatte ich der kräftezehrenden Schattenmagie gewidmet und dabei nicht genug Energie in meine Füße umgeleitet, sodass ich bei der Berührung der Wand nicht wie sonst daran haften blieb, sondern mehrere Meter nach unten rutschte, bevor ich mich wieder fing und stärker darauf konzentrierte.

Mit zitternden Muskeln klebte ich an der Mauer und wartete mit zusammengekniffenen Augen auf die Rufe der Stahlmänner, die lauthals Alarm schlugen. Doch es blieb ruhig, was mir bestätigte, dass diese Idioten sogar noch dümmer waren, als ich angenommen hatte. Mein Schattenmantel war noch intakt, aber nicht mehr lange, denn mit Schaudern bemerkte ich, dass ich bereits über die Hälfte meiner Kräfte verbraucht hatte. Wenn ich noch genug Energie für den Rückzug haben wollte, sollte ich schnellstmöglich in das Gebäude gelangen, den Auftrag erledigen und dann das Weite suchen. Ich war nicht erpicht darauf, die Rote Festung von innen zu sehen.

Wie ein Staubdrache kletterte ich an der Mauer entlang, prüfte jedes Fenster, aber alle waren mit einem Wachzauber versehen, der losging, sobald man versuchte, es gewaltsam zu öffnen. Also versuchte ich das erst gar nicht.

Die traditionellen Einbruchsmethoden wurden von Magiekundigen immer weniger geschätzt, schließlich konnte man mit einem guten Zauber sogar Dinge transportieren, ohne sich vom Fleck zu rühren. Die Tatsache, dass man an die hohen Fenster des Rathauses ohne Magie nicht unbemerkt herankam, hatte die Erbauer des Gebäudes offenbar in der

Ansicht bestärkt, ein zusätzlicher Schutz vor Einbrechern, wie zum Beispiel Vorhängeschlösser, wäre unnötig, wenn ein gut platzierter Zauber ebenso wirkungsvoll war.

Ja, die Fenster hatten alle Schlösser, aber so erbärmliche, dass sich jeder Dieb ins Fäustchen lachen würde, wenn er diese Sicherheitsvorkehrungen an einem Haus in den Elendsvierteln oder sogar in der *Nacht* zu Gesicht bekäme. Es dauerte nicht mal eine Minute, da hatte ich ein Fenster geöffnet, ohne den Zauber auszulösen.

Ich ließ mich nach innen fallen und rollte mich auf dem Teppichboden ab, während ich hinter mir das Fenster wieder zuzog. Prüfend sah ich mich um und entledigte mich sofort meines Schattenmantels, als ich sicher war, dass mich niemand beobachtete.

Ich atmete schwer, versuchte aber, so leise wie möglich zu sein, um kein Risiko einzugehen. Es blieb so ruhig wie das Wellenmeer im Sommer. Waren denn im Gebäude selbst keine Wachen postiert? Das war ja wirklich armselig. Und deswegen hatte ich mir so viele Gedanken gemacht?

Nicht übermütig werden, ermahnte ich mich. Wer wusste schon, was in dieser Nacht noch alles passieren würde, und ich hatte keine Ahnung, ob ich genauso unbehelligt wieder hinausgelangen konnte, wie ich hineingelangt war. Vielleicht täuschte ich mich ja und war in eine Falle getappt …

Sobald sich mein rasender Puls wieder einigermaßen beruhigt hatte, setzte ich mich auf und schlich geduckt durch den langen Gang. Meine Glieder waren schwer wie Blei, und es hatte selten einen Zeitpunkt in meinem Leben gegeben, an dem ich so müde gewesen war. Es kostete mich große Überwindung und Anstrengung, durch die düsteren Gänge zu laufen und dabei nicht die Orientierung zu verlieren. Die Dunkelheit war beinahe allumfassend, und hätte ich nicht in meine Substanz gegriffen, wäre ich so blind wie ein neugeborenes Kätzchen gewesen. Und genauso hilflos.

Ich vermutete das Amtszimmer des Bürgermeisters ganz oben im Gebäude, diese Edelmänner waren ja so leicht zu durchschauen. Dass ich die Treppe und das oberste Stockwerk erreichte, ohne dass jemand Alarm schlug, machte mich misstrauisch. Konnte es wirklich so einfach sein? Ich traute dem Frieden nicht.

Die Tür zum Amtszimmer stand offen, und sofort zog ich mehrere Essenzen aus meiner Substanz, um mich notfalls verteidigen zu können. Geduckt und angespannt schlich ich an der Wand entlang und spähte vorsichtig in den großen Raum.

Eine Seite war fast komplett verglast, sodass man einen atemberaubenden Blick auf die Stadt hatte, die sich in allen Farben und Lichtern vor dem Gebäude erstreckte. Mehrere Schränke und Regale befanden sich an den Wänden, und ein großer Schreibtisch stand direkt vor dem Fenster, sodass der Herr Bürgermeister – wahrscheinlich mehr, als ihm guttat – den Anblick der Stadt genießen konnte, die er zusammen mit dem Hochfürsten regierte.

Und noch jemand anderer genoss die Aussicht.

Der Mann war vollständig in einen nachtschwarzen Umhang mit Kapuze gehüllt, sodass ich ihn in der dunklen Umgebung beinahe nicht entdeckt hätte. Nur seine Silhouette vor den Lichtern Vesontonios machte ihn sichtbar … und das helle Silber des Kurzschwertes, das er in der Hand hielt. Er stand mit dem Rücken zu mir und sah sich scheinbar gelassen im Raum um, als wüsste er nicht, was er eigentlich hier wollte.

Anscheinend hatte er mich nicht bemerkt, und mit einem Blick auf den geschärften Stahl in seiner Hand beschloss ich, dass das am besten auch so bleiben sollte. So schnell ich konnte, verdichtete ich meine Essenzen um mich herum und wollte abermals einen Mantel aus Schatten um mich weben. Doch plötzlich drehte der Mann seinen Kopf in meine Richtung, und ich blickte in zwei gletscherblaue, gnadenlose Augen, die mich wütend fixierten. Ohne zu zögern, schwang der Schwarzgewandete sein Schwert und griff mich an.

Verdammte Drachenscheiße! Was soll das denn? Taumelnd wich ich vor ihm zurück und stolperte dabei über meine eigenen Füße, sodass mich die Waffe nur um Haaresbreite verfehlte und stattdessen eine tiefe Kerbe in das Holz des Türrahmens schlug, genau an der Stelle, wo sich nur Sekunden zuvor mein Kopf befunden hatte.

Ich trug ebenfalls eine Waffe bei mir – eher ein langer Dolch als ein kurzes Schwert –, doch ich wusste, dass ich gegen diesen Mann und die Art, wie er die Klinge führte, keine Chance hatte.

Kaum hatte er sein Schwert aus dem Holz gerissen, sprang er auf mich zu und hieb erneut nach mir. Metall krachte auf Metall, als ich schützend meinen Dolch hochhielt, doch die Kraft des Schwarzgewandeten war so groß, dass ich sofort nachgeben musste und zur Seite rollte, um mir mehr Freiraum zu verschaffen.

Mein Gegner ließ mir kaum Zeit, Luft zu holen, geschweige denn, mich zu sammeln. Er setzte mir sofort nach, und dieses Mal griff ich in meine Substanz, um seinen Angriff abwehren zu können. Der Dolch war keine geeignete Waffe für diese Art von Kampf, und obwohl ich nicht untalentiert im Umgang mit geschärftem Stahl war, wirkten meine Versuche, die Hiebe des Schwarzgewandeten zu parieren, eher wie die eines blutigen Anfängers. Ich biss die Zähne zusammen und tauchte tiefer in meine Magie, auch wenn nicht mehr viel davon übrig war, um wenigstens ein paar Mal selbst angreifen zu können und mir so ein klein wenig Zeit und Abstand zu erkaufen, die ich zur Flucht nutzen wollte. Der Schwarzgewandete wehrte meine Angriffe so leicht und beiläufig ab, dass ich mich fragte, warum ich mich überhaupt verteidigte.

Dieser Mann war mir weit überlegen, sowohl körperlich als auch technisch. Es dauerte nicht lange, da hatte er mich ausmanövriert und die Lücken in meiner Deckung genutzt. Alles, was ich wahrnahm, war ein silberner Streifen in der Dunkelheit.

Der Schnitt war brutal und präzise. Die scharfe Klinge schlitzte meinen Oberkörper von der Schulter bis hinunter zur Hüfte auf, als wären mein Fleisch und die Sehnen und Muskeln darunter weich wie Butter. Einen Moment lang konnte ich nichts anderes tun, als die klaffende Wunde auf meinem Oberkörper ungläubig anzustarren, bevor der Schmerz einsetzte. Zusammen mit meinem Blut floss auch meine Magie aus mir heraus, und ich fiel wie ein nasser Sack nach hinten. Ein leises Wimmern entwich mir.

In den Augen des Schwarzgewandeten blitzte es auf, als er diesen süßen, kläglichen Laut der Schwäche von meinen Lippen saugte. Von der zuvor noch eisig schimmernden Klinge in seiner Hand tropfte nun mein Blut und malte ein Bild seines Sieges auf den Teppich. Er musste nur einen kleinen Schritt nach vorn machen, schon stand er neben meinem Kopf, der Saum seines Mantels streifte meine Wange. Lässig hob er die behandschuhte Hand mit dem Schwert, um mir den Todesstoß zu versetzen, seine Augen nicht mehr als zwei helle Punkte in seinem verhüllten Gesicht. Sie waren das Einzige, woran mein Blick haften blieb, als ich mit plötzlicher Gewissheit erkannte, dass ich hier sterben würde.

So schnell, wie sich die besudelte Klinge auf mein Herz herabzusenken drohte, reifte in mir ein Entschluss.

Nein!

Mit der Kraft der Verzweiflung griff ich noch einmal in meine Substanz und zog einige meiner letzten magischen Essenzen daraus hervor. Ich verdichtete sie an der Stelle, an der die Klinge auf meinen Körper treffen würde.

Schlagartig hielt das Schwert mitten in der Luft inne, nur

Zentimeter von meinem Herzen entfernt. Sofort spürte ich, wie die verbliebene Magie in mir rasch schwächer wurde, denn durch die große Wunde drückte ich sie ungewollt aus meinem Körper. Es würde nicht mehr lange dauern, dann wäre ich ausgelaugt wie ein Fisch auf dem Trockenen.

Der Schwarzgewandete, verblüfft, weil seine Klinge auf unsichtbaren Widerstand traf, rührte sich einige Sekunden nicht, in denen ich die belebende Wirkung meiner Substanz, und sei sie noch so klein, zu meinem Vorteil ausnutzte und mich ungeschickt zur Seite wegrollte. Der Schmerz rückte in den Hintergrund meiner Wahrnehmung, während ich mich schwankend erhob.

Als der Schwarzgewandete sich wieder gefangen hatte und einen Schritt in meine Richtung machte, das Schwert wieder angriffsbereit erhoben, hatte ich bereits ein paar meiner wertvollen letzten Essenzen gebündelt und warf sie ihm mit voller Kraft entgegen. Tatsächlich geriet er kurz ins Taumeln und wich ein paar Schritte zurück, um sein Gleichgewicht wiederzufinden, doch ich wartete gar nicht erst, bis er erneut angreifen konnte, sondern stürmte quer durch den Raum. Ich setzte über den Schreibtisch und leitete den Rest meiner Magie in meine Beine.

Der Sprung durch die Glasscheibe war einer der besten, die ich je zu meistern das Vergnügen hatte. Zu einem angemesseneren Zeitpunkt wäre ich stolz auf meine Leistung gewesen, mit einem Satz gleich über mehrere hohe Gebäude auf einmal zu springen, doch in meiner Lage kümmerte mich das genauso wenig wie die Glasscherben in meiner Schulter.

Ich hörte, wie der Wachzauber hinter mir losging, und versuchte, bei Bewusstsein zu bleiben, damit ich mir beim Landen nicht sämtliche Knochen brechen würde. Der Schmerz überspülte mich in Wellen, und nicht nur wegen des Windes hatte ich Tränen in den Augen.

Immer näher kam der Boden, und ich machte mich für den

Aufprall bereit, bündelte die allerletzten Essenzen. Ich steigerte den Luftwiderstand, damit ich langsamer wurde, leitete aber den Großteil in meine Beine, die mich abfedern sollten.

Die Landung war härter, als ich gedacht hatte, weil meine Essenzen für ein ordentliches Aufkommen wohl nicht mehr ausgereicht hatten. Ich stürzte schwer, rollte über den Boden und blieb schließlich auf dem Rücken liegen.

Bei den Geistern, wie konnte man nur so viel Schmerz ertragen, ohne auf der Stelle wahnsinnig zu werden? Ich traute mich kaum zu atmen, weil bei jedem Atemzug flüssiges Feuer durch meinen Oberkörper rauschte. Meine Beine zitterten und schmerzten dumpf, wahrscheinlich hatte ich mir eine Verstauchung zugezogen, aber diese Wunde, diese riesige, klaffende Wunde … Ich hob zitternd eine Hand und fasste an meine Brust, nur um sie bei der Berührung des offenen, feuchten Fleisches gleich wieder zurückzuziehen.

Ich bezweifelte stark, dass ich in der Lage war, aufzustehen und zu fliehen, befand ich mich doch noch immer zu nah am Rathaus, und hier im Königsviertel war ein verwahrlostes, aufgeschlitztes Straßenkind so auffällig wie ein Drache unter Schafen. Bald würden die Stahlmänner hier sein, und sollte ich dann noch leben, würden sie mir mit Vergnügen die Rote Festung zeigen, dieses Bollwerk der Unfreiheit und Verzweiflung …

Ich muss hier weg!

Stöhnend versuchte ich, mich auf die Beine zu stemmen, schaffte es aber nicht und zog eine Blutspur hinter mir her, während ich mich in einer Mischung aus Krabbeln und Kriechen davonmachte. Mein Körper wurde immer schwächer und der Schmerz immer heftiger.

Am Ende der Straße umhüllte mich schließlich Dunkelheit.

SCHWARZER DUNST

Das schmerzhafte Pochen meines Herzens, das langsam das Blut aus mir herauspumpte.

Die quälende Leere meiner Substanz, zur Untätigkeit verdammt.

Das leise Geräusch sich nähernder Schritte auf dem nassen Kopfsteinpflaster.

Die grobe Berührung zweier Finger an meinem Hals, die den immer schwächer werdenden Rhythmus des Lebens ertasteten.

Die folternde Anmaßung zweier Arme, die es wagten, meinen geschundenen Körper zu bewegen.

Und über allem das traurige Lied des Regens und seine prasselnden Schläge, die eine kühle Spur vergossener Tränen auf meiner heißen Haut hinterließen.

Wann ich erwachte, wusste ich nicht. Meine Ohnmacht wurde von vagen Schemen und Silhouetten begleitet, die im Kielwasser fiebriger Schmerzen trieben. Ich nahm meine Umgebung nur verschwommen wahr. Mir klebte das Haar auf der Stirn, meine Haut fühlte sich heiß an.

Ich spürte, dass ich auf einer harten Fläche lag, und als sich meine Augen an das schummerige Licht gewöhnt hatten, erkannte ich eine schlichte Holzdecke, durch die an einigen Stellen Regenwasser sickerte. Langsam bewegte ich den Kopf und versuchte, mich im Raum umzusehen, aber es war zu dunkel, um wirklich etwas erkennen zu können. Ich sah die Umrisse merkwürdiger Apparaturen und Werkzeuge auf einem Tisch neben mir, und zu dem überwältigenden Schmerz und der bleiernen Müdigkeit, die meinen Körper fest im Griff hatten, gesellte sich nun auch noch eine fast schon panische

Angst, die ich im ersten Moment nicht kontrollieren konnte. Wäre ich nicht völlig erschöpft und kurz vor dem Ableben gewesen, wäre ich wohl in Tränen ausgebrochen wie ein kleines Kind. Ich versuchte, die Hand zu heben und mir den Schweiß von der Stirn zu wischen, nur um festzustellen, dass es nicht ging. Unter größter Anstrengung hob ich den Kopf und vermied dabei bewusst den Blick auf meinen aufgeschlitzten Oberkörper. Mit einem rauen, aber festen Seil waren meine Hände und auch meine Füße an den Tisch gefesselt.

Das war der Moment, in dem ich endgültig in Panik verfiel. Obwohl ich wusste, dass es vergeblich war, versuchte ich, mich zu befreien, aber ich war zu schwach und die Knoten zu stark. Mein Puls raste, und ich merkte, wie ich anfing zu zittern.

Das Quietschen einer Tür machte es nicht besser. Die Dunkelheit verzog sich in die Ecken, als eine Person mit einer hellen Lampe den Raum betrat und sie ungeachtet der Tatsache, dass ich wach war, direkt neben meinem Kopf auf den Tisch stellte. Geblendet schloss ich die Augen.

Es rumpelte und klapperte, etwas fiel polternd um, dann ein leises Wort, nicht mehr als ein Raunen in den Schatten. Es war das Flüstern einer rauen, jenseitigen Stimme, die mich frösteln ließ. Wo war ich hier nur? Endete ich jetzt als Opfer der kranken Perversionen eines Verrückten? Oder wurde ich gar als Versuchskaninchen für irgendwelche magischen oder medizinischen Quacksalbereien missbraucht? Ein Straßenkind vermisste niemand, niemanden würde es kümmern.

Plötzlich spürte ich, wie mir ein tönernes Gefäß an den Mund gehalten wurde, und presste die Lippen fest zusammen, aus Angst, dass mich irgendeine Flüssigkeit hilflos oder gefügig machen sollte. Außerdem roch es so bitter, dass mir schon allein dadurch die Tränen kamen.

Vorsichtig öffnete ich die Augen und sah, wie der Mann

gerade ein Leinentuch mit etwas tränkte, das er in eine Schüssel gefüllt hatte. Mit dem triefenden Lappen in der Hand hielt er über der Wunde inne, und kurz begegneten sich unsere Blicke. Dann begann er mit geübten Bewegungen, die Wunde zu reinigen, und ich schrie und bäumte mich vor Schmerzen auf. Das angebotene Mittel war wohl zur Betäubung gewesen und ich so dumm, es zu verweigern. Automatisch griff ich in meine Substanz, um meine Qual zu lindern, doch da war nichts, was mich hätte retten können, nur ein kleiner Tropfen Licht in einem Meer aus Finsternis. Ich zerrte und riss an meinen Fesseln, aber sie scheuerten nur meine Haut wund.

Als der Mann fertig war, keuchte ich schwer, und mein Körper zitterte vor Anstrengung. Seine blutigen Hände griffen abermals nach dem Tongefäß, und er hielt es mir erneut an den Mund. Zögerlich trank ich daraus, verschluckte mich, spuckte die Hälfte wieder aus und verweigerte den Rest. Auch wenn es gegen die Schmerzen half, wollte ich nicht noch hilfloser sein, als ich ohnehin schon war.

Allerdings hätte ich mir das auch sparen können, denn kaum hatte ich den letzten Tropfen meine trockene Kehle hinuntergewürgt, legte sich eine bleierne Schwere auf meine Glieder, die den Schmerz in die hinterste Ecke meines Bewusstseins verbannte. Meine Muskeln entspannten sich, das Zittern hörte auf, und ich spürte, wie meine Augenlider nach unten sanken, auch wenn ich mich dagegen zu wehren versuchte.

Als ich wieder erwachte, war mein Oberkörper dick mit Leinen verbunden, das nach Kräutern und Medizin stank. Ich fühlte mich wie ein Paket, fest verschnürt und bereit zum Abholen. Die Wirkung des Schmerzmittels musste mittlerweile nachgelassen haben, denn ich spürte jedes Mal, wenn ich einatmete, ein unangenehmes Ziehen. Die Glasscherben hatte man penibel aus meiner Schulter entfernt. Mein linker

Fuß war ebenfalls verbunden, und auf dem rechten war eine Salbe aufgetragen worden. Und … Moment mal, die Fesseln waren fort! Waren sie etwa nur dazu da gewesen, um mich während der Behandlung ruhigzustellen? Doch das war mir eigentlich egal. Ich drehte den Kopf und sah mich um, anscheinend war der Mann, der mir geholfen hatte, nicht im Raum.

Draußen wurde es langsam hell, einzelne Lichtstreifen suchten sich ihren Weg durch die geschlossenen Fensterläden. Die Einrichtung des Zimmers war spärlich und ziemlich heruntergekommen, nicht unwahrscheinlich, dass ich mich in einer Bruchbude in den Elendsvierteln befand. Oder zumindest nicht weit davon entfernt.

Ich atmete mehrmals tief durch, bevor ich versuchte, mich aufzurichten. Ich brauchte drei Anläufe, bis ich schließlich schwer keuchend auf der Tischkante saß, wobei ich mir Mühe gab, nicht vor Schmerzen zu wimmern. Als ich vorsichtig die Füße auf den Boden setzen wollte, bemerkte ich dort ein schmutziges, dunkles Stück Stoff. Es dauerte einige Augenblicke, bis ich erkannte, dass es die blutgetränkten Reste meines Mantels waren.

Ich weiß nicht, warum mich dieser Anblick so sehr schockierte, aber mein Körper fühlte sich plötzlich an wie in Eiswasser getaucht. In diesem Moment realisierte ich wohl endgültig, was mit mir passiert war. Der misslungene Auftrag, der Kampf mit dem Schwarzgewandeten, die sinnlose Flucht in die Gassen und meine jetzige Lage, hilflos in den Händen eines Mannes, dessen Absichten ich nicht kannte und ehrlich gesagt auch gar nicht erfahren wollte. Höchste Zeit zu verschwinden.

Vorsichtig und mit wild hämmerndem Herzen stand ich auf und ließ die Tischkante erst los, als ich sicher war, dass meine Beine mich trugen. Auf der Suche nach einem Ausgang – aus dem Fenster zu springen, traute ich mich nicht, auch wenn ich mich vielleicht im Erdgeschoss befand – umrundete ich den Tisch und spähte in den angrenzenden Raum. Und tatsächlich, dort am anderen Ende befand sich eine Tür, die schief in den Angeln hing. Der Mann saß daneben auf einem Stuhl und starrte die Wand an.

Was … was war das? Dunkelheit waberte um ihn herum, Schatten schienen sich um seinen Körper zu legen, ihn umarmen zu wollen, konnten ihn aber gleichzeitig nicht richtig fassen. Der Mann hob eine Hand und versuchte gleichgültig, den Schattendunst einzufangen, doch wie ein ängstliches Tier scheute dieser zurück, blieb aber in seiner Nähe. Seine Umrisse waren schemenhaft, als könnte er jeden Moment in die Finsternis stürzen. War er ein dunkler Magier? Oder ein Schattengeist? Mit Schaudern stellte ich fest, dass ich es gar nicht wissen wollte.

»Wenn du gehst, wirst du sterben.«

Ich zuckte erschrocken zurück, aber es war sinnlos, er hatte mich bereits bemerkt. Er wandte den Kopf und sah mich durch den schwarzen Nebel hindurch an, in seinen Augen versickerte die Dunkelheit. Mein Hals war trocken, und ich schluckte schwer, um etwas zu sagen, kapitulierte dann aber vor meiner Unwissenheit. Sein Blick war kalt und erschreckend emotionslos, dafür, dass er mir gerade das Leben gerettet hatte.

Nicht gewillt, mich von ihm einschüchtern zu lassen, ging ich schwerfällig, jedoch um Haltung bemüht, durch den Raum auf die Tür zu und öffnete sie. Ich erwartete, dass der Mann mich aufhalten würde, doch er saß nur da und starrte mich an. Kurz bevor ich verschwand, nickte ich ihm dankbar zu und zwängte mich dann ungelenk durch die Tür.

Draußen lag die Straße noch im Schatten, aber das war um diese Tageszeit normal, schließlich waren die Gebäude Vesontonios so hoch, dass nur wenige Stunden am Tag die Sonne auf die Pflastersteine fiel. Langsam setzte ich mich in Bewegung und versuchte, die nächste Hauptstraße zu erreichen, um auszumachen, wo ich mich überhaupt befand.

Als ich auf den Pfeilweg einbog, hatten schon viele Leute, die im Morgengrauen aufgestanden waren, ihre Verkaufsstände aufgebaut. Allzu viel war noch nicht los, dennoch hielt ich mich eher am Rand, damit mich niemand bemerkte und mir Ärger machte. Dass ich manche Menschen anrempelte, ließ sich trotzdem nicht vermeiden, und jedes Mal atmete ich scharf ein, wenn stechender Schmerz mich durchzuckte. Fast stieß mich sogar jemand zu Boden, und ich verfluchte ihn und fuhr ihn an, bevor ich weiterhumpelte. Für eine Nacht hatte ich genug durchgemacht, ich wollte einfach nur noch meine Ruhe.

Stirnrunzelnd sah Junicus dem verwahrlosten Straßenkind hinterher, das er vor wenigen Sekunden beinahe zu Fall gebracht hatte. Zwar hatte er sich sofort entschuldigt, schon weil er sah, wie schlecht es um den Jungen stand, aber der hatte ihn aufs Übelste beleidigt und verflucht. Junicus war so verblüfft gewesen, dass ihm darauf keine Antwort eingefallen war, und bevor er noch ein weiteres Wort herausgebracht hatte, war der Junge einfach weitergehumpelt.

Für manche ist diese Welt ein Ort des Jammers, dachte er und nahm es dem Straßenkind nicht übel. Vielmehr verspürte er Mitleid und ein aufrichtiges Bedürfnis, die Qualen desjenigen zu lindern, der so offenkundig litt.

Und noch etwas anderes verspürte er: Sein Funke war fort!

FUCHS

Vielleicht war es Wagemut, vielleicht auch Wahnsinn, sich vom höchsten Gebäude Lehans in den Wind zu stürzen. Für Fuchs war es das kurze, berauschende Gefühl von Freiheit. Er schloss die Augen und genoss den freien Fall, kostete ihn voll aus und wartete bis zum letzten Moment, bevor er ein paar Zauber sprach, um seinen Sturz abzufangen. Unter ihm hatten einige Menschen auf der Straße erschrocken aufgeschrien, als sie seinen Fall bemerkt hatten, und jetzt, wo er mit vor Freude geröteten Wangen vor ihnen stand, war ihr Aufatmen umso erleichterter.

Er grinste sie an und grüßte freundlich, bevor er im Laufschritt in den Gassen verschwand. Prüfend sah er über die Schulter, um nach eventuellen Verfolgern zu suchen, aber niemand kam ihm nach. Gut, sein Vorsprung war wohl groß genug, dann konnte er ja in aller Ruhe …

Jemand packte ihn hart an der Schulter und riss ihn in die nächste Seitenstraße hinein, sodass er erschrocken aufkeuchte und das Gleichgewicht verlor.

»Herr.«

»Verdammt, Aran! Musst du denn immer so grob sein? Ich habe mich zu Tode erschreckt!«

»Wenn Ihr nicht besser aufpasst, habt Ihr nichts anderes als Grobheit verdient, Herr.«

»Ich hatte sogar meine Aura gelöscht. Wie machst du das nur immer wieder? Ich dachte, ich hätte dich abgehängt!«

»Und ich dachte, Ihr seid mittlerweile zu alt für diese Albernheiten.« Obwohl der Krieger tadelnd klingen wollte, erkannte Fuchs an seiner Stimme, dass auch er sich amüsierte.

Arans Erscheinung war ehrfurchtgebietend: Er war von großer, kräftiger Statur, die durch die robuste Rüstung, die er trug, noch massiver wirkte. Ein breites und ein schmales Schwert hingen an seiner Hüfte, und ein wallender Umhang in den Farben des Hauses Vanira fiel von seinen breiten Schultern. Stets hatte Fuchs ihn um diese kriegerische Ausstrahlung, die ihn wie selbstverständlich umgab, beneidet und ihn dafür bewundert. Wie so oft trug er keinen Helm, und der Junge hatte nie gefragt, warum das so war.

Umständlich raffte Fuchs sich auf und klopfte sich den Schmutz von den Beinen. »Ich bin nie zu alt für irgendwas«, sagte er lächelnd.

»Herr, wenn Ihr ständig davonlauft, fällt es mir umso schwerer, Euch zu beschützen.«

»Du spürst mich doch sowieso jedes Mal wieder auf, warum beschwerst du dich eigentlich? Sag nicht, dass es dir nicht auch Spaß macht, die Stadt und ihre Grenzen zu erkunden. Wir sind frei, Aran, frei zu tun, was uns beliebt.«

»Euer Vater sähe nicht gerne, wenn Euch etwas zustößt.«

Fuchs schnaubte, und seine Laune verschlechterte sich, wie immer, wenn die Sprache auf seinen Vater kam.

»Was weiß denn schon mein Vater.«

»Herr …«

»Nenn mich nicht so. Das habe ich dir schon tausendmal gesagt. Oder öfter. Als ich sechs war, habe ich dir das schon gesagt.«

»Als Ihr sechs wart, seid Ihr auch noch nicht so oft weggelaufen. Gerade heute …«

»Was soll das denn heißen?«

»Habt Ihr es etwa vergessen? Großfürst Frost von Telica und seine Tochter sind heute angekommen.«

Als hätte Fuchs das vergessen können. Sein Vater hatte ihm in der vergangenen Woche ständig damit in den Ohren gelegen, und eigentlich hatte Fuchs vor dem Abendessen nur ein wenig frische Luft schnappen wollen, aber die Verlockungen des Windes waren zu verführerisch gewesen. Na gut, vielleicht hatte er ein bisschen die Zeit vergessen, aber er war sich keiner Schuld bewusst.

»Kommt, Herr, lasst uns zurückgehen.«

Fuchs seufzte. »Aber wir gehen über den Markt, das dauert länger.« Er sah, dass Aran nicht damit einverstanden war, aber den Mund hielt, weil er wusste, dass sich der Junge nicht umstimmen lassen würde. Immerhin das hatte Fuchs ihm beibringen können.

Der Markt war gut besucht. Viele Menschen hatten das schöne Wetter und die letzten Sonnenstunden genutzt und tummelten sich nun an Ständen und in Hauseingängen, an Treppen und Stegen, an Hauptstraßen und Nebengässchen. Fuchs genoss das an- und abschwellende Gemurmel der großen Menge, und auch wenn er nie ein Teil von ihnen sein würde, stellte er sich kurz vor, wie es sein musste, das zu tun, was man wollte. Einkaufen, wenn man hungrig war. Freunde treffen, wenn man Lust dazu hatte. Durch die Straßen schlendern, ohne dass Blicke und Menschen einem folgten.

Kurz blieb er stehen, um sich einen Apfel zu kaufen, der die Farben eines Lagerfeuers hatte, und am liebsten hätte er sich auf eine Bank in der Nähe des Sees gesetzt, nur um zu sehen, wie die Sonne langsam darin versank. Jedoch war er sich Arans Gegenwart nur allzu bewusst und widerstand daher dieser Versuchung. Er wollte die Geduld des Kriegers nicht noch weiter auf die Probe stellen, und die seines Vaters schon gar nicht. Er würde so oder so Ärger bekommen.

Das Anwesen des Großfürsten befand sich in den höher gelegenen Vierteln der Stadt, sodass man, wenn man aus den Fenstern schaute, das Häusermeer von Lehan und dahinter den Funkelnden See in all seiner Schönheit bewundern konnte. Es war nicht nur ein Symbol der Macht und der gehobenen Stellung, die der Großfürst innehatte, sondern auch ein furchtbar protziges und prunkvolles Gebäude. Fuchs hatte es nie besonders gemocht.

Die goldenen Tore öffneten sich, und die Wachen salutierten stramm, als Fuchs und Aran sich näherten. Zwar hatte der Krieger einen schnelleren Schritt als Fuchs, hielt sich aber aus Gründen der Etikette stets hinter oder neben ihm. Der Junge musste grinsen, als Aran ihn immer wieder zur Eile antrieb. Seine Hektik amüsierte ihn.

Erst als eine Dienerschar sie am Eingangstor empfing und ihn mit wilden, fast panischen Gesten in Richtung Bad scheuchte, um ihn für das Abendessen zurechtzumachen, zog sich Aran leise zurück. Er war der Hauptmann der Wache, und an einem so wichtigen und bedeutenden Tag für das Haus Vanira hatte er viel zu tun. Beinahe schämte sich Fuchs ein bisschen, weil er ihn von seinen Pflichten abgehalten hatte. Sollte etwas passieren, war Aran der Verantwortliche, und Fuchs hatte ihn von seiner Arbeit ferngehalten, wohl wissend, dass der Krieger der Einzige war, der ihn immer wieder aufspüren konnte.

Die Dienerschaft übertraf sich heute selbst: In weniger als einer Stunde war Fuchs gebadet, angezogen und vorzeigbar. Beim Blick in den Spiegel erschrak er ein bisschen, doch seine steife Kleidung verhinderte, dass er zusammenzuckte. Wieder einmal hatte sein Vater bewiesen, dass Geld für ihn keine Rolle spielte.

Er wurde zum Festsaal geführt, und als sich die breiten Flügeltüren öffneten, richteten sich sämtliche Blicke auf ihn. Fuchs ignorierte sie, denn er wusste, dass das Bild, das sie von ihm sahen, nicht seinem wahren Selbst entsprach. Sie konnten nicht hinter seine Maske aus aufgesetzter Höflichkeit und milder Arroganz blicken.

So aber ging er gemächlichen Schrittes mit hinter dem Rücken verschränkten Händen am langen Tisch entlang, an dem die Gefolgschaft des Fürsten Platz genommen hatte.

Als er am Kopfende angekommen war, fing er den zornigen Blick seines Vaters auf und bereitete sich innerlich auf die Strafpredigt vor, die ihn heute Abend bestimmt noch ereilen würde. Er küsste seine Mutter auf die Wange, nickte seinem Vater zu und verbeugte sich dann leicht vor den hochrangigen Gästen.

»Verzeiht bitte, meine Damen und Herren, dass ich zu spät zum Diner erscheine. Eine lästige Angewohnheit von mir.« Er lächelte und hoffte, dass dies die Gemüter beruhigen würde.

»Die in letzter Zeit wirklich überhandgenommen hat, Vico«, sagte sein Vater und runzelte die Stirn. »Gerade heute musstest du dich verspäten.«

Fuchs lächelte spöttisch. »Mehr als eine Entschuldigung bekommst du nicht, ehrenwerter Vater.« Er ließ es so klingen, als sagte er es im Scherz, und tatsächlich brach es das Eis ein wenig, als sowohl Großfürst Frost von Telica als auch seine Angehörigen leise lachten. Nur die Miene seines Vaters verdüsterte sich.

Er setzte sich an den Platz, der ihm zugewiesen wurde, und war etwas überrascht, dass er neben einem blonden, hübsch anzusehenden Mädchen saß, das ihm als die Tochter des Großfürsten vorgestellt wurde. *O nein*, dachte er und ahnte, worauf dieses Treffen hinauslief. Mit hochgezogener Augenbraue warf er seinem Vater einen Das-kann-nicht-dein-Ernst-sein-Blick zu, aber dieser hatte sich bereits abgewandt und tat so, als würde er ihn nicht bemerken.

Es war schwierig, sich mit dem Mädchen (er hatte den Namen schon vergessen) den ganzen Abend zu unterhalten und so zu tun, als wäre er an dem interessiert, was sie zu sagen hatte. Denn das waren eigentlich nur drei Dinge: Geld, um neue Kleider zu kaufen, der Abschaum der Gesellschaft, der sich Unterschicht nannte, und Politik. Fuchs hasste Politik.

Offenbar erwartete sie etwas von ihm, aber er machte sich nicht die Mühe, darauf einzugehen. Einerseits, weil er wusste, worauf sie anspielte, andererseits, weil er schlichtweg nicht interessiert war. Er konnte seine Erleichterung nur schwer verbergen, als sie sich nach diesem anstrengenden Tag zurückziehen wollte. Ohne taktlos zu werden, stimmte er ihr zu.

»Was sollte das, Vater?«

»Die Dienerschaft und deine Freunde nennen dich Fuchs. Werde diesem Namen gerecht und ziehe deine eigenen Schlüsse, Vico.«

»Hast du vor, mich zu verheiraten?«

»Ich war in deinem Alter, als ich deiner Mutter vorgestellt wurde. Ja, ich denke, es ist an der Zeit.«

Dass sich Sharion Vanira nicht einmal die Mühe machte, seinem Sohn in die Augen zu sehen, während er mit ihm sprach, goss Öl ins Feuer von Fuchs' Zorn.

Das Arbeitszimmer des Großfürsten war zu dieser späten Stunde nur spärlich beleuchtet, lediglich einige Kerzen hatte sein Vater angezündet und auf den Schreibtisch gestellt, um noch einmal kurz die Unterlagen des Tages zu überfliegen, bevor er zu Bett ging. Fuchs jedoch konnte nicht bis zum morgigen Tag warten, um zu sagen, was er zu sagen hatte.

»Vater, ich werde dieses Mädchen nicht heiraten.«

»Natürlich wirst du das.« Die Beiläufigkeit, mit der er sprach, war erschreckend. Fuchs wusste nicht, ob er wütend oder traurig darüber sein sollte.

»Nein, du verstehst … Verdammt, sieh mich an, wenn ich mit dir rede!« Er merkte erst, dass er auf den Tisch geschlagen hatte, als ein Briefbeschwerer umfiel.

Sharion Vanira sah auf, und in seinen grauen Augen standen Missbilligung und Enttäuschung. In letzter Zeit hatte Fuchs selten etwas anderes darin gesehen.

»Ich werde dieses Mädchen nicht heiraten!«, wiederholte er und betonte dabei jedes Wort. Er zwang sich, dem Blick seines Vaters standzuhalten.

Der Großfürst legte die Dokumente zur Seite und beugte sich vor, lauernd jetzt, gefährlich. »Und wieso nicht, wenn ich fragen darf? Eine bessere Partie …«

»Es geht nicht um die Partie!«, unterbrach Fuchs ihn aufgebracht. »Sie ist so …« Er suchte nach den richtigen Worten.

»Was?«

»Sie … sie steht für alles, was ich verachte.«

Sein Vater zog eine Augenbraue hoch. »Und das wäre?«

»Arroganz. Geldgier. Blindheit gegenüber der Welt, wie sie ist.«

Nun stand sein Vater auf, umrundete den Tisch und blieb dicht vor Fuchs stehen, der den Drang unterdrückte zurückzuweichen. »Die Welt, wie sie ist?«, fragte er skeptisch. »Wovon redest du, Junge?«

»Sie ist in teure Gewänder gekleidet, isst nur die feinste Kost, jeder ihrer Wünsche wird erfüllt, egal, wie ausgefallen sie auch sein mögen. Aber die Welt besteht nicht nur aus Seide und Brokat, aus funkelnden Edelsteinen und hell erleuchteten Räumen. Verstehst du?«

Sein Vater sah ihn an. »Hast du dich schon wieder in der Stadt herumgetrieben?«

»Darum geht es doch gar nicht!« Wütend stampfte Fuchs mit dem Fuß auf. »Ich kann kein Mädchen heiraten, das nicht einmal weiß, wie sich der Wind auf ihrem Gesicht anfühlt und die nicht weiter denkt als bis zu ihrer Türschwelle.«

»Du … bist ihr also nicht sehr zugetan.«

Fuchs schnaubte. »Natürlich nicht. Ich …«

»Gut, dann werde ich eine neue Braut für dich suchen.« Der Großfürst drehte sich um, als wäre das Gespräch damit beendet.

War er taub? Oder wollte er es nicht verstehen?

»Vater …«

»Was denn noch?«

»Ich werde nicht heiraten.«

Sein Vater blieb stehen, scheinbar erstarrt.

»Ich hasse es, wie andere einfach über mich bestimmen, als hätte ich keine eigene Meinung! Meine Socken, mein Essen, mein ganzer verdammter Lebensstil, sogar meine zukünftige Frau! Kann ich denn nicht eigene Entscheidungen treffen? Kann ich nicht frei sein, so zu leben, wie ich es will?«

»Sei nicht töricht.« Sein Vater drehte sich um, und Fuchs erschrak über die große Wut in seinem Gesicht. »Du bist mein Erbe, Vico, und ich werde nicht zulassen, dass du dieses Haus, das schon seit Generationen über diese Stadt herrscht, mit deinem kindischen Gehabe und deinen albernen Fantastereien in den Untergang treibst. Frei sein? Solange du unter meinem Dach lebst, tust du, was ich dir sage!«

»Wann habe ich je getan, was du mir gesagt hast?«

»Du wirst jetzt damit anfangen. Ich habe dein ständiges Verschwinden satt, genauso wie deine lockere Lebensweise. So benimmt sich kein Sohn aus adligem Hause, sondern ein Kind aus der Unterschicht. Die ganze Stadt spricht schon davon, und nur die Götter wissen, was passieren wird, solltest du dich nicht endlich ändern. Es wird allmählich Zeit, dass du deinen Pflichten nachkommst und erwachsen wirst. Bei den Geistern, du bist wahrlich alt genug!«

»Ich will aber nicht ...« *... so werden wie du,* wollte Fuchs sagen, aber dazu kam er nicht.

Sein Vater schlug ihm so fest ins Gesicht, dass er ins Wanken geriet und sich am Schreibtisch festhalten musste. Seine Wange brannte vor Schmerz.

»Vico, meine Geduld mit dir neigt sich dem Ende zu. Bisher war ich noch nachsichtig, aber wenn du nicht einsiehst, was das Richtige für dich ist, muss ich eben dafür sorgen, dass du es tust. Verstehst du mich?«

Fuchs traute sich nicht, seinen Vater anzublicken, weil er befürchtete, ebenfalls die Beherrschung zu verlieren. Seine Hände ballten sich zu Fäusten, sodass er die Fingernägel in seinem Fleisch spüren konnte. Der Großfürst allerdings packte ihn bei den Schultern und drehte ihn grob zu sich um. »Ich habe gefragt, ob du mich verstanden hast! Antworte, Junge!«

Schwer lagen die Worte Fuchs auf der Zunge, doch statt sie auszusprechen, schluckte er sie hinunter und sagte stattdessen: »Ja, Herr.«

Sein Vater schien nicht sonderlich überzeugt zu sein, und sein Griff wurde fester, als wolle er seinen Sohn schütteln. Aber dann ließ er ihn los und trat einen Schritt zurück. »Geh jetzt, Vico. Wir sprechen morgen noch mal darüber.«

Fuchs wollte nie wieder darüber sprechen, hatte er seine Meinung doch schon Hunderte Male gesagt, und niemand hatte ihm zugehört. Selbst sein eigener Vater …

Mit gesenktem Blick ging er zur Tür und drehte sich nicht mehr um, selbst als sein Vater nochmals leise seinen Namen sagte. Für einen Abend waren genug Worte gewechselt worden.

Auf dem Weg zu seinem Zimmer begegnete er niemandem, was wahrscheinlich gut war, denn er wusste nicht, ob er die Nähe einer anderen Person ertragen hätte. Außerdem pochte seine Wange schmerzhaft, und er wollte nicht, dass jemand ihn so sah. Er fühlte sich wie geschändet und schämte sich, obwohl er nicht wusste, wofür.

Vor seiner Tür stand Aran, als hätte er dort auf ihn gewartet. Sobald sich ihre Blicke trafen, verdüsterte sich seine Miene, und er stellte sich Fuchs in den Weg, als er schweigend die Tür öffnen wollte.

»Herr, was ist passiert? Ihr seht …«

»Nichts«, sagte Fuchs, »nichts ist passiert, Aran. Du kannst gehen. Ich möchte allein sein.«

»Wie Ihr wünscht, Herr. Ich werde … Bei den Geistern, was ist das?«

Er griff nach Fuchs' Kinn und versuchte, sein Gesicht in seine Richtung zu drehen, doch Fuchs entwand sich ihm und stieß, heftiger, als er es beabsichtigt hatte, seine Hand zur Seite. »Nein!« Erschrocken hielt Aran inne. Mehrmals atmete Fuchs tief ein, um sich wieder unter Kontrolle zu bekommen, und griff mit zitternder Hand nach der Türklinke. »Geh bitte, Aran. Lass mich allein.«

Er wartete nicht, bis der Krieger seiner Anweisung Folge leistete, sondern schloss einfach die Tür hinter ihm und drehte den Schlüssel. Schwer atmend blieb er stehen und horchte durch das Holz auf das Geräusch sich entfernender Schritte. Es dauerte ziemlich lange, bis es eintrat und er mit sich und seinen Gedanken allein war.

Langsam wandte er sich um und blickte in die Dunkelheit seines Gemachs. Noch nie war das Gefühl, in einem Käfig zu sitzen, so stark gewesen. Sein Herz klopfte, und von plötzlicher Atemnot oder etwas anderem getrieben, hastete er zum Fenster und stieß die Doppeltür zum Balkon auf, sodass sich die Vorhänge im Wind aufbauschten.

Rückwärts ließ er sich auf sein Bett fallen und starrte hinauf zur Decke, die sich groß und schwer über ihm wölbte, während die Zugluft mit leisen Pfeiftönen durch den Raum sang. Er lauschte ihnen einen Moment lang, bevor er die Augen schloss und die Hand auf sein Gesicht legte.

»Ich kann das nicht«, flüsterte er und spürte, wie eine einzelne Träne aus seinem Augenwinkel rollte. »Ich kann das einfach nicht.«

Seine Wange fühlte sich heiß und geschwollen an, als er darüberstrich, und Fuchs widerstand dem Drang, vor Wut und Frustration irgendetwas quer durchs Zimmer zu schleudern. Es wäre nur ein Ausdruck seiner Hilflosigkeit gewesen.

Er schälte sich aus den teuren Kleidern des Abends und warf sie einfach auf den Boden, bevor er sich das lockerste und billigste Gewand aus seinem Schrank suchte, das er finden konnte. Es sah trotzdem zu exquisit aus, fand er, aber daran konnte er nichts ändern.

Mit gemischten Gefühlen trat er hinaus auf den Balkon und zur Balustrade, sah hinab auf Lehans Lichter, die ihm in der Nacht zublinzelten. Der Wind war kalt und fuhr mit frechen Fingern unter seine Kleidung, sodass er eine Gänsehaut bekam, als er den Kopf in den Nacken legte und ihn tief einatmete.

»Bring mich fort«, sagte er und ließ sich fallen.

VERFOLGT

Seine geflüsterten Worte verfolgten mich.

»Wenn du gehst, wirst du sterben.«

Ich schlug die Augen auf und erwischte gerade noch einen Winddrachen dabei, wie er versuchte, meine Vorräte zu plündern. Halbherzig, aber wütend trat ich nach dem Vieh, das laut kreischend seine Flügel ausbreitete und sich davonmachte.

»Mist«, fluchte ich und ließ mich wieder zurück auf mein Lager fallen. Ohne hinzusehen, griff ich zur Seite nach meinem letzten Wasserschlauch und trank ihn in einem Zug leer, danach pfefferte ich ihn zu den anderen beiden in die Ecke.

Mein Unterschlupf befand sich über einer Bäckerei, zwischen einem nur wenig höher gelegenen Gebäude und dem Flachdach eines anderen. Zwar hatte ich kaum Möglichkeiten, mich oder meine Sachen zu verstecken, aber für ein warmes Lager im Winter war mir das nur recht. Ein Dachvorsprung hielt den meisten Regen ab.

Es wurde bereits wieder dunkel, ich hatte wohl den ganzen Tag verschlafen, und als ich mir mit der Hand über die schweißnasse Stirn fuhr und bemerkte, dass ich Fieber hatte, beschloss ich, dass ich auch noch getrost die Nacht dranhängen konnte. Groß bewegen konnte ich mich ohnehin nicht, und in meinem Zustand war es sowieso besser, sich erst einmal auszuruhen.

Doch anstatt wieder die Augen zu schließen, verschränkte ich die Arme hinter dem Kopf (auch wenn es wehtat) und sah stattdessen in den Himmel über mir, der sich langsam dunkler färbte. In der Nähe tollte ein Dämmerdrache über die Dächer, und ein paar Winddrachen verfolgten ihn spielerisch. Ihr Gekeife und die Worte des Schattenmannes hielten mich wach.

Warum nur gingen sie mir nicht aus dem Kopf? War ja nicht so, als ob ich plötzlich tot umkippen würde, sobald ich einen Fuß auf die Straße setzte. Ich sah an mir herunter und musterte den Verband, der mich zusammenhielt, kritisch. Er war straff und sehr sauber angelegt, und die Wunde darunter sah wohl auch den Umständen entsprechend gut aus. Warum also sollte ich sterben, wenn ich weiter meiner Wege ging?

Du kannst mich mal, dachte ich und verfluchte den Schattenmann für die Hartnäckigkeit, mit der er sich in meinem Kopf festgesetzt hatte. Allerdings ... Warum hatte er mir geholfen? So ganz ohne Gegenleistung? Unheimlich war er ja schon gewesen, wie er dort gesessen und mit den Schatten gespielt hatte ... Ich schüttelte den Kopf und versuchte, das Bild zu verscheuchen, doch ein anderes ersetzte es sofort: ein Mann, in einen nachtschwarzen Mantel gehüllt, der eine Klinge aus blutigem Silber führte.

Ich schauderte, und wie auf ein Zeichen pochte meine Wunde schmerzhaft, sodass ich mich schnell gemütlicher hinlegte, damit ich mich beruhigen konnte.

Der Schwarzgewandete war das größte Rätsel von allen. Was, bei den Geistern, hatte er im Rathaus verloren gehabt? Und warum hatte er mich so schnell und erbarmungslos angegriffen? Ich bezweifelte, dass dieser Mistkerl Askani einen zweiten Mann auf den Auftrag angesetzt hatte, das verstieß gegen das Diebesgesetz, vor allen Dingen, weil es meine Eignungsprüfung gewesen war. Vielleicht eine andere Gilde? Der Schwarze Skorpion? Aber das ergab auch keinen Sinn. Diebe töteten nicht, sie stahlen nur.

Während ich den Drachen bei ihrem Spiel zusah, versank die Sonne hinter dem Horizont und hinterließ ein glühendes Band aus Feuer, das sich über den Rand des Himmels zog und die Wolken rot färbte. Der Dämmerdrache schnappte noch einmal nach den Winddrachen, bevor er mit den Flügeln schlug und sich hinauf in den Himmel schraubte, um weiterzuziehen. Ein unbestimmtes Gefühl von Traurigkeit und Melancholie erfasste mich, zog an mir, als ich dem Tier dabei zusah, wie es davonflog in den Westen, der nächsten Dämmerung entgegen. Wenn ich doch auch nur fortkönnte, einfach meine Flügel ausbreiten und dorthin fliegen, wo der Wind mich hintrug, der Sonne folgen.

Ein rumpelndes Geräusch, das von der Straße kam, riss mich aus meinen Gedanken. Um diese Uhrzeit hatte die Bäckerei eigentlich schon geschlossen, und ich kümmerte mich erst nicht darum, aber als lautstark eine Mülltonne umgeworfen wurde, richtete ich mich seufzend auf.

»Yanuz, wenn du das bist, kannst du dich gleich wieder verpissen! Ich habe dir schon tausendmal gesagt, dass …« Als ich über die Dachkante spähte, blieben mir die Worte im Hals stecken, und ich zuckte so schnell wie möglich zurück in Deckung. Verdammt, warum musste ich nur mein großes Maul aufreißen? Mein Puls war in Sekunden hochgeschnellt, und der Herzschlag dröhnte so laut in meinen Ohren, dass ich schon befürchtete, er könnte von dort unten zu hören sein. Zu atmen traute ich mich nicht.

Nur um meinen ersten Blick zu bestätigen, lugte ich noch einmal vorsichtig über die Kante, in der Hoffnung, mich in der hereinbrechenden Dunkelheit getäuscht zu haben.

Hatte ich nicht. Dort unten stand der Schwarzgewandete.

Groß gewachsen, kräftig und von Kopf bis Fuß in seinen schattenschwarzen Umhang gehüllt, schritt er auf der Straße auf und ab wie ein gefangenes Raubtier. Den Göttern sei Dank, hatte er seine Klinge in der Scheide gelassen, aber sein suchender Blick, der abfällig über die Häuser, Fassaden und Dächer strich, bestätigte mir, dass er wohl nicht ohne Grund hier war. War er mir etwa den ganzen Weg hierher gefolgt?

Bevor er mich entdecken konnte, kroch ich langsam zurück und suchte in dem Deckenhaufen, der meine Schlafstätte war, nach meinem Dolch oder einer anderen Waffe, mit der ich mich verteidigen konnte. Wie die Situation beim letzten Mal ausgegangen war, als ich mich gewehrt hatte, verdrängte ich bewusst, wollte ich doch mein Leben so teuer wie möglich verkaufen.

Das Rauschen eines flatternden Umhangs verriet mir, dass sich der Schwarzgewandete nun daranmachte, auch die Dächer nach mir abzusuchen. Den Dolch konnte ich vergessen, ich musste hier weg und griff in meine Substanz.

Bei den Geistern! Pure Energie strömte durch meinen Körper, nur geringfügig eingeschränkt durch die genähte Wunde auf meinem Oberkörper und die kleinen Stiche, die mir das Glasfenster gestern Nacht beschert hatte. Schlagartig war alle Müdigkeit von mir abgefallen, und der dumpfe Schmerz wurde nebensächlich.

Aber … wie konnte das sein? Es dauerte normalerweise mindestens eine halbe Woche, bis sich meine Magie wieder vollständig erholte, wenn ich sie restlos verbraucht hatte. Nach nur einem einzigen Tag ohne ihre Nutzung war ein derartiger Anstieg von …

Das Geräusch zerteilter Luft, das ich nur dank meiner geschärften Sinne wahrnahm, riss mich aus meinen Überlegungen, und so schnell ich mich in meinem Zustand bewegen konnte, hastete ich zur Seite. Die silberne Klinge schlug Funken, als sie schabend auf dem Dach aufprallte.

Ich versuchte ungeschickt, mich aufzurappeln, aber der steife Verband sowie ein Echo der Schmerzen, das in meinem Geist vibrierte, ließen mich stolpern, sodass ich nun rückwärts vor dem Schwarzgewandeten davonkroch. Mit der Eleganz eines Jägers, der wusste, wie sinnlos es war, vor ihm davonzulaufen, trat er auf mich zu, das Kurzschwert anklagend erhoben.

»Was, bei den Geistern, willst du von mir?«, schrie ich ihn in dem Versuch an, ihn irgendwie in ein Gespräch zu verwickeln und aufhalten zu können. »Ich habe dir nichts getan!«

Der Schwarzgewandete antwortete nicht und hob abermals die Waffe, um mich niederzustrecken. Dieses Mal endgültig.

Ich bezweifelte, dass der Trick von gestern Nacht noch einmal funktionieren würde, versuchte es aber trotzdem und setzte eine kleine Druckwelle frei, die ich frontal auf ihn zuschickte. Aber anscheinend hatte er damit gerechnet, denn er zuckte nur kurz zusammen, als er getroffen wurde, taumelte jedoch nicht zurück. Allerdings hatte ich mich absichtlich auch von dem Druck erfassen lassen und wurde nun in die entgegengesetzte Richtung geschleudert … über die Dachkante hinaus.

Mir blieb nur wenig Zeit, meine Essenzen zu bündeln, denn der Fall war kurz und mein Körper geschwächt. Auf allen vieren kam ich unten auf und atmete einmal tief ein, bevor ich mich aufrichtete und, so schnell mich meine Beine trugen, davonrannte. Mein geschundener Körper reagierte erbost auf die Anstrengungen, die ich von ihm verlangte, trotz der Magie, in die ich griff.

Ich musste mich nicht umdrehen, um zu wissen, dass er mich verfolgte. Ich fragte mich nur, warum. Was hatte ich getan, um den Zorn eines so gefährlichen Mannes auf mich zu ziehen?

Es dauerte nicht lange, bis er mich eingeholt hatte. Sein Griff um meine verwundete Schulter war hart und fest, und als ich von ihm heftig zurückgeworfen und auf die Straße geschleudert wurde, tanzten kurz weiße Pünktchen in meinem Blickfeld. Mit aller Kraft verscheuchte ich sie und tauchte tiefer in meine Substanz, richtete mich wieder auf, bevor der Schwarzgewandete reagieren konnte. Mein Körper brodelte vor Magie.

Er war nicht einmal außer Atem, obwohl ich fast einen Block weit gekommen war. Die Menschen, Huren und Bettler, die sich hier herumtrieben, schrien erschrocken auf, als er seine Klinge blankzog und mich ins Visier nahm. Ich begegnete seinem Blick mit Angst, aber standhaft.

»Unwürdig!«, hörte ich ihn zischen, dann griff er an.

Obwohl ich schnellere Reflexe wic üblich hatte und, so rasch ich es vermochte, dem scharfen Silber auswich, spürte ich, wie die Klinge die Haut an meiner Wange einritzte und ein Büschel Haare mitnahm. Ich duckte mich zur Seite weg und machte einen Satz nach vorn, um dem nächsten Hieb ebenfalls auszuweichen. Mit schnellen Schritten lief ich in eine der Seitenstraßen, vielleicht konnte ich ihn ja in dem Gassengewirr abhängen.

Ohne mein Tempo zu verlangsamen, bog ich immer wieder ab, versuchte, Haken zu schlagen und Deckung zu suchen. Teilweise waren die Abstände zwischen den Gebäuden so gering, dass kaum zwei Leute nebeneinander hergehen konnten. Müll und Unrat verunreinigten den Boden, Ratten stritten sich mit Staubdrachen um die fetteste Beute, und fast wäre ich über eine Katze gestolpert, die aus einem Hauseingang sprang.

Während ich immer wieder prüfende Blicke über die Schulter warf, lief ich noch durch ein paar Gassen, bevor ich schließlich stehen blieb und auf Geräusche oder Bewegungen achtete, die darauf hinwiesen, dass der Schwarzgewandete mir noch immer auf den Fersen war.

In der Dunkelheit rührte sich nichts, aber das musste nichts heißen. Hier zwischen den Gebäuden war es stockfinster, selbst Sternen- oder Mondlicht konnte nur selten das offenbaren, was sich hier abspielte. Hier war Vesontonio am gefährlichsten.

Mein eigener Atem ging keuchend und rasselnd, und ich hatte weder die Kraft noch die Geduld, ihm Einhalt zu gebieten und leiser zu sein. Wenn sich jemand in diesem Drecksloch aufhielt, würde er mittlerweile längst wissen, dass ich hier war. Aber selbst mein erneuter Griff in die Magie offenbarte mir kein Lebenszeichen. Konnte ich den Schwarzgewandeten wirklich abgehängt haben?

Vorsichtig und mit dem Blick nach hinten schlich ich weiter … und prallte gegen etwas. Oder jemanden.

»He, da bist du ja! Ich habe dich schon überall gesucht!«

Panisch schlug ich mit den Armen um mich und wollte davonlaufen, aber eine feste Hand schloss sich wie ein Schraubstock um meinen Oberarm.

»Ruhig Blut, mein Freund, ich will dir nichts Böses.« In der Dunkelheit erkannte ich einen groß gewachsenen Mann mit zotteligen Haaren, der beschwichtigend eine Hand hob, während ich noch versuchte, mich von ihm zu befreien.

»Verdammt, wer bist du? Lass mich los!« Ich wehrte mich heftig, aber anscheinend schien das dem Mann nichts auszumachen, er hielt mich weiter fest. Dafür hatte ich keine Zeit! Der Schwarzgewandete konnte noch in der Nähe sein!

Und da sah ich ihn, erstarrte.

Der Schwarzgewandete war wohl nicht nur ein herausragender Schwertkämpfer, sondern auch ein ausgebildeter Magier. Ohne irgendeinen Halt stand er mit beiden Füßen in der Luft, gut zwei Stockwerke über uns, das Schwert noch in der Hand, jedoch zur Seite gestreckt. Seine gnadenlosen Augen beobachteten, er rührte sich nicht.

Der Fremde, der mich festhielt, folgte meinem Blick und sah ebenfalls hinauf. Irrte ich mich, oder war der Schwarzgewandete kurz zusammengezuckt? Der Wind spielte mit seinem Umhang.

»Geh.«

Er hatte das Wort nicht einmal besonders laut ausgesprochen, dennoch füllte es die dunkle Gasse aus und vibrierte in der Luft. Der Geschmack höherer Magie hüllte mich ein, und kurz hatte ich das Bild einer sich brechenden Welle, die mit unbeugsamer Gewalt auf den Strand zurollte, im Kopf, bevor ich blinzelte und das Gefühl verschwand. Ich war wohl nicht der Einzige, der eingeschüchtert war: Sein einstiges Vorhaben ganz und gar vergessend, drehte sich der Schwarzgewandete um und sprang immer höher, bis er das Dach des Gebäudes erreicht hatte und dahinter verschwand. Seine aufblitzende Klinge war das Letzte, was ich von ihm sah.

Ich wusste erst, unter welcher Anspannung ich gestanden hatte, als er wirklich fort war. Tatsächlich spürte ich, wie meine Muskeln zitterten und die Wunde brannte und juckte. Vorerst zog ich mich nicht aus meiner Substanz zurück, weil ich vermutete, dass ich sonst einfach auf der Stelle zusammenbrechen würde.

Der Fremde drehte sich wieder zu mir um. »So, der kommt nicht wieder.« Ich hörte ein Lächeln in seiner Stimme.

Seine Worte drangen gar nicht richtig zu mir durch. »Du kannst mich jetzt loslassen«, erwiderte ich monoton.

»Damit du weglaufen kannst? Auf gar keinen Fall. Hat schon lange genug gedauert, dich in diesem Straßenlabyrinth zu finden.«

»Wer bist du? Was willst du von mir?«

»Willst du mir nicht danken, weil ich dir geholfen habe?«

»Danke. Und du bist …?«

Er seufzte. »Man nennt mich Junicus.«

Ich erstarrte, und ein dumpfes Gefühl von Angst (oder Ehrfurcht) überkam mich. Augenblicklich hörte ich auf freizukommen. Dann lachte ich nervös auf. »Natürlich, und meine Mutter ist die Großfürstin von Telica.«

»Wirklich?«

»Nein, verdammt! Das war nur ein Scherz! Das alles hier ist doch nur ein Scherz! Du, der Gott des Wassers? Ich lach mich tot! Und jetzt lass mich los, ich spüre meine Hand nicht mehr.«

Tatsächlich kam er meiner Bitte nach, und mein Oberarm kribbelte, als das Blut wieder zu fließen begann. Empört drehte ich mich um und ging langsam davon. Junicus, oder wie auch immer er heißen mochte, kam mir nach und lief leichtfüßig neben mir her.

»Das war's?«, fragte er. »Du hast keine Fragen? Wie ich deinen kleinen Freund in die Flucht geschlagen habe? Warum ich der Gott des Wasser sein soll? Du drehst dich einfach um und gehst davon wie eine verschmähte Frau?«

»Ich habe jedes Recht dazu«, fuhr ich ihn an. »Ob du's glaubst oder nicht, aber ich habe ein paar ziemlich schwere Tage hinter mir …«

Sein Blick fiel auf den Verband um meinen Brustkorb. »Ach was.«

»… und ich habe jedes Recht dazu, wütend zu sein, wenn mich so ein dahergelaufener Landstreicher auf den Arm nehmen will! Das ist das Letzte, was ich momentan gebrauchen kann, also schieb dir deine Lügen sonst wohin und lass mich gefälligst in Ruhe!«

Bei den Geistern, warum war ich eigentlich so schlecht gelaunt? Weil ich schon zum zweiten Mal in den vergangenen paar Nächten fast umgebracht worden war? Weil mich ein Verrückter mit einem etwas eintönigen Modegeschmack quer durch die Gassen gescheucht hatte? Oder weil sich die ganze Welt plötzlich gegen mich verschworen hatte und irgendetwas von mir wollte? Vielleicht eine Mischung aus allem. Wir erreichten die Hauptstraße, die heller erleuchtet war, sodass ich ein paarmal blinzeln musste, bevor ich mich daran gewöhnt hatte. Der Fremde sah im Licht sogar fast genauso vernachlässigt aus wie ich.

»Ich kann es beweisen.«

Ich schnaubte. »Natürlich kannst du das.«

»Du bist in einem Waisenhaus mit einer roten Tür aufgewachsen, das eine Frau namens Carja leitete. Du hast sie gehasst, weil sie nach Fisch stank und die Kinder schlug.«

Schlagartig blieb ich stehen.

»Mit zehn bist du auf der Straße gelandet, weil sie behauptet hat, du hättest sie bestohlen. Hast du auch, über Jahre hinweg, und das war der erste Tag, an dem sie dich erwischt hat. Damals hast du dir geschworen, dich nie wieder erwischen zu lassen. Du hast dich geschämt.«

»... hör auf.«

»Du kannst auf zwei Fingern pfeifen, und auf der linken Pobacke hast du einen Leberfleck. Deine Lieblingsfarbe ist Grün, und du magst es, die Vögel und die Drachen zu beobachten. Du wärst gerne so frei wie sie. Und du ...«

»HÖR AUF!«

Aus Rage und Hilflosigkeit stürzte ich mich auf ihn, nicht mit der festen Absicht, ihm wehzutun, sondern ihn zum Schweigen zu bringen. Die Leute machten einen Bogen um uns, Prügeleien und Handgreiflichkeiten waren hier in den Elendsvierteln nichts Ungewöhnliches.

Die ganze Frustration der letzten Tage, die Wut über diese maßlose Ungerechtigkeit, dass es ausgerechnet mich erwischte, und das zweimal hintereinander, brach aus mir hervor, und ich schlug wie wild auf den Fremden ein. Es war so leicht, ein Ventil für all diese Gefühle zu finden, und gerade weil der Fremde sich nicht wehrte und alles einfach kommentarlos hinnahm, war er der perfekte Sandsack für meine Fäuste.

Schlagartig pochte ein wilder Schmerz durch meinen Körper, und ich japste und krümmte mich. Der Fremde lag unter mir und sah mich mit spöttischen blauen Augen an. Wie gerne hätte ich ihm dieses Grinsen aus dem Gesicht ... Moment mal!

Ich hatte ihm eine blutige Unterlippe beigebracht, aber im Licht der Straßenlaternen sah ich, wie sich die Wundränder und die Haut wieder zusammenfügten. Im Bruchteil einer Sekunde zeugte nur noch der Blutstropfen, der zur Seite gelaufen war, von seiner einstigen Verletzung.

Ich keuchte und krabbelte von ihm herunter, brachte mehrere Meter zwischen uns und starrte ihn schockiert an. Was zum …?! Aus Angst, irgendetwas Dummes zu sagen, sagte ich lieber gar nichts.

»Das war noch harmlos«, meinte der Fremde und richtete sich auf. »Es gab mal eine Zeit, da hat sich die Wunde so schnell geschlossen, dass ich nicht einmal Gelegenheit hatte zu bluten.« Er wischte sich übers Gesicht und betrachtete grübelnd seine roten Finger. »Das ist lange her …« Er sah mich wieder an. »Glaubst du mir jetzt?«

»Na gut, ich geb's auf!« Ich verschränkte meine Arme, aus Angst, Junicus würde das Zittern bemerken. »Ich glaube dir alles, was du je gesagt hast und je sagen wirst! Du bist der Gott des Wassers und Herrscher über alle Flüsse und Seen und so weiter, und ich bin nur ein kleines Tröpfchen im Meer deiner großen Güte! Zufrieden?«

»Ja ziemlich.«

DER ERBE

Fuchs war fort, und Aran war schuld daran.

Natürlich stimmte das nicht, das wusste er, dennoch beschlich ihn ein merkwürdiges Gefühl von Beklemmung und Rastlosigkeit, während er durch Lehans Straßen strich. Heute war zwar erst der zweite Tag nach seinem Verschwinden, doch Aran ahnte, dass seine Suche dieses Mal erfolglos bleiben würde. Bereits in der Nacht, als Fuchs mit wundem Gesicht und gesenkten Augen an ihm vorübergegangen war, hatte ihm sein Gefühl gesagt, dass er den Jungen nicht allzu bald wiedersehen würde. Aber auch Aran konnte sich irren, und so suchte er zusammen mit den Wachen des Hauses Vanira die Straßen und Gebäude der Stadt ab. Je mehr Zeit verstrich, desto sicherer war er, den Jungen nicht auffinden zu können. Das erste Mal in seinem Leben.

Seufzend blieb er am Seeufer stehen und schaute hinaus auf das weite Wasser, während leise Wellen gegen die Boots- und Kaimauern schlugen. Er kam sich so hilflos vor, so machtlos, er hätte etwas merken müssen, als er den Jungen so niedergeschlagen und seltsam gebeugt gesehen hatte. Es war nicht nur der Druck, den Fürst Sharion ihm machte, der ihn antrieb, sondern auch die Sorge um den Freund, dem er seit fast zehn Jahren nicht von der Seite gewichen war.

Verdammt, Fuchs, wo steckst du? Was ist passiert?

Einer seiner Männer trat von hinten an ihn heran, unsicher, ob er ihn ansprechen sollte. »Herr, sollen wir die Suche ausweiten?«

Stirnrunzelnd blickte Aran auf das funkelnde Wasser, dem der See seinen Namen verdankte. Als ob Millionen kleiner Edelsteine darin schwimmen würden … »Nein«, sagte er dann langsam, »Fuchs ist nicht dumm, er will sich dem Einflussbereich seines Vaters entziehen. Ruf die Männer zurück. Ich glaube nicht, dass er noch in Lehan ist.«

»Jawohl, Herr.«

Aran wusste nicht, was er über Fuchs' Verhalten denken sollte. Bisher hatte er ihn immer als lockeren, aber kühnen jungen Mann betrachtet, der zu viel Energie hatte und seinen Platz in der Welt erst noch finden musste. Warum sollte er weglaufen? War es ein Zeichen von jugendlicher Rebellion? Oder fürchtete er sich gar vor den Aufgaben, die vor ihm lagen? Etwas sagte Aran, dass mehr dahintersteckte als einer seiner Scherze, die er nur zu gerne mit der Wache und seinem Vater trieb. Dafür kannte er ihn zu gut.

Zusammen mit seinen Männern machte er sich auf den Rückweg zum Anwesen. Er freute sich nicht darauf, seinem Herrn diese Nachrichten zu überbringen, aber er war Fürst Sharion treu ergeben und schon zu lange in seinen Diensten, um zu wissen, was er angesichts der Lage tun würde.

Das Gesinde und die Dienerschaft des Fürsten waren angespannt und nervös, seit Fuchs verschwunden war. Vielleicht fürchteten sie den Zorn ihres Herrn. Aran hatte Sharion nie boshaft oder aggressiv erlebt, aber auch er konnte ein gewisses Maß an Vorsicht bei sich selbst wahrnehmen. Schließlich war der Fürst selten so gereizt gewesen.

Aran fand ihn im Audienzzimmer, wo er vor der breiten Fensterfront auf und ab ging wie ein gefangener Drache. »Ich hoffe, du bringst erfreuliche Nachrichten, Aran«, sagte er, ohne den Blick von der Stadt abzuwenden, über die er herrschte.

»Leider nicht, Herr. Ich fürchte, Vico hat die Stadt verlassen.« Er benutzte in Sharions Gegenwart stets Fuchs' Geburtsnamen.

Äußerlich zeigte der Fürst kaum eine Reaktion, doch Aran sah, wie er mit den Zähnen knirschte. »Törichter Junge!«, stieß er hervor. »Was denkt er sich nur dabei?«

Er drehte sich zu dem Krieger um, und dieser ließ sich

nicht anmerken, wie erschrocken er über den gehetzten Blick in seinen Augen war. Sharion schritt zum Tisch, und Aran dachte schon, dass er wohl sämtliche Unterlagen darauf zur Seite fegen würde, doch er stützte sich lediglich auf ihnen ab und sah auf einmal sehr müde aus.

»Was soll ich nur machen, Aran?«, fragte er mit hängenden Schultern. »Ohne einen Erben ist mein Haus dem Untergang geweiht. Ganz zu schweigen davon, was die hohe Gesellschaft von mir hält. Sie lachen über mich, halten mich für schwach und verheimlichen dies nicht einmal vor mir.«

»Ihr seid nicht schwach«, warf Aran ein.

»Aber Vico macht mich schwach!« Jetzt wischte der Fürst wirklich vor Wut über den Tisch, und sämtliche Papiere, Stifte, Briefbeschwerer und -öffner landeten polternd auf dem Boden und legten Zeugnis davon ab, wie es um den Fürsten stand. Gleichmütig blieb Aran stehen und betrachtete das Chaos.

»Wie kann er es wagen!«, schrie Sharion. »Er ist mein Sohn und von Geburt an mit höchsten Privilegien gesegnet! Muss ich denn ständig auf ihn aufpassen?!«

»Vico ist kein Kind mehr …«

»Warum verhält er sich dann so? Das ist unverantwortlich und albern! So benimmt sich ein Trottel vom Land und kein zukünftiger Großfürst!« Er ließ sich auf seinen Stuhl fallen, und Aran wartete geflissentlich, bis er sich wieder beruhigt hatte.

»Er muss gefunden werden«, sagte der Großfürst dann und rieb sich die ergrauten Schläfen, »und zwar so schnell wie möglich. Was glaubst du, Aran, wo könnte er sein?«

»Er ist noch nicht lange fort, Herr. Sein Vorsprung kann nicht sonderlich groß sein.«

»Gut, dann …«

»Allerdings ist er auch, wie Ihr wisst, sehr talentiert in Windmagie, und aus diesem Grund kann er schon die nächste Stadt erreicht haben.«

»Unmöglich! Das Schreiten war, aus gutem Grund, nie Teil seiner Ausbildung.«

»Vico ist schlau genug, um von selbst die Ströme zu erkennen. Und wenn er wahrlich entschlossen ist, denke ich schon, dass er dazu in der Lage ist.«

Sorge verdüsterte Sharions Gesicht. »Instinktive Nutzung von höherer Magie ist sehr gefährlich.«

»Ja.« Mehr konnte Aran nicht dazu sagen, weil es auch ihm die Kehle zuschnürte.

»Umso dringlicher ist unser Anliegen! Wir werden erst die Städte in der Umgebung absuchen und dann Rida, Vesontonio und Rae.«

»Herr, der Wind könnte ihn in jede Stadt getragen haben. Sogar nach Vasar und Rhinshasa …«

»Genug!«, rief Sharion. »Ich will davon nichts hören! Bevor wir noch Schattengeister heraufbeschwören, will ich lieber sichergehen, dass mein Sohn wohlauf noch in Nyria weilt. Dass er ins Verfluchte Land geschritten ist, übersteigt meine Vorstellungskraft.«

»Wie Ihr wünscht, Herr.«

»Bereite alles für den Aufbruch vor. Ich gedenke, bei den Hochfürsten vorzusprechen.«

»Ihr …« Aran stockte. »Ihr wollt mitkommen?«

»Selbstverständlich.« Sharion musterte den Krieger, als hätte er den Verstand verloren. »Vico ist mein Sohn.« Es kam selten vor, dass der Fürst von Fuchs als seinem Sohn sprach und nicht als seinem Erben. Aran schalt sich in diesen Momenten immer, dass er oft vergaß, dass auch Sharion ein Vater war.

»Ich werde ein Schreiben aufsetzen, das meine Situation schildert. Aran, du darfst jetzt gehen. Und lass bitte nach Calh schicken, damit er dieses Desaster beseitigt.« Er deutete auf die heruntergefallenen Unterlagen, die seinen Schreibtisch wie einen Wasserring umgaben.

»Jawohl, Herr.«

ERHEBUNG

Dunkel und schwer legte sich die dicke Luft auf die Häupter der Menschen, webte einen dichten, rauchblauen Teppich aus abgestandenem Atem und Pfeifenrauch. Der Geruch nach Alkohol vermischte sich mit dem von Schweiß und Unrat, schwängerte die Luft wie das Parfüm einer Kurtisane. Das Klirren der Gläser und das raue Lachen angeheiterter und betrunkener Männer bildeten eine schwingende Melodie von Freude, Aufregung und Trägheit. Dämmeriges Licht erleuchtete die Schankhöhle nur spärlich, Dunkelheit lauerte in den Nischen und Ecken, ein Raubtier, das niemand reizen wollte.

Durch die Tür huschte ein Schatten hinein, zwängte sich durch die dicht besetzten Tische, ohne eine Schulter oder einen Mantel zu berühren. Vollständig vom dunklen Kleid der Nacht umschlungen, bewegte er sich wie ein blinder Fleck durch den Raum. Niemand hob den Kopf, kein neugieriger Blick folgte ihm, waren die Menschen doch nicht mehr als ein Teil der Welt, die sie sich selbst ersannen.

Er lockte die Finsternis zu sich, das Raubtier wurde in seiner Gegenwart zum Kätzchen, als er sich einem Tisch in der Ecke näherte, an dem einsam ein Mann saß. Sein Bierkrug war unberührt.

Es dauerte eine Weile, bis der Schattenumhüllte sprach. »Junicus hat seinen Funken weitergegeben.«

Der Mann zeigte keine Reaktion, sah den Schattenumhüllten nicht an, ließ stattdessen seinen Blick durch den Raum schweifen, als interessierte es ihn nicht. »Wann?« Seine Stimme klang ruhig und bedacht, als würde er jedes Wort sorgsam abwägen, bevor er es aussprach.

»Vor Kurzem erst. Keinen Tag ist es her.«

Jetzt legte der Mann den Kopf zur Seite, leicht nur, nachdenklich. »Das ist … gut. Bring ihn mir.«

»Es ist ein Unwürdiger …«

»Und das stört dich?« Die Frage war simpel und keineswegs bedrohlich gestellt, trotzdem verlagerte der Schattenumhüllte beunruhigt sein Gewicht. »Du würdest ihn lieber tot sehen, nicht wahr? Von deiner Klinge niedergestreckt.«

Der Schattenumhüllte erwiderte nichts, das Zwielicht um ihn erstarrte.

»Bring ihn mir«, wiederholte der Mann und lehnte sich zurück. »Lebend.«

»Junicus befahl mir, seine Nähe zu meiden.«

»Das ist mir egal.« Die Luft vibrierte, die Schatten schienen zu zittern, und für einige Augenblicke erstarrten die Gespräche in der Gaststätte wie in zähflüssigen Honig getaucht. Der Schattenumhüllte blickte zu Boden, der Schal um seinen Kopf verbarg die Scham oder auch den Zorn.

»Junicus hat keine Macht mehr, seine Worte sind bedeutungslos geworden. Meine sind es nicht. Hast du das verstanden?«

Sekunden, Minuten vergingen, bis der Schattenumhüllte antwortete. »Ja.«

»Ja, *Herr.*«

Der Schattenumhüllte ballte die Fäuste. Die Augen des Mannes blitzten amüsiert, als er das bemerkte. »Ja, Herr.«

»Gut.« Endlich griff er nach dem Krug und führte ihn zum Mund, trank jedoch nur einen Schluck, bevor er ihn wieder abstellte. Wie eine Statue aus Finsternis beobachtete ihn der Schattenumhüllte dabei. »Ich denke, es ist an der Zeit«, sinnierte der Mann. »Die Gilden sind schwach. Der Hochfürst, dieser Gockel, ist schwach. Bald wird sich die *Nacht* erheben, und Vesontonio wird erst der Anfang sein, Nyria wird bald folgen.« Er lachte kurz und trank den Krug leer. Der Schattenumhüllte wandte sich ab und wollte gehen.

»Wisse«, sagte der Mann noch leise, und sein Lakai blieb stehen, ohne sich umzudrehen, »dass ich ein Versagen nicht dulde. Du weißt, was passiert, wenn du mich enttäuschst.«

Der Schattenumhüllte schwieg, atmete die Dunkelheit aus und huschte dann davon wie ein schrecklicher Fluch: unvergessen und schicksalsschwer.

DER FUNKE

Junicus schien bester Laune. Mit den Händen in den Taschen schlenderte er locker wie auf einem Festtagsspaziergang über den Neunkönigsplatz. Dass heute Markttag war und der Platz dementsprechend voll, schien ihn nicht zu stören. Missmutig lief ich ihm hinterher, quetschte mich durch die Menschenmenge und hielt den Kopf gesenkt. Ich wusste nicht, was ich von ihm halten sollte.

Er hatte sein Hemd, das früher vielleicht einmal weiß gewesen war, bis zu den Ellbogen hochgekrempelt, sodass man seine gebräunte, von Wind und Wetter gegerbte Haut darunter erkennen konnte. In seine zerzausten, teilweise verfilzten Haare, die ihm bis auf die Schultern fielen, hatte er sich Federn, Perlen, bunte Steine und stumpfe Glasscherben geflochten, sodass es jedes Mal klimperte, wenn er den Kopf bewegte. Was war das? Strandgut?

»Hast du Hunger?«, fragte er mich und hielt an einem Stand, der Obst und Gemüse feilbot. »Willst du was essen?«

So verlockend die Tatsache auch war, dass jemand mein Essen bezahlte, musste ich doch den Kopf schütteln. »Ich glaube nicht, dass ich es bei mir behalten kann.«

Sein Blick wurde abschätzend, blieb an meinem Verband hängen, bis er schließlich mit den Schultern zuckte und trotzdem ein paar Äpfel kaufte. »Was hältst du davon, wenn wir dich neu einkleiden?«, sprach er weiter, während er in einen davon biss. »Ein ordentliches Hemd, ein warmer Mantel.« Er schaute auf meine Füße. »Schuhe.«

»Ich brauche keine Schuhe. Ich laufe gerne barfuß.«

»Es macht deine Füße kaputt.«

»Barfuß laufen ist gesund.«

Für einen Augenblick sah er mich so verdutzt an, dass ich

mir sicher war, entweder etwas herausragend Kluges oder sehr Dummes gesagt zu haben. Dann lachte er kurz und rau, ein Laut, der aus den Tiefen seines Brustkorbes zu kommen schien. Ich erwischte mich dabei, wie ich leise lächelte, hörte aber sofort wieder damit auf, als ich es bemerkte. Ich war wirklich krank, jetzt wurde ich schon sentimental.

»Besser als die Dinger, die du da trägst«, versuchte ich mich zu verteidigen. »Die sehen aus wie Strandlatschen.«

»Das *sind* ja auch Strandlatschen.« Er strahlte.

»Wir sind hier aber nicht am Strand, sondern in der Großstadt!«

»Alles dasselbe.« Er winkte ab. »Ich kann mich noch an Zeiten erinnern, da war das hier nicht mehr als ein winziges Wasserloch. Und schmutzig obendrein.«

Schmutzig ist es jetzt immer noch, dachte ich mir, obwohl wir uns im Zentrum der Stadt befanden, wo es Kanalisationen, Reinigungs- und Ordnungskräfte gab. Es gab immer zwei Seiten der Münze.

»Was willst du eigentlich von mir?«, stellte ich die Frage, die mir schon seit gestern Nacht unter den Nägeln brannte, die ich mich aber nicht auszusprechen getraut hatte.

»Bist du nicht dankbar, dass ich dir so ganz ohne Gegenleistung geholfen habe? Dass ich mich ein bisschen um dich kümmere, dir Essen und Kleidung kaufe, ohne etwas dafür zu verlangen?«

»In erster Linie bin ich misstrauisch. Wahre Freundlichkeit ist selten auf der Welt, umso skeptischer bin ich, wenn ich ihre ersten Anzeichen bemerke.«

»Das ist ein guter Spruch. Vielleicht sticke ich mir den auf mein Taschentuch.«

»Du hast die Frage nicht beantwortet.«

»Weißt du«, plötzlich blieb Junicus stehen und drehte sich um, sodass ich fast in ihn hineinlief, »in einer Sache hattest du gestern völlig recht. Glaub mir kein Wort, wenn ich dir sage, ich bin der Gott des Wassers. Ich bin es nämlich nicht mehr.«

Ich runzelte die Stirn. »Was soll das denn heißen? Wer ist es dann?«

Er grinste, und das mit einer Ehrlichkeit, die mich irgendwie unangenehm berührte. Mit dem Zeigefinger tippte er mir an die Stirn. »Du.«

»Was ist Magie?«

Hartnäckig hatte sich Junicus geweigert, weitere meiner Fragen zu beantworten, und mich einfach schweigend zurück in die dunklen Viertel der Stadt geführt. Jetzt hockten wir auf dem Flachdach eines Hauses, das im Vergleich zu den Riesen, die seine Nachbarn waren, winzig und eingedrückt wirkte. Offenbar wurde es nicht fertig gebaut, denn überall lagen Holzbalken herum, und eingefallene Gerüste stützten es wie einen Betrunkenen. Wir saßen hier im Schatten von Vesontonios Größe, Junicus mit baumelnden Beinen über der Fassade, ich angelehnt an der Mauer des Nachbargebäudes mit angezogenen Knien. Trotz der pochenden Wunde war ich nicht erschöpft oder müde. Die robusten Stiefel, die ich mir hatte aufschwatzen lassen, damit Junicus endlich Ruhe gab, lagen unbeachtet am Treppenaufgang. Ich fasste den stillen Entschluss, sie niemals zu tragen.

Als er mir diese Frage stellte, sah ich ihn misstrauisch und neugierig zugleich aus den Augenwinkeln an. Zugegeben, die Nummer mit dem Wassergott war ziemlich überzeugend gewesen, aber ich wusste nicht, was ich von seinem sonstigen Gerede halten sollte. So richtig traute ich dem Braten nicht.

»Keine Ahnung«, sagte ich dann achselzuckend, »woher soll ich das wissen?«

»Du bist magiebegabt.«

»Du merkst aber auch alles …«

»Was ist Magie dann?« Er klang wie ein Lehrer, der geduldig einen Schüler unterwies.

Ich seufzte und dachte einige Sekunden nach, schon allein deshalb, damit er sich mit der Antwort zufriedengab. »Energie«, sagte ich dann.

»Leben«, korrigierte er mich freundlich, »Magie ist Leben. Das ist die erste Lektion, die jeder angehende Magier an der Akademie lernt.«

Ein Stich durchfuhr mein Innerstes, vielleicht Ärger oder Wut oder Verbitterung. »Sehe ich etwa wie ein Magier aus? Oder wie ein Novize?«

»Nein. Du siehst aus wie jemand, der mitdenkt.«

Ich brummelte eine unverständliche Antwort.

»Alles lebt«, fuhr Junicus fort, und mit einer Geste umfasste er die ganze Stadt und alle, die darin lebten. »Alles ist magisch. Du spürst dieses Leben, wenn du in deine Magie tauchst. Die Maserung des Holzes unter deinen Füßen. Den Wind, der dein Gesicht streichelt. Den Atem in meinen Lungen.«

»Ja klar, meine Sinne verstärken sich auch.«

»Für das Leben um dich herum, du hast es bisher nur nicht als Leben wahrgenommen. Du wirst unbewusst aufmerksamer. Alles lebt, manches mehr, manches weniger, das hängt von der Enya ab.«

»Der was?«

»Das, was du als Substanz kennst. Dein Kern, deine Seele, dein Selbst. Je größer die Enya ist, desto lebendiger ist eine Sache. Menschen haben eine größere Enya als, sagen wir, Katzen.«

Ich erinnerte mich an die Tage, an denen ich in meine Substanz getaucht war und alles um mich herum als Licht wahrnahm, selbst wenn ich die Augen geschlossen hatte. Die Ratten in den Kanälen waren Kerzen gewesen, die Hunde wie Petroleumlampen und die Wachen, die mir auf den Fersen gewesen waren, wie Straßenlaternen. Jeder in einem anderen individuellen Schein. Ich erzählte Junicus davon.

Er nickte begeistert. »Genau! Du hast das Wesentliche verstanden. Die Enya ist das Leben selbst.«

Ich neigte langsam den Kopf, und Junicus lächelte. »Die Enya bestimmt, wie lange ein Wesen am Leben ist. Menschen mit starker Enya haben ein langes Leben vor sich, sie sind aufgedrehter, haben mehr Energie, ihre Wunden heilen schneller.« Ich wollte etwas einwerfen, aber er fuhr fort, ohne sich unterbrechen zu lassen. »Nicht viel schneller, nur wenige Stunden im Vergleich zu anderen. Dann gibt es jene, deren Enya klein ist, die kränklich und schwach wirken. Diese Enya ist schnell verbraucht, und die Menschen sterben rasch. Und dann gibt es noch jene, die so viel Enya haben, dass sie sie benutzen können. Diese Menschen nennt man Magier.«

Er hob die Hand und zeichnete einen Kreis in die Luft. Zu meiner Verblüffung zog sein Finger eine leuchtende Spur hinter sich her, wie ein Faden aus Licht, der ihm folgte. Der Kreis blieb in der Luft hängen und flimmerte etwas, als wäre er heiß.

»Die Enya ist Leben, pure Energie. Sie entsteht bei jedem Menschen bei seiner Zeugung und reift mit der Zeit, bildet Persönlichkeit. Wenn die Energie immer größer wird und irgendwann das Level erreicht, dass sie für die eigentliche Lebensspanne des Menschen nicht mehr entscheidend ist, wird sie zur Nael.«

Er zeichnete einen weiteren Kreis, größer dieses Mal, der den anderen vollkommen umschloss. Mit dem Finger deutete Junicus nun auf den Raum zwischen den Kreisen.

»Man kann die Nael nutzen. So lange, bis sie verbraucht ist. Eine natürliche Barriere in deinem Kopf und in deinem Verhalten schützt dich davor, mehr Nael zu verbrauchen, als du tatsächlich hast.« Er zeigte auf die Linie des inneren Kreises.

»Sonst würde ich auf meine Enya zugreifen«, führte ich den Gedanken weiter, »und damit mein eigenes Leben verbrauchen.«

»Du hast es erfasst. Etwa ein Drittel der Bevölkerung Nyrias haben Nael, aber wenige sind in der Lage, diese zu spüren und darauf zuzugreifen. Allerdings kann man ohne eine vernünftige Einweisung nur kleine Zauber wirken.« Er fuhr mit der Hand durch die Luft und verscheuchte die Lichtringe, als wären sie aus Rauch. Einzelne Fäden wurden vom Wind davongetragen.

»Die Magiergilden«, sagte ich, »die Akademie. Sie bilden jene aus, die Nael haben.«

»Richtig. Erinnerst du dich an den Gedanken, der zu diesem Gespräch geführt hat?«

»Natürlich. Alles lebt.«

Aufgeregt beugte sich Junicus vor und breitete die Arme aus, sodass ich für einen Augenblick fürchtete, er könnte das Gleichgewicht verlieren und zwei Stockwerke in die Tiefe stürzen. »Leben Steine? Gras? Feuer oder Eis? Oder …« Er hielt mir den Zeigefinger direkt vors Gesicht. »… Wasser?«

»Ich …« Bevor ich diese Antwort ganz ausgesprochen hatte, hielt ich inne. Jedes Mal, wenn ich tief in meine Substanz, nein, in meine Nael, getaucht war, hatte ich meine Umgebung gespürt, auf eine tiefe, unbewusste Weise, wie ein Sehender, dessen Blickwinkel erweitert wurde. Wie oft hatte ich das Pflaster der Straße gespürt, den Regen auf meinem Gesicht, die Fäden des Windes und dabei tief in mir die Erkenntnis gespürt, dass dies alles Teil eines großen Ganzen war! Dass auch der Stein unter meinen Füßen irgendwie lebte! Nicht auf die gleiche, hastige, vergängliche Art, wie es Menschen und Lebewesen tun, sondern … anders, aber nicht weniger wichtig.

Junicus beobachtete gespannt, wie der Gedanke in mir Wurzeln schlug und sich ausbreitete, und an dem amüsierten

Glitzern in seinen Augen erkannte ich, dass genau das seine Absicht gewesen war.

»Es gibt etwas, das man den Funken nennt. Ein Funke des göttlichen Feuers, das die Welt erschaffen hat, bis heute vielfach geteilt und doch noch immer unverständlich.«

Er fing mit seinen Fingern den Wind ein. »Luft.«

Er klopfte mit den Knöcheln auf den Stein, auf dem wir saßen. »Erde.«

Er zeigte mir die Gänsehaut auf seinen Unterarmen. »Kälte. Wärme.«

Er blickte hoch zur Sonne, die sich hinter den Türmen versteckte. »Licht.«

Er deutete auf die Schatten, die uns umgaben. »Dunkelheit.«

Er fuhr mit der Hand durch eine Pfütze, die der nächtliche Regen auf dem Dach hinterlassen hatte. »Und Wasser.«

»All diese Funken leben. Das Problem ist, dass sie zwar unendlich viel Energie besitzen, aber keinen Körper. Sie sind unbeständig. Aus diesem Grund müssen sie sich an eine Enya klammern, die groß genug ist, Jahrhunderte und Zeitalter zu überdauern, damit sie weiter bestehen bleiben. Nämlich die menschliche.«

»Was willst du mir damit sagen?«

»Die Gefäße für die Funken sind Menschen, die du Götter nennst.«

Mehrere Minuten verstrichen, in denen er mir Zeit gab, das soeben Gehörte richtig zu begreifen. Er erwartete wohl, dass ich ihn abermals als Lügner bezeichnen, aggressiv werden oder sogar in Tränen ausbrechen würde. Ich enttäuschte ihn ja nur ungern, aber das Grinsen konnte ich mir nur schwer aus dem Gesicht wischen.

»Soll das heißen, ich bin jetzt göttlich?«

»Nein.«

»Aber du hast doch gerade …«

»Der Funke löst sich langsam von meiner Enya und klammert sich stattdessen an deine. Je menschlicher ich werde, desto göttlicher wirst du. Je schwächer ich werde, je stärker wirst du. So lange, bis …«

»… du tot bist.«

»Ja.«

»Und was hindert mich daran, dich gleich hier und jetzt zu töten?«

»Das wäre kontraproduktiv. Um sich ganz von mir zu lösen, braucht der Funke Zeit. Ungefähr ein Menschenleben.«

»Und wenn du davor stirbst? Sagen wir, durch einen Blitzschlag? Oder eine Krankheit?«

Er sah mich mit hochgezogener Augenbraue an. »Vergiss nicht, dass ich bis vor Kurzem den Funken noch hatte. Glaubst du, ich würde an einer simplen Grippe sterben? Oder einem Blitz? Was übrigens sehr unwahrscheinlich ist.«

»Na gut. Der Funke hat also noch Einfluss auf dich, verstehe ich das richtig?«

»Ja. Meine Wunden heilen noch immer schneller als bei den meisten anderen, und meine Gesundheit ist quasi unangreifbar. Allerdings wird sich das mit fortschreitender Zeit ändern. Während meine Enya auf ein menschliches Maß schwindet, wird deine täglich exponentiell wachsen. Du wirst aufhören zu altern. Du …«

»Heißt das etwa, ich werde für immer vierzehneinhalb bleiben?«, unterbrach ich ihn schockiert.

»Nein. Das heißt nur …« Junicus stockte, sah mich an und blinzelte dann verwirrt. »Entschuldige, ich habe dich für zwölf gehalten.«

»Was? Ich sehe ja wohl mindestens aus wie dreizehn!«

»Du bist so dürr wie ein Staubdrache, da ist das sehr schwierig einzuschätzen.«

»Leb du mal für ein paar Jahre auf der Straße und lass dich von verrückt gewordenen Schwertkämpfern aufschlitzen, dann reden wir weiter.«

Er räusperte sich, bevor er fortfuhr. »Du wirst immer seltener essen und schlafen, irgendwann gar nicht mehr. Deine Wunden heilen immer schneller. Deine Wahrnehmung verstärkt sich. Du wirst viel mehr Informationen aufnehmen können als bisher, sodass du, selbst wenn du mit allen Menschen Nyrias verbunden bist, dich fühlst, als würdest du einfache Rechenaufgaben lösen. Du wirst dich an alles erinnern können, was geschieht, jede Sekunde.« Entspannt lehnte er sich zurück und hielt sein Gesicht in den Wind. »Hast du dazu noch Fragen?«

»Ja. Was bedeutet ›exponentiell‹?«

NACHT

Ich träumte von Wellen, die gegen Felsküsten schlugen und ein Meerschaumlied von Sehnsucht, Einsamkeit und Ewigkeit sangen. Umso enttäuschter war ich, als ich aufwachte und in die Dunkelheit einer herkömmlichen Unterkunft starrte. Seufzend richtete ich mich schwerfällig auf und wischte mir den letzten Traumsand von den verklebten Wimpern.

Junicus hatte recht behalten, als er sagte, ich würde immer seltener und weniger schlafen. Erst waren es Tage gewesen, die ich nicht geruht hatte, dann Wochen, und schließlich war mein letzter erholsamer Schlaf fast schon einen Monat her. Ich träumte immer wieder das Gleiche: Wasser. Egal ob schäumende Brandungen, reißende Flüsse, dahinplätschernder Regen oder brüllende Katarakte, immer wieder sah ich sie, wenn ich die Augen schloss, und ich liebte es. Niemals hätte ich gedacht, ein so tiefes Wohlgefühl beim Anblick eines sanft fließenden Baches zu verspüren, aber würde ich nicht von Zeit zu Zeit aufwachen, verbrächte ich wohl Stunden oder gar Tage damit, dem Wasser, dem Teil von mir, zuzuschauen. Junicus sagte, das wäre am Anfang normal, doch hatte er diese Leidenschaft mit dem Fortschreiten der Jahre nie wirklich abschütteln können. Ich fragte mich, ob ich eines Tages auch so ruhig, so gefasst durch die Welt gehen würde, mit der Macht, mit einem Wort ganze Ozeane zum Schweigen zu bringen.

Das würde ich zwar niemals laut sagen, aber ein bisschen bewunderte ich den einstigen Wassergott für sein sanftes Wesen. Niemals verlor er die Fassung, auch wenn ich ihn absichtlich provozierte und es darauf ankommen ließ, niemals sagte er ein böses Wort über sich oder andere, niemals war er hitzig oder wurde wütend. Ja, es gab Tage, da ging mir das gehörig auf die Nerven, aber mittlerweile wusste ich seine markante Persönlichkeit zu schätzen.

Er war mir ein geduldiger Lehrmeister, brachte mir das Verständnis höherer Magie bei, hielt sich in bestimmten Dingen aber meistens zurück, damit ich meine eigenen Erfahrungen machen konnte. Und dafür war ich ihm sehr dankbar.

Allerdings war das Leben auf der Straße zu tief in mir verankert. Junicus wohnte hier in der Stadt bei einem Freund, den er besuchte, und hatte angeboten, mich ebenfalls dort unterzubringen, aber ich hatte abgelehnt. Von jetzt auf gleich den Zugang zu annähernd unbegrenzter Macht in sich aufkeimen zu spüren war bereits aufwühlend genug für mich, stellte es doch mein gesamtes Leben auf den Kopf. Jetzt auch noch die Umgebung, die mir vertraut war und in der ich aufgewachsen war, zu verlassen und womöglich in eine höhere Gesellschaftsschicht aufzusteigen überstieg meine Vorstellungskraft. Der Gedanke, mich in sauberen Kleidern an einem Esstisch sitzend zu sehen, während vor mir ein aufwendig zubereitetes Mahl platziert wurde, war … grotesk.

Das war nicht ich. Junicus war nicht ich.

Ich war aufbrausend, emotional, ausfallend in Sprache und Handlung, frech und vorlaut. Daran änderte auch ein göttlicher Funke nichts. Nein, ich wollte hingehen, wohin es mich zog, frei sein, das zu tun, was mir gefiel. Aus diesem Grund bezog ich genau jenes Haus, auf dessen Dach Junicus mir einst die Grundzüge der Magie beigebracht hatte. Zwar war es baufällig, und im Inneren roch es muffig, und es zog gewaltig, aber irgendwie gefiel es mir. Meine Gedanken hatte Junicus nur mit hochgezogener Augenbraue quittiert.

Während ich gähnte und mich streckte, spürte ich ein leichtes Ziehen auf meinem Oberkörper. Auch in diesem Fall hatte Junicus recht behalten: Meine Wunde war in weniger als einer Woche verheilt gewesen und nun einer großen

Narbe gewichen, die ich eigentlich nur spürte, wenn ich mich verrenkte oder dehnte. Zwar hatte Junicus Besorgnis gezeigt, weil eigentlich auch die Narbe verblassen müsste, aber mich störte sie nicht, ich mochte sie sogar, denn sie sah brutal und verwegen aus. Sollte doch jeder sehen, dass man versucht hatte, mich umzubringen, und daran gescheitert war.

Ich kratzte mich am Kopf und dachte noch einmal an meinen Traum zurück, an das Rauschen der Brandung während eines Sturms, und blinzelte in die Dunkelheit. Meine Augen wurden immer besser, sodass ich selbst jetzt, wo tiefste Nacht herrschte, so gut wie jede Einzelheit des Raumes erkennen konnte. Es sollte wohl mal ein Schlafzimmer werden, deswegen hatte ich hier meine Matratze in die Ecke geschoben. Fenster gab es keine, und die Tür zum Flur hing nur noch halb in den Angeln. Sie war schon so verrostet und heruntergekommen, dass selbst der stärkste Windhauch sie nicht bewegt hätte. Aus diesem Grund fragte ich mich, warum ich wach geworden war.

Misstrauisch drehte ich mich Richtung Tür und schlug die Beine übereinander, legte den Kopf schief und lauschte. Kein einziges Geräusch konnte ich ausmachen, nur das leise Pfeifen des Windes und das Fiepen der Ratten im Keller. Kaum laut genug, um aus dem Tiefschlaf gerissen zu werden.

Ich weitete meine Augen, um sicherzugehen, dass sich nichts meinem Blick in die Dunkelheit entziehen konnte, doch auch hier bemerkte ich nichts Ungewöhnliches. In der Nacht war die Welt grau in grau, Farben konnte man nur im Licht wahrnehmen, und mir eröffneten sich mein Zimmer und durch die offene Tür ein Abschnitt des eintönigen Korridors.

Mit gemischten Gefühlen stand ich langsam auf und schritt auf den Flur, die teilweise morschen Holzdielen knarrten unter meinen nackten Zehen, und in Augenblicken wie diesen kam ich mir vor wie der letzte Trampel und nicht wie ein erfahrener Dieb.

Draußen auf dem Flur war es ebenfalls ruhig, und ich blickte nach unten in den Wohn- und Eingangsbereich. So etwas wie eine Innenausstattung gab es nicht, doch ich hatte mir einen kleinen Stuhl und einen robusten Tisch geleistet, die ich aber eigentlich nie benutzte. Meistens saßen Junicus und ich auf dem Dach oder schlenderten durch die Stadt, wenn er mir etwas beibringen wollte. Heute war einer der wenigen Abende, an denen ich tatsächlich allein war.

»Hm«, machte ich, als ich die Bruchbude musterte. *Meine* Bruchbude. Vielleicht irrte ich mich ja auch, vielleicht reagierte ich nur über.

Ich hörte ihn nicht, ich sah ihn nicht, und ich spürte ihn nicht. Wieso also hatte ich nur Sekunden zuvor ein paar leichte Schutzzauber hochgezogen, alle Muskeln plötzlich zum Zerreißen gespannt? Es war wohl das, was man als Instinkt bezeichnete.

Der Zauber traf mich beinahe unvorbereitet, und bevor ich mich versah, wurde ich heftig nach hinten geschleudert und so dicht in Schatten eingewickelt, dass ich doch tatsächlich Mühe hatte, mich zu bewegen. Ich prallte gegen die Wand, und sämtliche Luft in meinen Lungen wurde nach außen gepresst wie der Saft einer überreifen Zitrone. Obwohl meine Wunden schnell heilen würden, wusste ich, dass ich bis morgen früh noch meinen Spaß mit ihnen haben würde.

Ein großer, dunkler Umriss trat in mein Blickfeld und befehligte die Schatten, die mich festhielten. Nur dank der kleinen Zauber, die ich kurz zuvor gesprochen hatte, konnte ich mich noch einigermaßen bewegen und denken, denn ich spürte, wie sich etwas gegen mein Bewusstsein drängte und versuchte, die Oberhand über meine Gedanken zu gewinnen. Augenblicklich tauchte ich in meine Nael und verteidigte mich, drückte mit aller Macht dagegen, während ich versuchte, mich zu befreien.

Weiche!, befahl ich mit im Geiste donnernder Stimme, doch es funktionierte nicht so, wie ich es erhofft hatte. Einige Schatten lösten sich von mir, doch der Druck auf meinen Geist ließ trotzdem nicht nach. Früher hätte ich mich geärgert, so viel Energie verschwendet zu haben, aber mittlerweile war meine Nael so groß, dass ich Hunderte solcher Zauber wirken konnte, ohne müde zu werden. Wie nur teilweise gelöste Stricke fielen meine Fesseln von mir, und ich zappelte und mühte mich ab, sie ganz loszuwerden.

Doch so weit ließ es mein Gegner gar nicht kommen. Abermals spürte ich, wie er die Dunkelheit zu sich rief, und aus Verzweiflung, vielleicht auch aus Panik, ging ich zum Gegenangriff über. Anstatt einfach nur dem geistigen Druck standzuhalten, unter dem ich stand, nahm ich alle meine Energie zusammen und stieß vor. Mein Gegner hatte eine dunkle, fast schon schwer fassbare Aura, und es schauderte mich, als ich sie berührte. Ich kannte diese Aura.

Vor mir stand der Schwarzgewandete und schwankte, als ich ihn angriff. Der Schattenzauber, den er aussprechen wollte, blieb unausgereift und verpuffte in der Nacht. Ich schüttelte die restlichen Schatten von mir ab und richtete mich schwer atmend auf, sah in diese Jägeraugen, die ich so sehr fürchtete und so sehr hasste. Warum konnte er mich nicht einfach in Ruhe lassen? Hatte Junicus nicht gesagt, er hätte ihn verjagt?

»Was willst du von mir, du Mistkerl?«, fragte ich ihn mit zusammengebissenen Zähnen und bereitete mich auf den nächsten Vorstoß vor. Ich erwartete keine Antwort, und meine Erwartung wurde erfüllt.

Dieses Mal machte ich den ersten Schritt und griff meinerseits an. Ich war unbewaffnet, aber ich dachte, wenn ich nur tief genug in meine Nael tauchen und genug Energie in meine Fäuste oder meine Beine umleiten konnte, würde selbst der Schwarzgewandete neben mir blass aussehen.

Mal wieder täuschte ich mich.

Er wehrte die Schläge und Tritte so leicht ab, wie er zuvor schon im Haus des Bürgermeisters meinen Dolchstößen ausgewichen war. In seiner Nähe kam ich mir vor wie ein kleines Kind. Er packte meinen herannahenden Arm am Handgelenk, warf mich mit dem Schwung, den ich selbst in den Schlag geleitet hatte, über seine Schulter und ließ mich gegen die Wand krachen, die bedrohlich knarzte und nachgab. Ich stöhnte schmerzerfüllt und versuchte, meinen Arm zu befreien, den der Schwarzgewandete noch immer umklammert hielt, aber er versetzte mir ein paar schwere Tritte, sodass ich mich wand und aufkeuchte. Selbst mit gesteigerter Wahrnehmung und gewachsener Nael war dieser Mistkerl mir immer noch überlegen.

Jetzt, wo ich mich kaum noch rührte, zog er wieder die Schatten heran und verdichtete sie, wollte mich mit ihnen fesseln. Warum zog er nicht sein Schwert und tötete mich einfach?

Ich sammelte mich und wartete bis zum letzten Moment, bevor er seine Zauber losließ und für kurze Zeit angreifbar war, und wagte einen erneuten Vorstoß gegen seinen Geist, heftiger dieses Mal. Ich schaffte es, ihn hintenüber zu stoßen, während ich im Geiste mit ihm rang. Seine Nael war merkwürdig dunkel und flüchtig, immer wieder, wenn ich sie fassen wollte, entzog sie sich mir wie Rauch, den ich mit bloßen Händen einfangen wollte.

Ein Geist!, durchfuhr es mich schlagartig. *Er ist ein Geist! Ein Schattengeist!*

Kaum hatte sich diese Erkenntnis voll in meinem Kopf festgesetzt, spürte ich auch schon die wachsende Macht und den Zorn der Enya, die ich bekämpfte. Der Schwarzgewandete handelte und dachte in Dimensionen, die ich nicht verstand, und gegen die Kräfte, die hinter ihm standen, kam ich nicht an. Sofort zog ich mich zurück, bevor er seine geballte Energie gegen mich richten konnte, und tat das, was jedes Straßenkind tut, wenn es einem übermächtigen Gegner gegenübersteht: das Weite suchen.

Damit hatte der Schwarzgewandete wohl nicht gerechnet, nachdem ich ihm so offen und selbstsicher getrotzt hatte. Ich hatte schon die Tür erreicht, als er sich endlich in Bewegung setzte. Draußen versuchte ich gar nicht erst wieder, ihm zu Fuß zu entkommen, sondern sprang mit einem magisch verstärkten Sprung in den Nachthimmel hinein, stieß mich von Gebäuden ab, bis ich schließlich über ihnen in der Luft hing. Ich verdichtete die Nael unter meinen Füßen und sprach ein paar Luftzauber, damit der Wind mir wohlgesinnt war und mich auf seinen unsichtbaren Wellen reiten ließ.

Der Schwarzgewandete war mit dieser Art von Magie anscheinend viel geschickter als ich, obwohl es vielmehr so aussah, als krümmte sich die Nacht unter seinen Füßen. Schnell war mein kleiner Vorsprung dahingeschmolzen, und ich musste zur Seite ausweichen, um seiner scharfen Klinge zu entkommen. Ich stieß mich von der Luft ab und versuchte, ihm auf schnellen Winden zu entkommen. Gleichzeitig weitete ich meinen Horizont und suchte in dem wuselnden Meer aus Lichtern und Gemütern Vesontonios den einen, der mir helfen konnte. Unbarmherzig verfolgte der Schattengeist mich.

Als ich Junicus endlich gefunden hatte, schrie ich ihn beinahe in Gedanken an, so aufgebracht und panisch war mir zumute.

Wie töte ich einen Geist?

Ich fühlte seine Überraschung und seinen sanft dahinplätschernden Unmut über die Störung, aber dennoch antwortete er mir sofort. *Gar nicht. Geister sind die Seelen Verstorbener, die umherwandern.*

Na toll! Und wie werde ich einen Geist dann wieder los?

Was für ein Geist verfolgt dich denn?

Schatten. Ich schlug ein paar Haken und nutzte die hohen Gebäude des Stadtkerns, um etwas mehr Abstand zwischen mich und den Schwarzgewandeten zu bringen, aber er holte immer wieder auf und kam mir gefährlich nahe.

Hast du ihn verärgert? Schattengeister sind sehr nachtragend. Junicus schien das alles nicht so ernst zu nehmen, wie ich gern wollte.

Ich trat nach dem Schwarzgewandeten, doch abermals packte er mich, und nur mit größter Mühe konnte ich mich von ihm losreißen. Noch mal würde ich das bestimmt nicht schaffen! *Natürlich nicht! Ich bin doch nicht lebensmüde!* Vage erinnerte ich mich an den Abend des Rathauseinbruches, wie ich versucht hatte, Schattenmagie zu wirken und dabei gescheitert war. Hatte das vielleicht den Schwarzgewandeten angelockt? War er deswegen so wütend? Weil ich seiner Magie unwürdig war?

Will ich nicht hoffen. Wenn er sich nicht besänftigen lässt …

Er redet ja nicht mit mir!

… dann gar nicht.

Eine geballte Ladung Dunkelheit traf mich in den Rücken und schleuderte mich weg. Im letzten Moment konnte ich einem Hochhaus ausweichen, stürzte aber unkontrolliert in die Tiefe. Ich musste meine Verbindung zu Junicus kurzzeitig unterbrechen, um mich wieder zu fangen.

Du bist mir ja eine tolle Hilfe! Ich fluchte gedanklich. *Kann ich nicht einen göttlichen Befehl gegen ihn aussprechen oder so?*

Noch nicht. In deinem Stadium der Funkenübertragung würde er nicht auf dich hören.

Auf wen hört er denn dann?

Den Schattenfunken.

Fabelhaft!

Ich änderte meine Strategie und wendete mitten in der Luft, schoss auf den Schwarzgewandeten zu, ohne meine Geschwindigkeit zu reduzieren. Kurz sah ich das kalte Blau seiner Augen so nah und so deutlich vor mir, dass ich die kleinen schwarzen Sprenkel um die Pupille erkennen konnte, dann rauschte ich an ihm vorbei in die entgegengesetzte Richtung. Es dauerte, bis er mir wieder hinterherkam, der Vorsprung war allerdings nicht sehr groß.

Versiegle ihn doch.

Was?

Versiegeln. Ihn an einen weltlichen Gegenstand binden.

Und wie mache ich das?

Junicus erklärte es mir.

Ich weiß nicht, ob ich das schaffe …

Ich schon. Mit diesen Worten zog er sich zurück und ließ mich allein mit dem Wind, der Nacht und dem Geist hinter mir.

Hallo? Komm sofort zurück, du hirnverbrannter Nichtsnutz von einem Landstreicher!

Der Schwarzgewandete hatte wieder aufgeholt, und offenbar war er dieses Katz-und-Maus-Spiels müde geworden. Sein Schwert hatte er zurück in die Scheide gesteckt und nun beide Hände frei, um mich an den Schultern zu packen und festzuhalten. Der Druck auf meine Nael wurde größer, meine Verteidigung bröckelte, als ich die geballte Macht der Dunkelheit hinter ihm spüren konnte: groß, allmächtig und angereichert mit seinem Zorn. Er würde mich dieses Mal nicht entkommen lassen.

Friss oder stirb, dachte ich nur und verfluchte mich innerlich dafür, mich auf so eine absurde Idee überhaupt einzulassen. Aber ich hatte schließlich nichts mehr zu verlieren.

Ich legte meine Hand auf seine Brust, dorthin, wo ich sein Herz oder seinen Kern oder was Geister auch immer da hatten vermutete, und griff, trotz der Welle aus Finsternis, die mich zu erschlagen drohte, tief in meine Nael.

»Im Namen der Schatten, die dich und die Deinen verbergen, gebiete ich dir innezuhalten!«

Die Augen des Schwarzgewandeten weiteten sich, und zum ersten Mal sah ich so etwas wie Angst in ihnen, als ich einige Nael durch meine Hand leitete. Ich versuchte, den wirbelnden, unkontrollierbaren Kern seines Wesens zu fesseln und zu halten. Sobald er meine Berührung spürte, ließ er mich los und wich vor mir zurück, aber ich hielt ihn fest, sodass nun er es war, der zu fliehen versuchte.

Seiner rohen Kraft war ich nicht gewachsen. Gefühle, Eindrücke und Erinnerungen stürzten auf mich ein, die ich nicht verstand und die mich mit sich in den schwarzen Abgrund zu reißen versuchten. Ich wehrte mich, so gut ich konnte. Panisch hielt ich nach einem Gegenstand Ausschau, an den ich ihn binden konnte. Angesichts der Lage war mir diese Wahl vollkommen egal. Trug ich einen Ring oder einen Gürtel? Mein Blick fiel auf sein Kurzschwert.

Es kostete mich große Anstrengung, mit meiner Nael danach zu greifen, ohne meine Verteidigung zu vernachlässigen, und gleichzeitig den Kern des Schattengeistes nicht loszulassen. Es war schon allein deswegen schwierig, weil das Schwert kein Bewusstsein im engeren Sinne hatte, an dem ich mich orientieren konnte. Ich wusste nicht, ob es klappte, weil ich mich so stark konzentrierte oder weil ich mit aller Kraft daran zog und zerrte, aber als ich schließlich ein kaltes, unnachgiebiges Gefühl von Schärfe in mir aufsteigen spürte, wusste ich, dass ich es geschafft hatte.

Der Schwarzgewandete ahnte, was ich vorhatte, und warf mir seine ganze Energie entgegen, bäumte sich gegen die Fesseln auf, die ich ihm aufzuerlegen versuchte.

»Die Nacht verblasst und der Tag bricht an«, brachte ich zwischen zusammengebissenen Zähnen hervor. »Weiche, Geist aus Schatten, und brich die Bande, die dich halten!«

Der Schrei, den der Schwarzgewandete ausstieß, war so

laut und so urkräftig, dass die Nacht um uns erzitterte. Eine Welle aus dunkler Energie schwappte über mich hinweg, doch ich verstärkte nur die Nael, mit der ich den Schattengeist festhielt. Ich kam mir vor wie ein Kätzchen, das mit einem Tiger kämpfte.

Im letzten Moment, kurz bevor der Zauber seine Wirkung tat und ich mit aller Kraft »Binde dich!« schrie, nutzte der Schwarzgewandete jedoch den Trick, den ich ihm zuvor gezeigt hatte. Der Zauber brauchte eine kleine Zeitspanne, um sich zu entfalten, nicht viel, vielleicht nur Sekundenbruchteile, wenn überhaupt. Bevor sich meine Nael ganz um ihn winden und ihn an sein eigenes Schwert binden konnte, riss sich der Schwarzgewandete von mir los.

Der Energierückstoß war so stark, dass wir wie zwei gleich gepolte Magneten in entgegengesetzte Richtungen davongeschleudert wurden. Ich überschlug mich mehrere Male in der Luft, und hätte ich nicht geistesgegenwärtig ein paar Luftströmungen manipuliert, wäre ich wohl in ein Gebäude gekracht. Oder vielmehr durch es hindurch.

Schwankend versuchte ich, mein Gleichgewicht wiederzufinden, und schüttelte mehrmals den Kopf, um mein Sichtfeld zu klären. In einiger Entfernung erkannte ich den Schwarzgewandeten. Ich fluchte heftig, als mir klar wurde, dass die Versiegelung fehlgeschlagen war. Aber dann stutzte ich. Sein Umriss war merkwürdig unförmig, und es dauerte einige Momente, bis ich begriff, woran das lag.

Bei Hashans heiligem Hinterteil! Ich hatte ihm den Arm mitsamt der Schulter ausgerissen! Schwer keuchend und vornübergebeugt stand der Schwarzgewandete in der Luft, hielt sich mit der noch vorhandenen Hand das Loch, das mal sein Schlüsselbein gewesen sein mochte. Er blutete … Nein, das war kein Blut, das da aus der Wunde quoll, sondern schwarzer, faseriger Nebel. Es erinnerte mich vage an den Dunst des Schattenmannes, der mir in den Elendsvierteln geholfen hatte. Anscheinend hatte die Versiegelung nur teilweise funktioniert.

Bohrend richtete sich sein Blick auf mich, trotz des Schmerzes, den er offenkundig verspürte, wütend und entschlossener denn je, mich zur Strecke zu bringen. Ich hatte das Gefühl, den Tiger nicht verletzt, sondern nur gereizt zu haben. Jedoch griff er mich nicht an, überlegte, wägte ab. Er sah ostwärts, und als ich seinem Blick folgte, erkannte ich eine leichte Rötung des Horizonts. Bald würde die Sonne aufgehen.

Ohne mich weiter zu beachten, drehte er sich um und verschwand mit rauschendem Umhang in der Dämmerung. Das konnte doch nicht alles gewesen sein, oder?

Ich traf die Entscheidung innerhalb von Sekunden. Ich war zwar angeschlagen und erschöpft, aber ich traute mir durchaus zu, meinen Gegner zu verfolgen und herauszufinden, warum er mir so hartnäckig nachkam. *So leicht kommst du mir nicht davon, Freundchen!*

Junicus hatte mir erklärt, dass es drei Möglichkeiten gab, um unsichtbar zu werden: Manipulation von Luftfeuchtigkeit mittels Wassermagie, Erzeugung von Luftspiegelungen mithilfe von Windmagie und das Spielen mit Licht, wenn man Schatten- und Weißmagie beherrschte. Letzteres war sogar für ausgebildete Magier äußerst schwierig. Ich bevorzugte – Überraschung – die Wassermagie.

Ich sprach zusätzlich noch ein paar Zaubersprüche, um meine Aura vor anderen Magiern zu verbergen, dann folgte ich dem Schwarzgewandeten, der schon fast außer Sichtweite war. Vielleicht war es Glück, vielleicht auch nicht, dass er eine dunkle Spur vergossenes Schattenblut hinter sich herzog, das erst wie Nebel in der Luft hing und dann langsam verblasste. Neugierig streckte ich die Hand danach aus, aber ich fühlte nichts, als ich es berührte, nicht einmal eine dunkle Aura oder eine kältere Temperatur. Ein bisschen enttäuscht war ich schon.

Der Schwarzgewandete bewegte sich in Richtung Königsviertel, bog aber am Windweg nach Osten ab, als wolle er in den Tempel gehen. Bevor ich mich darüber wundern konnte, fiel der Dragar. Er suchte sich einen offenen Zugang zur *Nacht*.

Die Unterstadt war eigentlich eine Sicherheitsmaßnahme in Kriegszeiten gewesen. Wenn Vesontonio angegriffen wurde oder, wie es schließlich auch gekommen war, niederbrannte, konnte sich die Bevölkerung in die Tunnel und Höhlen unterhalb der Stadt zurückziehen und von dort aus Gegenmaßnahmen einleiten. Nach dem Krieg allerdings, als Vesontonio auf der Verliererseite stand, wurden die meisten Zugänge und Tunnel zugeschüttet, fast ein ganzes Jahrhundert verging, ohne dass jemand etwas von der Stadt unter der Stadt ahnte.

Ich wusste nicht genau, wann und wie die verborgenen Zugänge wiedergefunden worden waren, doch nachdem sich eine große Schar Gesetzloser in den Tunneln verschanzt und sie ausgelotet hatte, begannen sie, sie für ihre Zwecke zu nutzen.

Heute wurde die Unterstadt von allen nur noch die *Nacht* genannt, aus dem einfachen Grund, weil dort nie Tageslicht hingelangte. Dort war die Kriminalität größer als in den oberen Stadtvierteln, vielleicht, weil sich überwiegend Diebe, Gesindel und andere Arten der Unterschicht dort unten vergruben, aber auch jene, die Schutz vor der Obrigkeit oder den Stadtwachen suchten. Es gab Zugänge über die ganze Stadt verteilt, und nur Eingeweihte wussten, wo sie danach suchen mussten. Viele waren durch Schutz- und Schlüsselzauber geschützt, die nur bestimmte Gildenmitglieder oder Anwärter passieren ließen. Der Eingang in der Nähe des Windtempels allerdings stand offen. Ob einfache Leute oder brave Bürger ihn benutzen sollten, war eine andere Angelegenheit.

Langsam setzte die Dämmerung ein, und der Schwarzgewandete erhöhte sein Tempo, sodass ich Schwierigkeiten hatte, ihm zu folgen. Vor den Säulen des Windtempels, um den eigentlich immer ein paar Drachen schwirrten, wurden seine Zauber schwächer, und er setzte zur Landung an. Um diese Uhrzeit war nicht viel los auf den Straßen, dennoch drückten sich in den dunklen Ecken die merkwürdigsten Gestalten herum, die wahrscheinlich selbst gerade aus der *Nacht* kamen. Weder mich noch den Schwarzgewandeten bemerkten sie, was mich allerdings wunderte, da dieser keinen Zauber um sich gewebt hatte und mit seiner Spur, die er unfreiwillig hinter sich herzog, im Licht des anbrechenden Tages sogar recht auffällig war. Konnte gut sein, dass ein Schattengeist verschiedene Arten von Magie verwendete, aber Weißmagie gehörte bestimmt nicht dazu.

Leise folgte ich ihm, duckte mich immer wieder in Seitengassen und Hauseingängen, wenn er misstrauisch über die verbliebene Schulter sah. Trotz meiner Unsichtbarkeit konnte ich mir diese standardisierte Vorsichtsmaßnahme nicht abgewöhnen. Ich fragte mich mit Blick auf sein Schwert, wie es sich wohl anfühlte, mit einem versiegelten Arm an der Hüfte herumzulaufen, außerstande, die Bindung zu lösen.

Der Zugang zur *Nacht* befand sich zwischen zwei Häusern, die so eng beieinanderstanden, dass sie die Treppe, die zwischen ihnen nach unten führte, beinahe überdeckten. Auch hier lungerten Gesetzlose herum, sogar einen Assassinen erkannte ich, erkennbar an der roten Tätowierung auf seinem Handrücken. Ängstlich prüfte ich nochmals meine Unsichtbarkeit.

Wie der Schatten, der er war, huschte der Schwarzgewandete zwischen den Leuten hindurch und verschwand in der Dunkelheit des Tunnels. Auch hier schien ihn niemand bemerkt zu haben. Ich stellte mich nur halb so geschickt an wie er, und in meiner Hast, ihn nicht zu verlieren, rempelte ich sogar einen Gauner an, der vor Schreck seine Pfeife fallen ließ. Bevor er mich bemerken konnte, sprang ich schon die Stufen hinunter.

Der Schwarzgewandete verwendete kein Wehrlicht, um die Stufen zu finden, und aktivierte auch nicht die Zaubersprüche an den Wänden, um Licht zu erzeugen. Hätte mich auch gewundert. Dank meiner geschärften Sinne hatte ich allerdings keine Probleme, auch im Dunkeln den Weg zu finden.

Gewunden und unregelmäßig führte die Treppe nach unten, tiefer hinein in die Dunkelheit, in das verborgen schlagende Herz der Stadt. Ich hatte diesen Gang noch nie benutzt und war dementsprechend vorsichtig, wo ich meine Füße hinsetzte. Abbröckelndes Gestein oder fehlende Stufen waren nicht selten, und ich wusste nicht, wie der Schwarzgewandete reagieren würde, wenn er mich entdeckte. Ein Kampf auf so engem Raum? Aussichtslos.

Am Ende des Gangs leuchtete es kurz auf, dann übernahm die Dunkelheit wieder die Vorherrschaft. Ich beschleunigte meine Schritte und wäre fast über eine viel zu große Stufe gestolpert. Die Tür zur Unterstadt war doppelt so hoch und breit wie eine normale Tür, eine Klinke gab es nicht, ich stieß sie einfach auf.

Der Gang dahinter war wohl eine Hauptstraße, denn er war mindestens zwanzig Meter breit und gepflastert wie in der Oberstadt. Anders als im Treppengang waren hier die Wehrlichter permanent aktiviert, eine alte Technik der Magie, die heute nur noch wenige beherrschten. Trotzdem erreichte das Licht die Höhlendecke nur selten, sie befand sich weit über mir. Das hier war eindeutig einer der zivilisiertesten Teile der *Nacht*, ich war schon durch Gänge gelaufen, in denen ich mich bücken und teilweise sogar seitwärts gehen musste. Die nackten Felswände hatten eine dunkle, fast rötliche Farbe und waren hin und wieder mit magischen Runen beschmiert, die, soweit ich mich erinnern konnte, frische Luft zirkulieren ließen.

Das Erstaunlichste waren die Menschen. Hier unten spielte Zeit keine Rolle, sodass die Leute ihren Tätigkeiten und Geschäften nachgingen, als wäre es helllichter Tag auf dem Neunkönigsplatz. Einige hatten doch tatsächlich Stände aus schlichtem Holz angefertigt, die sich wacklig gegen die Felswände lehnten. Laute Stimmen priesen die suspektesten Waren an.

Wie eine Schlange im Unterholz wand sich der Schwarzgewandete durch die Menge, ohne langsamer zu werden. Die Spur aus schwarzem Dunst, die er hinter sich herzog, wurde immer dünner, und aus Angst, seine Fährte zu verlieren, stürzte ich mich ins Getümmel. Dass mich niemand bemerkte, verwunderte mich nicht, selbst wenn ich unsichtbar war. Hier waren alle ärmlich gekleidet. Aber dass niemand den Schwarzgewandeten bemerkte, wo dieser doch mitten unter ihnen wandelte, dem sogar schattiger Nebel folgte, erstaunte mich.

Er ist ein Geist, vergiss das nicht!, schalt ich mich, *Die meisten Menschen sind blind für die Dinge, die um sie herum geschehen.*

Plötzlich blieb der Schwarzgewandete stehen und drehte sich um. Ich erstarrte schockiert und war mir für einen Moment sicher, dass er mich sehen würde. Eine leichte, tastende Berührung streifte meine Nael, und mein erster Impuls war, meine Schutzmauern hochzuziehen. Im letzten Moment hielt ich inne. Wie hatte Junicus es ausgedrückt?

Deine Nael ist nicht fest, aber sie wird es, wenn du dich versteifst und bereit zur Verteidigung bist. Mitten in der Menge einen Schild hochzuhalten ist zu auffällig, wenn du dich verstecken willst. Entspann dich, lass die Gegner einfach durch dich hindurch, als wärst du Wind. Oder Wasser.

Ich musste meine ganze Willenskraft aufbieten, um den Schwarzgewandeten über meinen Kern streichen zu lassen. Die Bewegung war flüchtig und nicht tiefgehend, wie der

Blick, den er über die Menschen warf. Als er sich schließlich wieder umdrehte und weiterging, stieß ich erleichtert meinen Atem aus. Ich hatte nicht bemerkt, dass ich ihn angehalten hatte.

Mit höchster Vorsicht und etwas größerem Abstand nahm ich die Verfolgung wieder auf. Zielgerichtet bog der Schwarzgewandete in andere Tunnel ab, durchquerte Höhlen und Hohlräume, ohne vom Volk wahrgenommen zu werden. Die Gegend wurde zunehmend ungemütlicher, ungehobelt aussehende Gestalten trieben sich hier herum, und nicht zum ersten Mal pries ich meine Unsichtbarkeit. Freiwillig hätte ich mich niemals in diese Gefilde getraut.

An den Wänden erschien immer regelmäßiger ein Symbol, und erst, als ich mich stärker darauf konzentrierte, erkannte ich es. Ein schwarzer Skorpion. Bei den Geistern, der Schwarzgewandete bewegte sich mitten im Hoheitsgebiet der zweitgrößten Diebesgilde in Vesontonio! Was war sein Ziel? Etwa das Hauptquartier?

Damit lag ich gar nicht mal so falsch.

Der Gang wurde breiter und niedriger, bis sich der Schwarzgewandete sogar ein wenig ducken musste, um weiterzukommen. Jetzt war der schwarze Skorpion an fast jedem Meter der Steinwand zu sehen, gemischt mit anderen Runen, deren Sinn und Zweck ich lieber nicht erkunden wollte. Schwer lag die Felsdecke über uns, und selten war ich mir der Massen an Geröll und Gestein über mir so bewusst gewesen wie hier. Automatisch ging ich mit hängenden Schultern und gesenktem Blick weiter. Ein Effekt, der bestimmt bei der Wahl des Ortes eine Rolle gespielt hatte, denn auf einmal wich die Decke zurück, der Gang endete in einem weiten, höhlenartigen Raum.

Schon aus der Ferne war das Gebrüll und Geschrei zu hören. Vorn in der Höhle hatte sich eine beachtliche Ansammlung von Menschen gebildet, ob sie sich stritten oder gegeneinander kämpften, konnte ich aus dieser Entfernung nicht ausmachen. Bei Dieben bestand zwischen dem einen und dem anderen kein so großer Unterschied.

Der Schwarzgewandete hielt direkt auf die Auseinandersetzung zu. Ich zögerte, bevor ich ihm folgte. Offenbar fand da vorn etwas äußerst Brutales statt. Wollte ich wirklich dabei sein?

Hier war es schwierig, sich durch die Menge zu kämpfen, denn jeder rempelte jeden an, verteilte auch schon mal Fausthiebe, um das zu sehen, was sich ganz vorn abspielte. Ich wurde hin und her geworfen – dass ich unsichtbar war, kümmerte hier wohl keinen. Als ich zwischen den Körpern eine Lücke fand, durch die ich mich quetschen konnte, stand ich plötzlich frei, denn offenbar war ein weiter Kreis um die Personen gebildet worden.

Drei Männer, wohl hochrangige schwarze Skorpione, wurden gerade von anderen, brutal und verbittert aussehenden Männern auf die Knie gestoßen. Ihre Hände waren auf ihren Rücken gefesselt, und sie brüllten etwas, das ich nicht verstand. Die Menge grölte, als einem so hart ins Gesicht geschlagen wurde, dass er zur Seite kippte.

Für mehrere Momente war ich von dieser Zurschaustellung von Gewalt eingenommen, bis ich verwirrt blinzelte und nach dem Schwarzgewandeten suchte. Er hatte auf eine Person zugehalten, die etwas am Rande stand und das Geschehen mit verschränkten Armen beobachtete.

Ich hatte schon viele kräftige Männer gesehen, doch dieser hier war wirklich ein Schrank. Dicke Muskelstränge zeichneten sich unter seinem Hemd ab, ein Hals war wegen seines gewaltigen Stiernackens kaum noch oder gar nicht vorhanden. Er war fast so breit wie groß, aber in einem muskulösen, beinahe schon übertriebenen Sinne. Der Schwarzgewandete schien mit ihm zu reden, und der Mann antwortete, ohne die Augen von den drei Männern abzuwenden, die gerade gedemütigt wurden. Ich ging vorsichtig näher heran, um zu hören, was sie sagten.

»... leeren Händen zurück.« Der Mann sah auf die Schulter des Schwarzgewandeten. »Oder sollte ich lieber leere Hand sagen?« Er lachte kurz auf, als fände er diese Art von Verletzung lustig.

Der Schwarzgewandete beugte sich vornüber und senkte den Blick. Ein komischer Anblick. »Herr, es tut mir leid. Ich wollte ...«

»Du bist nicht in der Lage, ein Straßenkind zu töten. Nicht mal, es zu fangen.« So, wie der Mann es sagte, klang es wie eine Feststellung von Tatsachen. Beschämenden Tatsachen.

»Es ist weiter, als ich gedacht hatte. Es wollte mich versiegeln«, versuchte sich der Schwarzgewandete zu verteidigen.

Der Blick des Mannes fiel auf das Kurzschwert des Schattengeistes, und er lächelte, als wüsste er, was an das Metall gebunden war. »Wie einfallslos und doch genial. Darauf hätte ich auch kommen können.«

»Ich kann es erneut versuchen, Herr. Wenn Ihr erlaubt, mich zu erholen, wage ich einen erneuten Vorstoß. Morgen Nacht schon.«

Der Mann sagte nichts, beobachtete nur mit erschreckend gefühllosem Ausdruck, wie einem der Männer vorn die Zähne ausgeschlagen wurden. Schaudernd wandte ich mich von dem blutigen Szenario ab, das die Menge so sehr erheiterte.

»Gib mir dein Schwert«, befahl er dann und streckte wie beiläufig die Hand aus.

Zögernd band sich der Schwarzgewandete seine Waffe von der Hüfte, mit nur einem Arm stellte er sich dabei sehr ungeschickt an. Er legte das Kurzschwert in die Hände des Mannes, der es ruhig musterte. Ich näherte mich vorsichtig, weil ich dachte, der Mann würde nun meine Versiegelung auflösen, und ich wollte unbedingt den Zauberspruch mitbekommen, mit dem er das anstellen würde.

»Im Namen der Schatten, die dich und die Deinen verbergen, gebiete ich dir innezuhalten.«

Der Schwarzgewandete zuckte erschrocken zurück, bewegte sich aber nicht von der Stelle. Ich bemerkte, dass er zitterte.

»Die Nacht verblasst, und der Tag bricht an. Weiche, Geist aus Schatten, und brich die Bande, die dich halten!«

Mit vor Schreck und Angst geweiteten Augen suchte der Schwarzgewandete panisch nach Hilfe, die nicht kommen würde. Gebunden durch den Zauber, der ihn festhielt, konnte er sich nicht bewegen, und ich bezweifelte, dass er sich dieses Mal so einfach losreißen konnte wie bei mir. Ich spürte Wellen von Magie in meiner Enya vibrieren, und plötzlich kam ich mir klein und unbedeutend vor.

Der Mann hob das Schwert und sagte: »Binde dich!«

Der Schattengeist war jetzt nur noch ein Schatten, seine Umrisse verschwanden, wurden zu schwarzem Nebel, der auf das Schwert zuraste und vollständig darin verschwand. Trotz der Dunkelheit, die ihm nun innewohnte, schimmerte das Metall funkelnd hell.

Schockiert hatte ich bei der Rezitation des Spruches zugesehen, und erst als der letzte Tropfen Finsternis in der Klinge verschwand, wagte ich es wieder, mich zu rühren und mehrere Schritte zurückzuweichen. Der Mann lächelte, band sich das Schwert wie eine normale Waffe an die Hüfte und sah weiterhin bei den Ereignissen zu, als wäre nichts geschehen. Niemand hatte mitbekommen, was sich dort am Rande abgespielt hatte, niemand hatte gesehen, wie der Schwarzgewandete einer Windbö gleich einfach verschwand, ohne eine Spur seiner Existenz zu hinterlassen. Meine Narbe juckte.

Das Geschrei und Gegröle der Menge wurde lauter, und geistesgegenwärtig drehte ich mich um. Zwei der Männer lagen am Boden. Der eine wurde offenbar zu Tode geprügelt, während die Blutlache um den anderen langsam immer größer wurde. Ich war dankbar, dass er auf dem Bauch lag und mir sein Gesicht nicht zugewandt hatte. Der dritte kniete mit nach vorn gebeugtem Kopf da, die Augen geschlossen, bereit, sein Schicksal zu akzeptieren. Hinter ihm stand ein Mann mit einer erhobenen Machete.

Wie hypnotisiert starrte ich auf die blutverschmierte Klinge und wie sie – ich wollte nicht hinsehen, aber ich konnte den Blick einfach nicht abwenden – den dritten Mann schließlich enthauptete. Die Menschen um mich herum jubelten, als er kopflos vornüberkippte, das Blut sich wie ein See ausbreitete und sein Haupt mit einem dumpfen Geräusch, das ich exakt hören konnte, auf den Steinen aufschlug.

Zum zweiten Mal in dieser Nacht ergriff ich die Flucht, sah nicht zurück, während ich die langen Tunnel und Korridore entlanglief. An den Rückweg konnte ich mich genau erinnern, konzentrierte mich nur darauf, einen Fuß vor den anderen zu setzen, an nichts anderes denken, nichts anderes …

Als ich schließlich wieder an die Oberfläche kam, rannte ich einfach weiter, nahm Abzweigungen und Straßen, auch wenn ich sie nicht kannte, und erst, als ich mich in einer kleinen Seitenstraße im Königsviertel befand, blieb ich stehen. Ich krümmte mich vornüber und hätte mich wohl übergeben, aber ich hatte seit Wochen nichts gegessen, sodass nur Magensäure hochkam. Tief atmete ich die Luft Vesontonios ein, und noch nie in meinem Leben hatte sie so süß geschmeckt.

HOCHFÜRST RADOVAN

Aran war noch nie in Vesontonio gewesen, obschon er behaupten konnte, in seinem Leben nicht wenig gereist zu sein. Er hatte den trockenen Staub der Roten Lande eingeatmet, war in die wilden Tiefen des Smaragdwaldes eingedrungen und hatte gesehen, wie der Wind mit den Wassern des Sturmmeeres gekämpft hatte.

Schon Tage zuvor waren die Türme der Stadt in der flachen Trostlosigkeit der nyrianischen Ebene erkennbar. Nach Wochen des Fernblicks und der Weite freute sich Aran, seine Augen endlich wieder auf etwas Festes, Greifbares zu richten. Die Stadt war vor dem Bürgerkrieg, der vor mehr als zweihundert Jahren stattgefunden hatte, der Dreh- und Angelpunkt von Nyrias Wirtschaft und Sitz des Königs gewesen. Nachdem Vesontonio damals fast völlig niederbrannte, ernannte man Akaria aufgrund der guten Handelsbeziehungen und der günstigen Lage zur neuen Hauptstadt. Doch noch immer war die Stadt Sitz mächtiger Männer und großer Unternehmen. Der Hochfürst galt als einer der reichsten und mächtigsten Männer des Landes.

Aran ritt an der Spitze des Zuges von Großfürst Sharion, die Hufe seines Pferdes klapperten auf der gepflasterten Handelsstraße und hinterließen ein seltsam hohl klingendes Geräusch, das sich im Wind verflüchtigte. Bauern und Kaufleute, Karawanen und Händler wichen zurück, um Platz für den Krieger und den Tross aus Soldaten zu machen, dem schließlich die Kutsche folgte, in der sich der Großfürst befand. Arans Augen waren wachsam und suchten nach möglichen Gefahren, und wenn es sein musste, stieß er einen zu langsamen Bürger grob zur Seite.

Nach den drei Monaten, in denen der Großfürst nach

Rida und Rae aufgebrochen war, um bei den Hochfürsten vorzusprechen und seinen Sohn und Erben zu suchen, war die Stimmung angespannt und gereizt. Dass die Fürsten seinen Herrn nicht gerade mit Begeisterung empfingen und sich nur wenig oder gar nicht für die Suche einsetzten (aus politischen Gründen, die Aran zuwider waren), überschattete selbst den Frust darüber, dass sie den Jungen bisher nicht aufgespürt hatten. Sollte Vesontonio eine ebenso herbe Enttäuschung für sie bereithalten, musste Sharion die Suche ausweiten, vielleicht sogar beim König persönlich vorsprechen. Das Haus Vanira konnte auf eine lange und reine Blutlinie zurückblicken, auf die sogar die Elfen aus dem Smaragdwald neidisch wären. Das Verschwinden des einzigen Erben und Würdenträgers konnte nicht unbeachtet bleiben.

Je näher sie der Stadt kamen, desto höher schraubten sich die Gebäude in den herbstlichen Himmel, sodass Aran am Königstor den Kopf in den Nacken legen musste, um die Spitzen erkennen zu können. Auf der Stadtmauer rekelten sich einige Winddrachen und genossen die letzten wärmenden Sonnenstrahlen des Jahres, bevor der große Frost einsetzte. Während Aran sie beobachtete, erhob sich einer von ihnen und ließ sich fallen, um über die Menge hinweg in die Steppe zu fliegen. Vom Schlag seiner Flügel vibrierten Arans Trommelfelle. Kaum jemand hatte den Kopf gehoben, als wäre es ihrer Aufmerksamkeit nicht wert. Anscheinend gehörten die Tiere zum alltäglichen Stadtbild, an das sich Aran erst noch gewöhnen musste.

Ihr Kommen war bereits angekündigt worden, sodass sich nun auch Stadtwachen in den Farben des Feuers und des Blutes Arans Männern anschlossen, um die Menge zurückzudrängen und Fürst Sharions Kutsche durchzulassen. Wüstes Gezeter und Geschrei wurde laut, als die Menschen zurückgestoßen und herumkommandiert wurden, doch niemand wurde ausfallend oder gar handgreiflich. Anscheinend waren die Männer in den roten Stahlrüstungen respektiert und gefürchtet.

Die Straßen waren breit und gut instand gehalten, viele Menschen wanderten darauf ins Zentrum der Stadt, wo schlanke Türme und filigrane Gebäude in den Himmel ragten. Auch hier auf der Handelsstraße standen die Häuser dicht an dicht und hoch erbaut, das niedrigste Gebäude hatte, bis jetzt, nur vier Stockwerke.

Aus vielen Fenstern hingen Fahnen oder Pflanzen, die die in Rottönen gehaltenen Fassaden etwas ausschmückten. Hier gab es zwar viele Menschen und auch Verkaufsstände, aber grundlegend war die Stadt sauber. Vielleicht wollte man aber auch nur an den Stadttoren einen guten Eindruck auf Neuankömmlinge machen.

Vesontonio wirkte erhaben, stolz und altehrwürdig. Während Aran das Stadtbild in sich aufnahm und feststellen musste, dass es ihm hier gefiel, fragte er sich leise, warum diese Stadt eine der höchsten Kriminalitätsraten des Landes aufwies. Zwar hatte Hochfürst Radovan einige Gesetze und Verordnungen erlassen, seitdem er vor fünf Jahren ins Amt getreten war, aber Fürst Sharion behauptete immer, dies sei nur ein Wasserloch in der Brennenden Wüste.

Die Stahlmänner, darunter auch ein Repräsentant des Hochfürsten, begleiteten sie durch die Stadt auf dem Weg zur Residenz. Die Handelsstraße lief auf einen Marktplatz zu, der schon zu dieser frühen Tageszeit überfüllt zu sein schien, doch als Aran die Stadtwachen darauf ansprach, lachten diese nur.

Je näher sie dem Zentrum kamen, desto höher wurden die Gebäude, sodass der Trupp schon bald im Schatten weiterging. Die dichte Bebauung ließ kaum Sonnenlicht durch, zwischen den Häusern und Türmen flogen Winddrachen. Hier schienen sie sich besonders wohlzufühlen.

Als sie den Neunkönigsplatz erreichten, wusste Aran, was die Stahlmänner so erheitert hatte. Wie ein Ring umgaben die höchsten Gebäude der Stadt diesen Marktplatz, der so groß und weitläufig war, dass selbst die enormen Menschenmassen, die darauf herumliefen und ihre Waren feilboten, winzig und verloren wirkten. Alle Hauptstraßen trafen an diesem Punkt zusammen, dem pulsierenden, lärmenden Herzen Vesontonios.

Von hier aus führte eine Prachtstraße zum ehemaligen Königspalast und zum Anwesen des Hochfürsten. Der Repräsentant überholte Aran und setzte sich an die Spitze, um sie zu führen. Das Viertel, das sie nun durchschritten, ähnelte dem Hochviertel Lehans: zwar hoch und eng bebaut, aber nicht weniger pompös. Die Menschenmassen wichen zurück, sodass der Zug ungehindert auf das Gebäude am Ende der Straße zuhalten konnte. Große, silberne Tore verwehrten ihnen den Einlass, aber sobald der Repräsentant mit einigen hauseigenen Kriegern sprach, glitten sie geräuschlos auf, um sie passieren zu lassen.

Das Anwesen war schlanker und dezenter gestaltet als das des Großfürsten in Lehan, aber nicht weniger majestätisch. Kupfern und golden erstrahlte die Fassade, ohne jedoch sofort ins Auge zu fallen, und einige bunte, hohe Fenster säumten die Front.

Der Trupp hielt auf dem Vorplatz und versammelte sich um die Kutsche, in der Fürst Sharion saß. Aran stieg von seinem Pferd und eilte an die Seite seines Herrn, als die Tür geöffnet wurde. Das Gesicht des Fürsten war eine steinerne Maske aus Gleichgültigkeit, härter als bei seinen Besuchen in Rida und Rae. Vielleicht bereitete er sich innerlich abermals auf eine Enttäuschung vor? Mehrere Würdenträger begleiteten ihn, als er sich aufmachte, die Stufen vor dem Eingangsportal zu erklimmen, doch Aran war der Einzige, der direkt an seiner Seite ging.

»Seid Ihr Hochfürst Radovan schon einmal begegnet?«, fragte er.

Falten erschienen auf Sharions Stirn. »Einmal«, erwiderte er steif, »vor fünf Jahren bei seinem Amtsantritt.«

Den Ruf des Hochfürsten zu ignorieren war für einen Mann in Arans Position beinahe unmöglich. Angeblich war er durch politische Intrigen und Machtspiele zu seinem Titel gekommen, schließlich kam es selten genug vor, dass ein staatlicher Fürst vom König vereidigt wurde, ohne aus einer angesehenen oder aufsteigenden Familie zu stammen. Aber das Markanteste an seiner Persönlichkeit sollte angeblich sein Charme sein. Egal, wo er hinging, die Frauen lagen ihm zu Füßen, und Hochfürst Radovan war wohl ein Mann, der sich dessen nur allzu bewusst war. Sein Ruf als Frauenheld und Schürzenjäger übertönte sogar die Gerüchte um die Unrechtmäßigkeit seines Status.

Als sie durch das Portal schritten, wurden sie sogleich von einer Schar von Dienern und Kämmerern belagert, die sie begrüßten. Die Eingangshalle selbst war groß und weiträumig, zwei Treppen wanden sich zu einer Galerie empor, auf der wohl normalerweise der Hochfürst stand und seine Gäste empfing. Heute war sie leer.

Ein Kämmerer trat auf sie zu und verbeugte sich förmlich. »Ich begrüße Euch in Vesontonio, Großfürst Sharion«, sagte er, »und möchte Euch im Namen meines Herrn, Hochfürst Radovan, recht herzlich in seiner Residenz willkommen heißen.«

»Wo ist er?«, fragte Sharion verärgert. »Ich wünsche sofort mit ihm zu sprechen.«

»Der Hochfürst wollte Euch erst etwas Ruhe von den Strapazen der Reise gönnen und gebot mir, Euch Eure Zimmer zu zeigen. Doch wenn Ihr es wünscht, kann ich Euch gleich zu meinem Herrn bringen.«

Sharion nickte. »Tu das!«

Ohne auf den feindseligen und schlecht gelaunten Tonfall des Großfürsten zu achten, verbeugte sich der Kämmerer nochmals und ging ihnen dann voraus. Der Großteil des Gesindes blieb in der Haupthalle zurück, allein Aran begleitete seinen Herrn.

Das Gebäude war von innen weniger auffallend als von außen. Hin und wieder bemerkte Aran Wandteppiche oder teure Gemälde und Möbel, aber weitgehend ließ man die Bauweise und die eher schlichte Ästhetik des Gebäudes für sich sprechen. Sie benötigten keine extravagante Ausstattung, um Erhabenheit auszustrahlen.

Vor einer großen Eichenholztür, die mit filigranen Mustern verziert war, blieb der Kämmerer stehen und verschwand für einige Minuten im Innern. Leise Worte wurden ausgetauscht, bis sie schließlich hereingebeten wurden.

Von diesem Raum aus hatte man eine ausgezeichnete Sicht auf den Vorplatz und die Hauptstraße, die sich zurück in die Stadt erstreckte. Vesontonios Türme erhoben sich, ohne einschüchternd oder einnehmend zu wirken. Ein großer Schreibtisch aus Mahagoni stand davor, während verschieden große Bücherregale und sogar ein Tischchen mit Erfrischungen die Wände säumten. Der Hochfürst selbst stand vor dem Fenster und genoss die Aussicht.

»Großfürst Sharion, Vereidigter Protektor von Lehan und des Funkelnden Sees«, kündigte der Kämmerer an.

Hochfürst Radovan drehte sich um.

Bei den geheiligten Geistern der Erde! Aran musste sehr an sich halten, damit ihm dieser Fluch nicht laut über die Lippen ging. Er hatte sich den Hochfürsten als gut aussehenden Mittvierziger vorgestellt, der zu sehr von sich und seiner Ausstrahlung eingenommen war, doch hier stand ein Mann in seinen besten Jahren, sprühend vor Charme und Attraktivität. Seine maßgeschneiderten Kleider betonten seine Statur und ließen ihn größer und imposanter erscheinen. Das rotblonde Haar war lässig nach hinten gekämmt, haselnussfarbene Augen blitzten aus einem ebenmäßigen Gesicht herüber. Als er süffisant lächelte, konnte Aran verstehen, warum ihm die Frauen scharenweise hinterherliefen.

»Sharion!«, sagte er mit wohlklingender Stimme, stellte sein Weinglas ab und kam mit offenen Armen auf sie zu. »Willkommen!«

Sharion trat einen Schritt zurück und verbeugte sich leicht, so wie es die Etikette von einem Rangniedrigeren erwartete. Doch Radovan war anscheinend nicht gewillt, es dabei zu belassen, und nahm die Hand des Großfürsten, um sie fest zu schütteln.

»Ich freue mich aufrichtig, dass Ihr hier seid, mein Freund«, sagte er, und sein Blick fiel auf Aran, »und das nicht allein!«

»Das ist Aran«, erwiderte Sharion etwas überrumpelt, »mein … Leibwächter.«

Aran verbeugte sich tief. »Herr.«

»Mir gefällt deine Rüstung, Aran«, sagte Radovan und trat näher. »Die Schwerter an deiner Hüfte sehen brutal aus. Bist du ein begabter Krieger?«

Aran fühlte sich unwohl. »Mit Verlaub, Herr, aber ich maße mir nicht an, über meine Fähigkeiten Zeugnis abzulegen.«

»Bescheidenheit ist ein falscher Freund«, meinte Radovan lächelnd, »und bei dir, denke ich, völlig unangebracht. Wo habt Ihr diesen Burschen nur aufgetrieben, Sharion? So einen will ich auch haben.«

»Er steht bereits seit Jahren im Dienste meiner Familie«, erwiderte Sharion und sah so aus, als würde er nur zu gerne das Thema wechseln.

»Interessant.« Radovan drehte sich um und ging zum Schreibtisch. »Wollt Ihr etwas trinken? Devien wird Euch bedienen.« Er wartete die Antwort gar nicht erst ab und schnippte mit den Fingern. Sofort eilte der Kämmerer, der bisher schweigend in der Tür gestanden hatte, zum Tischchen und goss zwei Gläser Wein ein.

»Bitte, mein Freund, setzt Euch doch.« Radovan deutete auf den Stuhl, der vor dem Schreibtisch stand. Er selbst nahm dahinter Platz, wobei sein Stuhl mehr nach einem Sessel aussah. Devien reichte dem Großfürsten ein Glas, das dieser kommentarlos entgegennahm, aber unangetastet ließ. Als der Kämmerer Aran ebenfalls ein gut gefülltes Glas reichen wollte, schüttelte dieser nur den Kopf.

Anscheinend bemerkte der Hochfürst, dass Sharion lieber gleich auf den Punkt kommen wollte, statt einfache Konversation zu betreiben, denn er kramte in seinen Unterlagen und holte das Schreiben heraus, das Sharion an ihn gesandt hatte.

»In Eurem Brief steht nichts Spezifisches«, merkte er an, »nur dass es um eine dringliche Angelegenheit Eure Familie betreffend geht. Dass Ihr persönlich dafür angereist seid, ringt mir Respekt und Anerkennung ab. So frage ich Euch: Was kann ich für Euch tun?«

»Ihr habt sicher schon die Gerüchte gehört«, warf Sharion ein.

»Nicht viel«, sagte Radovan und lächelte, was wohl das genaue Gegenteil bedeutete. »Es hieß, es ginge um Euren Sohn.«

»Habt Ihr Kinder, Ehrenwerter Hochfürst?«

»Leider nicht.« Radovan verzog schmerzlich das Gesicht. »Bedauerlicherweise bin ich von Geburt an zeugungsunfähig.«

Wie praktisch, dachte sich Aran.

»Mein Sohn Vico hat seit jeher einen Hang zur Dramatik. In letzter Zeit nahm das immer mehr überhand, er verweigerte sich meinen Befehlen, vernachlässigte seine Pflichten als mein einziger Erbe und Würdenträger, lehnte sich gegen bestehende Regeln auf.« Sharion seufzte. »Vor drei Monaten ist er einfach verschwunden.«

»Ihr meint, er ist weggelaufen?«, hakte Radovan nach, und Sharion zuckte leicht zusammen.

»Ja«, bestätigte er, »er ist schon öfter ausgebüxt, hat Ausflüge in die Stadt und die Umgebung unternommen. Er ist sehr talentiert in Windmagie, weswegen es uns immer schwerer fiel, ihn im Zaum zu halten.«

»Und nun ist er auf den Strömen der Winde fortgeschritten«, mutmaßte Radovan, »nicht wahr?«

»So ist es.«

»Wie kommt Ihr darauf, ihn in Vesontonio aufzufinden? Das Schreiten erlaubt Zugang zu allen Orten, die der Wind berührt.« Er war wesentlich feinfühliger als Aran und sprach wohl absichtlich nicht die Tatsache aus, auf die der Krieger den Großfürsten bereits hingewiesen hatte: dass Fuchs auch in Vasar oder dem Verfluchten Land sein könnte.

»Wir haben in den letzten Monaten bereits die Umgebung Lehans abgesucht und auch Rida und Rae dabei nicht ausgelassen …«

»… und Vesontonio ist Eure nächste Anlaufstelle«, ergänzte Radovan. »Ich verstehe.« Er lehnte sich in seinem Sessel zurück und maß den Großfürsten mit einem abschätzigen, bewertenden Blick, der Aran merkwürdig stechend vorkam.

»Schön, ich werde Euch, so gut ich es vermag, helfen.« Er klatschte in die Hände, als wäre es beschlossene Sache. Nur Aran bemerkte, wie sehr sich Fürst Sharion auf diese Antwort hin entspannte.

»Ich danke Euch, Hochfürst Radovan.«

»Wie sieht er denn aus, Euer Junge?« Radovan griff nach seinem Weinglas.

»Groß, schlank, grüne Augen und feuerrote Haare.«

Aran konnte Radovans Gesicht nicht sehen, während er trank, aber als er das Glas abstellte, schien er ein anderer zu sein. »Ein Fuchs also.«

Mit diesen Worten hatte er Sharions und Arans ungeteilte Aufmerksamkeit. »Ihr … Ihr kennt ihn?«, fragte der Großfürst verblüfft und aufgeregt zugleich.

Radovan lächelte jetzt nicht mehr, sein attraktives Gesicht zeigte etwas, das man vielleicht als Sorge oder Beklemmung bezeichnen konnte. »›Kennen‹ ist das falsche Wort.«

Er beugte sich vor und zog eine Schublade seines Schreibtisches auf, kramte kurz in den dort liegenden Papieren herum und holte schließlich eines davon heraus, das er entfaltete. »Ich habe Männer in der Roten Festung«, sagte er, »die mir regelmäßig Bericht über die Kriminalitätsrate und Untergrundbewegungen zukommen lassen. Nichts geschieht in der *Nacht*, ohne dass ich davon weiß.«

Bevor Aran fragen konnte, was er damit meinte, legte der Hochfürst das Blatt auf den Tisch. Es war ein Steckbrief, dessen Zeichnung einen jungen Mann zeigte, der tot oder lebendig gesucht wurde. Die Summe, die unter seinem Namen stand, war astronomisch hoch. Doch das war nicht das Einzige, was Aran schockierte: Dieser junge Mann war Fuchs, und das stand auch groß und deutlich darunter.

»Es tut mir leid, lieber Großfürst«, sagte Radovan in bedauerndem Tonfall, »aber ich fürchte, Ihr habt Euren Sohn an die Unterwelt Vesontonios verloren. Fuchs ist der amtierende Meisterdieb des Schwarzen Drachen.«

DER VOYEUR

Ich gehe zum Schwarzen Drachen«, verkündete ich. »Ich will Meisterdieb werden!«

Junicus sah mich an, als hätte ich nicht mehr alle Tassen im Schrank.

»Du weißt, dass es dem Drachen genauso ergehen könnte wie dem Skorpion, oder?«

»Unwahrscheinlich. Cayne hat bereits eine Diebesgilde übernommen. Warum noch eine zweite?«

»Marktdominanz?«, versuchte es Junicus. Dafür, dass er mal ein allmächtiger und allwissender Gott gewesen war, der rauschende Ozeane und reißende Flüsse gleichermaßen befehligt hatte, gab er zuweilen ziemlich dumme Antworten.

»Sei nicht albern. Der Drache ist die größte Diebesgilde in der Stadt und der Meisterdieb dementsprechend derjenige, der den größten Ruhm bekommt. Ich denke, ich habe genug gelernt, um es mit der Elite aufnehmen zu können.«

»Wochenlang kein Wort, nur müde Kommentare, wenn ich dir etwas über die Ströme der Magie erzählt habe. Und jetzt kommst du plötzlich mit so einem Einfall daher?«

»Wieso nicht? Irgendwann muss ich doch mal anfangen, das Gelernte in die Tat umzusetzen. Meine Nael ist wahrlich groß genug.«

»Was, wenn du geköpft wirst?«

Das saß. Junicus hatte das nur gesagt, um mich zu treffen, das war mir klar, aber mir war nicht bewusst gewesen, wie hart. Das Bild eines Körpers, der langsam vornüberfiel, während sein Kopf in hohem Bogen durch die Luft flog und eine Blutspur auf dem Boden und in Gedanken hinterließ.

»Entschuldige«, sagte Junicus, als er sah, was er angerichtet hatte, »ich wollte dich nicht daran erinnern.«

»Doch, wolltest du«, brachte ich hervor und schluckte schwer, »aber das ändert auch nichts. Ich habe diese Entscheidung schon getroffen, bevor ich dich überhaupt kennengelernt habe. Ich habe schon zwei Eignungsprüfungen hinter mir.«

»Und bei der letzten wurdest du aufgeschlitzt.«

Ich verschränkte die Arme vor meinem Körper. »Das passiert mir bestimmt nicht noch mal. Wäre der Schwarzgewandete nicht gewesen, hätte ich …«

»Ja ja, die Geschichte habe ich auch schon viel zu oft gehört. Was ich sagen will, ist, dass du nicht weißt, was passieren wird. Die *Nacht* ist in Aufruhr. Dieser Cayne scheint zu allem fähig zu sein.«

»Das sind wir alle.«

Es hatte sich schnell herumgesprochen, dass die Diebesgilde Schwarzer Skorpion von einem Mann namens Cayne übernommen worden war. Der Schwarze Skorpion sowie sein Stellvertreter und der amtierende Meisterdieb der Gilde wurden vor versammelter Mannschaft hingerichtet (woran ich mich bedauerlicherweise noch ganz gut erinnern konnte). Seitdem stagnierte das Geschäft der Diebesgilde, niemand trat ein oder aus, auf der Straße wurden die Mitglieder nicht oder nur selten gesehen. Die Fragen, die sich die *Nacht* nun stellte, waren: Was hatte Cayne vor? Würde er noch andere Gilden unterwerfen, um seine Macht zu steigern? Oder gar Gildenkämpfe riskieren? Das hatte es seit Bürgerkriegszeiten nicht mehr gegeben, aus gutem Grund. Die anderen Gilden waren verunsichert, festigten ihre Positionen durch Gebietseroberungen und neue Mitgliedschaften. Es war dunkler geworden in der *Nacht*, und gefährlicher.

»Ich will nicht, dass du ein Risiko eingehst«, sagte Junicus. Es tat gut zu wissen, dass es jemanden gab, der sich Sorgen um mich machte, und als Straßenkind wusste ich diese Art von Menschen wirklich zu schätzen, zumal ich nur sehr wenigen von ihnen begegnet war. Mir schnürte sich für einen Augenblick die Kehle zu, bevor ich mich wieder im Griff hatte.

»Werde ich nicht. Entweder bestehe ich die Eignungsprüfung oder nicht. So einfach ist das.«

»Die Eignungsprüfung wirst du schaffen, daran zweifle ich nicht. Aber wenn du erst einmal in der Gilde drin bist, kannst du nicht so leicht wieder austreten. Dann bist du mittendrin im Getümmel.«

»Na und? Ich war immer mittendrin. Nur jetzt habe ich einen Funken, der mir Macht verleiht, und einen Kopf voller Zaubersprüche, die mir helfen.«

Junicus sah mich traurig an, und für einen Moment dachte ich, dass er mich jetzt umarmen würde. Den Göttern sei Dank tat er es nicht. Als ich merkte, wem ich da gerade dankte, runzelte ich verwirrt die Stirn. Ich musste mein ganzes Repertoire an Schimpfwörtern und Flüchen neu überdenken, wenn ich mich nicht selbst beleidigen wollte. Drachen … Drachen waren gut. Ich würde das bei Gelegenheit ausprobieren.

»Wenn das alles ist«, sagte ich, stand auf und klopfte mir den Schmutz von den Beinen, »dann mache ich mich jetzt auf den Weg. Wünsch mir Glück!«

»Warte noch. Darf ich dir eine Frage stellen?«

Ich drehte mich zu ihm um. Er stützte sich mit den Ellbogen auf seinen Knien ab und hatte einen so intensiven Blick in den Augen, dass es mir unangenehm war.

»Warum stiehlst du? Du bist jetzt göttlich, du musst genau genommen nie wieder essen oder schlafen, deine Energie wird eines Tages die Schwelle zur Unendlichkeit übertreten. Du brauchst so etwas Menschliches wie Besitz oder Geld nicht. Warum also?«

Ich starrte ihn ungläubig an. Anscheinend hatte er mich in den vergangenen Monaten doch nicht so gut kennengelernt, wie ich angenommen hatte.

»Weil ich es kann.«

Askani war ein Mann, der dafür bekannt war, äußerst nachtragend zu sein. Seit fast fünf Jahren hatte er nun schon die Position des Schwarzen Drachen inne, und unter seiner Leitung entwickelte sich die Gilde und wurde zur größten Ansammlung von Dieben und Halsabschneidern in der ganzen Stadt. In der Regel gab Askani einem Anwärter mehrere Versuche, in die Gilde einzutreten. Versagte er und wagte es, trotzdem weiterhin Diebstähle zu begehen, heuerte Askani einen Assassinen an, schon allein, damit man nicht zur Konkurrenz gehen konnte. Seine Kontakte zur Gilde Rote Schlange pflegte er sorgfältig. Ob man die Eignungsprüfung, die Askani einem auftrug, bestand oder nicht, war keine Frage der Fähigkeiten, sondern der Sympathie. Erwischte man den Gildenführer auf dem falschen Fuß, stellte er die absurdesten Anforderungen, die selbst sein eigener Meisterdieb nicht bewältigen konnte.

Dass ich ihn bei unserem ersten Treffen als ungewaschenen Bastard bezeichnet hatte, der die Möse einer seiner verseuchten Huren nicht von der einer räudigen Hündin unterscheiden konnte, ebnete mir nicht gerade den Weg nach oben.

Beziehungsweise nach unten. Die Territorien des Schwarzen Drachen waren nicht minder gefährlich als die des Skorpions, und ich spürte das unangenehme Gefühl mir folgender Blicke, während ich durch die Tunnel zum Hauptquartier der Diebesgilde schritt. Wahrscheinlich überlegten sie, ob ich es wert war, überfallen zu werden. Normalerweise sah ich so erbärmlich und zerfleddert aus, dass man mich in Ruhe ließ, aber Junicus hatte mir einen neuen Mantel geschenkt, der mir gut passte und einen Unsichtbarkeitszauber in der Nacht beinahe überflüssig machte.

Tatsächlich dauerte es nicht lange, bis mir zwei Männer den Weg versperrten. Der Tunnel war nicht breiter als eine Gasse in den Elendsvierteln, ihre Schultern berührten sich fast, als sie mich mit verschränkten Armen musterten.

»Kein Zutritt für Ratten«, sagte der linke.

»Verzieh dich, Ungeziefer!«, meinte der andere und trat mit erhobener Faust auf mich zu.

Ganz ruhig, ermahnte ich mich. Es gab überhaupt keinen Grund zur Panik. Ich hatte mehr Energie als alle Magier der Stadt zusammengenommen, mein Kopf war zum Bersten gefüllt mit den wirkungsvollsten Zaubersprüchen, und ich war noch nie besonders zurückhaltend gewesen, wenn es darum ging, sie einzusetzen. Warum hatte ich dann trotzdem Angst? Wahrscheinlich aus Gewohnheit.

Ich leitete Energie in meine Arme um und stieß den Mann zur Seite. Eigentlich wollte ich ihn nur ins Straucheln bringen, aber ich hatte mich ein bisschen verschätzt. Hart prallte er gegen die Felswand und brach stöhnend auf dem Boden zusammen, Steinstaub rieselte auf ihn herunter. Ich ließ mir nichts anmerken und stieg über ihn hinweg, als hätte ich es so gewollt.

»Du auch?«, fragte ich den anderen. Erst trat er einen Schritt auf mich zu, als wolle er es wirklich darauf ankommen lassen, aber schlussendlich siegte sein Verstand. Mit verkniffenem Mund trat er zur Seite, damit ich passieren konnte.

Ich grinste unter dem Schal, den ich um die untere Hälfte meines Gesichts gebunden hatte, und kam mir vor wie ein Gott!

Vor der Haupthöhle war das Gedränge dicht, viel zu viele Diebe gingen hier ein und aus, holten sich Aufträge, gaben Anteile ihrer Beute ab oder fanden es einfach nur lustig, wenn neue Anwärter von Askani gedemütigt wurden. Einige lachten, als sie mich sahen, andere schüttelten nur bedauernd den Kopf. Kurz bevor ich die Höhle betrat, wurde ich wieder aufgehalten, ein großer Türsteher versperrte mir den Weg. Ohne seine Aura zu streifen, wusste ich, dass er ein Erdmagier war.

»Was willst du, Knirps?«, fragte er und stieß mich vor die Brust.

»Ich will Mitglied werden.«

Der Erdmagier kniff die Augen zusammen. »Ich kenn dich doch, du bist der Möchtegern, der sich beim Rathaus hat aufschlitzen lassen.« Ich erwiderte nichts, als er lachte und seine Kumpane um ihn herum mit den Fingern auf mich zeigten. »Bist du sicher, dass du es noch mal versuchen willst, du Anfänger?«

»Ja.«

Er verzog das Gesicht, als ich nicht auf die Provokationen einging. Dann drehte er sich um und rief in die Höhle. »Boss, hier …«

»Ich bin nicht taub, Ghar. Schick den Hurensohn rein.«

Das Lächeln auf Askanis Gesicht gefiel mir nicht. Er rekelte sich auf einem halb zerfledderten Sofa, in jedem Arm eine leicht bekleidete Frau. An den Wänden und in den Ecken lungerten seine Handlanger herum, kräftige Kerle, die mehr Muskeln als Hirn besaßen. Der Geruch nach Alkohol und Tabak stach unangenehm in meine Nase, aber ich beherrschte mich, sie zu rümpfen.

Askani war ein ehemaliger Räuber aus der Brennenden Wüste, kohlrabenschwarz glänzte seine Haut im Schein der Wehrlichter und Feuer. Obwohl er den Anschein erweckte, den lieben langen Tag auf der faulen Haut zu liegen (und die Nacht sowieso), war seine Statur kräftig und muskulös und stand der seiner Untergebenen in nichts nach. Seine Kleidung war teuer und maßgeschneidert.

Er hob eine Hand zur Begrüßung. »Willkommen zurück, mein Freund!« Seine Stimme war tief und wohlklingend. »Ich hörte, was am Rathaus passiert ist, und war in Sorge um dein Wohlergehen. Geht es dir wieder gut?« Einige kicherten.

»Es ging mir nie besser«, antwortete ich aufrichtig.

»Wie schön.« Das Lächeln verschwand von seinem Gesicht. »Was willst du, Drecksblag?«

»Du weißt, was ich will.«

»Solche Stümper wie dich kann ich in meiner Gilde nicht gebrauchen. Warum sollte ich dir noch eine Chance geben, wo du doch schon zweimal versagt hast?«

»Weil ich es dieses Mal mit Sicherheit schaffen werde.«

Askani lachte rau, und einige seiner Männer fielen mit ein. »Natürlich wirst du das. Denn wenn nicht, wirst du unangenehmen Besuch bekommen.« Er deutete mit dem Kopf hinter sich, und ich bemerkte eine in Schwarz gehüllte Gestalt. Erst dachte ich erschrocken, es sei der Schwarzgewandete, dann bemerkte ich die Rote Schlange, die er sich auf den Ärmel genäht hatte. Erleichtert atmete ich aus. Ein Assassine. *Nur.*

»Dazu wird es nicht kommen«, erwiderte ich ruhig.

»Ach wirklich?« Askani musterte mich abschätzig. »Vielleicht wirst du ja dieses Mal getötet, dann kann ich mir das Geld für die Schlange sparen.«

Und in billigen Alkohol und Nutten investieren, dachte ich, hielt mich aber zurück. »Und? Gibst du mir noch eine Gelegenheit, mich zu beweisen?«

Gelangweilt lehnte sich Askani zurück und spielte mit dem Haar einer Frau, die leise kicherte. »Von mir aus, wenn du solche Todessehnsucht hast.«

»Was soll ich stehlen?«

Da war es wieder, dieses Lächeln. Ich hatte kein gutes Gefühl.

»Hochfürst Radovans Siegelring.«

Die Stille breitete sich aus wie ein Echo, steckte jeden an, der diese Worte gehört hatte, und prallte von den Wänden zurück. Ich spürte, wie ich blass wurde und schlucken musste. Die Frauen in Askanis Armen hatten schockiert die Hände auf ihre dünnen Münder gelegt.

»Nimmst du an?«, fragte der Schwarze Drache, und seine Stimme klang im Schweigen der Höhle unnatürlich laut.

Hatte ich denn eine Wahl? Wenn ich jetzt einen Rückzieher machte, konnte ich mich nie wieder in diesen Teilen der *Nacht* blicken lassen, und in einigen anderen auch nicht. Außerdem würde ich dann Gefahr laufen, von den Roten Schlangen einen Kopf kürzer gemacht zu werden.

Aber vor allen Dingen wollte ich ihm diese Genugtuung nicht geben.

»Ja«, sagte ich und unterdrückte erfolgreich das Zittern, das sich in meine Stimme zu schleichen versucht hatte.

Askanis Lächeln wurde breiter. »Großartig! Bring mir den Ring noch heute Nacht, und ich nehme dich auf.«

Heute Nacht! Das war so gut wie unmöglich. Ich brauchte mindestens ein paar Tage, um das Gelände und die Schutzmaßnahmen auszukundschaften, und außerdem wusste ich nicht, ob der Hochfürst den Ring überhaupt jemals abnahm. Den Raubzug schon in dieser Nacht durchzuführen grenzte an Selbstmord. Und das wusste dieser Mistkerl nur zu gut. Ich biss mir auf die Zunge, um ihn nicht wüst zu beleidigen.

»Willst du sonst noch was?« Askanis Stimme war zuckersüß. »Ich habe Zeit. Du auch?«

Stirb, du elendes Krebsgeschwür! Ich drehte mich auf dem Absatz um und ging schnellen Schrittes davon, allerdings nicht zu schnell, damit es nicht wie eine Flucht aussah.

Ihr Lachen verfolgte mich bis in die Oberstadt, und es klang hohl, aufgesetzt und gerechtfertigt.

Der Gesang der Nachtdrachen vibrierte durch die Luft wie ein tiefer Bariton. Ein Rudel von ihnen pflügte durch den Himmel, unsichtbar vor der schwarzen Kuppel der Welt. Nur wer genau hinsah, erkannte ihre dunklen Silhouetten – große Schwingen und schlanke Körper, die das Licht erwachender Sterne verhüllten. Ihr Erscheinen kündigte den Winter an, klirrende Kälte und länger werdende Nächte, in denen sie singend um einen Partner für die Paarung warben. Selten hatte sich ihr Lied so klar und so verloren angehört.

Ich saß auf einem Dach in den Königsvierteln und schaute mit gerunzelter Stirn auf Hochfürst Radovans Anwesen hinunter, das sich arrogant und aufgeblasen vor mir präsentierte. Dass ich es mit einem Sprung hinüberschaffen würde, ohne die Freifläche zwischen der Mauer und dem Gebäude zu Fuß zu überqueren, bezweifelte ich nicht. Der Grund, warum ich noch hier saß und grübelte, war der Wachzauber, der sowohl die Residenz selbst als auch den Luftraum um sie herum beschützte. Selbst wenn ich den Wind manipulierte und in der Luft stand, um einen Weg hineinfinden zu können, würde er Alarm schlagen. Was im Innern des Gebäudes vor sich ging, wusste ich nicht, wahrscheinlich wurde es zusätzlich zum Wachzauber auch noch mit einem Kreis aus Runen geschützt, den ich selbst mithilfe meiner Nael nicht durchdringen konnte. Ach ja, und Wachen gab es auch noch. Und Hunde.

Ich konnte Askanis Verlangen nach dem Ring verstehen. Er war magisch und so gefertigt, dass man davon keine Kopien erstellen konnte. Aus diesem Grund wurde alles, was Hochfürst Radovans Siegel trug, sofort genehmigt, weil es keine Fälschungen geben konnte. Mit diesem Siegelring in den Händen wäre Askani in der Lage, offizielle Dokumente anzufertigen. Schuldenfreiheit für sämtliche Mitglieder des Schwarzen Drachen? Kein Problem. Ein Gesetz zur Legalisierung von Diebstahl? Kinderleicht.

Askani wäre quasi der neue Hochfürst. Nur Pech für ihn, dass ich es erst gar nicht so weit kommen lassen wollte.

Besser wird's nicht, dachte ich resigniert und stand auf. *Jetzt oder nie!* Ich konzentrierte mich und schloss die Augen, versuchte, mich an das zu erinnern, was Junicus mir beigebracht hatte. Als ich sie wieder öffnete, sah ich deutlich die Verflechtungen des Wachzaubers um das Gelände. Wie ein Netz aus dicht gewebten, leuchtenden Fäden, feingliedrig in der Struktur, empfindlich reagierend auf Berührungen.

Sachte tastete ich mich näher heran, berührte vorsichtig die äußere Schicht. Fast hätte ich den Zauber aktiviert, und äußerst feinfühlig begann ich, die Maschen des Netzes aufzulösen und woanders wieder neu zusammenzusetzen. Ein etwa mannsgroßes Loch prangte nun in der Mauer aus Licht.

Mit kleinen Hüpfern näherte ich mich der Lücke aus der Luft, geschützt durch meine Wassermagie, die mich unsichtbar machte. Selbst wenn eine der Wachen kurz nach oben schauen würde, sehen würden sie mich nicht. Kritisch betrachtete ich das Loch und wob es vorsichtshalber noch etwas größer und schmaler, damit ich aufrecht stehend hindurchpasste. Ich holte tief Luft und trat mit einem Fuß hindurch, angespannt und jederzeit bereit wegzulaufen, sollte Alarm geschlagen werden.

Es blieb ruhig. Perfekt.

Als wäre heute ein sonniger Tag und ich nicht mehr als ein Fräulein auf einem Spaziergang, schlenderte ich mit hinter dem Rücken verschränkten Armen durch die Luft über das Gelände. Vor mir löste ich die Fäden des Wachzaubers, während ich sie hinter mir wieder vorsichtig verschloss. Es war, wie Junicus gesagt hatte: Ich hatte kein Problem damit, mehrere Zauber unterschiedlichster Art auf einmal auszuführen. Den Wind unter meinen Füßen zu verdichten, die Luftfeuchtigkeit um mich herum zu manipulieren, das Netz des Zaubers zu durchbrechen und gleichzeitig wachsam in meine Nael getaucht zu sein, damit ich alles um mich herum scharf und deutlich wahrnehmen konnte.

Vor dem Anwesen war der Wachzauber intensiver und dichter gewebt, umfasste jeden Zentimeter der Fassade und des Daches. Ich suchte nach einer Schwachstelle, fand aber keine. Ich bewunderte den Zauberer, der diesen Spruch ausgeführt hatte, für seine Sorgfalt. Und hoffte, dass er qualvoll sterben würde.

Ich suchte mir ein Fenster im zweiten Stock, hinter dem ich nur die Dunkelheit der Nacht ausmachen konnte. Es war ziemlich gut mit teuren Schlössern gesichert. Ich spähte links und rechts den Gang hinunter, sah aber niemanden, der Alarm schlagen könnte. Gut.

Die Idee zu meinem weiteren Vorgehen war unter Zeitdruck entstanden und daher eher plump. Nachdem ich einen Teil des Wachzaubers um eine Scheibe gelöst hatte, schlug ich mit dem Ellbogen darauf ein, sodass sie zu Bruch ging. Sofort fing ich mit ein paar Nael die Splitter auf (abgesehen von denen, die sich in meine Haut bohrten) und dämpfte den Schall, auch wenn ich mich dabei etwas ungeschickt anstellte und trotzdem noch etwas hören konnte. Mit dem Arm griff ich in das doppelte Loch und öffnete das Fenster von innen, als wolle ich kurz lüften. Ich schlüpfte hinein und landete weich auf dem Teppich.

Aufmerksam sah ich den Korridor auf und ab, aber niemand schien mich bemerkt zu haben. Zuerst webte ich den Wachzauber neu, während meine Haut die kleinen Glassplitter ausspuckte und verheilte. Mit dem Zusammensetzen des Fensters hatte ich jedoch Schwierigkeiten, einige Splitter waren ziemlich klein, und ich hatte absolut keine Geduld, mich auf diese Feinarbeit einzulassen. Die zerbrochene Scheibe wies Lücken und Risse auf, als ich mit ihr fertig war, und ein bisschen unzufrieden war ich schon. Um mein mangelndes Talent als Innenausstatter zu überdecken, zog ich kurzerhand die Vorhänge zu.

So. Ich hatte eine Hürde überwunden und war ins Gebäude eingedrungen. Die zweite Hürde war allerdings wesentlich schwieriger zu bewältigen: Hochfürst Radovan finden und ihm den Ring abnehmen. An die letzte Hürde – die Flucht – vermied ich bewusst jeden Gedanken. Dazu würde ich kommen, wenn es so weit war. Ziemlich kindisch und riskant, aber viel Zeit zum Planen hatte ich ja nicht gehabt.

Ich wollte mithilfe meiner Nael das Gebäude absuchen, um den Hochfürsten zu finden, aber hier drin war das Ergebnis nicht anders als draußen. Außer der Innenausstattung und der Aushöhlung der Gänge und Räume spürte ich nichts. Als wäre ich die einzige lebende Person hier.

Verdammt, was soll das? Auf leisen Sohlen schlich ich den Korridor entlang, verließ mich auf die üblichen Methoden eines Diebes statt auf meine Magie. War vielleicht auch besser so. Ich lugte um Ecken, schlich durch die Gänge und horchte an Türen. Tatsächlich bemerkte ich in der großen Haupthalle zwei Dienstmägde, die sich im Erdgeschoss leise unterhielten, während ich auf der Galerie hockte und zu ihnen hinunterschaute. Verwirrt griff ich in meine Nael und tastete nach ihren Auren, spürte aber nichts. Ich kniff die Augen zusammen und erspähte eine leichte magische Hülle, die sie umgab.

Das ist … genial. Anscheinend war der Hochfürst gar nicht so dumm, er musste seiner gesamten Dienerschaft und den Wachen magische Amulette gegeben haben, die ihre Aura verbargen. Wie Geister wanderten sie durch das Anwesen, unspürbar für jene, die sich zu sehr auf ihre magischen Fähigkeiten verließen. So konnte man nie wissen, wem man gerade in die Arme lief.

Nachdem ich das herausgefunden hatte, war ich doppelt vorsichtig. Anstatt mich zu sehr auf meine Umgebung zu fixieren, konzentrierte ich mich mehr darauf, meine Sinne zu schärfen, damit ich den Atem in den Lungen des Personals hören konnte, das um die Ecke stand. Auf diesem Weg vermied ich es gekonnt, jemandem ungewollt zu begegnen. Und sollte es doch einmal passieren, dass jemand meinen Weg kreuzte, hatte ich immer noch meine Unsichtbarkeit.

Ich horchte an jeder Tür, an der ich vorbeikam. In manchen

Zimmern wurde geredet und gescherzt, an denen ging ich unverrichteter Dinge vorüber. Interessant wurde es, wenn ich nur Atem oder gar nichts hören konnte, dann öffnete ich die Tür einen Spaltbreit und schielte hinein. Meistens waren es kleine Schlafzimmer, in denen das Gesinde schlief, war das Zimmer leer, durchsuchte ich es.

Auf diese Weise tastete ich mich immer weiter vor, und weil ich nur zu gut wusste, wie schnell die Zeit voranschritt, ließ ich irgendwann jene Zimmer aus, die uninteressant aussahen. Hochfürst Radovan würde seinen Siegelring wohl kaum unbeaufsichtigt in der Rumpelkammer liegen lassen.

Auf dem Weg nach oben begegnete ich einem Mann in einer Rüstung, der mir mit metallischen Schritten auf der Treppe entgegenkam. Ich drückte mich an die Wand und gab keinen Laut von mir, schon weil die Klingen an seiner Hüfte mich unangenehm an die letzte Begegnung dieser Art erinnerten. Er schritt vorüber, ohne mich zu bemerken, und ich wollte schon aufatmen, da blieb er drei Stufen unter mir stehen. Er hob den Kopf, als hätte jemand laut seinen Namen gerufen, und sah sich aufmerksam um. Für einen Moment blieben seine Augen an der Stelle haften, an der ich mich versteckte, und innerlich bereitete ich mich schon auf die Flucht vor. Den Drachen sei Dank (klang irgendwie komisch, ich ließ das lieber) ging er nach ein paar Augenblicken achselzuckend weiter. Ich entspannte mich und sah ihm verärgert hinterher. Das Wappen auf seinem Umhang, der ihm um die Schultern hing, kannte ich nicht, denn von Radovan war es ganz bestimmt nicht. Als er weg war, stieg ich weiter die Stufen hinauf.

Im vierten Stock öffnete ich eine breite Flügeltür und war mir sofort sicher, das Schlafgemach des Hochfürsten gefunden zu haben. Zum einen war der Raum viel zu weitläufig und fast schon protzig eingerichtet, das konnte nur der Geschmack eines Adeligen sein. Zum anderen lag der Hochfürst persönlich in seinem lächerlich großen Bett. Das Problem: Er war nicht allein.

Offenbar war eine Frau bei ihm unter der Bettdecke, der Höhe des Stöhnens nach zu urteilen. Mein Kopf lief auf der Stelle hochrot an, als ich erkannte, was die beiden dort trieben. Beschämt wandte ich den Blick ab, und mein erster Gedanke war, sofort zu verschwinden. Vielleicht konnte ich den Mann in der Rüstung zurückpfeifen, damit er mich festnahm und von hier wegbrachte? Die Versuchung war groß.

Mach jetzt keinen Rückzieher! Reiß dich gefälligst zusammen! Bei den Geistern, wo war ich da nur hineingeraten?

Die beiden waren viel zu sehr mit sich selbst beschäftigt, als dass sie bemerkt hätten, dass die Tür aufgegangen war, geschweige denn, wie sie sich schloss. Ich musste meine ganze Kraft dafür aufwenden, hinzusehen, um den Siegelring an den Fingern des Hochfürsten zu suchen. Dort war er nicht. Aber wo …? Doch! Da lag er, auf dem Nachttisch! *Na toll*, dachte ich mir und schritt langsam wie ein scheuer Hund auf das Bett zu.

Merkwürdig beschämt und erregt zugleich beobachtete ich, wie sich das Paar darauf rekelte, schwer keuchte und sich gegenseitig Liebkosungen zuflüsterte. Bei dem Anblick in sich verschlungener, schwitzender Körper stieg ein berauschendes Gefühl in mir auf, das ich zu unterdrücken versuchte, und ich verfluchte mich, weil es mir nicht vollständig gelang. Ich hatte gehört, dass Hochfürst Radovan ein Schürzenjäger war, aber dass er ausgerechnet heute Nacht …

»Bist du ein böses Mädchen gewesen?«

»O ja. Sehr böse!«

Hashan, hilf! Da wird einem ja schlecht! Zitternd schlich ich weiter, überprüfte bei jedem Schritt meine Unsichtbarkeit und bemühte mich, den Siegelring anzustarren und nicht die rhythmischen Bewegungen unter der Decke. Das Stöhnen wurde lauter.

Ich streckte mich und ertastete das kühle Metall des Ringes, nur noch ein Stückchen, und dann nichts wie weg hier … Gerade als sich meine Finger um das kleine Schmuckstück schlossen, schnellte die Hand des Hochfürsten unter der Decke hervor und packte mich so fest am Unterarm, dass ich aufheulte. Das Laken rutschte halb von ihm herunter, als er sich erhob und einen muskulösen, wohlgeformten Oberkörper enthüllte.

»Wen haben wir denn da?«, fragte er und lächelte. »Einen Voyeur!«

Schlagartig wich die ganze Beklemmung von mir und machte wachsender Angst Platz. Mein Gesicht, zuvor noch glühend vor Scham und Erregung, wurde blass. *Aber … meine Wassermagie! Was zum …?*

»Man schleicht sich nicht einfach so nachts in das Schlafzimmer fremder Leute«, sagte Radovan tadelnd und verstärkte seinen Griff, sodass ich mich krümmte und wimmerte. Verdammt, warum hatte ich diesen bescheuerten Ring nicht einfach mit Windmagie zu mir gezogen? Das war mir gar nicht in den Sinn gekommen.

»Viria, meine Liebe, sei so gut und ruf die Wachen. Und du«, er schüttelte mich grob, »lässt sofort den Ring los.« Er sprach in einem bedrohlich leisen Tonfall, der mir einen Schauer über den Rücken jagte.

Ich denk gar nicht dran! Der Trotz siegte über die Angst, obwohl ich wahrlich nicht in der Lage war, mir Frechheiten leisten zu können. *Ich bin Wasser!*

Kaum hatte ich diesen Gedanken zu Ende gedacht, spürte ich, wie Radovans Griff sich lockerte, und ich nutzte die Gelegenheit und riss mich los. Ungläubig starrte ich auf meinen Arm, der dumpf schmerzte. Für einen Moment hätte ich *schwören* können, dass …

Keine Zeit für Gedankenspielchen! Radovan hatte sich bereits wieder gefangen und richtete sich auf, seine Hände erhoben, um mich zu packen. Ich schleuderte ihm eine Energiewelle entgegen, die ihn nach hinten drückte, sodass seine Gespielin aufschrie, als er auf ihr landete. Gerade hatte ihr das doch noch gefallen!

Ich sprintete aus dem Raum, stieß die Tür auf und rannte auf den Flur. Im Geiste war ich bereits an einem der Fenster, entfernte den Wachzauber und lockerte das Glas, gleichzeitig wob ich …

»Dummes Kind.«

Starker Wind erfasste mich und schleuderte mich quer durch den Korridor, unterwegs nahm ich unfreiwillig ein paar Möbelstücke mit, die mit mir zusammen gegen die Wand prallten. Keuchend krümmte ich mich auf dem Boden und sah blinzelnd hoch. Wie war der Hochfürst so schnell hier herausgekommen? Und, bei den Geistern, so flott wie er wollte ich mir auch die Hosen anziehen können!

»Schwachkopf«, entgegnete ich nur, denn ich spürte, wie der Zauber, den ich kurz zuvor eilig gesprochen hatte, seine Wirkung tat.

Bannsprüche hatte ich noch nie benutzt, dementsprechend ungeschickt war dieser hier. Kritzelige Runen leuchteten auf dem Fußboden um Radovan auf, und verwundert sah er nach unten, bevor meine Nael, die ich abgezapft hatte, ihn einwickelte und an Ort und Stelle band.

Das würde nicht lange halten, und ohne Zeit zu verschwenden, hastete ich zum nächsten Fenster, das ich präpariert hatte. Ich sprang hindurch, ohne dass der Wachzauber losging. Ein Fortschritt im Vergleich zu letztem Mal! Ich bündelte den Wind unter meinen Füßen und ließ mich durch den Tunnel des Zaubers tragen, den ich geschaffen hatte, hinein in die Straßen und Gassen, wo ich mich verstecken konnte.

Urplötzlich verflüchtigte sich die Luft wieder, gerade als sie mich über die Gebäude tragen sollte. Erschrocken versuchte ich noch im Fall, sie wieder zu manipulieren, doch sie entzog sich meiner Berührung und weigerte sich, mir zu gehorchen. Der Boden kam immer näher.

Drachenscheiße!, fluchte ich, denn ohne Windmagie war es unmöglich, den Luftwiderstand zu erhöhen, sodass ich Energie in meine Beine und meinen Unterkörper leiten musste, um die ganze Wucht des Aufpralls abzufangen. Hinter mir pfiff der Wind, und als ich mich umdrehte, sah ich Hochfürst Radovan halb nackt in der Luft stehen, Ströme und Böen wirbelten um ihn herum, hüllten ihn ein in einen kleinen Sturm. Ich erkannte, dass ich ihn wütend gemacht hatte.

Bei einem Sturz aus derartiger Höhe hätte sich sogar ein Magiekundiger sämtliche Knochen gebrochen. Aber weil viel mehr Energie durch meinen Körper floss, als je irgendein Sterblicher zu speichern in der Lage wäre, ohne wahnsinnig zu werden, zuckte ich mit keiner Wimper, als ich aufkam. Das Pflaster um meine Füße bekam Risse. Ohne den Strom der Kraft durch meinen Körper zu verringern, sprintete ich los in die Gassen.

Über mir brodelte der Himmel wie bei einem aufkommenden Unwetter, der Wind frischte auf, pfiff durch die Straßen und schlug Fensterläden und Türen zu. Als er mich erfasste, hob ich doch tatsächlich kurz ab, und wieder zogen sich die Luftströmungen bei meinem Versuch, sie zu manipulieren, vor mir zurück. Sie zerrten an meiner Faust, in der ich den Siegelring hielt.

So nicht! Ich ließ mich von den Gebäuden und Steinfassaden anziehen, ihre geerdete Kraft verhinderte, dass ich vom Wind davongetragen wurde. Seitwärts lief ich an den Wänden entlang, vermied es, über größere Lücken zu springen oder zu gegenüberliegenden Häusern, um nicht erfasst zu werden.

Erde war das Gegenteil von Luft. Solange ich den Kontakt nicht verlor, konnte mir der Wind, wie sehr er auch schrie und heulte, nichts anhaben. Außerdem hoffte ich so, dem Zugriff des Hochfürsten zu entkommen. Wenn er derjenige war, für den ich ihn hielt, konnte er mich nicht lokalisieren, solange ich Erdmagie benutzte.

Ich lief an den Fassaden herunter und rannte auf der Straße weiter Richtung Prinzenplatz. Dort gab es einen offenen Zugang zur *Nacht*, den ich früher oft benutzt hatte, um unterzutauchen, wenn mich eine der Wachen beim Diebstahl auf dem Markt erwischt hatte. Genau für diese Zwecke war er, glaubte ich, auch angelegt worden.

Vereinzelte Regentropfen fielen vom bewölkten Himmel, und meine Enya sprühte förmlich Funken, als mich einige davon trafen. Ich spürte, wie sich meine Energie langsam hochschraubte. Wäre nur nicht dieser Wind, der die Tropfen hin und her schleuderte, sie umherwirbelte und ihre Bahnen durchkreuzte! Er zerrte an meinen Kleidern, als ich schlitternd in eine Gasse bog und dort einen Kanaldeckel anhob. In der *Nacht* würde mir dieser Wind nichts anhaben können, unter der Erde war ich sicher. Ohne zu zögern, sprang ich in die Dunkelheit.

SCHWARZER DRACHE

Gibst du auf?« Ghars leicht dümmliche Visage war das Letzte, wonach mir gerade der Sinn stand. Zu sehr von sich selbst überzeugt, stand er mir mit anderen Schwarzen Drachen im Weg, die schon bei meinem Anblick anfingen zu kichern. Die würden sich noch wundern.

»Aus dem Weg, Holzkopf!«, sagte ich nur.

Bedauerlicherweise kam er meiner Aufforderung sogleich nach, wollte wahrscheinlich nicht verpassen, wie ich mich vor Askani blamieren würde. Bis jetzt hatte ich meine Hand noch nicht geöffnet, vielleicht hatte ich Angst, der Ring könnte verschwinden, sobald ich ihn mir ansah. Das war albern, und eigentlich wusste ich es besser.

In der Haupthöhle waren jetzt mehr Menschen versammelt, die meisten kamen vermutlich von ihren nächtlichen Raubzügen zurück und präsentierten dem Gildenführer ihre Beute. Großzügig nahm sich Askani seinen Anteil daran. Als er mich hinten in der Menge erblickte, hellte sich seine Miene auf, und er winkte mich zu sich. Ich drängelte mich an den schwitzenden, stinkenden Körpern vorbei, bis ich vor ihm stand.

»Wie sieht's aus, junger Freund?«, fragte Askani, und seine Stimme troff vor Hohn. »Gestehst du dir deine Unfähigkeit ein? Keine Sorge, dafür brauchst du dich nicht zu schämen. Wir alle kapitulieren vor großen Aufgaben.«

Ich öffnete kommentarlos meine Faust. Im Licht der Wehrlichter schimmerte das Metall des Ringes nur matt.

Augenblicklich gefror das Lächeln auf Askanis Gesicht, und ich prägte mir diesen Ausdruck der stummen Fassungslosigkeit gut ein, um ihn später in vollen Zügen zu genießen. Im Moment war ich viel zu aufgewühlt, um mich wirklich daran zu laben. Nach und nach verstummten die Gespräche in der Höhle, als ich augenscheinlich erfolgreich von so einem aberwitzigen Auftrag zurückgekehrt war.

Den Blick noch immer auf den Ring geheftet, stand Askani auf. Seine Statur war nicht so imposant und einnehmend wie die von Hochfürst Radovan, aber dennoch beeindruckend. Er streckte die Hand aus, und ich ließ zu, dass er den Ring nahm und musterte. Unruhig wie alle Anwesenden in der Höhle wartete ich auf seine Reaktion. Es war unwahrscheinlich, dass er ihn als Fälschung deklarieren würde, nur um mich bloßzustellen, dennoch ertappte ich mich dabei, wie ich angespannt die Lippen zusammenkniff.

Askani schloss die Faust um den Ring und starrte mich an. Ich fühlte mich an den Blick einer Giftschlange erinnert. »Wie heißt du?«

»Vorher hat es dich nie interessiert, wie ich heiße.«

»Vorher hast du ja auch nie den Hochfürsten persönlich bestohlen.«

Ich erinnerte mich noch zu gut daran. Diese Bilder würde ich nie mehr aus dem Kopf bekommen. Gut, dass ich mir einen Schal ums Gesicht gewickelt hatte, so sah man nicht, wie ich errötete.

»Shivari.«

»Bescheuerter Name«, kommentierte Ghar kleinlaut, zog sich aber auf einen stechenden Blick von Askani hin zurück. *Besser als deiner,* dachte ich. *Der klingt so, als hätte sich deine Mutter bei deiner Geburt verschluckt.*

»Also, Shivari«, mir gefiel nicht, wie Askani das Wort in seinem Mund hin und her rollen ließ, »anscheinend bist du doch nicht so untalentiert, wie ich gedacht habe. Wie bist du denn in das Anwesen reingekommen, hm?«

»Zu Fuß.«

Der Gildenführer lachte übertrieben laut. Niemand fiel mit ein.

»Kann ich jetzt den Ring wiederhaben?«

Askani sah mich an wie einen Schwachsinnigen. »Der Ring ist mein Anteil.«

»Noch bin ich nicht in der Gilde«, warf ich ein, »und der Ring ist *meine* Beute. Ich schulde dir keinen Anteil.«

Jetzt wurde die gezwungen herzliche Atmosphäre erst recht unangenehm. Askanis Miene verdüsterte sich. »Den Ring hast du auf meine Anweisung hin gestohlen.«

»Eigenständig und ohne jedwede Unterstützung, innerhalb einer lächerlich kurzen Zeitspanne. Der Kodex besagt, dass ich nur einem Helfer und meinem Gildenführer Anteile schulde. Beides habe ich nicht, also gehört alles mir.« Ich streckte die Hand aus.

Damit hatte ich ihn. Als Gildenführer, und das auch noch der größten Diebesgilde der Stadt, musste sich Askani an die Regeln halten, denen er selbst zugestimmt hatte und deren Bruch er hart bestrafte. Anders, als manche glaubten, hatten sogar Gesetzlose etwas, das man Ehre nannte.

»Ich könnte dich nicht in die Gilde aufnehmen, wenn du mir den Ring nicht überlässt.« Nur wenige hörten die leise Verzweiflung in seiner Stimme, vielleicht war ich auch der Einzige. Ich hatte, ehrlich gesagt, nicht damit gerechnet, dass er diese Karte ausspielen würde, aber auch darauf war ich vorbereitet.

»Von mir aus«, ich zuckte mit den Schultern, »dann gehe ich eben zu einer anderen Gilde. Dem Schwarzen Greif vielleicht. Dann hat der Drache zukünftig keinerlei Anteile an meiner fetten Beute, die ich sicherlich noch haben werde. Wenn ich bei Radovan einsteigen konnte, schaffe ich es überall. Trotzdem gehört der Ring *mir.*« Das letzte Wort betonte ich und hielt ihm nochmals auffordernd die Hand unter die Nase. Askani biss die Zähne zusammen und sah aus, als würde er mir am liebsten sämtliche Gliedmaßen ausreißen. Nur widerwillig legte er das Schmuckstück in meine Hand. Ich hatte ihn mir nicht zum Freund gemacht, eher im Gegenteil, jetzt war er mir gefährlicher als je zuvor.

»Willkommen im Schwarzen Drachen, Shivari«, sagte er leise und hielt mir die andere Hand wie zum Gruß hin. Misstrauisch beäugte ich sie, aber er bestand wohl darauf, dass ich sie schüttelte. Er drückte so fest zu, dass er mir fast die Knochen brach. Ich verzog keine Miene.

»Wo willst du deine Tätowierung?«

»Linker Knöchel.«

Der Energiestoß kam unvorhergesehen und jagte brennend durch meinen ganzen Körper, verdichtete sich an meinem linken Knöchel und hinterließ eine zitternde Spur schwächer werdender Schmerzen. Ein dumpfes Echo fremder Magie schallte durch meinen Geist. Sie schmeckte faul und spröde. Wie Dreck.

Als ich an mir heruntersah, prangte der Schwarze Drache, dunkel wie der Neumond und noch umgeben von schwachen Rötungen, auf meiner Haut am Unterschenkel.

»Die Tätowierung ist magisch«, erklärte Askani und ließ mich los. »Sie kann sich bewegen, wenn du willst. So kannst du, wenn du durchsucht wirst, unerkannt bleiben. Wie lange, das hängt von dir ab.« Er grinste, und ich hatte das dringende Bedürfnis, ihm ins Gesicht zu schlagen. »Bei Aufträgen weißt du außerdem so, wenn du gebraucht wirst. Ansonsten kannst du stehlen, was du willst. Ich als dein Gildenführer bekomme die Hälfte der Beute. Wenn sich die Beute nicht teilen lässt, bekomme ich alles. Verstanden?«

»Ja, bin ja nicht dumm.«

»Das habe ich auch nie laut gesagt.«

Ich ließ die Provokation an mir abprallen. »Sonst noch was?«

Die Kräuselung von Askanis Lippen wertete ich als ein Zeichen von Verbitterung und Ärger. Mit mir würde er noch viel Freude haben.

»Wenn du innerhalb eines Monats nicht eine festgelegte Summe durch deine Beute oder anderweitige Zahlungen an mich abgibst«, sagte er, klang aber jetzt eher floskelhaft, »wirst du ausgestoßen. Und zwar nicht auf die nette Art.«

»Habe ich nicht vor.«

Ich drehte mich um und wollte mich durch die Menge wieder zurückquetschen, aber einige traten bereitwillig zur Seite und ließen mich passieren. Ihr Blick ließ mich keine Sekunde lang aus den Augen. Was las ich da in ihnen? Ehrfurcht? Gier? Neid? Damit konnte ich leben.

Die Gespräche nahmen nur langsam wieder ihren Lauf, erst zögernd, dann eingeschüchtert. Sie drehten sich um diesen jungen Dieb, der heute Nacht etwas vollbracht hatte, wofür viele Jahrzehnte gebraucht hatten … und gescheitert waren.

Der Gildenführer starrte lange in die Richtung, in die der Dieb verschwunden war, vielleicht überlegte er, vielleicht auch nicht. Er drehte sich halb um und raunte über die Schulter: »Bring mir diesen Ring.«

Ein junger, gut aussehender Heranwachsender, dessen Kleidung fast genauso edel war wie die des Schwarzen Drachen, trat vor und nickte. Sein Haar war so rot wie die Sonne am Abend. »Geht klar.«

WIE WIND

Wer hatte jemals den Wind gesehen?

Jedron saß in seinem Arbeitszimmer und schaute aus dem Fenster. Viele Menschen lebten und starben, ohne zu sehen, was er sah, selbst die meisten Magier waren blind gegenüber der Schönheit, die sich ihm tagtäglich präsentierte. Er hatte einen Ellbogen auf die Lehne seines Stuhls gestützt und fuhr sich mit den Fingern über die Wange. Es war ein komisches Gefühl, vor allen Dingen, weil sein Ring nicht an der üblichen Stelle saß.

Es klopfte leise an der Tür. Jedron sagte »Herein!«, ohne seinen Blick vom Fenster abzuwenden.

»Mein Hochfürst.« Es war Devien, sein oberster Kämmerer. »Die Männer aus der Roten Festung sind jetzt hier.«

»Natürlich.«

Es fiel Jedron nicht schwer, sich aus seiner Nostalgie zu reißen. Er hatte eine Rolle zu spielen. Das war er den Menschen in dieser Stadt und jenen, die dem Hochfürsten treu ergeben waren, schuldig. Er gab Devien ein Handzeichen, und sofort bat dieser die Stahlmänner herein.

Draußen wurde es langsam hell, und Jedron war sich sicher, dass er den Männern, die die ganze Nacht über ihren Dienst getan hatten und eigentlich nur noch nach Hause in ihr Bett wollten, gerade Doppelschichten aufzwang. Er schämte sich dessen kein bisschen.

»Hochfürst.«

Die Männer in den blutroten Rüstungen verbeugten sich tief vor ihm. Es war Jedron schleierhaft, warum sie ausgerechnet diese Farbe gewählt hatten, um ihre Rüstungen und ihre Festung damit zu gestalten. Wollten sie schon von Weitem erkannt werden? Eindruck schinden, vielleicht Angst und Ehrfurcht verbreiten? Jedron wäre ein dezentes Orange lieber gewesen. Orange mochte er.

»Guten Abend, meine Herren. Oder sollte ich schon Guten Morgen sagen?« Er gab sich höflich und gut gelaunt, nur jene, die ihn kannten und ihm vertraut waren, wussten, wie sehr es in seinem Inneren brodelte. Draußen regnete und stürmte es noch immer, allerdings nicht mehr so stark wie noch vor einigen Stunden. Devien, der sich in die hinterste Ecke des Raumes zurückgezogen hatte, trat unruhig von einem Fuß auf den anderen.

Die Stahlmänner, vier an der Zahl, waren klug oder diszipliniert genug, sich nicht von der Illusion des ungezwungenen Mannes täuschen zu lassen. Mit einem von ihnen hatte Jedron schon öfter zu tun gehabt. Sein Name war Kerian, er hatte einen der höchsten Ränge in der Roten Festung inne und war ein recht begabter Schattenmagier.

»Ehrenwerter Hochfürst. Wir hörten, bei Euch wurde eingebrochen.« Der Hauptmann hob die Stimme am Ende des Satzes leicht, ließ ihn wie eine Frage klingen.

Jedron zeigte ihm seine leeren Finger und lächelte dünn. »Mein Siegelring wurde gestohlen.«

Die Stahlmänner wurden blass, einer keuchte erschrocken auf, hatte sich aber sogleich wieder im Griff.

»Das … das heißt ja …«

Jedron wischte sich das Lächeln vom Gesicht. »Ich weiß, was das heißt, Kerian.«

Das musste man ihm lassen, der Hauptmann schien als Einziger im Raum nicht zusammenzuzucken. »Habt Ihr den Dieb erkannt?«, fragte er unbeirrt weiter.

»Nein, er war maskiert. Und barfuß.«

»Barfuß? Draußen setzt bald der Frost ein, die Nachtdrachen singen schon.«

»Was du nicht sagst.«

Kerian bemerkte offenbar, dass er sich zunehmend auf

dünnes Eis begab, und stellte die nächste Frage. »Hat er sonst noch etwas gestohlen?«

»Nicht, dass ich wüsste.«

»Wie sah er aus? Von der Statur her.«

»Eher klein und schmächtig. Sehr schmächtig, ich konnte mit meiner Hand seinen Unterarm umfassen.«

»Ihr habt ihn gepackt?«

»Nur kurz. Ich hatte bemerkt, dass sich jemand meinen Ring, den ich auf den Nachttisch gelegt habe, aneignen wollte, und habe reagiert.«

»Wie ist er entkommen?«

»Er hat mich mit einer Energiewelle zurückgeworfen und anschließend mit einem Bannzauber festgehalten. Zwar nicht lange, weil der Zauber schlampig war, aber lange genug, um zu fliehen.«

»Wie sind die Sicherheitsmaßnahmen des Gebäudes?«

Jedron zog eine Augenbraue hoch. »Das weißt du doch am besten, Kerian. Du prüfst sie jeden Monat und erneuerst sie.«

»Nur fürs Protokoll.«

Er seufzte. »Fünfzig Wachen um das Gebäude, mindestens zehn davon magiekundig. Doppelter Wachzauber, zusätzlich gesicherte Fenster und Türen. Im Haus nochmals zwanzig Wachen, alle durch Amulette, die mit Schattenzaubern belegt sind, getarnt, ebenso das Personal und meine Wenigkeit.«

»Und die Hunde?«

»Ach ja, die hatte ich vergessen.« Das war gelogen. Jedron hatte seit Tausenden von Jahren nichts mehr vergessen. Aber hin und wieder brauchten die Menschen einen Beweis, dass er auch nur einer von ihnen war, auch wenn das nicht stimmte.

»Wie, glaubt Ihr, hat der Dieb all diese Sicherheitsvorkehrungen überwunden?«

»Woher soll ich das wissen? Dafür bist du doch hier. Du und deine Männer. Im Gegensatz zu mir werdet ihr dafür bezahlt. Ich würde euch die Arbeit stehlen.«

»Wenn Ihr die Frage erlaubt, Hochfürst«, Kerian räusperte sich. »Warum hattet Ihr den Ring auf den Nachttisch gelegt?«

»Natürlich erlaube ich diese Frage. Ich war mit meinen Händen anderweitig beschäftigt, wenn du verstehst, was ich meine.« Jetzt grinste er wieder. Kerian blinzelte und errötete leicht. Im Gegensatz zu anderen schämte sich Jedron nicht, seine Aktivitäten offenzulegen. Ein Menschenleben währte zu kurz, als dass er sich ernsthaft Sorgen über die Auswirkungen machte. Er selbst hatte schon Zeitalter überdauert.

»Meine Männer werden nun das Gebäude auf Spuren untersuchen«, fuhr Kerian fort.

»Ich bitte darum!« Eine Handbewegung, und die Stahlmänner entfernten sich.

Es herrschte einen Moment Stille, in dem sich Devien wohl fragte, ob er ihn in seiner jetzigen Stimmung ansprechen sollte. Der Amtsträger kannte sein aufbrausendes Wesen, seine Fähigkeiten in Windmagie (wenn auch nicht ihr tatsächliches Ausmaß), und ihm war wohl auch bewusst, dass er nicht alterte, aber wenn er seine wahre Identität kannte, behielt er es für sich.

»Wollt Ihr Euch wieder zur Ruhe begeben, mein Hochfürst?«, fragte er leise.

»Nein!« Jedrons Antwort war harscher als beabsichtigt, und er hatte sofort ein schlechtes Gewissen, als er sah, wie Devien zusammenzuckte. »Nein, ich denke nicht. Du darfst gehen, Devien.«

»Wollt Ihr auch keine kleine Erfrischung? Vielleicht einen Wein oder …?«

»Danke, Devien. Geh jetzt. Bitte.« Normalerweise, wenn Jedron Befehle gab, hörten sie sich nicht so an, sondern vielmehr wie freundliche Bitten. Gesenkten Hauptes verließ der Amtsdiener das Zimmer.

Jedrons Gedanken kreisten um die Geschehnisse von gestern Nacht. Ihm war schleierhaft, wie irgendjemand ohne seine Erlaubnis in dieses Gebäude eindringen konnte, schließlich hatte er die Wachzauber selbst sorgfältig gewebt. Er war es nicht, der Schutz bedurfte, allerdings die Menschen, die für ihn arbeiteten. Er war als ihr Hochfürst und ihr Arbeitgeber für sie verantwortlich.

Dass er selbst das Opfer des Diebstahls gewesen war, würde ihn in einer alltäglichen Situation kaum kümmern, vielleicht sogar amüsieren. Na gut, er ärgerte sich nur ein bisschen wegen Viria. Es hatte Wochen gedauert, bis er sie in sein Bett gelockt hatte, und dass seine Beharrlichkeit mit einem derartigen Desaster belohnt wurde, wurmte ihn schon. Aber nicht zu viel, Jedron war kein kleingeistiger Gott.

Nein, vielmehr bereitete ihm die Tatsache Sorgen, dass ein wildfremder Dieb, von dem er noch nie etwas gehört hatte, ihm selbst, dem Gott des Windes, entkommen war. Jedron konnte die Menschen, die ihm durch die Finger geschlüpft waren, an einer Hand abzählen. In Tausenden von Jahren hatte es niemanden gegeben, der vor seinem Zorn nicht das Haupt gebeugt hatte, nicht vor ihm im Staub gekrochen war. Dieser Dieb besaß eine Frechheit, die schon fast an Hochmut grenzte, und Jedron sorgte sich, dass er zur Bedrohung werden würde. War er bei seiner Verfolgung nicht ganz bei der Sache gewesen? Vermutlich, aber unwahrscheinlich.

Und dann der Ring. In den falschen Händen, und in denen befand er sich zurzeit ohne jeden Zweifel, konnte sein offizielles Siegel großen Schaden anrichten. Jedron gab zu, dass es ein Fehler gewesen war, ihn abzunehmen, ein Fehler, den er seinem eigenen Ego zuschrieb. Er hatte sich für mächtig genug gehalten, um auf einen kleinen Ring aufzupassen, der neben ihm auf einem Tischchen gelegen hatte.

Offenbar war er es nicht. Dieser Dieb hatte ihn, gewollt oder ungewollt, gedemütigt. Vor seinem Personal, seinen Anhängern, vor ganz Vesontonio.

Jedron spürte, wie seine Wut zurückkehrte. Draußen klatschte Regen an die Scheiben, und mit dem Aufwirbeln seiner Gefühle peitschte der Wind, heulte durch das Anwesen und sang ein zorniges Lied.

»Dein Temperament ist genauso aufbrausend wie dein Titel.«

Jedron grinste und drehte sich zur Tür um, in der lässig sein alter Freund stand und sich gegen den Rahmen lehnte. »Hätte ich diesen Witz nicht schon Tausende von Malen gehört, würde ich darüber lachen.«

Junicus kicherte leise, und Jedron genoss das ruhige, zufriedene Gefühl, das ihn immer in der Nähe des Wassergottes durchdrang. Es war einer der Gründe, warum ihre Freundschaft schon seit Jahrtausenden bestand. Das und ihre fast gegensätzliche Natur.

»Wenn die Stadt morgen noch stehen soll, solltest du dich beruhigen«, meinte Junicus mit Blick aus dem Fenster. »Ein Diebstahl ist kein Weltuntergang, also mach ihn nicht dazu.«

»Dieser hier schon.« Wie auch Kerian zuvor zeigte Jedron ihm seine leeren Finger. »Mein Siegelring.«

Junicus runzelte die Stirn. »Das ist schlecht.«

»Das ist sogar *ziemlich* schlecht.« Jedron seufzte und ließ sich in seinem Stuhl zurücksinken, während Junicus durchs Zimmer auf ihn zukam und sich auf seinen Schreibtisch setzte. Er sagte nichts dazu. »Solange der alte noch existiert, kann ich keinen neuen anfertigen. Das sind die Regeln der Magie, an die selbst ich mich halten muss, schließlich habe ich bei ihrer Entstehung mitgewirkt. Aber ich kann auch keine neuen Gesetze verabschieden oder meine Unterschrift setzen, wenn ich kein Siegel habe! Ganz abgesehen davon, dass man jetzt offizielle Anordnungen geben kann, die rechtsgültig sind, ohne dass ich sie verhindern kann. Ich kann doch meine eigene Autorität nicht infrage stellen.«

»In Wirklichkeit interessiert dich das doch gar nicht.« Junicus baumelte mit den Beinen und schlug dabei mit der Ferse immer wieder gegen die geschlossene Rückseite des Schreibtisches. »Es ärgert dich vielmehr, dass du von einem gewöhnlichen Dieb ausgetrickst wurdest.«

Der Gott des Windes schnaubte und drehte sich zum Fenster. »Einem Dieb, der sich offensichtlich keine Schuhe leisten kann.«

Junicus schwieg, und Jedron nahm es als willkommene Gelegenheit, einfach weiterzureden. »Ich meine, wie ist der überhaupt hier reingekommen? Meine Wachzauber sind lückenlos, das weißt du. Selbst Höhere Magier haben Schwierigkeiten, sie zu lösen. Ja, ich gebe es zu, er hat mich überrumpelt, aber bei der Flucht durch die Straßen hätte ich ihn erwischen müssen …«

»Du meinst, als du in deinem Zorn fast einen Jahrhundertsturm heraufbeschworen hast? Das habe ich am Rande mitbekommen.«

Jedron achtete nicht auf ihn. »Er muss Erdmagie benutzt haben, anders kann ich es mir nicht erklären.« Er stand auf und trat zum Fenster, in der Scheibe konnte er sein eigenes angestrengt nachdenkendes Gesicht erkennen. »Und dann in die *Nacht* abgetaucht sein. Ein Dieb unter Dieben … Eine bessere Tarnung gibt es nicht.«

Es dauerte ziemlich lange, bis sein Freund ihm antwortete. Normalerweise ließ er sich gerne auf Gedankenspielchen mit Jedron ein, aber jetzt war er ungewöhnlich still. »Was willst du nun tun?«, fragte er schließlich.

»Drake ist in der Stadt«, erwiderte Jedron und drehte sich um. »Ich habe ihn gestern Nacht gespürt.«

Junicus schaute ihn über die Schulter zweifelnd an und runzelte die Stirn. »Solche Maßnahmen willst du ergreifen? Ist das nicht ein bisschen übertrieben?«

»Wir haben es hier nicht mit einem gewöhnlichen Dieb zu tun. Und ob du es glaubst oder nicht, aber als Hochfürst habe ich anderweitig zu tun. Auch wenn mir in manchen Angelegenheiten ohne Siegelring die Hände gebunden sind.«

»Du hast es dir selbst ausgesucht. Du weißt, was ich davon halte.«

»Ja, ja.« Jedron machte eine wegwerfende Handbewegung. »Mir macht es nun mal Spaß, mich hin und wieder in die politischen Fügungen des Landes einzumischen.«

»Und dass du dir ausgerechnet jene Stadt ausgesucht hast, in der dein eigener Tempel steht, hat damit überhaupt nichts zu tun.«

»Sarkasmus kann niemand leiden, mein Freund. Wie auch immer, ich werde Drake zu mir rufen und ihn beauftragen, diesen Dieb ausfindig zu machen.«

Junicus stand auf und ging langsam zur Tür. Götter hatten diese Eigenart an sich, einfach zu gehen, wann ihnen der Sinn danach stand.

»Du hast doch nichts dagegen, oder?«

Junicus blieb stehen, drehte sich aber nicht um, sodass Jedron sein Gesicht nicht sehen konnte. »Warum sollte ich etwas dagegen haben? Drake ist ein Tierwesen, du bist ein Gott. Er muss tun, was du sagst.«

»Als Wasserdrache ist er in erster Linie dir zur Treue verpflichtet.«

»Er muss mich nicht jedes Mal um Erlaubnis fragen, wenn er etwas tut …«

»Fein!« Jedron klatschte in die Hände. »Ich bin zuversichtlich, dass wir diesen frechen Dieb schon bald in Gewahrsam haben werden. Dann ist das alles nichts weiter als ein schlechter Scherz.«

Junicus sagte nichts dazu und verließ schweigend den Raum.

DER MEISTERDIEB

Es hatte sich nicht viel geändert. Fuchs stürzte sich noch immer mit Vorliebe von hohen Gebäuden. Und wo konnte man das besser als in Vesontonio?

Er stand auf dem Greifenhorst und beobachtete die Winddrachen, die sich um die Türme des Tempels schlängelten, als wäre dieser Sturm nur das sanft dahinfließende Wasser eines Flusses. Noch immer hatten sich die Winde nicht beruhigt, aufgebracht wehten sie durch die Stadt und machten Magiern wie Fuchs das Leben schwer. Schon seit Stunden hockte er hier und wartete auf eine günstige Strömung, die ihn sicher nach unten bringen würde, ohne ihn gegen ein Gebäude zu schleudern. In seiner Hand hielt er einen kleinen Beutel, in dem es klimperte, wenn er ihn schüttelte.

Als es noch Greifen gab in Nyria, war dieser hohe Turm ein beliebter Nistplatz gewesen, aber jetzt, wo diese Vögel immer seltener geworden waren, brüteten hier nur noch Tauben und ein paar Drachen. Dementsprechend verdreckt war auch das Innere des Turmes, den man von unten nicht erreichen konnte, weil die Treppen und Zugänge versperrt wurden, um die seltenen Greifen nicht beim Brüten zu stören. Geschickte Windmagier hingegen gelangten ohne Probleme auf die Vorsprünge und gedrehten Fassaden. Fuchs nutzte den Turm schon seit einiger Zeit als Versteck für seine Beute und hin und wieder auch als Platz zum Entspannen. Die Aussicht war nicht so grandios wie in Lehan, wenn die Sonne im Funkelnden See versank, aber dennoch sehenswert.

Doch jetzt war er den Anblick der im Regen und Sturm versinkenden Stadt langsam leid. Nachdem er sich vergewissert hatte, dass unter ihm auf der Straße niemand war, ließ er sich vornüberfallen. Normalerweise ging er nicht das Risiko ein, gesehen zu werden und somit sein Versteck zu offenbaren, aber bei diesem Wetter traute er es sich nicht zu, auf dem Wind in einen anderen Stadtteil zu gleiten und dort zu landen. Er tauchte tiefer als gewöhnlich in seine Nael, weil sich der Wind gegen seine Berührungen wehrte und nur wenige Luftströmungen abgab, mit denen er seinen Fall bremsen konnte. Bei Sturm Windmagie zu benutzen erforderte ein hohes Maß an Konzentration.

Trotz seiner Bemühungen konnte er nicht verhindern, während des Falls vom Wind hin und her geworfen zu werden, sodass seine Landung weniger elegant als sonst ausfiel. Er rappelte sich wieder auf und versicherte sich, dass niemand ihn gesehen hatte, bevor er seinen Mantel richtete und durch den strömenden Regen davonging. Dass er nass wurde, war ihm egal.

Seit nunmehr drei Monaten war Fuchs schon in Vesontonio. Wie oft hatte er sich selbst und seine Naivität verflucht, wenn er hungernd und zitternd im Rinnstein gesessen hatte, ohne Mittel und Verpflegung. Wie sehr hatte er sich in sein Federbett gewünscht, wenn seine Glieder wund waren und vom Schlafen auf blankem Stein schmerzten. Wie gerne hätte er auf dem Absatz kehrtgemacht, wenn er sah, in welch dunkle Gefilde ihn seine Aufträge oder die pure Notwendigkeit des Überlebens führten (ganz zu schweigen von den Menschen, die dort lebten).

Bereut hatte er seine Entscheidung allerdings nie.

Wenn er daran zurückdachte, welchen Preis ein warmes Bett, saubere Kleidung und angenehme – wenn auch langweilige – Gesellschaft hatten, dann waren ihm kalte Nächte, üble Gestalten und ein leerer Magen mehr als recht.

Gerade in Momenten wie diesen, wo er als alleiniger Herr seiner selbst die ungezwungene Luft der Freiheit atmen konnte, ohne sich gefangen, bedrängt oder verloren zu fühlen, da fielen sämtliche Zweifel von ihm ab. Dies war sein Lohn. Sein Leben. Seine Bestimmung.

An offenen Zugängen zur *Nacht* lungerten nach Fuchs' Meinung zu viele Kleinkriminelle und Möchtegerngauner herum, und obwohl er sich durchaus zu verteidigen wusste, suchte er einen Zugang auf, der magisch verschlossen war und nur jene mit einer Gildentätowierung passieren ließ. Es kribbelte nur leicht an seiner Schulter, wo der Schwarze Drache thronte, als er über die Schwelle trat.

Dieser Teil der Unterstadt war nicht so dicht bevölkert, er lag abseits der bekannten Tunnel und Höhlen. Hier waren die Wege in schlechtem Zustand, und die Wände rückten näher, als wollten sie einen zerquetschen. In seinen ersten Tagen hatte Fuchs nicht daran gezweifelt. Mittlerweile war er weniger schreckhaft, dafür aber aufmerksamer geworden. Gerade in solch zwielichtigen Gegenden (im wahrsten Sinne des Wortes) wusste man nie, was hinter der nächsten Ecke lauerte, und Fuchs wäre niemals so weit gekommen, wenn er seine Deckung vernachlässigt hätte. Er zog seinen schäbigen Mantel enger, schon weil es hier unter der Erde immer kühler war als an der Oberfläche. Edle Kleidung trug er nur im Hauptquartier des Schwarzen Drachen, und das auch nur, weil er es sich nicht mit Askani verscherzen wollte, der gesagt hatte, dass man gegebenes Geld gefälligst auch ausgeben sollte. Fuchs hätte ihm gerne ein paar Anekdoten aus seinem früheren Leben erzählt, hielt sich aber zurück. Askani und sein Vater hätten sich bestimmt blendend verstanden.

Dass ausgerechnet er, ein vielversprechender Sohn aus hohem Hause, eine solche Begabung für Diebstähle aller Art an den Tag legte, hatte ihn selbst am meisten überrascht. Sein erster Raubzug konnte kaum als solcher bezeichnet werden, er hatte gestohlen, weil er Hunger hatte. Später stahl er dann, weil er sich an seinem Geschick und an seinen Fähigkeiten erfreute, und jetzt beklaute er jene, die sowieso schon zu viel hatten. Menschen, die mit Geld um sich warfen und glaubten, sie wären der Mittelpunkt der Welt, in der sie lebten. Menschen, wie er früher auch einer gewesen war. Diese Ironie amüsierte ihn immer wieder, wenn er mit teuren Schmuckstücken oder Beuteln voller Geld das Königsviertel verließ. Wenn sein Vater davon wüsste! Fuchs hätte zu gern sein Gesicht gesehen, wenn er von den Taten seines Sohnes erfuhr.

In letzter Zeit allerdings hatte Fuchs anderes zu tun, als in Erinnerungen zu schwelgen oder munter seinem Geschäft nachzugehen. Seitdem dieser neue Dieb, Shivari, aufgetaucht war, sah er seinen Titel ernsthaft in Gefahr. Es war schwierig genug gewesen, Meisterdieb zu werden, und noch schwieriger war es, den Titel zu halten, und er wollte sich nicht von einem schäbigen Straßenkind, das sich nicht einmal ordentliche Schuhe kaufen konnte, die ganze Anerkennung stehlen lassen.

Was er jedoch getan hatte, nötigte Fuchs durchaus Respekt ab. Selbst er hatte das Anwesen des Hochfürsten weiträumig gemieden, schon weil er wusste, wie gründlich die Sicherheitsmaßnahmen seines Vaters gewesen waren. Und Radovan war einer der reichsten und mächtigsten Männer Nyrias, weitaus wichtiger als Fürst Sharion. Das Risiko einer Festnahme beim versuchten Einbruch in seine Residenz war faktisch so hoch, dass niemand sich auch nur die Mühe machte, so etwas zu planen, geschweige denn durchzuführen. Und das auch noch in einer einzigen Nacht! Unglaublich.

Wurde Fuchs jetzt von halbwüchsigen Straßenratten abgelöst? Das wollte er nicht zulassen, schließlich hatte er seinen Titel gerade erst bekommen, und von einem jüngeren, ärmeren und weitaus begabteren Dieb ausgestochen worden zu sein kratzte an seiner Ehre. Aus diesem Grund hatte er auch Askanis Auftrag, ihm den Siegelring von Shivari zu beschaffen, so bereitwillig angenommen. Diebstahl unter Dieben war nichts Ungewöhnliches, aber in der eigenen Gilde hielt man sich in der Regel zurück. Dass ausgerechnet Konkurrenzkämpfe vom Gildenführer angestachelt wurden, sagte Fuchs zwei Dinge. Erstens: Anscheinend war Askani wirklich nicht gut auf Shivari zu sprechen, noch schlechter, als es an jenem Abend der Fall gewesen war. Zweitens: Shivari selbst schien sich nicht die geringsten Sorgen zu machen, der Schwarze Drache persönlich könnte ihm gefährlich werden.

Fuchs wäre nach einer solchen Auseinandersetzung zumindest kürzergetreten, wenn er die Gilde schon nicht verlassen konnte, aber dieser Dieb war selbst für die Verhältnisse des Schwarzen Drachen ein Überflieger. Bisher war keine Nacht vergangen, in der er nicht mit angekündigter fetter Beute in die Haupthöhle marschiert war, und obwohl es offensichtlich war, dass Askani mit den Anteilen schummelte, beschwerte er sich nicht und sonnte sich in der Anerkennung, die die anderen Schwarzen Drachen ihm entgegenbrachten. Mittlerweile überstieg sein Kopfgeld sogar das von Fuchs. Und das in nur einer Woche!

Fuchs brauchte diesen Siegelring, ansonsten konnte er sich von seinem Titel, und wahrscheinlich auch von seinem Leben, verabschieden. Askani wurde immer ungeduldiger, und seine Laune verschlechterte sich von Tag zu Tag. Fuchs musste vorsichtig sein, dass er keiner Roten Schlange in die Arme lief. Aber wenn ihm wirklich ein Assassine auf den Fersen war, könnte er sich sowieso nicht lange verstecken, vermutete er.

Die Höhle, die er nun betrat, hatte eine niedrige Decke, war aber weitläufig wie ein Marktplatz an der Oberfläche. Ein kleines Rinnsal lief aus einer der Wände und plätscherte ruhig am Rand entlang, bevor es sich in eine Felsspalte verzog und mit den Abwässern der Stadt vermischte. Dadurch war die Luft in dieser Höhle nicht so stickig. Zwischen Felsen und Stalagmiten hatten einige Kaufleute und Händler sich niedergelassen und boten ihre Waren feil, vermummte Gestalten huschten zwischen ihnen hin und her. Es war ruhig, bis auf das Rauschen des Wassers und einige gedämpfte Geräusche. Dieser Schwarzmarkt war nicht so beliebt wie die in den zentraler gelegenen Teilen der *Nacht*, aber Fuchs war es lieber so. Er mochte keinen großen Trubel.

Seinen Beutel fest umklammert, suchte er sich einen Weg durch die Felsen, stieg über Pfützen, duckte sich, damit er sich nicht den Kopf stieß, und blieb schließlich vor einer kleinen, erschlafften Gestalt stehen. Die Decke, auf der sie ihre eher schäbigen Waren ausgelegt hatte, war schmutzig und eingerissen, der nach vorn gebeugte Kopf und die zusammengesackte Körperhaltung machten den Eindruck, als würde sie schlafen. Aber Fuchs wusste es besser.

»Mehr hast du heute nicht zu bieten?«, fragte er abschätzig.

»Heute, morgen, nächste Woche, ist doch alles dasselbe.« Die Gestalt zuckte kurz und sah dann auf. Jherio schenkte Fuchs sein schönstes, zahnloses Grinsen. »Wer fragt, den interessiert es. Wen es interessiert, ist bereit dafür zu zahlen. Willst du zahlen, Fuchs?«

»Heute nicht.« Er hielt seinen Beutel hoch. »Heute zahlst du.«

Jherio verzog den Mund. »Ich zahle nicht gerne.«

»Lügner. Du zahlst wenig und verkaufst es dann für mehr.«

»Du bist ein kluges Kerlchen.«

»Das ist keine Klugheit, sondern vernünftiger Geschäftssinn.«

»Ja, ja«, Jherio fuchtelte mit der Hand, »jetzt zeig schon, was du dieses Mal hast.«

Fuchs griff in den Beutel. In seiner Hand lag eine filigrane Silberkette, an der ein imposanter Edelstein hing, der im Licht der Höhle aussah wie ein erstarrter Tropfen Blut. Jherios Augen begannen zu funkeln.

»Ist das der Blutdiamant von Baronin Aria?«

»Ja.«

Beeindruckt nahm Jherio das Schmuckstück entgegen und musterte es. »Wie bist du daran gekommen? Es hieß, er sei in Akaria.«

»Hab die Wachen bestochen.«

Jherio zog eine Augenbraue hoch. »Das glaube ich dir nicht. So ein plumpes Verhalten steht dir nicht.«

»Dann weißt du auch, dass ich meine Geheimnisse nicht preisgebe.« Die Wahrheit war, dass Fuchs tatsächlich die Wachen bestochen hatte, aber die Wahrheit würde ihm sowieso niemand glauben.

Sie begannen zu feilschen. Das Einzige, was Fuchs an Jherio mochte, war sein knallharter Geschäftssinn, niemals zahlte er mehr für einen Gegenstand, als er wert war. Gut, dass Fuchs auch nicht gewillt war, sich übers Ohr hauen zu lassen. Als er die Münzen in seinen Beutel steckte, fiel ihm noch etwas ein.

»Hast du etwas über Shivari gehört?«, fragte er wie beiläufig.

»Dein neuer Kollege? Ständig höre ich was von ihm. Es heißt, er soll fliegen können und einen Mantel aus Drachenhaut besitzen. Stimmt es, dass er ganz allein Radovans Wachen ausgeschaltet, das halbe Anwesen verwüstet und den Hochfürsten persönlich niedergeschlagen haben soll?«

»Davon weiß ich nichts.« Fuchs verzog das Gesicht. »Hat er hier oder auf einem anderen Schwarzmarkt seine Beute an den Mann gebracht?«

»Hier war er nur einmal in der letzten Woche, und da wusste ich noch nicht, was wirklich in ihm steckt. Hat sich nur umgeschaut und ist wieder gegangen.« Er kicherte.

»Er hat nichts gekauft oder verkauft? Einen Ring zum Beispiel?«

Jherio wurde hellhörig. »Also stimmt es tatsächlich, oder? Shivari hat den Siegelring von Radovan?«

Fuchs ärgerte sich, dass er dieses Gerücht bestätigen musste, und nickte. Der Händler leckte sich über die spröden Lippen, ohne Zweifel überlegte er schon, für wie viel er diese Information verkaufen konnte.

»Und, ist er ihn losgeworden?«

»Freundchen, wenn der Siegelring des Hochfürsten persönlich auf den Markt kommt, dann wärst du als Meisterdieb der Erste, der es weiß. Außerdem ist das Teil so heiß, ich bezweifle, dass jemand ihn freiwillig an sich nehmen würde.«

Mist!, dachte Fuchs. Er hatte gehofft, durch den Verkauf eines so begehrten Gegenstandes schnell auf die Spur des Diebes zu kommen, aber offenbar war Shivari klüger, als er gedacht hatte. Oder einfach nur dumm, weil er den Ring bei sich behielt.

Er schnippte Jherio zum Dank einen Dragar entgegen, den der gekonnt aus der Luft fing und in seinem Ärmel verschwinden ließ, und drehte sich um.

»Ich hätte noch eine Information, die dich als Schwarzer Drache interessieren könnte.«

Fuchs blieb stehen und stierte misstrauisch über die Schulter zurück. Mittlerweile fand er Jherios Grinsen echt widerlich. »Ach ja?«

»O ja. Die Gildenmeister wissen wahrscheinlich schon davon, halten aber dicht, um keine überstürzten Handlungen zu riskieren.«

Fuchs seufzte und ließ noch einen Dragar hinüber zu Jherio gleiten. »Was? So wenig? Diese Information ist mindestens zehn wert!«

»Übertreib es nicht.« Fuchs ärgerte es, dass er sich immer öfter so anhörte wie sein Vater, wenn er wütend war. Allerdings war dies in einigen Situationen durchaus hilfreich.

Jherio zuckte zusammen und steckte hastig die Münze weg, beugte sich vor, als würde er mit Fuchs ein Geheimnis teilen. »Ein paar Schwarze Skorpione waren neulich hier.«

Jetzt war es Fuchs, der aufhorchte. Seit Wochen war kein Laut mehr über die Diebesgilde nach außen gedrungen, und die Lage wurde immer angespannter, weil niemand wusste, was Cayne als Nächstes vorhatte.

»Sie haben anscheinend Beute angehäuft«, fuhr Jherio im Flüsterton fort. »Man konnte förmlich hören, wie das Gold in ihren Taschen klimperte. Haben kaum gesprochen, sich nur auf das Geschäft konzentriert und sind wieder gegangen.«

»Was haben sie gekauft?«, fragte Fuchs atemlos.

»Waffen.«

Für einen Moment verschlug es ihm die Sprache. Ja, er wusste, dass hier auf der Straße und vor allen Dingen in der Unterstadt mit Gewalt nicht gerade sparsam umgegangen wurde, aber bisher hatte er sich aus ernsthaften Auseinandersetzungen immer herausgehalten. Die angeborene Skrupellosigkeit, die diesen Gaunern zu eigen war, besaß er schlichtweg nicht. Aber dass dieser Mann, Cayne, anscheinend einen offenen Gildenkrieg provozierte, brachte ihn selbst immer näher an den Krisenherd. Was, wenn der Schwarze Drache als Nächstes angegriffen wurde? Er als Meisterdieb stand ganz oben auf der Abschussliste, wenn es hart auf hart kam.

»Das … ist schlecht«, sagte er dann und versuchte, sich seine Furcht nicht anmerken zu lassen.

Jherio nickte. »Und von meinen Kollegen von anderen Schwarzmärkten weiß ich, dass dort dasselbe geschieht. Kleine Gruppen Schwarzer Skorpione kaufen sämtliche Waffendepots auf.«

Fuchs fluchte. Das sah wirklich nicht gut aus. Er musste so schnell wie möglich zurück zur Gilde, Askani hatte für solche Fälle bestimmt Vorkehrungen getroffen, auch wenn er wahrscheinlich gehofft hatte, sie nie einsetzen zu müssen. Der einzige Weg, unbeschadet aus der Sache herauszukommen, war …

»Ach ja, und jemand hat nach dir gefragt.«

Das interessierte Fuchs herzlich wenig. Seine Gedanken kreisten immer noch um die Schwarzen Skorpione. Sein Vater hatte zwar dafür gesorgt, dass er eine vernünftige Waffenausbildung erhalten hatte, aber ob Fuchs wohl auch in der Lage war, das Gelernte in blutige Tat umzusetzen, wagte er zu bezweifeln. Stark.

»So ein Kerl in Rüstung und … He, da vorne steht er ja!« Jherio hob den Arm und winkte.

Eher zufällig schaute Fuchs in die Richtung, in die der Händler deutete. Als er sah, wer sich durch die Felsen und Steinsäulen auf sie zubewegte, beschloss er, dass sein Tag nicht noch schlimmer werden konnte. Für wie viel hatte dieser Mistkerl ihn wohl verkauft?

Fuchs drehte sich um und rannte.

STAHLRITTER

»Fuchs, warte!«

Aran beschleunigte seine Schritte und lief hinter dem Jungen her, der wie ein roter Schatten durch die Höhle huschte. Oft hatte Fuchs ihn gefragt, wie er mit seiner Rüstung trotzdem so schnell und so lange laufen konnte. Stets war ihm Aran die Antwort darauf schuldig geblieben. Mit langen Sätzen sprang er über Pfützen und Bäche, umrundete große Gesteinsbrocken, die aussahen wie von der Decke gefallen, und sah gerade noch, wie Fuchs in einem dunklen Tunnel verschwand.

Schlitternd bremste er ab und stolperte ihm hinterher.

»Bitte, Fuchs! Bleib stehen! Ich will nur mit dir reden!«

Der Junge schien ihn gar nicht zu hören. Automatische Wehrlichter flammten auf, als er an den runenverschmierten Wänden vorbeirannte, und erloschen gleich wieder, sobald er vorüber war. Es musste etwas damit zu tun haben, dass er ein eingeweihtes Gildenmitglied war, denn Aran wandelte weiterhin im Dunkeln. Sollte der Abstand größer werden, würde Fuchs ihn in vollständiger Finsternis und Orientierungslosigkeit zurücklassen.

Aber so weit wollte es der Krieger nicht kommen lassen. Er holte tief Luft und spornte sich zu höherer Geschwindigkeit an, immer näher kam er dem Licht, dem Jungen. Weiter vorn im Tunnel kam ein weiß schimmernder Punkt in Sicht, und Aran vermutete, dass Fuchs seine Windmagie einsetzte, denn jetzt entfernte er sich wieder von ihm, als wäre das Ende des Tunnels sein ersehntes Ziel.

Dahinter musste es eine weiträumige Höhle geben, und für einen Moment wunderte sich Aran, dass Fuchs so plötzlich und schlagartig darin verschwand. Seine Augen weiteten sich vor Schreck, und er versuchte verzweifelt abzubremsen, doch die Abbruchkante kam immer näher. Dass sein Umhang an einem Felsen hängen blieb, rettete ihn.

Der Tunnel endete mindestens fünfzig Meter über dem Boden. Er führte in eine offene, hohe Höhle, von der riesige Tropfsteine versuchten, den Grund zu berühren, jedoch kläglich scheiterten. Vorhänge aus farbigem Gestein flossen wie eingefrorene Wasserfälle die Wände herunter. Unten am Boden hatten sich einige Menschen versammelt, anscheinend irgendeiner kriminellen Gilde angehörig, schlenderten durch die Höhle und hatten nicht einmal den Kopf gehoben, als Fuchs über sie hinwegglitt wie ein Winddrache im Sturm. Er landete mitten unter ihnen und verschwand sogleich wieder in einem der abzweigenden Gänge. Er hatte sich nicht einmal umgesehen. Was war nur los mit dem Jungen?

Aran fluchte und zog sich ungeschickt wieder zurück in den Tunnel, um Halt zu finden. Links neben sich entdeckte er eine schmale Treppe, die aus dem Fels gehauen worden war und in unregelmäßigen Windungen nach unten verlief. Sie sah nicht aus, als wäre sie dazu geeignet, hinunterzurennen, eher im Gegenteil, denn an manchen Stellen war sie schmal, und ein paar Stufen waren abgebrochen. Aran versuchte es trotzdem.

Die Menschen sahen ihn misstrauisch, fast schon bösartig an. Vielleicht lag es an der Rüstung und dem offiziellen blutroten Umhang, den er sich von den Stahlrittern der Stadt hatte geben lassen, um bei seiner Suche auf nicht allzu großen Widerstand zu stoßen. Vielleicht aber auch an seiner (halbwegs) ordentlichen Erscheinung, die auf eine Herkunft aus der Oberschicht schließen ließ. Oder aber sie mochten es nicht, wenn jemand wie ein scharfer Kampfhund den Meisterdieb des Schwarzen Drachen verfolgte.

Das alles kümmerte Aran nicht im Geringsten. Er drängelte sich durch die Leute und hielt auf den Tunnel zu, in dem

Fuchs verschwunden war. Durch den Abstieg hatte er wertvolle Zeit verloren, wenn er seine Spur wiederaufnehmen wollte, musste er …

Er stöhnte auf, als ihm mehrere Halunken den Weg versperrten. Fünf an der Zahl. Einer von ihnen, ein großer, kräftiger Kerl mit einem dümmlichen Gesichtsausdruck, trat mit verschränkten Armen vor, als Aran stehen blieb.

»Hast du was mit unserem Meisterdieb zu besprechen, Stahlfresse?«, fragte er und grinste Aran mit schiefen Zähnen an. »Dann wendest du dich am besten an die nötige Zulassungsstelle. Zweimal wöchentlich geöffnet.«

»Geht beiseite!«, knurrte Aran.

Die Männer lachten. »Sonst was?«, fragte einer. »Verhaust du uns? Wir haben ja solche Angst!« Sie trugen plumpe Waffen, einige rohe Knüppel und minderwertige Dolche. Selbst der Streitkolben hatte schon bessere Tage gesehen.

Aran legte die Hand an sein linkes Schwert. »Ich sage es euch noch einmal: Geht beiseite, oder ihr werdet es bereuen!«

Der Mann, der mehr Muskeln als Hirn zu haben schien, grunzte nur abschätzig. »Kannst du dir sparen, du Ratte. Ich bin Erdmagier und einer von Askanis besten Männern, jawohl!«

»Ach wirklich?«

Aran zog sein Schwert und griff ohne Vorwarnung an. Der Schwächste der Gruppe wollte mit einer Hand seinen Dolch ziehen, doch Aran verdrehte ihm mit der freien Hand das Handgelenk und schlug gleichzeitig mit dem Schwertknauf auf ihn ein. Sofort kippte er um.

Der Mann mit dem Streitkolben kam Aran zuvor und schlug wütend nach ihm. Geschickt wich er ihm aus und trat ein paar Schritte zurück, um sich Freiraum zu verschaffen. Aus den Augenwinkeln bemerkte er, wie zwei andere sich jeweils von links und rechts an ihn heranzuschleichen versuchten. Er hob sein Schwert und blockte einen vertikal geführten

Hieb des Streitkolbens ab, seine Klinge erzitterte unter der Wucht. Er wollte sie zurückziehen und angreifen, aber sie hatte sich am Kopf der Waffe verhakt. Ein Blick in das höhnisch grinsende Gesicht seines Gegners verriet ihm, dass genau das dessen Ziel gewesen war. Von der Seite näherten sich die anderen.

Wie dumm, dachte Aran, *wie feige.*

Er zog mit der freien Hand sein zweites Schwert und schlug mit der Breitseite so fest in die Bauchgegend seines Gegenübers, dass diesem die Augen aus dem Kopf zu fallen drohten. Er keuchte schwer und krümmte sich vornüber, sein Griff um den Streitkolben lockerte sich. Aran drehte sein feststeckendes Schwert so, dass der Kolben den Schlag des linken Mannes abblockte. Mit einem kräftigen Ruck befreite er seine Waffe und stieß den immer noch benommenen Mistkerl heftig in die Richtung seines Kumpans, sodass sie zusammenprallten und hintenüberfielen. Fast in derselben Bewegung drehte er sich und schlug mit der zweiten Klinge nach dem anderen Angreifer, dieses Mal mit der scharfen Seite. Anscheinend hatte der Mann so etwas erwartet und hob seinen teilweise mit Metall ummantelten Knüppel, um sich zu schützen. Das hätte auch sicherlich gereicht, um einen gut ausgeführten Hieb eines passablen Schwertkämpfers zu parieren, aber Aran konnte darüber nur den Kopf schütteln. Mühelos fuhr der geschärfte Stahl erst durch die dünnen Eisenplatten und danach durch das Holz darunter, bohrte sich in die Schulter des Mannes. Sofort verringerte Aran den Druck und zog das Schwert zurück, sodass feine rote Blutstropfen der Klinge folgten. Der Mann schrie vor Schmerz auf, stolperte nach hinten und ging zu Boden.

Der Krieger wandte sich dem einzigen Mann zu, der jetzt noch stand, und breitete beide Hände mit den Waffen aus wie zu einer Umarmung.

»Nun, Erdmagier«, sagte er, »du bist dran. Ich überlasse dir den ersten Schlag.«

Mittlerweile war es in der Höhle still geworden. Aran spürte die Blicke der Menschen in seinem Rücken, bohrend und zornig, aber zu verunsichert, um wirklich eingreifen zu wollen. Die Emotionen, die sich auf dem Gesicht des Erdmagiers spiegelten, drückten dasselbe aus, immer wieder wog er die Dolche in den Händen.

»Triff die erste kluge Entscheidung heute und geh beiseite«, fuhr Aran fort, »und ich werde dich unbehelligt ziehen lassen. Greif mich an, und dir wird es wie deinen Freunden ergehen. Du hast fünf Sekunden, bevor ich dir diese Entscheidung abnehme.«

Noch während er sprach, packte der Erdmagier seine Dolche fester und stürmte mit einem animalisch klingenden Schrei auf ihn zu. Seine Kampftechnik war ganz ordentlich, und Aran spürte unter sich das Zittern der Erde und leises Flüstern der Felsen um sich herum. Anscheinend wollte ihn der Magier verwirren, doch der Krieger war für diese Art von Zauber nicht anfällig. Mit seinen Schwertern hielt er seinen Gegner, der eher auf kurze Distanz effektiv kämpfen konnte, auf Abstand. Es dauerte nicht lange, da hatte er ihn ausmanövriert und ihm erst den einen, dann den anderen Dolch aus der Hand geschlagen. Panisch öffnete der Mann den Mund, wollte sich wahrscheinlich gerade ergeben, doch Aran hatte keine Lust auf sein Gejammer. Mit dem einen Schwertknauf schlug er ihm in die Brust, mit dem anderen ins Gesicht, sodass er umfiel wie ein gefällter Baum.

Das also ist Askanis Elite. Aran musste sich beherrschen, angesichts des wimmernden Haufens zu seinen Füßen nicht angewidert das Gesicht zu verziehen. *Erbärmlich.*

Ohne die schockierte Menge zu beachten, die sich um sie herum versammelt hatte, steckte er seine Waffen weg, stieg über die stöhnenden Körper und verschwand im Tunnel.

Fuchs war längst fort, und abermals hatte Aran das beschämende Gefühl, auf ganzer Linie versagt zu haben. Der Gang führte auf eine belebte Hauptstraße, und mit wachem Blick stand Aran mitten unter den Menschen, reckte den Kopf und hielt Ausschau nach einem roten Haarschopf, wohl wissend, dass er ihn nicht finden würde.

Zumindest habe ich ihn gesehen, dachte er, während er bewegungslos in der Masse stand und auf den farblosen Höhlenhimmel starrte, *wenn auch nur für eine Sekunde.*

Obwohl die Rote Festung in erster Linie eine Bastion der Justiz war, machten die meisten Menschen einen Bogen um sie. Sie befand sich in den Niederen, einem Viertel Vesontonios, das seinen Namen eigentlich nur der Tatsache verdankte, dass seine Bewohner denen des Königsviertels unterlegen waren, allerdings nicht ganz unten standen wie die Bettler des Elendsviertels. Die Stahlstraße, die einzige Hauptstraße, die westlich aus der Stadt herausführte, war nie besonders verkehrsreich oder geschäftig. Auch jetzt hatte Aran keine Probleme, sich seinen Weg zu bahnen.

Vollständig aus rotem Gestein gehauen, unterschied sich die Festung von den anderen Gebäuden der Stadt nur wenig, auch wenn die Farben leuchtender und auffälliger waren. Vielmehr waren es die Stahlmänner, die auf den Zinnen und auf der Straße patrouillierten, die diesem Bollwerk seinem Namen gaben. Ihre blutroten Rüstungen leuchten im Licht des Tages ebenso grell wie die blank polierten Waffen, die sie offen zur Schau stellten.

Hochfürst Radovan hatte Wort gehalten und den roten Stahlrittern befohlen, Aran auf seiner Suche nach Sharions Erben tatkräftig zu unterstützen und ihm jede Hilfe zukommen zu lassen, die er benötigte. Natürlich waren sie anfangs ganz und gar nicht von dieser Idee begeistert gewesen, schließlich hatten sie, zusammen mit der Stadtwache, genug zu tun, um Verbrechen aufzuklären und die Aktivitäten der illegalen Gilden, so gut es ging, zu unterbinden. Die Roten Ritter waren bekannt dafür, nicht zimperlich zu sein. Als sie allerdings hörten, dass es sich bei dem gesuchten Adelssohn um Fuchs handelte, den Meisterdieb des Schwarzen Drachen, änderten sie ihre Meinung schnell. Schließlich waren ihnen zusätzliche Kräfte zur Ergreifung dieses Verbrechers durchaus willkommen, auch wenn sich Fuchs wohl wegen seines Standes einer gerechten Strafe entziehen würde.

Für besonders schwer zu verhaftende Kriminelle wurde in der Regel ein Sonderkommando gebildet, das sich mit nichts anderem beschäftigte. Dazu gehörten die Meisterdiebe der Schwarzen Gilden und die Blutigen, Assassinen mit hohen Tötungsraten.

Zwar hatte man Aran angeboten, dem Sonderkommando für Fuchs' Ergreifung beizutreten, doch er hatte abgelehnt, schon deswegen, weil er lieber allein arbeitete und vor niemandem Rechenschaft über sein Handeln ablegen wollte (außer Fürst Sharion). Und auch, weil er einige Methoden der Stahlmänner zur Informationsbeschaffung missbilligte. Er wusste, dass es in einer Stadt wie Vesontonio, wo die Kriminalitätsrate so hoch war, schwer sein musste, seinen Glauben an Gerechtigkeit nicht zu verlieren, doch stattdessen in pure Vergeltung abzuschweifen war ihm unverständlich. Feuer mit Feuer zu bekämpfen erschien ihm falsch.

Er versuchte daher, die Rote Festung nur dann aufzusuchen, wenn es wirklich nötig war. Bedauerlicherweise war es fast fortlaufend nötig, denn wo sonst konnte er auf Unterstützung und Informationen hoffen, die er brauchte? Sharion hatte ihm in dieser Angelegenheit unmissverständlich klargemacht, nach allen Strohhalmen zu greifen, die ihm angeboten wurden.

Die Wachen am vorderen Tor kannten ihn bereits, sodass Aran, ohne aufgehalten zu werden, hineingelangte und die

Stufen erklomm. Auf seinem Weg nach oben in das Arbeitszimmer des Generals begegnete er so gut wie niemandem, was ihn doch sehr verwunderte. In der Regel war General Vael ein gefragter und beschäftigter Mann, der selten eine Minute Ruhe genießen konnte, bevor er zu Einzelheiten und Vorgehensweisen eines neuen Falls befragt wurde.

Tatsächlich fand er das Zimmer, das sich im höchsten Turm der Festung befand, leer vor. Verwirrt runzelte Aran die Stirn und ging wieder nach unten, um einen Soldaten dazu zu befragen. Er fing einen jungen Mann ab, der noch gar keine Abzeichen auf der Brust und es anscheinend ziemlich eilig hatte.

»Wo finde ich den General?«

Der Rekrut beäugte Aran misstrauisch und machte sich von ihm los. »In der Wachstube«, sagte er dann. »Er berät sich mit Hauptmann Kerian zu den neuesten Geschehnissen.«

»Welchen Geschehnissen?«

»Wisst Ihr es denn noch nicht?«, fragte der Mann ungläubig. »Es geht um die Rote Schlange.«

Das beunruhigte Aran mehr als sämtliche Ereignisse des Tages. Er wusste, dass die Assassinengilde Rote Schlange eng mit dem Schwarzen Drachen zusammenarbeitete. Sollte etwas passiert sein, konnte das auch die Diebesgilde betreffen und somit auch Fuchs.

»Was ist geschehen?«, fragte er nicht ohne Sorge in der Stimme. Er machte sich auf das Schlimmste gefasst.

»Cayne hat eine Offensive gestartet und mit seinen Schwarzen Skorpionen die Assassinen angegriffen. Sie haben die Schlange vollständig überrannt.«

UNTER DRACHEN

Schreiend versuchte Askani, sich Gehör zu verschaffen. Was aber nicht hieß, dass er es auch fand.

Die Schwarzen Drachen hatten sich in der Haupthöhle versammelt, die schon zu Stoßzeiten, wenn jeder Dieb seinen Anteil bringen wollte, überfüllt zu sein schien. Jetzt, wo sich beinahe jedes registrierte Mitglied und auch noch ein paar andere, die es gerne wären, hier aufhielten, machte die Höhle den Eindruck eines Ameisenhaufens, in den sich zu viele Völker hineinzuquetschen versuchten. Menschen standen dicht aneinandergedrängt mit kaum genug Freiraum, um die Hand zu heben, selbst in den angrenzenden Tunneln versammelte sich die Meute. Ein paar Magiekundige hatten hastig neue Runen an die Felsen geschmiert, sodass Askanis Worte auch dort vernommen werden konnten, wo man ihn selbst nicht sah.

Die Luft war stickig und viel zu warm, und das hysterische Geschrei der Diebe hallte von den Höhlenwänden wider und machte es lauter, als es ohnehin schon war. Erst vor Kurzem hatte die Nachricht vom Fall der Roten Schlange die Runde gemacht, und jeder, der halbwegs bei Verstand war, egal ob Heiler, Magier, Dieb oder Assassine, suchte auf der Stelle seine Gilde auf.

Sie hatten Angst, das verstand ich, aber andererseits hatte ich auch Mitleid mit ihnen. Furcht und Hysterie konnten einen Menschen entsetzlich entstellen, und erst, als ich jetzt ihre vollen Ausmaße erkannte, wusste ich, wie sehr.

Ich selbst stand etwa in der Mitte der Höhle und hatte einen guten Blick auf den Gildenführer, der sich auf mehrere aufgeschichtete Felsen gestellt hatte und wild herumgestikulierte, um Ruhe zu schaffen. Im Gegensatz zum Großteil meiner Kollegen konnte ich mich frei bewegen, denn die meisten trauten sich nicht, mir zu nahe zu kommen. Innerhalb einer Woche hatte ich mir schon einen beachtlichen Ruf aufgebaut, und sollte man den Gerüchten Glauben schenken, verfügte ich über beinahe schon göttliche Fähigkeiten. Niemand wollte sich mit mir anlegen, sodass ein kleiner Ring aus Luft meine Wenigkeit umgab, während sich andere um den Platz schlugen und stritten. Ich musste dafür einfach nur stehen bleiben. Die einzige Person, bei der das auch der Fall war, war der rothaarige Meisterdieb, der sich seinen Platz allerdings weiter vorn gesichert hatte, sodass er nicht auf Magie zurückgreifen musste, um den Gildenführer zu verstehen.

»Jetzt haltet endlich euer *MAUL!*« Spröde, dreckige Magie schwappte über mich hinweg, als ich die Worte vernahm, und tatsächlich sah Askani so aus, als würde ihm gleich der Geduldsfaden reißen. Das Geschrei der Menge flaute etwas ab, dröhnte aber dennoch unregelmäßig laut durch die Höhle. Bevor es sich die Drachen anders überlegen konnten, redete Askani schnell weiter.

»Denkt ihr wirklich, wir hätten das nicht kommen sehen?«, fragte er leicht außer Atem. »Glaubt ihr wirklich, dass Cayne sich mit einer Gilde zufriedengibt, wenn er auch zwei haben kann? Es war nur eine Frage der Zeit.«

»Und wenn er zwei haben kann, dann auch …«, schrie jemand, doch Askani schnitt ihm wütend das Wort ab.

»*RUHE!*« Seine Stimme prallte von den Wänden ab. »Die Roten Schlangen zu unterwerfen war gar nicht mal so unklug von Cayne. Jetzt hat er nicht nur zwei Gilden hinter sich, sondern auch noch einen Konkurrenten geschwächt. Uns.«

Die Drachen tuschelten und raunten, aber niemand wurde wieder laut. Erstaunlich, wie schnell die Leute an seinen Lippen hingen.

»Ich gebe zu«, fuhr er fort, »dieser Angriff war schnell,

unerwartet und brutal. Die Skorpione haben einen großen Streich gelandet, sie haben uns unseren Partner und unsere Zuversicht gestohlen. Unsere Positionen sind nun vertauscht: Jetzt hat Cayne die stärkste Diebesgilde und dazu noch die Roten im Rücken. Aber«, sagte er schnell, als sich die Menge wieder aufregte, »die Skorpione waren uns nie ebenbürtig, selbst auf der Höhe ihrer Macht nicht. Daran können auch die Roten Schlangen nichts ändern.«

»Was, wenn wir die Nächsten sind?«

Die Frage war berechtigt. Viele nickten nervös, warteten auf die Antwort ihres Gildenführers. Selbst ich war gespannt, was Askani dazu zu sagen hatte.

»Dazu wird es nicht kommen.«

Ach ja?, dachte ich spöttisch, während er weiterredete.

»Was der Schwarze Skorpion kann, können wir auch. Wir bereiten uns vor, häufen Beute an, damit wir kämpfen können, sollte es tatsächlich dazu kommen. An uns holt sich Cayne eine blutige Nase.«

»Was tun wir jetzt? Angreifen?«

»Wir tun das, was jeder gute Stratege tut.« Askani ließ die Hände sinken. »Warten. Darauf, dass der Feind einen Fehler macht. Und dann schlagen wir zu. Gnadenlos.«

Die Menge brüllte zustimmend, während Askani noch ein paar Worte sammelte, um ihren Kampfgeist anzufachen. Ich musste mich wirklich beherrschen, nicht den Kopf zu schütteln. Eigentlich hatte er genau das gesagt, was sie hören wollten: nämlich nichts. Gnadenlos zuschlagen? Lächerlich! Womit denn? Hatten wir irgendwelche Waffen oder Kampfmagier? Wir waren Diebe, keine Kämpfer.

Für den heutigen Abend hatte Askani die Gemüter beruhigt, und das, indem er nichts Konkretes gesagt, nur Einstudiertes heruntergeleiert und die erste Angst mit Banalitäten erstickt hatte. Was sagte das über den Schwarzen Drachen aus? Aber ich konnte es ihnen nicht verübeln, die meisten von ihnen rannten lieber ihrem Anführer hinterher ins Verderben, bevor sie auch nur daran dachten, auch mal selbst die Situation zu reflektieren. Unauffällig sah ich mich um und entdeckte zwischen den jubelnden Dieben, die immer wieder Askanis Namen riefen, auch einige mit gerunzelter Stirn. Ich war wohl nicht der Einzige, der sein Gehirn benutzen konnte.

Ich freute mich schon auf die nächste Versammlung, wenn die Zeit des Nachdenkens vorüber sein und sich der Zweifel in den Köpfen festgesetzt haben würde.

Die Höhle leerte sich, doch ich blieb wie eine Statue einfach stehen. Ich spürte die neugierigen und gleichzeitig ehrfurchtsvollen Blicke der Diebe auf mir ruhen, aber ich kümmerte mich nicht darum. Askani war vorn stehen geblieben und unterhielt sich mit seinen treuesten Anhängern. Der Meisterdieb, Fuchs, war wohl derjenige, der ihm die heftigsten Widerworte gab. Ich kniff die Augen zusammen und beobachtete interessiert, wie sie sich stritten. Ob ich sie wohl mithilfe meiner Magie aus so großer Entfernung belauschen könnte?

Bevor ich mich dazu durchringen konnte, wandte sich Fuchs kopfschüttelnd ab und verschwand zwischen den Dieben. Einer von Askanis Handlangern machte wüste Gesten in seine Richtung.

Gelangweilt blickte ich mich in der Höhle um, wartete darauf, dass es etwas leerer wurde, damit ich ohne viel Aufhebens meine Beute an Askani weitergeben konnte. Für heute hatte ich genug Aufmerksamkeit erhalten.

Eigentlich war ich viel zu selten in der Haupthöhle, hier konnte man wunderbar seine Kollegen bespitzeln, ohne sich dafür eine Ausrede einfallen lassen zu müssen. Es tat gut, die Konkurrenz zu kennen, und mein wacher Blick schweifte über die Leute. Manche hatten sich in kleinen Grüppchen zusammengeschlossen, raunten miteinander, wahrscheinlich über Askanis Ansprache. Oder schmiedeten sie eigene Pläne? Bündnisse? Ich schmunzelte unter meinem Schal.

Ich bemerkte einen groß gewachsenen, glatzköpfigen Mann am Rande der Menge, der halb in einem Tunnel stand. Sein Blick war starr nach vorn gerichtet. Offenbar war ich nicht der Einzige, der Askani beobachtet hatte …

Moment mal!, fiel mir da plötzlich auf. *Der starrt nicht Askani an. Der starrt mich an!*

Ungeachtet der Tatsache, dass ich ihn entdeckt hatte, hielt er den Blick weiterhin auf mich gerichtet, als kümmere es ihn nicht wirklich, was ich dachte. Hatte ich etwa einen neuen Rivalen bekommen? Oder war er …?

Hart rempelte mich jemand von der Seite an, und kurz spürte ich tastende Hände auf meinem Mantel, bevor ich stolperte und gerade noch so mein Gleichgewicht halten konnte. Wütend starrte ich den Übeltäter an.

»Pass doch besser auf, Straßenratte«, meinte Fuchs beleidigt und wollte an mir vorbeigehen.

»Von einem Meisterdieb habe ich bessere Methoden erwartet, um mir meine Beute zu stehlen«, entgegnete ich in demselben Tonfall. In seinen Augen funkelte es, und für einen kurzen Moment genoss ich das Gefühl, ihn überrumpelt zu haben. Kommentarlos zog er davon.

Ich wandte mich wieder dem Glatzkopf zu, der noch immer unverrichteter Dinge am Höhleneingang stand und den Blick auf mich gerichtet hielt. Ich strich meinen Mantel glatt, so gut ich konnte, und ging auf ihn zu.

Der Mann war sehr schlank, vielleicht etwas zu sehnig, aber nichtsdestotrotz muskulös. Er trug ein kurzärmliges Wams mit Ausschnitt und teure Stiefel aus Leder, deren Absätze auf dem Boden klackten, als er sein Gewicht verlagerte. Tatsächlich war das Fehlen sämtlicher Haare das Merkwürdigste an ihm, selbst Wimpern oder Brusthaare waren nicht vorhanden. Seine Haut war dünn, was ihn etwas kränklich aussehen ließ, sein Blick jedoch war stechend und aufmerksam. Das helle Wasserblau seiner Augen war mir fast unheimlich.

Ich blieb vor ihm stehen, und ein paar Sekunden Stille breiteten sich aus, in denen wir uns gegenseitig musterten.

»Wer hat dich geschickt?«, fragte ich dann. »Radovan oder Askani?«

Er zog überrascht eine Hautfalte hoch, hätte er Haare gehabt, wäre das wohl die Augenbraue gewesen. Zögernd öffnete er den Mund und überlegte wohl, ob es sich lohnte, alles abzustreiten, kam dann aber zu dem Schluss, dass es sinnlos war. Kluger Mann.

»Radovan.«

»Ah«, machte ich. »Und mit wem habe ich das Vergnügen?«

»Man nennt mich Drake.«

Der Name sagt mir was. »Wer ich bin, weißt du ja offenbar schon, deswegen spare ich mir den Atem, mich vorzustellen.« *Ich komme nur nicht drauf.*

»In der Tat.« Sein Blick wanderte meine Erscheinung hinab. Ich wusste nicht, was ich davon halten sollte. »Man hört viel von dir in letzter Zeit, Shivari.«

»Nur Gutes, will ich hoffen.«

»Kommt auf die Sichtweise an.« Er sprach ruhig und fast schon zu leise, sodass ich aufmerksam jedem Wort folgen musste.

»Ganz schön mutig von dir, dich mitten unter die Schwarzen Drachen zu mischen.«

Er lächelte dünn, als kenne er ein Geheimnis. »Ein Dieb unter Dieben ist bestens getarnt. Genauso wie ein Drache unter Drachen.«

Spielte er mit mir?

Ich verschränkte die Arme hinter dem Rücken und sah ihn erwartungsvoll an. »Und was gedenkst du jetzt zu tun, wo du mir gegenüberstehst?«

»Ich gedenke dich festzunehmen, den Siegelring zurück zu Radovan zu bringen und dann weiter ungehindert meiner Wege gehen zu können.«

»Dir ist schon bewusst, dass ich es dir nicht so leicht machen werde, oder?«

Er zuckte mit den Schultern. »Leicht oder nicht, es läuft auf dasselbe hinaus.«

»Nicht zwangsläufig.« Ich überlegte kurz. »Warum überspringst du Anfang und Mittelteil nicht und kommst gleich zum Ende? Geh einfach wieder, ohne dir über Radovan den Kopf zu zerbrechen.«

»Das kann ich nicht.«

»Zahlt er dir so viel?«

»Nein.«

Interessant. »Egal, was er dir zahlt, ich zahle dir das Doppelte.«

Für einen Moment sah er mich nur ungläubig an, dann lachte er leise. »Willst du mich bestechen? So was funktioniert bei mir nicht«, sagte er grinsend.

Obwohl er es nicht sehen konnte, weil ich wie üblich einen Schal um die untere Hälfte meines Gesichts gebunden hatte, grinste ich ihn ebenfalls an. »Brauche ich gar nicht. Du hast mir genug gesagt.«

»Ach, habe ich das?«

»O ja. Offenbar bezahlt Radovan dich nicht, das heißt, dass er sich deiner Treue anderweitig sicher ist. Und ich bewundere deine Loyalität, denn entweder fehlt dir die nötige kriminelle Skrupellosigkeit, um auf Bestechungen einzugehen, oder aber du bis schlichtweg nicht auf sie angewiesen.« Ich zuckte kurz mit den Schultern. »Wahrscheinlich beides. Aber du denkst auch nicht zu Ende. Du hättest mein Geld annehmen und es dir mit Radovan teilen können, ohne dass ich davon etwas mitbekommen hätte. Ein bisschen kurzsichtig bist du also schon. Außerdem, und das ist der größte Fehler von allen, tust du genau das, was Radovan, Askani und alle anderen auch tun. Du bist ein Mitläufer, Drake.«

Jetzt kam er langsam näher. Ich spürte, wie sich die Situation zuspitzte, und griff mit meiner Nael nach meiner Teleportationsrune, um mich im richtigen Moment aus dem Staub zu machen. »Und was wäre das?«, flüsterte er und beugte sich zu mir herunter.

»Du unterschätzt mich.«

Das wäre der perfekte Zeitpunkt gewesen, um abzuhauen, sich einfach in Luft aufzulösen und sich an einer anderen Stelle wieder zu materialisieren. Ein lässiger Spruch, dessen Wirkung genau platziert war, und ein dramatischer Abgang. Genau mein Ding.

Pech nur, dass Drake und ich denselben Zeitpunkt gewählt hatten, um zu handeln. In dem Moment, wo sich meine Rune aktivierte und ich mich zu ihr ziehen lassen wollte, packte mich Drake, nur leider etwas zu spät. Ich war bereits in den nicht-körperlichen Zustand hinübergeglitten, sodass seine Hände ins Leere griffen. Nur seine Nael nicht.

Um erfolgreich zu teleportieren, musste man sich die Ströme der Magie zunutze machen und sich auf ihnen zum besagten Punkt treiben lassen. Es gab nur eine Handvoll Magier, die diese Kunst beherrschten (was es ziemlich schwierig gemacht hatte, die entsprechende Rune zu finden). Tatsache war jedoch, dass Enya und Nael in dieselbe nicht-körperliche Kategorie fielen. Es war also kein Problem für Drake, mich an Ort und Stelle festzuhalten, auch wenn ich physisch nicht anwesend war.

Mein Bewusstsein rang mit seinem, ich spürte sowohl den richtungsweisenden Zug meiner Teleportationsrune als auch die ungeheure Kraft, die hinter Drake stand. Sie war wild und ungezähmt, beinahe animalisch, sie brannte unangenehm auf meiner Enya. Langsam, aber sicher zog er mich wieder zu sich in die materielle Dimension. Ich spürte seine verbissene

Genugtuung angesichts meiner vergeblichen Mühe, mich von ihm zu lösen.

Lass mich gefälligst los!, schrie ich ihn in Gedanken an, eher aus Protest als in befehlender Absicht. Ich war selbst am meisten überrascht, dass der Druck auf meine Nael plötzlich nachließ und ich wie ein stramm gespanntes Gummiband zu meiner Rune gezogen wurde. Ich materialisierte mich auf dem Boden meiner Beutehöhle, purzelte mit zu viel Schwung darüber hinweg und stieß mir den Kopf an einem Felsen.

Um mich herum flammten die Feuerschalen auf, die ich angebracht hatte, und die Teleportationsrune, die ich mit meinem Blut auf ein Blatt Papier gekritzelt hatte, fing an zu kokeln und löste sich schließlich in Rauch auf.

Bei den Hohen Drachen des Himmels, was war das denn?, fragte ich mich, während ich mir den Hinterkopf rieb. Unter meinen Fingern spürte ich bereits, wie die Beule kleiner wurde. Ich fragte mich, ob ich gerade meinen ersten göttlichen Befehl ausgesprochen hatte. Verdammt, das war ja nicht gerade denkwürdig gewesen.

UNGEWÖHNLICH GEWÖHNLICH

Es war, wie Askani gesagt hatte: Man musste nur warten, bis der Feind einen Fehler machte, und dann gnadenlos zuschlagen. Shivari hatte einen Fehler gemacht, und Fuchs war niemand, der sich eine solche Gelegenheit durch die Lappen gehen lassen würde.

Er hatte nicht gedacht, dass ein so simpler Trick bei einem so talentierten Dieb funktionieren würde, der in dem Ruf stand, sich gegen den Hochfürsten selbst aufzulehnen. Umso peinlicher, dass es funktioniert hatte.

Der Tunnel, den er entlanglief, war dunkel, eng und unregelmäßig. Fuchs mutmaßte, dass er seit Bürgerkriegszeiten selten oder gar nicht mehr benutzt wurde. Kein Wunder, denn er hatte so viele Abzweigungen genommen, dass er schon längst die Orientierung verloren hatte. Befand er sich überhaupt noch unter der Stadt? Er kannte die genauen Ausmaße der *Nacht* nicht und war auch nicht sonderlich erpicht darauf, sie kennenzulernen. Hätte er nicht ein Band aus Luft hinter sich hergesponnen, würde er hier in den Höhlen und Gängen festsitzen und zusammen mit dem Ungeziefer den Staub längst vergangener Zeiten einatmen, bis er irgendwann überhaupt nicht mehr atmete.

Einem inneren Kompass folgend, lief er immer tiefer in die Eingeweide der Erde hinein, duckte sich unter niedrigen Decken, sprang über kleine Abgründe, kletterte über heruntergestürzte Felsen. War sein Äußeres durch das Leben auf der Straße schon schäbig und heruntergekommen, so sah er nun aus, als hätte er sich in allen Pfützen der Stadt gesuhlt. Nass vom Lehm und Schmutz klebten ihm die Hosen an den Beinen. Er hatte eine schwache unsichtbare Markierung am Mantel von Shivari angebracht, die ihm den Weg zu dem Ort wies, an dem der Dieb sich aufhielt. Fuchs hatte gewartet, bis sich Shivari nicht mehr bewegte, vermutlich hatte er sich zur Ruhe begeben, und dann die Spur aufgenommen. Er hatte allerdings nicht damit gerechnet, so lange unterwegs zu sein, und beschleunigte seine Schritte, um seinen Rivalen noch im Schlaf überraschen zu können.

Wie merkt sich der Kerl das alles bloß?, fragte er sich nicht zum ersten Mal, während er durch mehrere Tunnel hastete. Das Wehrlicht, das er erzeugt hatte, schwebte wie ein leuchtender Ball vor ihm und tauchte ihn in einen kleinen Teich aus Licht in einem Meer der Finsternis.

Es war, gelinde gesagt, eine Offenbarung, als er ganz am Ende des Tunnels, am Rande seines Lichtschimmers, plötzlich eine Tür erblickte. Sein Herz machte einen Sprung, und er riss sich aus der Apathie, in die er während seines eintönigen Marsches verfallen war. Mit langen Schritten lief er darauf zu und blieb schließlich leicht keuchend davor stehen. Sein Gespür sagte ihm, dass sich seine Markierung direkt dahinter befand.

Es war keine Tür im eigentlichen Sinne, denn der Tunnel war unförmig rund, und mehr als ein zurechtgezimmertes Brett mit provisorischen Griffen und Angeln war es nicht. Es musste Stunden gedauert haben, das Teil hier herunterzuschleppen.

Viel interessanter hingegen waren die Runen. Sie waren präzise und mit Sorgfalt in das Holz gebrannt, schützten wahrscheinlich die Höhle dahinter vor ungebetenen Gästen und lösten zusätzlich noch ein paar Warn- und Verteidigungszauber aus. Aber genau konnte Fuchs das nicht sagen.

Er war immer stolz auf seine Kenntnisse in der Sprache der Magie gewesen, seine Lehrer hatten ihn stets gelobt, wenn er Runen und Sigillen fehlerfrei zeichnen und benennen konnte. Im alltäglichen Straßenkampf waren diese Kenntnisse nicht nur äußerst nützlich, sondern sogar überlebenswichtig.

Seine Ausbildung verschaffte ihm einen bedeutenden Vorteil gegenüber anderen Kriminellen, die ihre Magie meist nur instinktiv nutzten.

Umso ratloser war er nun, als er stirnrunzelnd die Zeichen betrachtete und nicht schlau aus ihnen wurde. Prüfend tauchte er in seine Nael und tastete vorsichtig nach der Tür. Wie vermutet konnte er nicht durch sie hindurch die Geschehnisse in der Höhle erspüren, aber Anzeichen eines Wachzaubers oder einer anderen Magie, die ihn angreifen würde, sobald er die Tür berührte, fühlte er auch nicht.

Eine Rune schien vor Magie förmlich zu sprühen, und mit tastenden, zitternden Fingern strich er darüber. Nichts passierte.

Er streckte die Hand aus und legte sie auf den Türknauf, ein verbeultes, rostiges Ding, das Shivari wahrscheinlich aus dem Müll gefischt hatte. Angespannt wartete er, ob er etwas ausgelöst hatte, doch auch hier blieb alles ruhig. Er drehte den Knauf, drückte, zog … Aber die Tür rührte sich nicht.

Ein Schlüsselloch gab es nicht, sodass Fuchs sofort wieder die Runen ins Auge fasste. Sie schienen einen Befehl oder eine Forderung zu bilden, er erkannte den dafür nötigen Schriftzug. Dennoch schienen sie …

»Wer Böses plant, darf nicht eintreten.«

Fuchs zuckte so heftig zusammen, dass er für einen Moment sogar den Boden unter den Füßen verlor. Hastig drehte er sich um und stieß gegen die Tür, als er zurückwich.

Shivari grinste. »Suchst du was?«, fragte er. »Kann ich dir helfen?«

»Äh …«, machte Fuchs nur. Besonders geistreich war das ja nicht.

Es war das erste Mal, dass er den Dieb ohne Maskierung sah. Tatsächlich war das Aussehen des Schwarzen Drachen sogar noch geheimnisumwölkter als seine Fähigkeiten, da er stets mit Kapuze und Schal auftrat, die sein Gesicht verdeckten. Sein einziges Erkennungszeichen waren seine bloßen Füße und die Tätowierung um seinen Knöchel.

Shivari war einen Kopf kleiner als Fuchs und vielleicht ein oder zwei Jahre jünger. Das kurze braune Haar wellte sich leicht in der Feuchtigkeit der Höhle, und nichtssagende braune Augen blickten ihm stumm aus einem runden Gesicht entgegen. Seine Züge waren fein, fast schon feminin. Er trug einen schwarzen Mantel, der ihm fast bis zu den Knien ging, und darunter ein nicht mehr ganz so weißes Hemd. Die Füße waren, wie stets, nackt, aber komischerweise sauberer als Fuchs' Stiefel. Es wunderte ihn ehrlich gesagt wie normal Shivari aussah. Ein Junge, der in der Masse unterging. Ungewöhnlich gewöhnlich.

Weil er nicht wusste, was er antworten sollte, fragte er: »Was soll das heißen? Nichts Böses darf passieren?«

»Wer Böses plant, darf nicht eintreten«, wiederholte Shivari. »Das heißt, wer in der Intention kommt, meine Beute zu klauen, meine Höhle zu verwüsten, mir aufzulauern und so weiter, der darf nicht reinkommen.«

»Das ist …«

»Ziemlich unpräzise? Jaah, ich weiß, habe ein bisschen an der Rune für ›Böses‹ herumgefummelt, weil Runen an sich ja kein moralisches Wertverstehen haben und daher nicht wissen, wer böse ist und wer nicht.«

»Also …«

»… kommen die, die Unruhe stiften, gar nicht erst rein. Du hast es erfasst.«

Er trat auf Fuchs zu, und dieser machte sich schon bereit, sich zu verteidigen, doch Shivari ergriff nur den Türknauf und trat in die Höhle dahinter, die von einem sanften Feuerschein erhellt wurde. Die Tür ließ er offen.

»Und?«, fragte er und sah Fuchs erwartungsvoll an.

Zuerst wusste er nicht, was er von ihm wollte, dann blinzelte Fuchs ein paarmal und trat einen Schritt vor. Es war, als laufe er gegen eine Wand aus Luft, die immer dichter wurde, je mehr er sich dem Höhleninneren näherte.

»Ich kann nicht«, meinte er.

Shivari verschwand aus seinem Blickfeld, irgendwas rumpelte und fiel um. »Dann habe ich den Zauber ja richtig gewebt. Willst du einen Becher Wasser?«

»Bitte?«

Er trat wieder vor Fuchs, ein tönernes Gefäß in der Hand. »Wasser. Willst du einen Becher?«

»Ich kann doch nicht reinkommen.«

»Oh, das kannst du schon, du musst nur deine ursprüngliche Intention aufgeben.«

Fuchs starrte die Runen an der offenen Tür an und danach Shivari, der seelenruhig an dem Becher nippte, als warte er darauf, ob der Meisterdieb es auch wirklich schaffte, über die Schwelle zu treten.

Fuchs seufzte. *Na gut, dann eben nicht.*

Zögernd setzte er einen Fuß vor den anderen, doch er spürte keinerlei Widerstand mehr und trat in die Höhle. Sie war vergleichsweise klein, zwei Feuerschalen an den Wänden spendeten warmes Licht. In der Ecke stand ein behelfsmäßiges Bett, daneben ein halb leeres Bücherregal und ein kleines Tischchen mit einem Krug und ein paar Bechern. »Falls ich Gäste bekomme«, meine Shivari achselzuckend, als Fuchs' Blick darauf fiel.

»Was bestimmt nicht oft vorkommt«, erwiderte er.

»Du bist der Erste«, sagte Shivari feierlich und drückte ihm den Becher in die Hand. »Herzlichen Glückwunsch!«

Misstrauisch betrachtete Fuchs die Flüssigkeit.

»Keine Panik. Ich hab nicht reingespuckt.«

»Wie reizend.« Er rührte das Getränk nicht an, auch wenn es sich offenbar wirklich nur um Wasser handelte. Shivari selbst trank nichts und warf sich aufs Bett, dessen Gestell knarrte.

»Ich bin hier, weil …«

»Ich kann mir denken, warum du hier bist.« Shivari griff sich in den Ausschnitt und holte Radovans Siegelring hervor, der an einer Kette hing. Kurz konnte Fuchs den Ansatz einer tiefen Narbe erkennen, bevor das Hemd wieder darüberrutschte.

»Was passiert eigentlich, wenn ich meine Meinung ändere?«, fragte Fuchs. »Wegen dem Bösen, meine ich.«

Shivari runzelte die Stirn. »Bist du sicher, dass du das wissen möchtest?«

»Äh, nein. Jetzt nicht mehr.«

Raschelnd verschwand der Ring wieder in seinem Ausschnitt. »Gut.«

Skeptisch beäugte Fuchs die Möbel und die umgestürzten Bücher in den Regalen. »Wie hast du das alles hier runterbekommen?«

»Transport- und Teleportationsmagie.«

Fuchs, der keine wirkliche Antwort erwartet hatte, riss die Augen auf. »Das sind seltene und fast vergessene Zweige der Magie!«

»Richtig. *Fast* vergessen.«

»Woher beherrschst du sie?«

»Berufsgeheimnis.«

Mit zusammengekniffen Augen betrachtete Fuchs den Dieb. Wie er scheinbar selbstgefällig, aber wachsam auf dem Bett saß, ihn ruhig und bestimmt anschaute. So sah niemand aus, der überrumpelt worden war.

»Wenn du wusstest, dass ich komme«, begann Fuchs, »warum hast du mir dann nicht aufgelauert? Oder mir eine Falle gestellt? Oder …« Jetzt, wo er so darüber nachdachte, gab es viel zu viele Dinge, die hätten passieren können. Er hätte sich besser vorbereiten sollen.

»Ganz einfach«, erwiderte Shivari, »ich möchte dir ein Angebot unterbreiten.«

»Ah ja? Und was für ein Angebot wäre das?«

»Eine Partnerschaft.«

Es vergingen einige Augenblicke, in denen Fuchs sich erst bewusst machen musste, was Shivari da gerade gesagt hatte. Dann konnte er sich nicht länger beherrschen und lachte so laut und heftig los, dass die Hälfte des Wassers im Becher, den er immer noch in der Hand hielt, auf dem Boden landete.

Beleidigt schob Shivari die Unterlippe vor. »Das ist nicht lustig. Ich mein's ernst.«

»Natürlich tust du das«, kicherte Fuchs, stellte den Becher ab und beugte sich vor, um Luft zu holen.

»Was ist daran so witzig?«

»Hm, vielleicht die Tatsache, dass wir beide eine Partnerschaft gar nicht nötig haben?«, versuchte es Fuchs. »Oder dass mir Askani den Hals umdrehen wird, wenn er erfährt, dass ich mit dir gemeinsame Sache mache? Oder dass beide Hälften der Unter- und Oberwelt, die hinter uns her sind, sich dann plötzlich zusammenschließen und gemeinsam gegen uns vorgehen können? Pah!« Er gluckste, als er an die Begegnung mit Aran zurückdachte.

Jetzt stand Shivari auf und ging auf ihn zu. »Hör mal, es hat auch Vorteile …«

»Und dass ich dich nicht leiden kann, ist dir noch nicht in den Sinn gekommen, oder?«

»Zum Ersten«, Shivari schien ihn gar nicht gehört zu haben, »ist eine Partnerschaft gerade deshalb von Vorteil, *weil* wir sie nicht nötig haben. Überleg doch mal: Du bist der Meisterdieb, und ich, seien wir ehrlich, auf dem zweiten Platz direkt hinter dir. Die Beute, die wir allein anschleppen, reicht schon aus, um einem niederen Dieb Tränen in die Augen zu treiben. Stell dir vor, wie viel wir zusammen anschleppen könnten! Ganz zu schweigen davon, dass unser Anteil dann größer wäre, wenn wir nicht immer alles an Askani abgeben müssten.«

Fuchs verschränkte die Arme und wollte etwas sagen, doch Shivari redete einfach weiter. »Zum Zweiten ist ein Bauer, der seine zwei besten Milchkühe schlachtet, entweder dumm oder lebensmüde.« Er zuckte mit den Schultern. »Oder beides. Askani wäre wahnsinnig, wenn er seinen Meisterdieb in einer so kritischen Zeit in die Schranken weist, und einen so erfolgreichen Emporkömmling wie mich sowieso. Er kann nichts dagegen tun, nicht, solange ihm Cayne im Nacken sitzt.«

Er fing an, auf und ab zu gehen wie ein Adliger im Ratssaal. »Und drittens: Wenn sich unsere Gegner gegen uns verbünden, wie du gesagt hast, dann können wir uns auch gegen sie verbünden. Was ja Sinn der Sache ist. Ich habe Probleme mit Radovan und diesem Drake und du mit deinem Vater und dem Rüstungskerl. Ja«, fügte er hinzu, als er Fuchs' schockierten Gesichtsausdruck bemerkte, »ich weiß davon. Jeder, der in letzter Zeit Ghars grün und blau geschlagenes Gesicht gesehen hat, weiß davon, wenn auch nicht in allen Details. Ein Adelssohn unter Dieben, meine Güte!« Er zog eine Augenbraue hoch, und plötzlich war Fuchs die Situation mehr als unangenehm. »Falls du Sorge hast, ich könnte dich verraten oder verkaufen, dann kann ich dich beruhigen. So etwas liegt nicht in meiner Natur.«

Fuchs lachte spöttisch auf, sagte aber nichts. *Natürlich nicht.*

»Und zu dem Punkt, der dir vielleicht am meisten schlaflose Nächte bereitet …« Jetzt kam Shivari ganz nah an ihn heran, Fuchs unterdrückte den Impuls zurückzuweichen.

»… wenn du nicht von meiner schillernden Persönlichkeit innerhalb weniger Tage eingewickelt wirst, dann bist du entweder nicht empfänglich für meinen Charme oder eine lebende Leiche.« Er zuckte mit den Schultern und ging wieder ein paar Schritte zurück. »Und, was sagst du?«

»Wie kommst du eigentlich darauf, dass ich dir traue?«

Damit hatte er anscheinend nicht gerechnet. Seine selbstgefällige Miene glättete sich, und Fuchs genoss das kurze Aufblitzen von Verunsicherung, bevor sich wieder die steinerne Maske der Gleichgültigkeit über sein Gesicht legte. Er öffnete den Mund, um etwas zu sagen, aber jetzt war es Fuchs, der ihm zuvorkam.

»Auf mich ist ein Kopfgeld ausgesetzt, und das nicht zu knapp. Wer sagt mir, dass du mich nicht an die Rote Garde verrätst, um das Geld einzusacken und gleichzeitig auch noch einen nervigen Rivalen auszuschalten? So würde ich es zumindest mit dir machen. Ganz ehrlich, die Versuchung ist groß, schon weil dein Kopfgeld höher ist als meins.«

»Und ich dachte, du besäßest so etwas wie Schneid«, meinte Shivari abfällig, »aber jetzt sehe ich, dass du so stumpf bist wie ein alter Löffel.«

»Schneid!«, spuckte Fuchs aus, »und das ausgerechnet von einem Dieb!«

»Du musst es wissen.« Shivari setzte sich, heftiger als nötig, seine Kapuze auf und schritt energisch zum Ausgang. »Sei so gut«, sagte er jetzt wieder betont gelangweilt, »und schließ die Tür hinter dir, wenn du gehst. Die Feuchtigkeit bekommt meinen Büchern nicht gut.«

Er ging und ließ Fuchs allein zurück mit Worten, die er nur zu gerne ausgesprochen, und Taten, die er nur allzu gerne ausgeführt hätte. Die Versuchung, die Höhle trotz des angedrohten Abwehrzaubers dennoch zu verwüsten, war groß, aber Fuchs hatte sich seine Position hart erarbeitet und wusste, dass es sich nicht wirklich lohnen würde.

»Dumme Gossenratte!«, spie er aus und trat wutentbrannt in die Luft. »Eingebildeter Drachenficker! Als ob ich mit so einem zusammenarbeiten würde, damit er mir meinen Ruhm streitig macht! Sicher nicht!«

VON SÖHNEN UND FÜRSTEN

»Störe ich?«

Jedron hatte die Hand leicht erhoben, um an die Tür zu klopfen, aber weil der Großfürst nicht darauf reagierte, räusperte er sich nun. Erschrocken hob Sharion den Kopf und stand nach ein paar Sekunden schließlich auf.

»Hochfürst, ich hatte nicht mit Eurer Anwesenheit gerechnet«, sagte er und strich sein Wams glatt.

Das tut man selten. »Ich hoffe, ich habe Euch nicht in einem kompromittierenden Moment erwischt«, entgegnete Jedron und trat langsam ins Zimmer. »Ihr wirktet doch recht versunken.«

»Tatsächlich habe ich nachgedacht.«

Sharion bedeutete ihm, in dem Sessel Platz zu nehmen, der dem seinen gegenüberstand. Im Salon gab es große Fenster mit Blick auf den Garten, hinter dem sich die Stadt erhob. Jedron hatte dem Personal verboten, die Drachen daraus zu vertreiben, sodass nun einige auf der Wiese lagen und sich ausruhten. Ihre schlanken Körper leuchteten in der Sonne.

»Ich hörte von der Begegnung mit Eurem Sohn«, sagte Jedron und setzte sich. »Geht es ihm gut? Ist er wohlauf?«

Sharion öffnete den Mund, um etwas zu entgegnen, aber anscheinend fand er nicht die richtigen Worte für das, was er empfand. Ein kurzes Gefühl von Mitleid stieg in Jedron auf, als er den Fürsten so sah.

»Er ist ein Dieb«, sagte er dann, »und Diebe laufen davon. Wenn es nicht so wäre, würde ich mir Sorgen machen.«

Sharion murmelte etwas hinter vorgehaltener Hand, aber dank seiner göttlichen Sinne verstand Jedron es trotzdem. »Ihr wisst nichts von irgendwelchen Sorgen.« Er ignorierte es und lehnte sich zurück.

»Euer Leibwächter ist wirklich erstaunlich«, meinte er, während er dem Laub beim Fallen zusah, »innerhalb weniger Wochen hat Aran das geschafft, wofür die Stahlmänner und Blutritter Monate gebraucht haben.«

»Er hat viel Erfahrung«, erwiderte Sharion. »Bevor er in meine Dienste trat, war er Hauptmann der Wache in Lehan.«

»Tatsächlich? Beeindruckend.« Er merkte, wie er schon wieder an seinen Fingern herumspielte. Seit er seinen Siegelring nicht mehr trug, fiel ihm auf, wie beängstigend oft ihm das passierte. Es war irgendwie nicht dasselbe, wenn ihm kein kaltes Metall an der Hand klebte, und verärgert hörte er wieder damit auf.

»Ihr habt tatsächlich Euer Wort gehalten.«

Jedron fasste sein Gegenüber ins Auge, schwieg aber vorerst.

»Ihr habt uns alle Hilfe zukommen lassen, die Ihr uns versprochen habt. Die Stahlmänner von der Wichtigkeit dieser Aufgabe überzeugt. Aran in die Unterwelt eingeschleust ...«

»Habt Ihr denn daran gezweifelt?«

Kurz lachte Sharion auf. »Hochfürst Tanakan und Hochfürstin Márime waren nicht sonderlich begeistert von meiner Ankunft, und noch weniger von meinem Anliegen.«

»Ich kann mir denken, wieso.«

Jetzt war es Sharion, der Jedron scharf ansah, Misstrauen und Vorsicht im Blick. Äußerste Vorsicht.

»Ich bitte Euch«, Jedron machte eine wegwerfende Handbewegung, »haltet mich nicht für dumm. Meine Kinderlosigkeit kommt euch allen doch gelegen.«

»Ich weiß nicht, wovon Ihr sprecht.«

»Mein lieber Freund, wenn ich das Zeitliche segne, was, wie ich hoffe, noch in sehr weiter Zukunft liegt, dann muss der König einen Erben aus dem Hohen Adel benennen. Es ist sehr wahrscheinlich, dass die Kinder oder Enkelkinder der

Groß- beziehungsweise Hochfürsten aus der Gegend meine Position erben werden.« Er beugte sich vor. »Eure Enkelkinder.«

Sharion schwieg jetzt, und Jedron musste lächeln. Die Menschen in Sprachlosigkeit zu versetzen war eine Kunst, die er meisterlich beherrschte.

»Ihr sucht Euren Sohn so verbissen, weil er die Trittstufe ist, auf der Euer Haus in höhere gesellschaftliche Schichten aufsteigen kann. Verheiratet ihn mit einem Mädchen aus hohem Hause – wie ich hörte, hattet ihr die schöne Tochter von Großfürst Frost im Auge –, und seine Kinder werden mit ein bisschen Glück in die engere Wahl für den Titel des Hochfürsten von Vesontonio kommen. Und mit sehr, sehr viel Glück sogar Fuchs selbst. Aber«, er ließ sich wieder zurückfallen, »das halte ich für unwahrscheinlich.«

Die Augen des Großfürsten verengten sich zu Schlitzen. »So?«

»Ja«, meinte Jedron gelangweilt, »einen Meisterdieb als Statthalter einzusetzen ist schon skandalös, aber als Hochfürst? Lächerlich!«

»Ich bin nicht hier, um mich von Euch verhöhnen zu lassen«, entgegnete Sharion mit Wut in der Stimme.

»Nein, Ihr seid hier, um Eure Position zu stärken«, sagte Jedron und gebot dem Großfürsten mit erhobener Hand Einhalt. »Sagt mir nicht, die Liebe zu Eurem Sohn zwingt Euch zum Handeln. In der letzten Woche habt Ihr Aran nicht ein einziges Mal gefragt, wie es Eurem Sohn geht, ob er gut aussieht und wohlauf ist. Bei den Geistern, selbst ich hatte den Anstand dafür, und ich kenne den Jungen gar nicht!«

Er hörte, wie hinter ihm die Salontüren geöffnet wurden, aber er achtete nicht darauf.

»Was wisst Ihr schon von familiären Werten?«, fragte Sharion wütend, nicht laut und aufbrausend wie die meisten

Menschen, sondern leise und bedacht. Gefährlich. »Vico ist mein Sohn! Ich will nur das Beste für ihn!«

»Daran zweifle ich nicht. Aber ich frage Euch, woher Ihr wisst, was für ihn das Beste ist?« Jemand tippte ihm von hinten zaghaft auf die Schulter. Genervt winkte er ab. »Nicht jetzt, Lorena. Siehst du denn nicht, dass ich beschäftigt bin?«

»Aber Herr«, Lorena machte einen leichten Knicks, »das hier ist von einem Mann namens Drake. Er sagte, es sei wichtig.«

Alarmiert sah Jedron hoch, blickte auf den weißen Umschlag, den ihm Lorena auf einem silbernen Tablett entgegenhielt, und dann auf Sharion, dem der Zorn die Wangen rötete. Kommentarlos nahm er das Papier und las es kurz durch, während die Dienstmagd wieder aus dem Zimmer huschte. In der Tür wäre sie fast mit Aran zusammengeprallt, der wie von Feuergeistern besessen ins Zimmer stürmte.

»Mein Großfürst, ich …«, begann er, stockte aber, als er sah, in welche Situation er soeben geplatzt war. »Verzeihung, ich hatte nicht die Absicht …«

»Komm zum Punkt, Aran, und sag, was du zu sagen hast«, bellte Sharion.

Der Krieger nahm Haltung an und sammelte sich, doch Jedron kam ihm zuvor. »Ich weiß, was er sagen will.«

Zähneknirschend sah Sharion zu ihm hinüber, weigerte sich erst, das Wort an ihn zu richten, und öffnete schließlich den Mund. »Was sagen?«

Jedron sah Aran eindringlich an. »Es geht um den Überfall auf Herzogin Liandra, richtig?«

»In der Tat, Ehrenwerter Hochfürst.«

»Großartig.« Jedron seufzte und rieb sich gedankenverloren die Nasenwurzel. »Ganz großartig.«

»Was ist passiert?«, fragte Sharion gereizt. »Aran?«

»Herr, Herzogin Liandra wurde heute Morgen überfallen und ihres ganzen Schmuckes beraubt.«

»Und was hat das mit mir zu tun?«

»Nun«, sagte Jedron und stand auf, »es waren offenbar die Schwarzen Drachen. Zwei von ihnen. Einer ist der ehrenwerte Vico Vanira, über den wir soeben noch freundlich geplaudert haben. Und der andere Shivari.« Er merkte, wie er die Hand zur Faust ballte und das Papier darin zerknüllte und zerriss. »Da haben sich ja zwei gefunden.«

NACHTGEDANKEN

Cayne saß im Dunkeln und dachte nach. Über die Welt, die Drachen und den herzlosen Mann. Noch immer bissen ihn die Schatten, als wären sie Hunde, die man erst noch zähmen musste. Es war egal. Sie würden schon bald wissen, wer ihr König war.

So wie die Unterwelt. Nachdem er den Roten Schlangen die Giftzähne gezogen hatte, war die *Nacht* in eine Art Schockzustand gefallen: erstarrt, verängstigt und viel zu schwach, um etwas dagegen unternehmen zu können. Unter ihm standen nun so viele Gesetzlose wie seit Bürgerkriegszeiten nicht mehr.

Und es werden mehr werden, dachte er mit einem Grinsen im Gesicht.

Es war unwahrscheinlich, dass sich die Schwarzen und die Roten gegen seine Herrschaft auflehnten. Selbst die Drachen, die von diesem Schwachkopf Askani angeführt wurden, konnten sich gegen die Falle, die sich um sie zu schließen drohte, nicht wehren.

Sein eigentliches Ziel verlor er dennoch nicht aus den Augen. Die Unterwerfung der Gilden war nur ein Amüsement, das er sich am Rande erlaubte, um seine Fähigkeiten auszutesten. Und zu suchen.

Ein Lichtstrahl zerteilte die Dunkelheit, schwach nur, spärlich, aber für Cayne eine Beleidigung, die er persönlich nahm. Es würde noch so lange dauern …

»Herr?«

»Was?«, fragte er gereizt.

»Sollen wir angreifen?«

»Noch nicht«, Cayne schnalzte mit der Zunge, »hab Geduld.«

»Wir haben genug Männer und Waffen. Es wäre ein Leichtes für uns. Warum sollten wir warten?«

»Weil ich es sage.« Es war keine Drohung. Cayne sprach keine Drohungen aus.

»Aber …«

Cayne drehte den Kopf in Richtung seines Untergebenen, seine Miene blieb ausdruckslos.

Der Mann schluckte. »Wie Ihr wünscht, Herr.«

Rückwärts ging er aus der Tür und schloss sie leise hinter sich, sodass Cayne wieder von Finsternis umhüllt war. Es war ein herrliches Gefühl. Er lehnte sich zurück, ließ seine Gedanken schweifen und dachte nach. Über die Welt, die Drachen und den herzlosen Mann.

BESSER ALS ERWARTET

Fuchs war besser, als ich erwartet hatte. Er glitt auf den Luftströmungen, als hätte er zeit seines Lebens nichts anderes gemacht, ritt den Wind wie manche Leute ein Pony. Dabei hielt er sich stets gerade, legte sich, anders als ich, kaum in die Kurven und hielt mühelos das Gleichgewicht. In seiner Nähe fühlte ich mich unbeholfen.

Ich folgte ihm schweigend durch Vesontonios Nacht und konzentrierte mich darauf, meine Luftströmungen nicht mit seinen durcheinanderzubringen. Unser Ziel lag am Rand des Königsviertels an der Handelsstraße, und erst, als das Haus des Großmagiers in Sicht kam, wusste ich, was Fuchs gemeint hatte, als er sagte, er brauche Hilfe dabei.

Selbst für ihn, dessen Sinne im Vergleich zu meinen stumpf waren wie angelaufenes Silber, musste das Gebäude vor Magie brummen.

»Das sind ja ziemlich viele Wachzauber«, meinte ich, während ich sie alle der Reihe nach lokalisierte.

Fuchs, der neben mir auf der Dachkante stand, schüttelte nur den Kopf. »Der Kerl leidet unter Verfolgungswahn.«

Ich veränderte subtil die Grundstruktur einiger Zauber. »Hat er denn Grund dazu?«

»Als Gildenführer des ›Blauen Käfers‹? Auf jeden Fall!«

»Was hat er, was unser Interesse wert ist?«

»Du meinst statt Dragare, Juwelen und Edelsteine?« Auch ohne ihn anzusehen, wusste ich, dass er lächelte. »Haufenweise magische Artefakte.«

Jetzt konnte auch ich mir ein Grinsen nicht verkneifen. »Worauf warten wir dann noch?«

Fuchs zog eine Augenbraue hoch. »Hast du die Wach- und Schutzzauber schon entfernt?«

»Die meisten. Für den Rest muss ich näher rangehen.« Das war gelogen. Ich konnte den Zauber, der verhinderte, dass dem Großmeister die Tauben aufs Dach kackten, auch von hier aus auflösen. Aber ich bekam ja sonst so wenig Gelegenheit zum Angeben.

Wir schwangen uns wieder in die Luft und näherten uns dem Haus von oben. Es hatte ein Flachdach, und ich entdeckte eine Luke, auf die wir zusteuerten. Ich bedeutete Fuchs, das Dach noch nicht zu betreten, denn ein Feuerzauber heizte die Steine auf, sobald jemand Unbefugtes seinen Fuß darauf setzte. Somit konnten die Drachen auch nicht auf das Dach scheißen. Ich verdrehte die Augen.

Während ich mit den restlichen Zaubern beschäftigt war, musterte Fuchs eindringlich die Luke. Sobald es ungefährlich war, setzte er auf dem Flachdach auf und begann, die Schlösser zu knacken.

Mit Blick auf die Runen, die um die Luke angebracht waren, begann ich schon, daran herumzuwerkeln, doch Fuchs hob nur die Hand. »Ich mach das schon.« Offenbar war er der Meinung, ich müsse meine Kräfte sparen, nachdem ich so viele Zauber entschärft hatte. Schmunzelnd ließ ich ihn in dem Glauben.

Einige Minuten beobachtete er die Runen scharf, bevor er die Hand hob und nur eine einzige davon geringfügig veränderte.

»Das war's?«, fragte ich nicht sonderlich beeindruckt, als Fuchs die Luke öffnete.

»Man könnte meinen, der Großmagier würde seine Runen etwas sorgfältiger auswählen.« Er ließ mir den Vortritt.

»Wahrscheinlich hat er gedacht, dass sowieso niemand, der noch atmet, an sie rankommt.«

»Wie dem auch sei. Jetzt können zumindest keine Fische mehr ins Haus kommen.« Er kicherte leise, als wir das Treppenhaus betraten.

Ich konnte hervorragend im Dunkeln sehen, doch Fuchs beschwor ein kleines Wehrlicht herauf, das uns den Weg leuchtete. Sein fahles Licht ließ unsere Schatten tanzen.

Shivari war sogar noch viel besser, als Fuchs erwartet hatte. Er war ja schon mächtig beeindruckt gewesen, mit welcher Mühelosigkeit er sämtliche Zauber gelöst hatte, von denen Fuchs immer noch alle Haare zu Berge standen. Nun schlich der Dieb neben ihm durch die Gänge und behandelte das von ihm heraufbeschworene Wehrlicht, als existiere es gar nicht. Fuchs ertappte sich dabei, dass er ihn um seine Leichtfüßigkeit und Ruhe beneidete, er selbst war immer nervös, wenn er auf Raubzüge ging. Wahrscheinlich lag das aber auch an der allgegenwärtigen Gefahr, die einem stets in den Nacken atmete, wenn man auf der Straße aufgewachsen war. Irgendwann lernte man, mit ihr zu leben.

Shivari lief, ohne ein Geräusch von sich zu geben, durch die Gänge, und obwohl auch Fuchs eine gewisse Vorsicht nicht vermeiden konnte, hielt er sich wesentlich aufrechter. Seinem Wissen nach gab es keine zusätzlichen Wachzauber zu jenen, die das Gebäude vor dem Zugriff fremder Personen schützten. Was machte man, wenn man bereits drin war? Sich gütlich tun. Trotzdem ging er den Lageplan des Gebäudes noch mal im Kopf durch, bevor er seine Schritte beschleunigte und vor einer weißen Flügeltür stehen blieb.

»Keine relevanten Zauber«, flüsterte Shivari, als Fuchs ihm einen fragenden Seitenblick zuwarf.

»Keine relevanten?«, fragte er skeptisch.

»Wenn du lieber quietschende Türangeln haben willst …«

»Schon gut, schon gut.« *Wie macht der Kerl das bloß?*

Er öffnete vorsichtig die Tür, und leise wie Schatten schlüpften sie hinein.

Fuchs' Wehrlicht konnte die Ausmaße der Bibliothek nicht einmal ansatzweise erfassen. Hohe Regale türmten sich bis hinauf zur Decke und bildeten enge, dichte Reihen, die die kühnsten Träume eines jeden Bücherliebhabers übertrafen. Fuchs schlicht daran entlang und zählte leise mit, bog ab und ging die Bücher an der linken Wandseite durch.

»Ich wollte schon immer mithilfe von geschriebenen Wörtern die Welt erobern«, grummelte Shivari sarkastisch und schlecht gelaunt.

»Wunsch erfüllt«, meinte Fuchs und zog einen dicken Schinken über Wilde Magie aus dem Regal. Lautlos schwang es zurück und gab den Blick auf eine verborgene Tür frei.

»Wissen ist Macht«, sagte er, nicht ohne ein selbstzufriedenes Grinsen.

»Was ist passiert? Hast du mit der Küchenmagd geschlafen?«

»Nein, mit der Kammerzofe.« Weil Shivaris Gesicht so vermummt war, konnte Fuchs seine Reaktion nicht in ganzer Pracht bewundern, doch für sein Augenrollen war er ihm dankbar. Manchmal brauchte Fuchs einfach eine Bestätigung dafür, dass er ein Genie war.

Die Kammer sah aus wie eine Lesestube: hohe Regale, ein großes Fenster, durch das viel Licht hineinfallen konnte, ein Schreibtisch mit dazugehörigem Stuhl und ein großer Ohrensessel. Nur dass statt Büchern allerlei Krimskrams die Wände säumte. Es gab Kleidungsstücke wie Schuhe oder Hemden, aber auch Schmuck, egal ob prachtvoll oder nicht, Angelhaken, Stifte, eine Schaufel, mehrere Bilderrahmen, einen verrosteten Helm, Glasflaschen, Geschirr und sogar Waffen. Fuchs' Augen konnten sich an keinem der Dinge sattsehen. Er musterte eine Standuhr, die rückwärtslief, und hielt schließlich eine durchsichtige Kugel in der Hand, in der Regen fiel.

»Faszinierend«, sagte Shivari und drückte damit alles aus, was Fuchs fühlte.

»Eine ganz persönliche Wunderkammer«, erwiderte er

und stellte die Kugel zurück, »und wir können uns daraus bedienen!« Seine Haut kribbelte von der ganzen Magie, die ihn umgab, doch anders als auf dem Dach empfand er sie nicht als unangenehm.

Er holte seinen Beutel unter dem Mantel hervor und begann, mehrere Dinge hineinzuwerfen. Ein kleiner Raumzauber würde seinen Inhalt ausdehnen, sobald er an dem losen Faden zog, der oben abstand, falls er etwas mitnehmen musste, das zu groß für den Beutel war. Jetzt jedoch warf Fuchs nur kleine Dinge hinein, einerseits, um sich im Zaum zu halten, andererseits, um das letzte bisschen Demut, das er noch hatte, nicht zu verlieren. Gier stand ihm, fand er, nicht gut.

Shivari tat es ihm nach, obwohl sein Beutel wesentlich kleiner und viel zerfledderter aussah. Für einen Dieb, der regelmäßig große Mengen erbeutete, leistete er sich erstaunlich wenig.

»Was ist denn das?«

Fuchs hielt zwei Ringe in der Hand, die lose mit einem Band verknüpft waren, wahrscheinlich, weil sie zusammengehörten. Das Ungewöhnliche an ihnen war jedoch das Material, aus dem sie bestanden. Der durchsichtige Kristall fing das Mondlicht ein, als Fuchs sich zum Fenster neigte, um besser sehen zu können.

»Scheint Weißkristall zu sein«, murmelte Shivari. »Das speichert Magie.«

»Aber wozu?«

»Gib mal her.« Shivari griff sich die Ringe, zerriss das Band und steckte sich einen davon an den Mittelfinger.

»Bist du verrückt?«, keuchte Fuchs erschrocken auf. »Wer weiß, mit was die verzaubert sind?«

Zuerst besah sich Shivari nur prüfend seinen beringten Finger, aber dann breiteten sich Fältchen um seine Augen aus. Er lächelte.

»Los, zieh den anderen an!«, forderte er vergnügt.

»Ich weiß nicht …«

»Jetzt mach schon, du Feigling.«

Grummelnd kam Fuchs der Forderung nach. Zuerst spürte er gar nichts, dann ein leichtes, inneres Ziehen. Fragend schaute er Shivari an. »Sie ziehen sich gegenseitig an«, stellte er fest.

Shivari nickte aufgeregt. »Anscheinend ist der Weißkristall gepolt und zeigt dem Träger an, wo sich der andere Ring befindet.« Er zog das Schmuckstück von seinem Finger und hielt es hoch. Der Zug, den Fuchs spürte, verschwand augenblicklich.

»Aber anscheinend nur, wenn er getragen wird.«

»Die behalten wir!« Begeistert wie ein kleines Kind zog Shivari den Ring wieder an.

Fuchs gefiel der Gedanke nicht, dass jemand immer wusste, wo er sich befand. Was, wenn der Ring in die falschen Hände geriet? In die der Stadtwache? Oder Arans? Fuchs schauderte und nahm seinen wieder ab.

Missbilligend sah Shivari ihn über der Schulter an, sagte aber nichts, als hätte er seine Gedanken gelesen. »Ich passe gut darauf auf, versprochen«, meinte er, doch Fuchs beruhigte das nicht. Er konnte das gleiche Versprechen nicht so leichtfertig geben.

Das Fach mit den Waffen war eines der größten, aber auch eines der leersten. Die Hellebarde, die darin lag, nahm fast den ganzen Platz ein, nebst einigen Rüstungsteilen, die Fuchs schmerzlich an seinen alten Freund erinnerten. Er ließ zwei Dolche und eine Armschiene in seinem Beutel verschwinden und griff nach einem Kurzschwert.

»NICHT!«

Shivaris Schlag kam so unvermittelt und kräftig, dass Fuchs' Arm erst taub wurde, bevor der Schmerz einsetzte. Scheppernd fiel die Waffe zu Boden und rutschte dabei ein wenig aus der Scheide. Selbst ohne Lichteinfall glänzte die Klinge spiegelglatt und silbern.

»Verdammt, du hast mir fast den Arm gebrochen!« Fuchs atmete schwer und krümmte sich vor Schmerz. »Hab ich irgendeinen Zauber ausgelöst?«

»Ich … Nun … Eigentlich nicht.«

Fuchs durchbohrte ihn mit seinem stechendsten Blick. »Warum, bei allen Geistern, hast du das dann gemacht?«

»Äh …«

Zum ersten Mal sah Shivari beunruhigt aus, seine Augen waren vor Schreck geweitet. Fröstelnd bemerkte Fuchs, dass er Angst hatte. Was ihn jedoch nicht weniger wütend machte.

Augenblicklich hob er zu einer wüsten Schimpftirade an, verschluckte sich aber an den Worten, als er von draußen eine Stimme vernahm. Stockstarr wie zwei in Stein gemeißelte Statuen lauschten er und Shivari, um zu prüfen, ob die Stimme näher kam. Kam sie.

Böse funkelte Fuchs seinen Begleiter an und deutete stumm immer wieder mit dem Finger auf ihn. *Deine Schuld! DEINE Schuld!*

Vielleicht schämte sich Shivari. Wenn ja, dann ließ er sich davon nichts anmerken.

»Ist da jemand?«

Leicht panisch sah sich Fuchs nach einem Fluchtweg um und visierte gleich das Fenster an. Bevor er jedoch hindurchspringen konnte, riss ihn Shivari heftig am Kragen zurück, sodass er nach Luft schnappte, und schüttelte den Kopf. Er stellte sich vor das Glas und senkte konzentriert den Kopf.

»Kommt lieber raus, dann bin ich gnädig mit euch!«, rief die Stimme nun deutlich näher. Anscheinend hatte ihr Besitzer die offene Geheimtür entdeckt.

Nervös und mit Feuergeistern im Rücken musste Fuchs sich beherrschen, Shivari nicht zur Eile anzutreiben. Dennoch hielt er sich zurück, wusste er doch, dass der Dieb genauso schnell von hier verschwinden wollte wie er, und außerdem war es nicht ratsam, gerade jetzt seine Konzentration zu stören.

»Die Rote Garde ist bereits auf dem Weg hierher! Vielleicht haben sie das Gebäude schon umstellt.«

Kaum waren die Worte ausgesprochen, verflogen sämtliche Zauber vor dem Fenster. Die Luft flackerte kurz wie ein Vorhang, der im Wind wehte, dann klärte sich das Bild und bestätigte die Vermutung des Hausherrn. Draußen auf der Straße standen mindestens fünfzig Stahlmänner, alle schwer bewaffnet und blutrot leuchtend im Feuerschein ihrer Fackeln.

»Ein Schattenzauber!«, knirschte Shivari verärgert. »Dass ich das nicht gemerkt habe … Es ist eine Falle!«

Fuchs rutschte das Herz in die Hose. »Und was machen wir jetzt?«

»Ich lenke sie ab, und du verschwindest.«

Für einen Moment glaubte Fuchs tatsächlich, Shivari würde das ernst meinen, mit so viel Selbstverständlichkeit sprach er. »Was? Nein!«

»Wieso nicht?«

»Da ist fast eine ganze Kompanie Stahlmänner auf der Straße! Das kannst du nicht machen!«

»Und wie ich kann!« Damit packte er Fuchs am Mantelkragen und warf ihn aus dem Fenster.

Kam es ihm nur so vor, oder glich die Dunkelheit zwischen den Gebäuden immer mehr faserigem Nebel? Ein dumpfes Gefühl beschlich Aran, das ihm das Atmen erschwerte, und ihm war, als wöge seine Rüstung heute Nacht schwerer als sonst. Sein Blick wanderte hinab zu seinem linken Arm bis hin zu seiner gepanzerten Faust, die er ein paarmal öffnete, um sich zu vergewissern, dass alles wie üblich war. Leider.

Er versuchte, sich seine Unbehaglichkeit nicht anmerken zu lassen, während er zwischen den Stahlmännern stand, die das Haus von Großmagier Neyron umstellt hatten. Lag es vielleicht an Hauptmann Kerian, dem einzigen Schattenmagier der Garde, der gerade konzentriert einen Illusionszauber wob? Bei den Geistern, selbst das Feuer der Fackeln, das die Nacht um sie herum erhellte, schien sich eingeschüchtert zu ducken.

Plötzlich ging eines der oberen Fenster zu Bruch, und die Gestalt, die mit den Glasscherben nach unten fiel wie in einem Regen aus Edelsteinen, hätte Aran aus jeder Entfernung sofort erkannt.

»Windmagier!«, brüllte er, und als hätten sie erst jetzt wieder bemerkt, warum sie eigentlich hier waren, schwangen sich die Zauberer der Garde in die Lüfte, sodass tatsächlich einige der Fackeln von den verursachten Luftströmen erloschen.

Fuchs war schnell, aber nicht schnell genug. Kaum hatte er sich in der Luft stabilisiert, zogen die Roten auch schon ihre Schwerter, um ihn niederzustrecken. Aran hoffte, dass sie ihre Bestimmung nicht über ihren Auftrag stellten, und befürchtete trotzdem das Schlimmste.

Seine Furcht war unbegründet, denn bevor die scharfen Klingen auch nur in die Nähe des Adelssohns kamen, stürmte eine weitere Gestalt aus dem zerbrochenen Fenster und trieb die Magier mit einer Energiewelle, die ihre Luftströmungen durcheinanderbrachte, zurück. Sie war vollständig vermummt und trug keine Schuhe, sodass man den schwarzen Drachen um ihren Knöchel eingehend bewundern konnte. Shivari.

Er ruderte mit den Armen und gestikulierte wild in Fuchs' Richtung. »Verschwinde!«, konnte Aran ihn rufen hören.

Fuchs zögerte. Er war kein Mann, der einen Kameraden im Angesicht einer Übermacht zurückließ, auch wenn, oder gerade weil, dieser sich für sein Wohl opferte. Schließlich stieß Shivari auch Fuchs mit einer Energiewelle zurück, zwar nicht so stark, dass sie ihn aus dem Gleichgewicht brachte, aber dennoch kräftig genug, um ihn um einige Meter nach hinten zu werfen.

»Nun mach schon! Los, hau ab!«

Aran öffnete den Mund, um etwas zu rufen, aber er traute seiner eigenen Zunge nicht mehr. Wollte er Fuchs ermutigen, Shivaris Worten Folge zu leisten, das Weite zu suchen, die Sicherheit? Oder sollte er ihn auffordern, hier zu bleiben, damit er wieder den Freund hatte, mit dem er so oft gelacht und gescherzt hatte?

Bevor die Worte kamen, bändigte Fuchs den Wind, wie er es schon so oft getan hatte, und verschwand mit wehendem Mantel in der Nacht. Aran verspürte zugleich Erleichterung und Enttäuschung.

Shivari hielt währenddessen die Stahlmänner auf Abstand, schnitt jenen den Weg ab, die Fuchs folgen wollten, um ihm so mehr Zeit und Vorsprung zu verschaffen.

Auf der Straße lichtete sich die Masse der Stahlmänner, wohl weil einige von ihnen in die umliegenden Gebäude gestürmt waren, um die Gegend zu sichern und irgendwie einzuschreiten. Einer von ihnen schoss vom Dach eines benachbarten Hauses auf den Dieb, doch der Pfeil prallte mitten in der Luft ab, als wäre er gegen eine Mauer geflogen.

Shivari hob die Arme, und die Windmagier nahmen diese so offensichtliche Lücke in seiner Deckung nur zu gerne wahr, rasten mit gezückten Schwertern auf ihn zu. *Nein, ihr Idioten!*, wollte Aran schreien, doch es war schon zu spät. Die Energiewelle war sogar sichtbar, als sie sich blasenförmig um Shivari ausbreitete und sämtliche Krieger mit sich nahm. Schnell duckte sich Aran und hob die Arme, um sich zu schützen, als die Druckwelle auch ihn erfasste. Sie presste ihn und alle Stahlmänner wie Pfannkuchen auf den Boden.

Ein lautes Piepen folterte Arans Ohren, das auch nicht verschwand, als er benommen den Kopf schüttelte. Mit dröhnendem Schädel versuchte er, sich aufzurichten, und sah sich um. Mehrere Fassadenteile und Dachziegel waren heruntergestürzt, hatten aber, den Göttern sei Dank, niemanden ernsthaft verletzt. Einige Stahlmänner waren noch immer benommen, die Windmagier allerdings lagen reglos auf der Straße. Ob sie bewusstlos waren oder tot, konnte Aran nicht sagen.

Shivari stand in der Luft wie ein junger Gott, und Aran wusste nicht, was ihn mehr beeindruckte: seine offensichtliche Stärke oder die Gelassenheit, mit der er sie eingesetzt hatte. Mit einem Blick, der ausdrückte, dass man sich besser nicht mit ihm anlegte, wandte er sich ab.

Es war dasselbe, dumpfe Gefühl, das Aran schon vorhin verspürt hatte, das ihn nun beschlich, und er bekam eine Gänsehaut. Hinter Shivari krümmten sich die Schatten, und mit einer Schnelligkeit, die er diesem schmächtigen Burschen niemals zugetraut hätte, sprang er zur Seite. Das Schwert aus der Dunkelheit verfehlte ihn nur knapp, und Hauptmann Kerian fluchte laut.

Anders als Shivari benutzte Kerian Schattenmagie, um sich in der Luft zu halten, unter seinen Füßen verdichtete sich die Nacht und schuf ein dunkles Fundament, das ihn trug.

Bevor Shivari auch nur kurz Luft holen konnte, griff der Stahlmann wieder an, schnellte vor wie eine gereizte Viper. Schützend und auch ein wenig hilflos hob der Dieb seine Arme, um sich gegen den geschärften Stahl zu verteidigen, und tatsächlich wehrte er den Schlag ab. Das vertraute Brummen in Arans Brust verriet ihm, dass er dafür Erdmagie benutzte. Aber nicht genug.

Schattenmagie war eine der brutalsten und offensivsten Zweige der Zauberei, und es dauerte nicht lange, da musste Shivari vor der Dunkelheit zurückweichen, die Kerian rief. Sie verlieh ihm Kraft.

Offenbar erkannte der Dieb die zunehmende Ausweglosigkeit seiner Situation, denn statt anzugreifen, wie er es bei den Windmagiern getan hatte, wich er immer weiter zurück und suchte sichtbar nach einem Fluchtweg, den Kerian ihm immer wieder abschnitt.

Sie kämpften verbissen, und der Stahlmann setzte immer wieder nach. Die Schatten um ihn herum machten es Aran fast unmöglich, die Bewegungen der beiden zu erkennen. Wie Kerian schließlich siegte, sah er dennoch.

Er rammte Shivari sein Schwert in die Schulter, sodass Blut nach allen Seiten spritzte. Wo Aran jedoch nachgegeben hatte, um keine schwerwiegenden Schäden zu verursachen, erhöhte Kerian den Druck. Den Krieger überlief es kalt wie Eis, als er sah, wie der Stahlmann dem Dieb fast den halben Brustkorb spaltete.

Shivari fiel erst langsam, dann immer schneller und überschlug sich mehrfach hart auf der Straße, bevor er schließlich regungslos liegen blieb. Keiner der Stahlmänner machte sich die Mühe, ihm zu Hilfe zu eilen.

Aran drängte sich durch und besah sich den Körper, der wie ein Sack nutzlosen Fleisches all seine Säfte preisgab. Hinter ihm landete Kerian geschmeidig auf dem Kopfsteinpflaster. Er sah sehr zufrieden aus.

Es war ein leises Stöhnen, kaum vernehmbar in der lauten Welt, das den Stahlmännern ein erschrockenes Aufkeuchen entlockte und Aran einen Schauer über den Rücken jagte. *Er lebt noch!* Kerian war der Einzige, der sich bewegte, und als Aran sah, was er vorhatte, schritt er schnell dazwischen. Shivaris Blut benetzte seine Stiefel, als er sich schützend vor ihn stellte. In Kerians Gesicht herrschten noch die Schatten, doch der Zorn, mit dem er sprach, war rot wie Feuer. »Geh zur Seite!«

Aran straffte sich. »Nein.«

Die Faust um Kerians Schwert wurde fester. »Dieser Dieb

ist gefährlich! Du hast gesehen, was er angerichtet hat, was er meinen Männern angetan hat!«

»Du bist ein Hüter des Gesetzes«, entgegnete Aran ebenso erbost. »Was du hier zu tun gedenkst, ist Mord!«

Kerian zuckte nur gleichgültig mit den Schultern. »Eine Straßenratte weniger.«

Wie kann man nur so tief sinken? »Und das gibt dir das Recht, einfach so sein Leben zu beenden?« Er schrie fast.

»Fürst Radovan gibt es mir.«

»Radovan ist …« … *kein Gott*, wollte er sagen, aber etwas Schweres traf ihn hart im Rücken, sodass er vorwärtsstolperte und Kerian fast in die blanke Klinge gestürzt wäre. Aus den Augenwinkeln sah er einen Schemen, der auf den Hauptmann losging und ihn zu Boden stieß.

Als er aufsah, erkannte er Shivari, aufrecht und bester Gesundheit nur wenige Meter über dem Boden stehend. Sein Mantel und das darunterliegende Hemd waren zerfetzt und blutig, aber eine Wunde gab es nicht. Wie war das möglich?

»Sehr nobel von dir«, sagte er und tippte sich dankend an die Schläfe. Er sprang hoch in die Luft, bevor Kerian sich wieder fangen konnte, und verschwand zwischen den Gebäuden.

»Du verdammter Vollidiot!«, schrie Kerian ihn an, und Aran hätte es nicht gewundert, wenn er mit dem Schwert auf ihn losgegangen wäre. »Wegen dir ist er entkommen!«

Bevor der Krieger irgendetwas zu seiner Verteidigung sagen konnte, drängten sich die Stahlmänner um ihn. In Kerians Augen funkelte es, als er mit dem Finger auf ihn zeigte. »Ergreift ihn!«, sagte er. »Ich verhafte ihn wegen schwerer Justizbehinderung!«

Fuchs wartete in den Niederen auf mich. Zwar hätte ich ihn auch ohne den Ring, den er sich an den Finger gesteckt hatte, gefunden, aber das konnte er ja nicht wissen. Er hockte auf einem Mehrfamilienhaus, aus dem selbst noch um diese Zeit nervtötender Lärm drang. Es war gar nicht mal so dumm, sich direkt vor den Augen der Stahlmänner zu verstecken. Überall würden sie suchen, nur nicht vor der eigenen Haustür.

Als er meine zerrissene Kleidung und das ganze Blut darauf erblickte, verschwand der erleichterte Ausdruck, der bei meinem Anblick auf seinem Gesicht erschienen war, fast augenblicklich. Er öffnete den Mund, um etwas zu sagen, aber anscheinend wusste er nicht, was. Also nahm ich ihm die Entscheidung ab.

»Das lief doch besser als erwartet«, sagte ich und grinste ihn an.

SCHWER ZU TÖTEN

Ich war nicht unbesiegbar.

Diese Erkenntnis traf mich schwerer, als ich dachte. Etwa so schwer wie der geschärfte Stahl in den Händen eines Roten Ritters. Sie schnitt mir tief ins Fleisch und beendete jäh meinen Höhenflug, auf dem ich mich seit dem Diebstahl des Siegelringes befunden hatte, und ich wusste erst, dass ich abgestürzt war, als ich blutend und wimmernd auf der Straße gelegen hatte. Ich gab es zwar nur ungern zu, aber wäre dieser Mann in der Rüstung nicht gewesen, wäre es für mich eng geworden. Sehr eng.

Der Gedanke an das, was hätte sein können, ließ mich nicht mehr los. Trotz meines Funkens, meiner Macht, konnte ich mit Leichtigkeit dorthin zurückkehren, wo ich hergekommen war: aus der dreckigsten Gosse. Ein kleines, unwürdiges Straßenkind, das es nicht wert war, am Leben zu bleiben, so erbärmlich war seine Existenz. Der Stahlmann hatte es selbst gesagt: eine Straßenratte weniger.

Wie niedergeschlagen ich mich auch fühlte, Fuchs' Stimmung war euphorisierend. Über den nur knapp geglückten Diebstahl geriet er in jene gefährliche Hochstimmung, die mir beinahe zum Verhängnis geworden wäre. Dennoch traute ich mich nicht, seiner guten Laune einen Dämpfer zu verpassen, vielleicht, weil ich wusste, wie gut es sich anfühlte, einmal mehr zu sein als ein gewöhnlicher Mensch. Wenn auch nur für kurze Zeit.

Ihm gegenüber hatte ich die Situation mit einer beiläufigen Handbewegung heruntergespielt, woraufhin er nicht sonderlich überrascht zu sein schien. Hatte ich ihn so nachhaltig beeindruckt? »Teufelskerl«, hatte er mich genannt, und obwohl es nicht das erste Mal war, dass jemand mich so bezeichnete, merkte ich, wie aufrichtig froh ich über seine Äußerung war.

Vorsicht, Shivari, bremste ich mich. *Vergiss das oberste Gesetz der Straße nicht: Vertraue niemandem. Das musstest du auf die harte Art lernen.*

Er konnte mich nicht aufheitern, er konnte meine Fragen nicht beantworten. Zwar traute ich ihm zu, dass er mir zuhören würde, aber wie schon so oft zuvor scheute ich davor zurück, mich zu öffnen. Es machte mich verwundbar, und ich wollte mich nicht noch mehr entblößen, als ich es sowieso schon tat.

Nein, mit ihm konnte ich nicht reden.

Bei Tag sah das Anwesen Fürst Radovans sogar noch pompöser aus. Das Licht der Morgensonne küsste die farbenfrohen Fassaden, und die Schatten der letzten Dämmerdrachen zeichneten ein Bild von Dekadenz und Vergänglichkeit auf die Schindeln des Daches.

Dieses Mal näherte ich mich von der Hauptstraße aus, sodass ich meinen Kopf in den Nacken legen musste, um die Residenz ganz erfassen zu können. In Vesontonio fühlte man sich oft klein, wenn man im Schatten seiner Größe lebte, aber der Hochfürst als Oberhaupt dieser Stadt verstand es, dass man sowohl Demut als auch Stolz angesichts seiner Staatsgewalt entwickelte. Beides Gefühle, die mir in letzter Zeit fremd geworden waren.

Ich wusste, dass Hochfürst Radovan (oder sollte ich ihn Jedron nennen, den Gott des Windes?) jeden zweiten Tag Bittsteller empfing, wobei es nicht zählte, ob man von ganz oben oder von ganz unten kam. Wie gütig von ihm! Damit konnte er seine Überheblichkeit jedem unter die Nase reiben.

Obwohl der Tag noch jung, kaum eine Stunde alt war, hatten sich schon Menschen vor dem Silbertor versammelt, die darauf warteten, eingelassen zu werden. Ich hatte erwartet, dass ich als Erster hier sein würde, tat meinen Ärger darüber aber mit einem Schulterzucken wieder ab. Ich konnte warten.

Geduldig trottete ich den Leuten hinterher, als die Tore geöffnet und wir von mehreren Wachmännern in Empfang genommen wurden. Mir fiel auf, dass es mehr waren als beim letzten Mal, und ich konnte mir ein kleines Lächeln nicht verkneifen. Wenn die wüssten, wen sie da gerade in die Höhle des Drachen ließen!

Im Eingangsaal waren mehrere Stühle und Wachen aufgestellt, die den Weg tiefer hinein in das Gebäude versperrten und so aussahen, als würden sie die Waffen, die sie trugen, auch liebend gerne benutzen. Die Bittsteller kamen fast ausschließlich aus den niederen Schichten, und mit geübtem Blick erkannte ich den gierigen Glanz in ihren Augen, als sie all den Luxus, all den Reichtum sahen, der so offensichtlich zur Schau gestellt wurde. Diebe sahen genauso aus, bevor sie zuschlugen.

Ich stellte mich in die Schlange, die sich vor einem Schreibtisch gebildet hatte, an dem ein Kammerdiener saß und sich Notizen zu jeder Person und jedem Fall machte, den sie vortrug. Manche wurden sofort vorgelassen, andere mussten warten und setzten sich auf die angebotenen Stühle, wenn auch widerwillig.

»Name und Anliegen?«, fragte der Mann, ohne aufzuschauen, als ich an der Reihe war.

»Ähm, ich will gar nicht zum Hochfürsten«, sagte ich. »Ich möchte mit Meister Jasis sprechen.« Junicus hatte mir gesagt, dass ich diesen Namen nennen sollte, wenn ich das Bedürfnis verspürte, persönlich mit ihm zu reden.

Der Kammerdiener hob den Kopf und sah für einen Moment skeptisch aus. Ich hatte plötzlich das dringende Bedürfnis, ihm sein Monokel zu entreißen und auf dem Boden zu zertreten.

»Du siehst mir nicht aus wie jemand, der einen Termin hat«, meinte er mit kurzem Blick auf meine Erscheinung.

»Nein«, erwiderte ich etwas säuerlich, »es wäre mir aber neu, wenn Meister Jasis jemand ist, der einen Termin braucht.«

Das kurze Zucken im Mundwinkel des Kammerdieners bestätigte mir, dass ich das Richtige gesagt hatte. Er drehte sich um und wandte sich an einen livrierten Diener. »Übernimm bitte kurz für mich, ja?«

Er bedeutete mir, ihm zu folgen, und wie ein dressiertes Hündchen lief ich ihm hinterher. Er sagte mir nicht, dass ich nichts anfassen, nichts kaputt machen, nichts stehlen sollte, und gerade weil er es nicht tat, verspürte ich auch kein Verlangen danach. Das Wertvollste in diesem Gebäude war bereits in meinem Besitz.

Vor einer einfachen Tür im zweiten Stockwerk, die wohl zum Innenhof hinausging, blieb er stehen, und ich wartete mit etwas Abstand, als er sie öffnete und vorsichtig eintrat. Ich rümpfte etwas die Nase. Selbst der Geruch hier war anders und roch so … reich. Ich wusste nicht, ob er mir gefiel oder nicht.

Die Tür wurde wieder geöffnet, und Junicus trat heraus, sein Gesicht hellte sich auf, als er mich erblickte.

»Welch eine freudige Überraschung!«, sagte er, kam auf mich zu und umarmte mich.

Diese plötzliche körperliche Nähe war ich nicht gewohnt, und ich merkte, wie ich mich in seinen Armen versteifte, hilflos, wie ich der Situation sonst begegnen sollte. Es war mir ein bisschen unangenehm.

Anscheinend schien Junicus meine Unbehaglichkeit nicht zu bemerken, oder, was wahrscheinlicher war, er übersah sie höflicherweise. Er löste sich mit einem Lächeln von mir.

»Ich hatte nicht mit dir gerechnet«, meinte er, »sonst nimmst du immer nur telepathisch Kontakt zu mir auf.«

»Ich muss mit dir reden«, erwiderte ich. »Es ist … wichtig.«

Er verstand sofort, etwas, was ich überaus an ihm schätzte. Er nickte und bat mich einzutreten. Der Kammerdiener musste ein Meister seiner Zunft sein, denn er war verschwunden, ohne dass ich es bemerkt hatte.

Das Erste, was mir ins Auge fiel, war der Springbrunnen, der mitten im Zimmer stand. Sein Wasser war klar und glitzerte in der Sonne, die durch das Fenster hereinschien, und sein Plätschern war wie Musik in meinen Ohren. Sofort fühlte ich mich etwas besser, wenn auch nicht sonderlich.

Ich starrte noch ein paar Sekunden ins Wasser, bevor ich mich abwandte und mir den Rest des Raumes besah. Im Vergleich zur Schönheit des Springbrunnens wirkte er fade und tiefenlos, auch wenn Junicus durchaus Geschmack besaß, wenn es um … Bei den Geistern, was war los mit mir? Verglich ich jetzt schon die Innenausstattung eines Zimmers mit einer schlichten Wasseroberfläche? Ich musste verrückt sein!

Ungläubig schüttelte ich den Kopf, dabei blieb mein Blick an dem Bett mit den zerwühlten Laken hängen. Schlagartig wich meine Verwirrung kalter Nüchternheit.

»Hast du etwa geschlafen?«, fragte ich alarmiert.

Junicus war wohl mein Ton aufgefallen, denn er sagte beruhigend: »Nein, noch nicht. Es wird wohl noch eine Weile dauern, bis ich wieder träumen werde.«

Das beruhigte mich nicht wirklich.

»Ich würde dir ja etwas zu trinken anbieten«, riss Junicus mich aus meinen Gedanken, »wenn ich nicht wüsste, dass du es sowieso ablehnen würdest.«

»Du hast es erfasst.«

Ich ging zum Bett und warf mich rücklings auf die Matratze, alle viere von mir gestreckt. Auf der Decke war das Bild einer sich brechenden Welle abgebildet. Ich atmete tief ein. Roch irgendwie nach Frau.

»Du hattest weiblichen Besuch.«

Junicus versuchte nicht einmal, es abzustreiten. »Ja.« Er lehnte sich beim Fußende an den Bettpfosten und sah mit leichtem Lächeln zu mir herunter. »Überrascht dich das?«

»Ich weiß nicht mehr, was mich überrascht.«

Er ließ mir Zeit, meine Gedanken zu ordnen. Mit einem Ruck setzte ich mich in den Schneidersitz und schaute zu ihm hoch.

»Wie tötet man einen Funken?«

Es war nicht das Thema, das Junicus erwartet hatte, das sah ich ihm an, auch wenn er sich bemühte, seine Miene unverändert zu lassen. Er verschränkte die Arme vor der Brust. »Ich hoffe, dass du es in nächster Zeit nicht versuchen willst. Warum fragst du das?«

»Hast du vom Vorfall am Haus des Großmagiers gehört?«

»Nichts Genaues. Es heißt, dass Fürst Sharions Gefolgsmann verhaftet worden wäre.«

»Oh.« Das tat mir leid, ich hielt ihn für einen anständigen Mann. »Er hat mich beschützt.«

»Wovor?«

»Vor der Klinge eines Stahlmannes.« Ich schluckte. »Und vermutlich auch vor Schlimmerem. Er hat mir die nötige Zeit verschafft, die ich gebraucht habe, um mich zu heilen.«

Junicus' Blick wurde weicher, als er verstand. »Du fürchtest dich, wieder genauso hilflos zu sein wie an dem Tag, an dem ich dich traf.«

»Ja«, sagte ich leise, »ich will nicht wieder unwichtig werden.«

»Du warst nie unwichtig.«

»Sag das mal den Leuten, die ohne mit der Wimper zu zucken an Bettlern und Straßenkindern vorbeigehen, nicht wissend, dass ein kleiner, ihnen so unwichtiger Dragar den Unterschied zwischen Leben und Tod bedeutet. Oder wenn man blutend und verreckend im Rinnstein liegt und nicht weiß, von wem man als Erstes gefunden wird: von den Stahlmännern oder dem Tod. Und vor allen Dingen, weil es eigentlich keinen Unterschied macht.«

Es verging einige Zeit, in der nur das beruhigende Plätschern des Wassers zu vernehmen war, als Junicus angestrengt nachdachte. Überlegte er, welche tiefen Geheimnisse er mir anvertrauen sollte?

»Es gibt nicht vieles, was einen Funken töten kann«, begann er dann. »Rotaugenstahl, aber der ist selbst in Evalien sehr selten. Waffen aus dem Verfluchten Land. Wilde Magie. Tierwesen und andere Funken, aber die würden so etwas nie tun. Nhat. Die Klauen eines Hohen Drachen. Geisterhafte Dinge, aber sonst nichts.«

»Bitte? Geisterhafte Dinge?«

»Sachen, die ein Geist aus seiner Sphäre in die Realität gezerrt hat.«

»Was … wäre das zum Beispiel?«

Sein Blick fiel auf meinen Oberkörper. »Zum Beispiel ein Schwert.«

Ich widerstand dem Drang, mir ans Hemd zu fassen und an das Narbengewebe darunter.

»All diesen Dingen ist gemein, dass deine Heilung bei ihnen nicht einsetzt, solltest du von ihnen verwundet werden. Das ist auch meine Theorie, warum du, obwohl du nun ein Funke bist, eine Narbe davongetragen hast.«

»Gibt es noch andere Geister, die Waffen tragen?«, fragte ich verdrossen.

»Das weiß ich nicht.«

»Du weißt es nicht?!«

»Es gibt ziemlich viele Geister, ihre Zahl variiert täglich.«

»Und was ist Nhat?«

»Nhat sind Seelenfresser aus Evalien. Sie sind unter anderem daran schuld, dass die Zahl der Geister sich verändert.«

Ich beschloss, nie einen Fuß in dieses Land zu setzen. »Sonst noch etwas? Was ist mit Schattenmagie?«

»Nein.«

Das überraschte mich. »Nein? Auch nicht, wenn …«

»Nein«, wiederholte Junicus, »Magie ist nur so stark wie jener, der sie ausführt. Und obwohl Schattenmagie ohne Zweifel sehr offensiv in ihrer Ausführung ist, nützt sie niemandem, der nicht damit umzugehen weiß. Magie ist nur so böse wie der, der sie einsetzt.«

Ich senkte den Kopf und dachte darüber nach.

»Hör zu.« Ich hatte nicht gemerkt, wie sich Junicus neben mich auf die Bettkante gesetzt hatte. »Du wurdest schwer verwundet, suchst einen Grund für dein Scheitern, deine Schwäche. Such ihn nicht an den falschen Orten.«

»Wo dann?«

»Bei dir.«

»Willst du etwa sagen, ich war selbst schuld? Dass ich halb tot auf der Straße lag, um mein Leben kämpfend?«

»In gewisser Weise«, meinte Junicus und redete schnell weiter, bevor ich ihn wütend unterbrechen konnte. »Vergiss nicht, du bist noch jung und im Vergleich zu anderen unerfahren mit deinen Kräften. Dieser Stahlmann hat jene Überheblichkeit ausgenutzt, die du an anderen so verachtest. Du erkundest deine Kräfte gerade erst, er hingegen zehrt von jahrelanger Erfahrung und weiß wahrscheinlich meisterlich mit seiner Magie umzugehen.«

»Aber ich bin ein Funke!«, protestierte ich. »Ein zukünftiger Gott!«

»Stimmt«, meinte Junicus, »aber das heißt noch nichts. Du bist nicht länger sterblich, aber unsterblich bist du auch noch nicht.«

»Was bin ich dann?«

»Schwer zu töten. Wirklich schwer. Mit jedem Tag, der vergeht, wird es schwieriger.«

Plötzlich schämte ich mich. Nicht, dass ich gegen den Stahlmann verloren hatte und fast gestorben wäre, sondern dass ich, vielleicht mit Absicht, vergessen hatte, dass ich trotz allem immer noch ein Kind war. Ich hatte kaum Erfahrung, auf die ich zurückblicken konnte, kaum Jahre auf dem Kerbholz, kaum Kenntnis über die Welt, in der ich lebte. Ich war ein Dieb, weil ich nichts anderes konnte, und ich wollte auch nichts anderes können.

»Ich will kein Gott sein«, sagte ich und schaute Junicus an. »Ich will ich sein.«

Er nickte, legte seine Hand auf meine und drückte sie leicht. »Ich weiß.«

»Was passiert eigentlich, wenn ein Funke doch stirbt?«, fragte ich noch, da stand ich schon vor der Zimmertür mit der Hand auf der Klinke.

Junicus sah auf. Seine Silhouette vor dem Fenster war weder Ehrfurcht gebietend noch einschüchternd, sondern einfach nur ein Mann, der es genoss, wenn die Drachen durch den Himmel flogen. Ich würde mich hüten zu sagen, dass ich ein ganz kleines bisschen so ein Gott werden wollte wie er.

»Dann vergeht er«, antwortete er, »aus der ganzen Welt.«

Ich runzelte die Stirn. »Und was heißt das?«

»Konkret: der Untergang. Stell dir vor, es gäbe kein Wasser mehr, keine Flüsse und Meere, keinen Regen, aber auch keinen Speichel, Blut und Schweiß.«

Ich schauderte. »Die Welt würde austrocknen.«

»Ja.« Er stand auf und lächelte jetzt wieder, warm und väterlich. »Also tu mir bitte den Gefallen und stirb nicht, ja?«

Ich lächelte zurück. »Ich werd's versuchen.«

»Ach ja …«

»Ja?«

»Danke, dass du endlich meine Stiefel trägst.«

Ich starrte auf meine Schuhe, bewegte meine Zehen, sodass das Leder knirschte. Es fühlte sich komisch an. »Gern geschehen«, murmelte ich und verließ schnell das Zimmer, bevor Junicus noch etwas darauf erwidern konnte.

Draußen auf dem Gang stand eine Wache, die mich in Empfang nahm, bevor ich einen unbeaufsichtigten Schritt in diesem Gebäude machen konnte. Diese hohen Sicherheitsvorkehrungen erinnerten mich an Verfolgungswahn, doch sobald ich mir ins Gedächtnis rief, gegen wen sich der Hochfürst wappnete, musste ich ein Kichern unterdrücken.

Die Wache ließ mich nicht aus den Augen, als sie mich durch das Gebäude zurück zum Ausgang führte, aber ich empfand ihr Misstrauen eher als Kompliment denn als Beleidigung.

Wir bogen in eine lange Galerie ein, an deren Wänden Bilder ehemaliger Hochfürsten hingen, die mit starrem, arrogantem Blick auf uns herniederstarrten. Aus dem Zimmer weiter vorn im Gang konnte ich schon sehr früh dank meiner ausgeprägten Sinne Stimmen vernehmen, und ich spannte mich unwillkürlich an, als ich erkannte, von wem sie stammten.

»… Information gilt als sicher«, meinte Drake. »Es kann nicht mehr lange dauern, bis Cayne den nächsten Schritt macht.«

»Eines steht fest: Dumm ist er nicht«, erwiderte Jedron gedankenverloren. »Mit dem Blauen Käfer kann er dann auch Teile der Oberstadt kontrollieren, ohne dass ihn jemand daran hindert.«

»Erhabener …«

»Es gibt Aufgaben, Drake, die erledigt werden müssen. Das verstehst du doch, oder?«

Es blieb still im Raum, als ich mit der Wache an der Tür vorüberging, wohl weil beide darin warteten, bis unsere Schritte verklungen waren, um weiterzureden. Sterbliche Ohren konnten die geraunten Worte der Heimlichkeit nicht vernehmen, die gewechselt wurden, doch war ich nicht sterblich. Nur schwer zu töten.

»Ich will nicht, dass es so weit kommt«, sagte Jedron bestimmt. »Greif ihn an, wenn er den Blauen Käfer übernehmen will. Halt ihn auf, wenn du musst, aber töte ihn, wenn du kannst.«

»Wie Ihr wünscht, Erhabener.«

DIE SUCHE NACH ANTWORTEN

Sie nahmen Aran seine Schwerter, seinen Umhang und seine Privilegien. Sie wollten es auch mit seiner Rüstung tun. Er schlug jenem, der dies verlangt hatte, zwei Vorderzähne aus, bevor er verneinte. Danach hatte niemand mehr etwas dergleichen gesagt.

Die Zelle, in die man ihn sperrte, lag natürlich unterhalb der Roten Festung, aber Aran vermutete, dass die wirklichen Verbrecher weit tiefer im Gewölbe ihrer Zeit harrten. Sah er auf, konnte er sogar Tageslicht erkennen. Es stank nach Unrat, Blut und Verzweiflung, und seine Füße lugten ein ganzes Stück über den Rand der Pritsche, auf die er sich legte und wartete.

Als treuer Gefolgsmann des Großfürsten war seine Verhaftung eher naiv und voreilig gewesen statt rechtswirksam. Es war nur eine Frage der Zeit, bis er wieder auf freiem Fuß war. Aran wusste das, und trotzdem rangen in ihm die Gefühle.

Er hatte Fuchs wieder entkommen lassen. Abermals hatte er ihn mit dem Blick eingefangen, doch nicht mit den Händen. Seinen gepanzerten Händen, die er so oft verflucht hatte. Er wünschte, er könnte Fuchs alles erklären. Dass er nämlich vorerst nicht vorhatte, den Jungen gegen seinen Willen zurück zu seinem Vater zu zerren. Sein Leid sollte nicht auch noch an diesem stumpfen Metall kleben. Er hatte es ihm bereits gesagt: Er wollte nur mit ihm reden. Nur mit ihm reden.

War es nicht Ironie, dass es ihm in der Vergangenheit so oft gelungen war, Fuchs aufzuspüren, meist nur aus einem vagen Gefühl heraus, und er jetzt so kläglich scheiterte, immer und immer wieder? Es fühlte sich falsch an.

Er schämte sich jedoch nicht, was er getan hatte. Würde er jenen Moment der Entscheidung immer wieder erleben, er würde sich jedes Mal vor den verletzten Shivari stellen und ihn vor der Klinge schützen, die sein Urteil hätte sein sollen. Auch wenn er sich im Nachhinein nicht erklären konnte, warum der Dieb plötzlich unverletzt wieder auf den Füßen gestanden hatte ... Beherrschte er, unter allen Künsten, die ihm zugeschrieben wurden, etwa auch Weißmagie? Selbst wenn, die Heilung einer so schwerwiegenden Verletzung brauchte ihre Zeit, es war unmöglich, sich in einer so kurzen Zeitspanne zu erholen! Es war Aran ein Rätsel.

Seine Ansichten über die Rote Garde allerdings hatten sich, so schlimm sie auch waren, bestätigt. Er bekam einfach das Bild des leidenden Shivari nicht aus dem Kopf, hilflos, dem Tode nahe, und von Kerian, der sich mitleidslos das Blut vom Gesicht gewischt hatte. Wie konnte man als Mann, als *Krieger,* nur daran denken, einem bereits besiegten Gegner den letzten Streich zu geben? Man war schließlich nicht im Krieg.

Nein, Aran, dachte er verbittert, *für diese Männer herrscht Krieg. Um ihre Straßen, um ihre Stadt, um ihre Heimat. Und der Grund dafür lag direkt vor ihnen. Wenn auch nur ein kleiner.*

Es dauerte zwei Tage, bis er endlich Besuch bekam, der ihm nicht das Essen brachte. Aran hatte mit einem Amtsträger gerechnet, vielleicht sogar mit Großfürst Sharion persönlich, nicht aber mit diesem ihm fremden Mann, der ihn eindringlich durch die Gitterstäbe hindurch musterte. Er war glatzköpfig und hatte einen stechenden Blick. Irrte Aran sich, oder hatten sich seine Pupillen soeben zu Schlitzen verengt? Nein, es musste ein Lichtspiel gewesen sein.

»Beschützer von Gesindel, Narrenstahl, Verräter«, sagte er, »es gibt viele Namen, die man hier für Euch hat, Aran Stahlkrieger.«

»Die Roten fällen ihr Urteil allzu leicht. Das habe ich mit eigenen Augen gesehen«, erwiderte Aran und setzte sich auf. »Mit wem habe ich das Vergnügen?«

»Drake. Ich komme im Auftrag von Hochfürst Radovan.«

»Radovan? Ich dachte …«

»Euer Herr wartet draußen in einer Kutsche. Wäre es nach ihm gegangen, würdet Ihr noch ein paar Wochen länger hier verweilen. Radovan hat ihn umgestimmt.«

Aran senkte den Kopf. »Er ist wütend, weil ich Fuchs entkommen ließ.«

»Vielleicht.«

»Was wollt Ihr von mir?«

Drake kam näher ans Gitter, starrte beinahe begierig auf ihn hinunter. Es behagte Aran nicht. »Euch fragen, was an jenem Abend vorgefallen ist. Mit Shivari, nicht mit Fuchs.«

»Warum fragt Ihr nicht die Stahlmänner? Ich bin mir sicher, sie werden Euch freudig Auskunft geben.«

»Ich schätze ihre Meinung nicht sehr.« Für einen Moment sah er so aus, als würde er ausspucken. »Euch aber halte ich für aufrichtig.«

»Warum?«

»Ich habe Euch in Hochfürst Radovans Anwesen gesehen. Ihr seid … anders.«

Aran wurde hellhörig, und ein kalter Schauer lief ihm den Rücken hinunter. Er fasste den Mann vor ihm scharf ins Auge. Konnte er um sein Geheimnis wissen? Unmöglich.

»Ihr habt Shivari beschützt.«

»Ja.«

Drake verzog überrascht das Gesicht. »Ihr gebt es zu? Einfach so?«

»Es ist nichts, wofür man sich zu schämen bräuchte, auch wenn es die Stahlmänner so hinstellen. Ich habe ein Leben gerettet.«

»Ja, aber was für ein Leben?«

»Seid Ihr etwa mit der Entscheidung Hauptmann Kerians einverstanden? Einfach ein Leben zu beenden, nur weil es nicht den eigenen Vorstellungen entspricht?«

Drake legte den Kopf schief und schien ernsthaft darüber nachzudenken. »Ich würde sagen, dass der Schwache stirbt. Was nicht heißt«, fügte er schnell hinzu, als Aran erbost den Mund geöffnet hatte, »dass ich einen solchen Tod befürworte. Die Natur bahnt sich ihre Wege selbst.«

Eine merkwürdige Art zu denken. »Hättet Ihr nicht so gehandelt?«

»Ich weiß es nicht und hoffe, es auch nicht herausfinden zu müssen.«

Aran presste die Lippen aufeinander, erwiderte aber nichts.

»Wie schwer hatte Hauptmann Kerian Shivari verletzt?«

»Ziemlich schwer. Er hat ihm den Brustkorb von der Schulter bis zum letzten Rippenbogen gespalten. Ich dachte erst, er sei tot.«

Drake legte den Kopf schief. »Wie viel Zeit, glaubt Ihr, verging von der Beibringung der Wunde bis zu ihrer Heilung?«

»Nicht viel. Eine Minute vielleicht, höchstens zwei. Wieso fragt Ihr das?«

Drake ging nicht darauf ein. »Glaubt Ihr den Gerüchten? Beherrscht Shivari Weißmagie?«

»Ich … weiß es nicht. Wenn, dann meisterlich.«

Sein Gegenüber sah so aus, als lägen ihm noch weitere Fragen auf der Zunge, aber statt sie zu stellen, nickte er nur dem Stahlmann im hinteren Teil des Raumes zu und ging zur Seite, während dieser Arans Zelle aufschloss.

»Ich danke Euch für Eure Kooperation.«

Erst jetzt fiel Aran auf, dass Drake größer war als er, nicht viel, vielleicht einen halben Kopf. Er musste zu ihm aufblicken, als er den Kopf neigte und gehen wollte. Doch Drakes Hand schoss vor und packte Arans linken Unterarm fest und unnachgiebig. Ein merkwürdiges Gefühl von Wildheit durchströmte Aran, und das tiefe Brummen, das er so sehr fürchtete, kehrte in seinen Kopf zurück.

»Solltet Ihr noch irgendetwas wissen, zögert nicht, mich zu kontaktieren«, sagte Drake bedrohlich leise. Aran starrte ihn an, und tatsächlich, seine Pupillen waren Schlitze.

»Lasst mich los.«

»Ich will nur die Wahrheit herausfinden.«

Aran versuchte, von ihm loszukommen, doch sein Griff war zu fest. Das Brummen wurde lauter. Gefährlich laut.

»Solltet Ihr mir etwas verschweigen …«

»Wollt Ihr mir drohen?«

Er ließ schlagartig los. »Keineswegs. Missversteht mich bitte nicht.« Drake trat einen Schritt zurück, und Aran rieb sich die Stelle, an der er ihn berührt hatte. »Ich suche nur nach Antworten.«

»Die suche ich auch.«

Aran scherte sich nicht darum, ob die Stahlmänner seine Schwerter und seinen Umhang behielten, er wollte nur so schnell wie möglich raus aus diesem heuchlerischen, blutfarbenen Gebäude. Er hatte zu viel von dieser Farbe gesehen.

»Ihr habt eine erstaunliche Selbstbeherrschung, Erdensohn«, rief Drake ihm noch hinterher.

Aran drehte sich nicht um. »Ebenso wie Ihr, Tierwesen.«

Anscheinend wollte Fürst Sharion gleich zum Punkt kommen. Aran hatte ein Pferd erwartet, auf dem er, wie stets, neben dem Großfürsten herritt, doch stattdessen bedeutete ihm der Kutscher, zu seinem Herrn in das Gefährt zu steigen. Obwohl Aran wusste, dass er nichts getan hatte, wofür er sich rechtfertigen musste, wurde ihm etwas mulmig zumute. Wie einem Kind, das den Rohrstock erwartete.

Fürst Sharion sah gedankenverloren aus dem Fenster und hob nicht einmal den Blick, als der Krieger einstieg. Ruckelnd setzte sich die Kutsche in Bewegung, und Aran wartete geduldig, aber angespannt darauf, dass sein Herr das Wort ergriff.

»Weißt du, warum ich wütend bin?«, fragte dieser endlich, als sie schon am Neunkönigsplatz waren.

»Ich habe Vico entkommen lassen.«

»Du hast Vico entkommen lassen *und* denjenigen, der uns vielleicht hätte zu ihm führen können.«

Aran runzelte die Stirn. »Tot hätte er uns nicht viel genützt.«

Jetzt sah Sharion ihn an, unterdrückten Zorn im Gesicht. »Soviel ich gehört habe, hätte ein Schwertstreich mehr oder weniger keinen Unterschied gemacht.«

»Ich glaube nicht, dass er Weißmagier ist …«

»Oh? Bist du jetzt unter die Magieexperten gegangen? Davon wusste ich nichts.«

Obwohl Aran bereits eine Erwiderung auf der Zunge lag, schwieg er. Es war nicht klug, Sharion in einer solchen Stimmung noch zu reizen.

»Mein Sohn treibt sich mit diesem Gesindel herum, und du beschützt es auch noch! Es wäre besser gewesen, wenn dieses Stück Dreck gestorben wäre, dann müsste ich Vico später nicht davon reinigen!« Er ballte die Faust so heftig, dass die Knöchel weiß hervortraten.

»Der Meinung bin ich nicht, Herr.«

Sharion holte tief Luft und setzte schon zu einer scharfen Erwiderung an, aber dann seufzte er nur und öffnete seine Faust wieder. »Ja, ich weiß.« Sein Blick glitt aus dem Fenster. »Weißt du, was ich so an dir schätze, Aran? Deine Ehrlichkeit.« Seine Züge wurden entspannter, während draußen die Gebäude und Menschen vorüberzogen. »Glaubst du, ich bin ein schlechter Vater?«

Mit dieser Frage hatte Aran nicht gerechnet. Es war schwer für ihn, seine Mimik unter Kontrolle zu halten, und er war in diesem Moment dankbar, dass der Großfürst seinen Blick abgewandt hatte. »Herr?«

»Hast du Kinder, Aran?«

»Ja, Herr. Fünf.«

»Fünf? Das wusste ich nicht. Haben sie dir je so viel Ärger bereitet wie Vico mir?«

»Ja, das haben sie. Und noch mehr.«

Sharion lächelte leise. »Schon bei seiner Geburt hat der Junge Schwierigkeiten gemacht. Du weißt, wie es um die Gesundheit meiner Frau steht, und um ihretwillen habe ich um eine leichte Geburt gebetet. Und was passiert? Sie lag fast zwei Tage in den Wehen, und dann entschied sich der Junge auch noch, mit den Füßen zuerst auf die Welt zu kommen.« Er rieb sich die Schläfen. »Von Anfang an stand fest, dass Vico unser einziges Kind bleiben würde. Unser einziger Erbe.«

Der Fürst redete nicht weiter, suchte wohl nach Worten, und Aran nutzte diese Gelegenheit, um seinen Herrn in diesem Moment der Einsicht aufmerksam zu mustern: besorgt, traurig, ganz anders als sonst. Und müde. So müde.

»Glaubst du mir, wenn ich sage, dass ich Vico liebe?«

»Ja.«

Sharion sah Aran an, als zweifelte er an seiner Aussage, aber der Krieger erwiderte seinen Blick standhaft. Er hatte es ehrlich gemeint.

Der Fürst lehnte sich zurück und seufzte zitternd. Wann war er nur so alt geworden? »Ich glaube es mir nicht.«

»Herr …«

»Nein, Aran, hör bitte auf. Hör auf, den Mann in mir zu sehen, der ich nicht länger bin. Mein Sohn hat sich von mir abgewandt, und es gibt nichts, was ich dagegen tun kann.«

»Ihr sucht ihn, Herr, Ihr holt ihn zurück nach Hause.«

»Was, wenn er nicht nach Hause will?«

Darauf wusste Aran nichts zu erwidern.

»Habe ich ihm nicht immer alles gegeben? Habe ich ihm nicht eine exzellente Bildung ermöglicht, die beste Entwicklung? Im Dreck zu wohnen, das kann doch nicht das Leben sein, das er sich erträumt hat!« Der Vorhang, der Aran einen Blick auf das Innerste seines Herrn erlaubt hatte, schloss sich wieder, und innerhalb weniger Sekunden saß wieder Großfürst Sharion vor ihm, ohne Erben und verzweifelt. »Aran, du bist mein treuester Krieger, und ich weiß, dass du dein Bestes tust, aber einen weiteren Fehltritt von dir dulde ich nicht. Hast du das verstanden?«

»Ja, Herr.«

Und die Erkenntnis kam langsam, langsam und schwer. Sie war, wie Aran im Nachhinein fand, längst überfällig: dass er Fuchs mehr liebte, als es sein eigener Vater tat.

SHIVARI GEGEN DRAKE

Ich veränderte mich wirklich: War ich früher beim kleinsten Anzeichen eines Unwetters ins Trockene gehuscht, so konnte ich es nun kaum erwarten, dass es regnete. Es war der erste vernünftige Regenguss seit Monaten, die Tropfen fielen stetig und ohne Unterlass. Nervigen Wind gab es kaum oder gar nicht, sodass eine melancholische, fast schon traurige Stimmung entstand. Ich fühlte mich großartig.

Mit dem Gesicht zum Himmel lag ich auf dem Dach meiner Bruchbude, starrte mit offenen Augen den Regentropfen entgegen und beobachtete fasziniert ihren Fall. Es war früher Abend und bereits dunkel. Fuchs leistete mir Gesellschaft, aber im Gegensatz zu mir hatte er, glaubte ich, schlechte Laune. Zusammengekauert lehnte er sich an die Fassade des Nachbargebäudes und sah aus wie ein begossener Straßenköter.

»Du musst nicht hier draußen sein«, meinte ich, ohne aufzusehen. »Du kannst reingehen, wenn du willst.«

Er schüttelte den Kopf, dass die Tropfen nach allen Seiten flogen. »Schon gut.«

Ich wusste nicht, was daran mich so sehr erfreute, aber ich merkte, wie sich meine Mundwinkel hoben, als er das sagte.

»Warum machst du das eigentlich?«

Ich runzelte die Stirn. »Hä?«

»Im strömenden Regen liegen. Nichts tun und nass werden.«

»Keine Ahnung. Ich mag's halt.«

Er sagte nichts weiter dazu. Ich wagte einen Vorstoß. »Und du?«

»Bitte?«

»Was magst du?«

Die Frage hatte ihn überrumpelt, das merkte ich, dennoch wartete ich gespannt auf seine Antwort.

»Sag jetzt nicht ›den Wind‹, dieses Klischee ertrage ich nicht.«

»Drachen«, erwiderte er stattdessen.

»Wirklich? Das ist doch bloß Ungeziefer …«

»In Lehan gibt es nicht so viele Drachen, selbst die Nacht- und Dämmerdrachen landen dort nicht.«

»Gibt es im Funkelnden See nicht einen Wasserdrachen oder so?«

»Nein, das ist nur ein Gerücht.« Er setzte sich gerader hin. »Und jetzt wieder du. Was magst du noch außer Regen?«

So wirklich hatte ich nie darüber nachgedacht, deswegen dauerte es etwas länger, bis ich antwortete. »Die Dämmerung. Na ja, sie ist so eine Art … Übergang. Das gefällt mir.«

»Eingelegte Winteräpfel«, sagte nun Fuchs wieder. »Sie schmecken so süß, dass einem die Zähne zusammenkleben.« Er kicherte.

»Die Gaukler und Tänzer auf dem Neunkönigsplatz.«

»Die Erschöpfung. Nicht diese totschlagende Müdigkeit wie nach einer Verfolgungsjagd. Sondern eine erarbeitete Erschöpfung, wenn die Muskeln brennen und der Atem rasselt. Dann fühlt man sich gut, als hätte man etwas geschafft. Wie nach einem Schwertkampf mit Aran …« Als hätte er etwas Verbotenes oder Ungehobeltes gesagt, unterbrach er sich mitten im Wort und sprach nicht weiter. Vorsichtig stützte ich mich auf die Ellbogen, damit ich ihn ansehen konnte. Er wich meinem Blick aus.

»Vermisst du ihn?«

Hatte er sich zuvor etwas aufgerichtet, sackte er nun wieder in sich zusammen. Der Regen lief ihm übers Gesicht. »Manchmal.«

»Und …« Ich war mir nicht sicher, ob ich ihm damit zu nahe trat. »… deinen Vater?«

Anscheinend tat ich es. Ich wusste nicht, ob es Tränen oder Regentropfen auf seiner Wange waren, als er jetzt sein Gesicht zum Himmel wandte.

»Meinen Vater kenne ich nicht«, unternahm ich einen erbärmlichen Versuch, ihn aufzuheitern. »Wahrscheinlich irgendein Stricher, der es mit 'ner Hure getrieben hat. Dein Vater ist wenigstens ein namhafter Mann, für den du dich nicht zu schämen brauchst, auch wenn du ihn nicht sonderlich leiden …«

»Versteh mich nicht falsch«, unterbrach er mich, »ich liebe meinen Vater, bewundere ihn sogar. Aber er …« Ich ließ ihm Zeit, die richtigen Worte zu finden. »… er hört nie zu.«

»Bist du deshalb abgehauen?«

»Unter anderem. In dem größten Haus in Lehan, mit all diesen Menschen um mich herum, dem ganzen Geld, dem Wohlstand, habe ich mich so allein gefühlt.« Er seufzte. »Erst jetzt bemerke ich, wie schlecht es mir dort ging.«

»Und geht es dir jetzt besser?«

Er sah auf seine schmutzigen Hände, seine triefnasse Kleidung und schließlich, überraschenderweise, auf mich. »Ja.«

Es war wie damals, als Junicus mich umarmt hatte, dieses fremde, irgendwie merkwürdige Gefühl, von dem ich nicht wusste, wie ich ihm begegnen sollte. Unangenehm berührt lehnte ich mich schnell wieder zurück, um seinem Blick auszuweichen. Es verging einige Zeit, in der nur das Plätschern des Regens zu hören war.

»Bist du bei deiner Mutter aufgewachsen?«, fragte Fuchs dann. Es war nur gerecht, dass er mich nun mit unangenehmen Fragen löcherte, wo ich es zuvor schon bei ihm gemacht hatte. Was das Antworten allerdings nicht einfacher machte.

»Nein, im Waisenhaus.«

Ich konnte förmlich hören, wie Fuchs die Stirn runzelte. »Und wie bist du dann auf der Straße gelandet?«

»Carja, dieses Miststück von einer Aufseherin, hatte mich auf dem Kieker. Ich bekam die meisten und härtesten Schläge, das wenigste Essen und die schäbigsten Kleider. Irgendwann hat sie einfach behauptet, ich hätte sie bestohlen, und mich rausgeschmissen. Ich war zehn.«

»Das tut mir leid.«

»Muss es nicht. Ich hatte sie wirklich beklaut, nur war es das erste Mal, dass sie mich erwischt hat.« Ich grinste in den Regen, ohne ihn dabei anzusehen. »Danach ging es eigentlich nur noch bergab.«

»Und deine Narbe? Woher hast du die?«

Beinahe unwillkürlich fasste ich mir an die Brust, erinnerte mich an den Schmerz, den ich damals verspürt hatte. Zögernd und stockend erzählte ich Fuchs von meinem Überfall auf das Rathaus, dem Kampf mit dem Schwarzgewandeten, der Flucht und wie ich schließlich von einem unheimlichen, unbekannten Mann gerettet wurde. »Ich frage mich nur«, schloss ich, »warum er das gemacht hat.«

»Na ja, der Schattenmann hat dir geholfen. Warum fragst du dich das?«

»Weil niemand einem Straßenkind hilft, das verreckend in der Gosse liegt. Zu viel Mühe, zu viel Aufwand. Selbst für jemanden, der die Mittel dazu hat. Es wäre pure Verschwendung.«

»Du hast wohl nicht viel Erfahrung mit Menschlichkeit.«

»Gab bisher keinen Grund dazu. Ein Straßenkind ist allen egal.«

»Offenbar war es dem Schattenmann nicht egal.«

Ja, offenbar nicht. Heute spürte ich die Narbe so deutlich wie schon seit Langem nicht mehr. Und … noch etwas …

Ruckartig und plötzlich richtete ich mich auf, sodass Fuchs doch tatsächlich zusammenzuckte. Ganz schön schreckhaft, der Bursche, wo er doch schon seit ein paar Monaten auf der Straße lebte.

»Spürst du das?«, fragte ich aufgeregt.

»Was? Was spüren?«

»Dieses … Vibrieren.« Langsam strich ich mit meinen Fingern über den feuchten Stein des Daches. »Dieses … Echo.«

»Wovon redest du?«

Es wurde mir in dem Moment klar, als der Schrei ertönte. Er klang wie der Ruf eines Drachen. Eines sehr großen, sehr wütenden Drachen. Er hallte zwischen den Gebäuden und in unseren Trommelfellen wider, sodass wir uns die Ohren zuhalten mussten. *Drake!*, schoss es mir durch den Kopf. *Er wird angreifen!*

Sofort sprang ich auf und schwang mich in die Luft.

»He, wo willst du hin? Shivari!«, hörte ich Fuchs noch rufen, doch ich ignorierte ihn. Ich hatte nur Jedrons Worte im Kopf, die seinem Untergebenen befahlen, die Wurzel allen Übels, Cayne, zu beseitigen. Endgültig.

Ein Windzug verriet mir, dass Fuchs mir folgte, seine Windmagie brachte den friedlich fallenden Regen durcheinander. Das machte mich ein bisschen wütend. Ich selbst hatte es bis jetzt nicht gemerkt, aber ich benutzte Wassermagie, um auf dem Regen zu gleiten.

»Was, bei den Geistern, ist los?«, keuchte er, als er zu mir aufgeholt hatte. »Wo willst du hin?«

»Ich folge dem Echo.« Tatsächlich steuerten wir auf den Stadtkern zu, doch ich spürte, dass mein Ziel nördlich davon lag.

»Na schön, und was machst du, wenn du da bist?«

»Improvisieren. Drake darf Cayne nicht töten.«

»Wer zum …? Cayne? Was soll das?«

»Cayne ist ein Funke. Er darf nicht sterben, aber Drake kann ihn töten, weil er ein Tierwesen ist.«

Ich zweifelte nicht an meinen Worten, Junicus hatte mir selbst gesagt, was passieren würde, wenn ich, der Wasserfunke, sterben würde. Was passierte, wenn der Schattenfunke verging? Endlose Tage voll brennender Sonne? Kein Verbergen, kein Verstecken?

Ein Schattengeist hört nur auf den Schattenfunken. Auch das waren Junicus' Worte gewesen, und sie hatten sich noch in derselben Nacht bewahrheitet, in der er sie ausgesprochen hatte. Wie der Schwarzgewandete vor seinem Auftraggeber gebuckelt hatte, dieser Jäger, dieser Schattengeist, wie er sich förmlich in den Staub warf vor einem Mann, für den das alles offenbar nur ein Spiel war. Und dann die Versiegelung ... So einfach, so banal.

Warum war er nicht schon früher emporgekommen? Warum hatte er mich nicht schon längst gefunden? Warum so lange warten? Ganz einfach: um weiter Kräfte zu sammeln. Er hatte den Funken noch nicht so lange, nicht länger als ich zumindest, und mit jedem Tag, der verging, wurde er mächtiger. Die Schatten sammelten sich.

»Hörst du dir eigentlich mal selber zu? Das ist doch *DRACHENSCHEISSE!*«

Ich blieb mitten im Flug stehen, sodass Fuchs mit mir zusammenprallte und seine Windmagie neu ausrichten musste, um sich zu fangen.

»Weißt du, was gerade passiert?«, fragte ich aufgebracht, und Fuchs starrte mich an, als sehe er mich zum ersten Mal. »Wandel, Fuchs. Übergang. Und du bist mittendrin. Du kannst die Veränderung nicht aufhalten, aber vielleicht kannst du mitmischen und sie zu deinen Gunsten ausrichten. Wenn du aufhören würdest zu jammern und endlich mal etwas tust!«

Ich drehte mich wieder um und rauschte durch Nacht und Regen. Mit etwas Verzögerung kam Fuchs mir wieder nach. Noch immer bewegten wir uns nordwärts, und ich hatte einen schlimmen Verdacht, wohin ich uns führen würde.

»Der Blaue Käfer ist ganz in der Nähe«, sprach es Fuchs schließlich aus, und mir lief ein Schauer über den Rücken.

Jetzt fing Cayne sogar schon an, die Gilden in der Oberstadt zu attackieren. Wohin würde das führen?

Erst jetzt wurde mir bewusst, dass Drake auch mich töten konnte. Ich war im Begriff, einen Mann zu verteidigen, der viele Unschuldige getötet hatte und noch viele mehr unterdrückte und knechtete. Wäre es da nicht besser, wenn ihm Einhalt geboten wurde? Bevor noch mehr Gilden und schlussendlich die ganze Stadt darunter leiden würden? Aber nein, Cayne durfte nicht sterben.

Ich darf auch nicht sterben. Na toll, ich opferte mich für ein Arschloch, und es verbesserte die Situation ganz und gar nicht.

Wieder ertönte der Ruf des Wasserdrachen, näher dieses Mal und tiefer. Gefährlicher. Unter uns auf den Straßen herrschte reges Treiben, nahezu Chaos. Die Menschen liefen in Richtung Stadtkern, einfach davon. Sie flüchteten. Das konnte wirklich lustig werden!

»Hast du einen Plan?«, fragte Fuchs.

»Ich muss Drake aufhalten.«

»Drake? Doch nicht etwa das Tierwesen? Wie willst du das anstellen?«

»Keine Ahnung. Vielleicht ein nettes Gespräch?«

Das sollte ein Witz sein, doch Fuchs sah aus, als hätte ich ihm gerade eine reingehauen.

Je näher wir dem Blauen Käfer kamen, desto leerer wurden die Straßen, bis ich schließlich gefahrlos landen konnte, ohne dass uns jemand sah. Ich spürte nur wenige Menschen in der Nähe, die sich in ihren Häusern verbarrikadiert hatten, und nicht allzu weit weg eine große Ansammlung von Gemütern. Cayne musste gerade dabei sein, die Gilde anzugreifen. Aber hier, an dieser Straße im Königsviertel, war das Echo am stärksten. Die Pfützen schlugen kreisförmige Wellen.

»Fuchs«, sagte ich dann, während ich tief in meine Nael

griff, tiefer als je zuvor, »ich will, dass du von hier verschwindest.«

»O nein«, protestierte er, »dieses Mal nicht! Ich bleibe bei dir! Ich kann dir helfen.«

»Ich bezweifle, dass du viel ausrichten …«

Der Regen erstarrte mitten in der Luft. Schlagartig breitete sich Stille aus, als das Plätschern verstummte, selbst die Tropfen von den Dächern und Regenrinnen verharrten, als hätte man sie eingefroren. Ich spürte einen Sog von innen, keuchte und krümmte mich vornüber, als er stärker wurde und jedes Tröpfchen Wasser in der Umgebung zu sich zog. Es sammelte sich … ein großer, unförmiger Schwall, den jemand ausgespuckt haben könnte, dreckig im Innern vom Schmutz der Straße. Dann wurde das Wasser klarer, formte sich, bildete Klauen, Schuppen …

»Hashan, steh uns bei!«, flüsterte Fuchs entsetzt, als der Drache sich vollendete und aufrichtete. Er war riesig, viel größer als die Straße, doch da, wo er Gebäude berührte, löste sich das Wasser auf, verflüssigte sich, nur um sich wieder zusammenzusetzen, wenn sich das Untier weiterbewegte. Es sah so aus, als würde er wie ein lebender Fluss durch die Stadt fließen. Seine Flügel waren lang und dynamisch, und er hatte einen schlanken, geschmeidigen Körper mit einem flossenförmigen Kamm auf dem Rücken, der in Stacheln endete. Noch immer war er durchsichtig, seine Schuppen schlugen Wellen, als er tief einatmete und brüllte. Wie eine Naturgewalt wälzte er sich vorwärts, auf den Blauen Käfer zu.

»Wir sind ihm im Weg!«, schrie Fuchs schrill vor Angst. »Er wird uns zermalmen!«

O nein, wird er nicht! Ich sammelte mich und tastete, meine eigene, gigantische Nael im Schlepptau, nach dem Bewusstsein des Wasserdrachen. Es war schwer zu übersehen. Es sprudelte wild und ungezähmt, beinahe schon urgewaltig, doch wusste ich, dass sich dahinter ein vernünftiger Geist verbarg, mit dem ich gesprochen und gerungen hatte. Als ich ihn jedoch berührte, wich ich erschrocken davor zurück, als hätte ich mich daran verbrannt.

Wilde Magie. Drake war ein Tierwesen, ein Tier, das mit Wilder Magie in Berührung gekommen war und dadurch zu hoher Intelligenz und Zauberei fähig war, von der Gestaltwandlung mal ganz abgesehen. Ich konnte seine Aura nicht berühren, denn auch Wilde Magie konnte mich umbringen. Vielleicht waren Tierwesen deshalb so gefährlich? Ich musste meine Taktik ändern.

Der Boden, auf dem wir standen, war trocken, selbst die Feuchtigkeit unserer Kleidung hatte Drake aufgesogen. Hier war nichts, worauf ich zurückgreifen konnte, doch es war so einfach. Drakes Körper bestand aus Wasser. *Ich* war Wasser.

»Halt!« Ich versuchte, so viel Erhabenheit und Präsenz in den Befehl zu legen, wie ich konnte, und griff dabei so tief in meine Nael, dass ich meine Umgebung schon fast gar nicht mehr wahrnahm. Tatsächlich ging ein Ruck durch den Wasserdrachen, und er wendete sein enormes Haupt, bis seine wasserblauen Augen – das Einzige, woran ich erkannte, dass ich es wirklich mit Drake zu tun hatte – auf den zwei kleinen winzigen Wesen ruhten, die ihm den Weg versperrten. Zum ersten Mal wurde mir bewusst, mit welcher Arroganz, mit welcher Herablassung ich bisher immer Drachen gemustert hatte, waren sie für mich doch nicht viel mehr gewesen als dumme Tiere, ähnlich wie Ratten oder Köter. Denn der Blick, mit dem uns Drake jetzt bedachte, unterschied sich nicht groß davon. Wir waren nur Ungeziefer in seinen Augen.

Er öffnete sein gewaltiges Maul und präsentierte uns seine messerscharfen Reißzähne, selbst der kleinste war größer als meine Bruchbude. In diesem Moment, in dem er tief einatmete, fragte ich mich, ob Wasserdrachen Feuer speien konnten.

Es stellte sich heraus, dass sie das nicht taten. Ein riesiger

Schwall gischtgekrönten Wassers ergoss sich über uns, und ich schloss die Augen, spürte nur den starken Griff in meine Nael und wollte eigentlich nur, dass weder Fuchs noch ich ertranken.

Ich hasste es, diese Metapher zu benutzen, aber es war, als hätte jemand den Stöpsel gezogen. All die schäumenden Fluten, reißenden Flüsse, brüllenden Kaskaden und sturmgepeitschten Meere, all das war *ich*. Nur ich.

Mein Wille war entscheidend. Ich öffnete die Augen wieder, sah in sprudelnde Ströme, die sich kreisförmig um mich und Fuchs gewunden hatten, einen Freiraum bildeten, in dem wir sicher waren. Anhand der Hitze spürte ich, dass das Wasser wohl heiß war und dass Fuchs aufschrie, als er sich daran verbrühte. Sein Schmerzensschrei war etwas, was mich wütend machte. Sehr wütend.

Ich schleuderte Drake seine Wassermassen wieder entgegen, machte sie härter und versuchte, ihn nach hinten zu drücken. Verunsichert gab er nach und wich zurück, aber ich ließ es nicht dabei bewenden. Ich packte das Wasser, das ihn zusammenhielt, und löste es wieder in einzelne Tröpfchen auf.

Plötzlich seiner Festigkeit beraubt, sah der Drache so aus wie eine schlecht entworfene Puppe, die jeden Moment auseinanderfallen würde. Er versuchte, sich an den Gebäuden festzuhalten, aber er floss einfach daran herunter wie der Regen, der er in Wirklichkeit war. Ich grinste, doch im selben Moment erfasste mich die Wilde Magie und warf mich nach hinten. Die Präsenz hinter dem Drachen formierte sich, machte sich zum Angriff bereit. Seine Magie brannte.

Ich nutzte das, was ich schon früher oft benutzt hatte: die Stärke des Gegners. Mit aller Kraft rief ich das Wasser zu mir, nicht nur das des Viertels, das sich in Drake vereint hatte, sondern das der ganzen Stadt und der Umgebung. Silhouetten großer Wellen, die sich auftürmten, erschienen hinter den Gebäuden, als das Wasser auf meinen Ruf reagierte. Es kam allerdings nicht zu mir.

Die Welt war still, als die Massen Drake erwischten und mit sich emporhoben. Erst als sich mehrere Wellen an den Gebäuden brachen und ein paar davon umrissen, ertönte das Rauschen: dunkel und mächtig. Ich spürte Drakes Präsenz inmitten des Wassers, kämpfend, ringend, aber ich drang weiter auf ihn ein. Seine Wildheit, seine Magie durchfloss die Ströme, aber jetzt, wo ich so viel in der Hinterhand, so viel Unterstützung hatte, machte sie mir nicht mehr viel aus. Sie wurde schwächer, während ich Drake hin und her schleuderte wie einen Goldfisch in einem Katarakt.

Ich hätte wohl ewig so weitergemacht, euphorisiert und wie berauscht von der Macht, die ich besaß, wäre da nicht das kleine, erbärmliche Flüstern gewesen, das ich nur gehört hatte, weil es nicht zu der Musik aus Rauschen und Plätschern passte.

Gnade …

Als hätte er mich geohrfeigt, ließ ich Drake auf der Stelle los, und wie ein Sack alter Lumpen klatschte sein Körper auf die Straße. Nicht der des Drachen, sondern der menschliche, und er sah aus wie eine Leiche, die zu lange im Wasser gelegen hatte. Mit einer beiläufigen Handbewegung schickte ich das Wasser wieder dorthin zurück, wo es hergekommen war.

Ich lief an Fuchs vorbei, der wie erstarrt auf den feuchten Pflastersteinen hockte, und näherte mich dem nackten, verletzlichen Körper des Tierwesens. Er rührte sich nicht, und hilflos breitete ich meine Hände aus, da ich nicht wusste, was ich tun sollte. Lebte er noch? Vorsichtig tastete ich nach seiner Enya, erschrak, als ich die Leere seines Bewusstseins wahrnahm, und atmete auf, als ich noch einen Funken Leben darin entdeckte.

Ich fiel auf die Knie. »Es tut mir leid«, murmelte ich tränenerstickt. »Es tut mir so leid …«

Fuchs trat hinter mich, so leise und geschickt, wie es nur ein Meisterdieb vermochte. »Shivari«, sagte er, doch ich reagierte erst, als er mich an der Schulter berührte. In seinem Gesicht las ich Misstrauen, Entsetzen und Furcht. So viel Furcht. »Shivari, du machst mir Angst.«

Diese Worte taten mehr weh, als es jede Klinge dieser Welt vermocht hätte. Ich zitterte und wollte etwas sagen, aber da wandte sich Fuchs schon ab und humpelte ohne ein weiteres Wort davon. Ich brachte nicht die Kraft oder den Hochmut auf, ihm zu folgen.

Hinter ihm brannte der Blaue Käfer.

Cayne saß auf einem Flachdach und starrte auf die Straße hinunter, in der sich vor wenigen Augenblicken ein Ereignis abgespielt hatte, das so in der Geschichte Nyrias noch nie vorgekommen war. Bedauerlich, dass es außer ihm und dem bemitleidenswerten Fuchs keine Zeugen gab.

Schweigend beobachtete er, wie sich Shivari den bewusstlosen Drake über die Schulter warf, als wöge er nicht mehr als ein Kleinkind, und – wie es Straßengeborene nun einmal tun – zwischen den Gassen und Häusern verschwand, in die augenscheinliche Sicherheit. Bald schon würde es keine Sicherheit mehr geben, weder für Shivari noch für sonst irgendjemanden in Vesontonio.

»Ist dir der Begriff der Unbestechlichkeit geläufig, mein Freund?«, fragte er nachdenklich.

»Natürlich, Herr.«

»Bis jetzt war Shivari unbestechlich«, redete er weiter, »aber er hat einen Fehler gemacht, den ein Straßenkind eigentlich nicht machen dürfte. Einen, von dem ich nicht erwartet hätte, dass er ihn macht.«

»Und der wäre?«

»Vertrauen.«

Jetzt, nachdem der Kampf zwischen Funke und Wasserdrache beendet war, begann es wieder leise und plätschernd zu regnen. *Unbedeutend,* dachte Cayne. Es würde nichts nützen.

»Wollt Ihr, dass ich Euch Shivari bringe?«

»Nein. Dazu wärst du nicht imstande.« Cayne schüttelte den Kopf und deutete in die Richtung, in der Fuchs verschwunden war. »Aber ihn.«

EIN LANGER TAG

Drake fehlte es an Sensibilität, davon war Jedron überzeugt. *Halte Cayne auf,* hatte er gesagt. *Verletze keine Zivilisten, halte dich bedeckt, als Tierwesen bist du das ja gewohnt.*

Und was war passiert? Ein ausgewachsener Wasserdrache legte fast das halbe Königsviertel in Schutt und Asche! Jedron konnte es nicht glauben. Gerade von Drake hatte er mehr Kompetenz erwartet. Und dann reagierte er nicht einmal auf seinen Ruf! War er taub? Fürchtete er sich vor göttlichem Zorn? *Zu Recht, mein Freund. Zu Recht.*

Die Magier des Blauen Käfers waren rettungslos verloren. Die Gilde war vollständig niedergebrannt, von den Mitgliedern fehlte jede Spur … bis auf die Leichen, die auf der Straße lagen. Offenbar hatten sich die Magier bis aufs Blut verteidigt, denn einige Rote Schlangen und Schwarze Skorpione waren ebenfalls unter den Opfern, schrecklich zugerichtet und teilweise bis zur Unkenntlichkeit verstümmelt von grausamen Zaubern. Jedron hatte heute Morgen als Hochfürst den Tatort besichtigt, und obwohl er in seinem langen Leben schon viel, sehr viel sogar, gesehen hatte, kam er nicht umhin, angesichts dieses Blutbads Verachtung und Bedauern zu verspüren. *Der Mensch ist dem Menschen ein Drache,* dachte er, während die Stadtwache und einige Stahlmänner die Toten zudeckten.

Er hatte versucht, den Wind zu den Vorkommnissen der gestrigen Nacht zu befragen, aber da es vorübergehend windstill gewesen war und viel geregnet hatte, bekam er nur verschwommene Eindrücke und Bilder, die er nicht deuten konnte. So kam er nicht weiter, er musste wohl oder übel darauf warten, dass Drake sich meldete. Was zu seinem eigenen Vorteil lieber bald geschehen sollte.

Die Menschen waren schwer zu beruhigen. Angesichts des Chaos, das Drake hinterlassen hatte, der Zerstörung des Blauen Käfers und der Tatsache, dass Cayne immer mehr Macht um sich sammelte, brach nahezu die halbe Stadt in Panik aus. Jedron musste an diesem Tag mehrere Kundgebungen und Reden halten, um die Gemüter der Masse zu beruhigen und ihre Sicherheit zu garantieren. Er glaubte zwar nicht, dass er auf Dauer Erfolg damit haben würde, aber momentan war ihm jedes Mittel recht, um eine Massenpanik zu verhindern.

Bestimmt würde jeder Sterbliche nach einem so langen Tag haarsträubender Arbeit bereits auf dem Weg nach Hause von Erschöpfung übermannt werden und spätestens daheim wie tot ins Bett fallen. Jedron war seit Tausenden von Jahren nicht mehr müde gewesen, die Erschöpfung, die er verspürte, war höchstens geistiger Natur. Es war anstrengend, den Menschen bei ihrem Schaffen zuzusehen und zu wissen, dass man nichts dagegen tun konnte. Man konnte es lediglich weniger schmerzhaft machen. Es war, als liege ihnen die Gewalt im Blut.

Seine Kutsche bog auf sein Anwesen ein, und Jedron stieg, noch immer in Gedanken versunken, aus. In der Halle erwarteten ihn weniger Diener als üblich, normalerweise umkreisten sie ihn wie einen Schwarm Bienen, sobald er das Haus betrat, doch kümmerte er sich nicht darum. Erst, als er schon halb die Treppe hochgegangen war, blieb er zögernd stehen und lauschte. War das … Geschrei?

Er drehte sich zu einem Kämmerer um, der ihm schüchtern gefolgt war. »Was ist hier los?«

»Verzeiht, Herr.« Der Mann rang seine Hände. »Fürst Sharion … in der großen Halle…«

Jedron brauchte seine geistigen Fühler nicht auszustrecken, um den Unmut zu spüren, der durch das Gebäude zog wie ein schlechter Geruch. Selbst in seinem eigenen Haus hatte man keine Ruhe!

Zwei Stufen auf einmal nehmend lief er die Treppe hoch und stieß die Tür zur Großen Festhalle auf, in der schon allerlei Vorbereitungen für den Winterball zu erkennen waren. Fast rannte er in eine Schar von Dienstmägden hinein, die erschrocken auseinanderstoben, als sie ihn bemerkten. Er brauchte nur Sekunden, um die Situation zu erfassen.

Fürst Sharion stand mit erhobener Faust in der Mitte des Saales, das Gesicht rot vor Zorn. Sein Leibwächter Aran war an seiner Seite, offenbar unsicher, ob er seinen Herrn unterstützen oder aufhalten sollte. Der Mann, dem Sharion drohte, war kein geringerer als Drake. Bei den Geistern, er sah wie erschlagen aus: Müde, in sich zusammengesackt wie ein alter Mann und mit Augenringen, machte er den Eindruck, als könnte er sich kaum auf den Beinen halten. Dennoch ruhte sein Blick trotzig auf dem Großfürsten.

»Ich bin Euch keinerlei Rechenschaft schuldig«, sagte er und hob das Kinn, als würde er Sharion zum Schlag herausfordern.

»Du wirst mir sofort sagen, was mit meinem Sohn passiert ist, du ungehobelter …«, brauste der Fürst auf und holte aus.

Bevor er jedoch tatsächlich zuschlagen konnte, war Jedron schon hinter ihm, so schnell, wie es nur der Gott des Windes vermag, und hielt seinen Unterarm fest. »Ich dulde nicht, dass Ihr meine Untergebenen bedroht«, sagte er gefährlich leise, sodass seine Worte in der eingetretenen Stille klar vernehmbar waren. »Geschweige denn, ihnen Leid zuzufügen. Von Euch hätte ich Besseres erwartet, Großfürst.«

Er wandte sich an Drake. »Und von dir ebenfalls. In mein Arbeitszimmer. Sofort!«

Das Tierwesen nickte, ohne ihn anzusehen, und verließ stillschweigend den Raum.

»Wie könnt Ihr es wagen?« Sharion versuchte, sich loszureißen, doch Jedron dachte nicht daran, nachzugeben.

Als Gott wage ich es. »Als Hochfürst wage ich es«, entgegnete er. »Euer Jähzorn ist mir zuweilen schon aufgefallen, aber für derart gewalttätig hatte ich Euch nicht gehalten.«

»Dieser Kretin hat absichtlich Informationen über den Aufenthalt meines Sohnes zurückgehalten!« Sharions Gesicht schwoll an. »Darf ich Euch an unsere Vereinbarung erinnern, dass …«

»Ich kenne unsere Abmachung«, unterbrach ihn Jedron. »Mit Drake werde ich reden, dessen seid Euch sicher. Und seid Euch ebenso sicher …« Er trat so dicht an den Großfürsten heran, dass dieser ihn hätte küssen können. Seine geflüsterten Worte verstand nur er. »… dass meine Freundlichkeit Grenzen kennt. Solltet ihr noch einmal auf die herausragend idiotische Idee kommen, die Dienerschaft oder einen meiner Getreuen zu bedrohen, ja zu verletzen, sei es durch Eure Hand oder durch die Eures gepanzerten Hündchens, werde ich äußerst ungemütlich. Hört Euch ruhig um und vertraut mir, wenn ich Euch sage: Ihr wollt nicht, dass ich ungemütlich werde, mein Freund.« Er ließ den Arm des Großfürsten los und starrte ihn böse an. »Und jetzt geht mir aus den Augen!«

Sharion sah so aus, als läge ihm bereits eine Erwiderung auf der Zunge, doch er schluckte sie herunter und ging mit so viel Würde, wie ihm noch verblieben war, aus dem Raum. Die Dienerschaft wich ängstlich vor ihm zurück. Aran warf Jedron noch einen entschuldigenden Blick zu, bevor auch er sich umdrehte und seinem Herrn folgte.

»Habt ihr alle keine Arbeit, oder warum steht ihr hier so blöd in der Gegend herum?!« Jedrons aufgebrachte Worte ließen die Menge zurückzucken wie ein verschrecktes Tier, und hastig setzten die Bediensteten ihr Tagwerk fort

So beherrscht wie nur möglich schritt er aus dem Saal, dieses Mal ohne Gesinde, das sich immer um sein Wohlbefinden kümmerte. Anscheinend traute sich jetzt niemand in seine Nähe. Weitgehend unbehelligt ging er hinauf in sein Arbeitszimmer.

Wenn Sharion seinen Sohn ebenso behandelt hat, wundert es mich nicht, dass der Junge fortgelaufen ist.

Seine Schritte wurden langsamer, und nicht zum ersten Mal an diesem Tag wünschte er sich, dem ganzen Trubel einfach entgehen zu können. Ein Glas Wein, ein weiches Lager, vielleicht eine schöne Frau …

»… dass du Jedron gegenüber schweigst.«

Wie vom Blitz getroffen, blieb er mitten im Treppenaufgang stehen. Dank seiner göttlichen Sinne konnte er die Stimme seines Freundes so deutlich vernehmen, als stünde dieser neben ihm.

Jemand seufzte tief, wahrscheinlich Drake. »Haltet Ihr das für eine gute Idee?«

»Nein«, erwiderte Junicus, »trotzdem möchte ich nicht, dass er es von jemand anderem erfährt, und das in einem Zusammenhang, der nur schwer verständlich ist. Würdest du das für mich tun, Drake?«

»Ich kann nichts versprechen. Ihr wisst, dass ich Jedron nicht anlügen darf.« Er hörte sich niedergeschlagen an. Und traurig.

»Das verlange ich auch nicht von dir. Ich weiß, wie schwer das für dich sein muss, aber es ist ganz allein meine Sache. Mehr, als es alles andere in meinem Leben gewesen ist.«

»Wie Ihr wünscht …« Drake machte eine Pause, als wüsste er nicht, was er sagen sollte.

»Geh lieber hinein, wir reden später«, meinte Junicus, »Jedron müsste bald hier sein. Und ich möchte nicht, dass er …«

»… Euch so sieht?«

»So hätte ich das vielleicht nicht ausgedrückt, aber ja, du hast recht.«

Eine Tür wurde leise geschlossen, und Jedron hörte das sanfte Geräusch sich entfernender Schritte.

Eine Weile noch blieb er starr stehen, um sicherzugehen, dass Junicus auch wirklich weg war. Er hatte nichts dagegen, dass sein Freund Geheimnisse vor ihm hatte, schließlich waren sie beide wahrlich alt genug, um solche Nichtigkeiten nicht persönlich zu nehmen. Aber dass er absichtlich Informationen zurückhielt, wenn es um die Sicherheit der Stadt ging, die Jedron so sehr am Herzen lag, kam ihm doch recht … sonderbar vor. Junicus war kein Mann, der willentlich Leid verursachte.

Ich werde später mit ihm darüber reden, nahm er sich vor und stieg die restlichen Stufen hoch.

Drake saß in einem der Stühle und wollte sich schwerfällig erheben, als Jedron eintrat, doch dieser winkte nur ab. »Bleib ruhig sitzen.«

Er goss sich ein Glas Wein ein, trank es in einem Zug leer, schenkte sich nach und ging zu seinem Schreibtisch. Geschmeidig ließ er sich in den Sessel sinken und sah Drake erwartungsvoll, aber auch streng an. »Also, ich höre.«

Wie ein geprügelter Hund ließ das Tierwesen den Kopf hängen. »Erhabener, verzeiht meine Unfähigkeit. Ich wollte nicht …«

»Ich will nicht deine Entschuldigungen hören«, unterbrach Jedron ihn, »ich will wissen, was gestern passiert ist. Hast du dir den Blauen Käfer mal angesehen? Wie konnte es dazu kommen?«

»Na ja …« Drake vermied es gekonnt, ihn anzusehen. »Ich wollte Cayne aufhalten, wie Ihr mir gesagt habt …«

»Als ausgewachsener Wasserdrache? Drake, ich kenne deine wahre Gestalt, und sie ist wohl kaum nötig, wenn du einen Untergrundverbrecher zur Strecke bringen willst. Deine Magie hätte gereicht.«

»Das ist es ja«, meinte er, »das glaube ich nämlich nicht.«

»Wie das?«

»Cayne hat …« Er gestikulierte hilflos. »Ich habe seine Aura gespürt und war der Meinung, ihm ohne entsprechende Maßnahmen nicht gewachsen zu sein. Sie war so … anders, aufgebläht, viel größer als die Magie, die ein normaler Sterblicher haben dürfte. Sehr viel größer.«

Jedron wurde hellhörig. »Glaubst du, dass er einen Funken hat?«

Drake verzog das Gesicht. »Ich bin nicht sicher. Es fühlte sich … falsch an.«

»Und du hast angegriffen?«

»Ja«, sagte Drake gedehnt, »leider. Ich wurde zurückgedrängt, verlor das Bewusstsein.«

Mit gerunzelter Stirn betrachtete Jedron seine zusammengesunkene Gestalt. »Siehst du deswegen so aus wie ein Suffkopf nach einer Kneipenschlägerei?«

»Ja. An viel kann ich mich nicht mehr erinnern. Bin in irgendeiner Bruchbude in den Elendsvierteln wieder aufgewacht und habe mich sofort auf den Weg hierher gemacht.«

Jedron lehnte sich zurück und nippte an seinem Glas. Um ein Tierwesen in solche Bedrängnis zu bringen, war schon mehr als Hohe Magie nötig, und das in einem Ausmaß, das kaum ein Sterblicher je begriff. Er fragte sich, ob er die Situation richtig eingeschätzt hatte.

»Und warum bist du mit Sharion aneinandergeraten?«, fragte er schließlich. »Er faselte irgendwas von seinem Sohn.«

Drake verlagerte mit angespannter Miene sein Gewicht. »Da war ein rothaariger junger Mann, der sich mir in den Weg gestellt hat.«

»Hast du ihm etwas getan?«

»Er ist wohlauf.«

»Und Shivari?«

Die Frage überrumpelte Drake etwas. Er zuckte kurz zusammen, als Jedron den Namen nannte. »Wie bitte?«

»Shivari. In letzter Zeit sieht man Fuchs nie ohne seinen Schatten. Oder umgekehrt, wie du willst.«

Drake überlegte, und diese kurze Pause nutzte Jedron, um seine eigenen Schlüsse zu ziehen. »Ja, er war auch da.«

Interessant. »Nun«, er legte die Fingerspitzen aneinander, »ich denke, ich habe genug erfahren. Danke, Drake. Du darfst jetzt gehen.«

»Erhabener.«

Ächzend stand das Tierwesen auf und bewegte sich langsam wie ein alter Mann zur Tür. »Junicus hat einen Springbrunnen in seinen Gemächern«, meinte Jedron noch, als er ihn so sah. »Ich bin mir sicher, er lässt dich eine Weile darin ausruhen. In nächster Zeit benötige ich deine Dienste nicht.«

Drake sagte nichts, nickte ihm nur zu, ohne ihn anzusehen. Er schloss leise die Tür hinter sich, und Jedron war mit seinen Gedanken allein.

RAUE SEE

Dieses Mal wurde ich direkt durchgewunken und konnte mir sparen, Radovans Kammerdienern und Wachen die Gründe meines Besuches darzulegen. Ich wusste sie nicht einmal selbst richtig.

War ich wegen der Sache mit Drake hier? Wollte ich Junicus den Grund eingestehen, warum ich das Tierwesen halb tot geprügelt hatte und dazu auch noch meine beschämende Unfähigkeit, mit meinen Kräften umzugehen? Oder suchte ich Rat hinsichtlich Caynes? Wie sollte ich mich ihm gegenüber verhalten? Einerseits konnte ich nicht zusehen, wie er die ganze Stadt ins Chaos stürzte, aber ich konnte auch einen Funken und zukünftigen Gott nicht daran hindern, seinen Willen durchzusetzen. Oder war es wirklich Fuchs? Fuchs, der mich fallen gelassen hatte wie eine heiße Kartoffel, dem ich mich endlich ein wenig geöffnet und der gleich daraufhin das Weite gesucht hatte. Der einzige Mensch in meinem Leben, den ich am ehesten als Freund bezeichnen konnte.

Er ging mir aus dem Weg, und weil ich nicht wusste, was ich sonst machen sollte, ließ ich ihm einfach diese Freiheit. Ich hatte das Gefühl, dass er Abstand gewinnen wollte (ziemlich viel Abstand), und wagte es nicht, das vertraute Verhältnis, das wir langsam und zaghaft im Regen auf dem Dach meiner Bruchbude aufgebaut hatten, gleich wieder zu zerstören.

Allerdings wusste ich auch nicht, wie ich mich sonst verhalten sollte, schließlich war ich das erste Mal in einer solchen Situation. Bisher hatte ich niemanden so nah an mich herangelassen, dass es sich lohnen würde, darüber nachzudenken.

Heute waren keine Bittsteller in Radovans Residenz gekommen. Wie ich hörte, war der Hochfürst den ganzen Tag unterwegs gewesen, um den Menschen Mut zuzusprechen. Mehr schlecht als recht, denn gegen die tiefe Angst, die in den Herzen der Bewohner so schnell wuchs wie Caynes Macht in der Unterwelt, halfen keine Worte, mochten sie noch so wohl gewählt sein.

Ich hatte mehr Glück als Verstand, dass sich der Kammerdiener, der mich schon zuvor zu Junicus vorgelassen hatte, in der Eingangshalle befand und mich erkannte. »Komm das nächste Mal einfach durch den Hintereingang und zeig den Wachen das hier.« Er drückte mir eine kleine Münze in die Hand, auf der Jedrons Gesicht im Profil zu sehen war. Mit schnellen Schritten führte er mich zu Junicus' Gemächern, anscheinend hatte er Besseres zu tun, als einen Lumpen wie mich durch das Gebäude zu lotsen. Vage kam mir der Termin für den diesjährigen Winterball in den Sinn. War etwa schon Mittwinter? Die Zeit verging zu schnell.

Kopfschüttelnd kam der Bedienstete aus der Kammer, nachdem er mich wie bereits zuvor angewiesen hatte, kurz zu warten. »Meister Jasis ist nicht hier«, meinte er, »Möchtest du …?«

»Ich warte hier solange. Vielen Dank.«

Leise entfernte er sich, und ich schlich mich hinein (ich konnte mir diese Angewohnheit einfach nicht abgewöhnen). Drinnen brannten nur wenige Lichter, sodass angenehmes Zwielicht herrschte, denn die Sonne ging bereits unter. Heute waren die Laken des Bettes unberührt, und zufrieden betrachtete ich das Sprudeln des Springbrunnens. Erst als ich näher herantrat, bemerkte ich, dass sich etwas im Wasser bewegte.

Zuerst hielt ich es für eine Schlange, aber ich korrigierte mich schnell, es sah vielmehr wie ein kleiner Drache aus. Ich brauchte ein paar Sekunden, um zu erkennen, dass es eine exakte Miniaturausgabe des Drachen war, der gestern fast das halbe Königsviertel in Schutt und Asche gelegt hatte. Er war nicht einmal so lang wie mein ausgestreckter Arm.

Drake betrachtete mich misstrauisch, während er sich träge durchs Wasser schlängelte und dabei viel eleganter aussah als auf vier Beinen, stapfend und brüllend und ungeschickt. Vorsichtig setzte ich mich auf den Rand des Brunnens, zögerte kurz und streckte dann meine Hand ins Wasser.

»Ich wollte mich bei dir entschuldigen«, sagte ich leise. Drake richtete seinen stacheligen Kamm auf. »Es … lag keineswegs in meiner Absicht, dich dermaßen …« Ich suchte nach dem richtigen Wort und seufzte, als ich es nicht fand. Der Drache schwamm langsam näher und streckte den Kopf aus dem Wasser. »Ich wollte dich nur aufhalten, aus einem Grund und mit einer Methode, die mir beide im Nachhinein eigentlich lächerlich erscheinen. Glaub mir, wenn ich dir sage, dass das Ergebnis keineswegs gewollt war. Ich wollte nicht, dass der Blaue Käfer so endet, und erst recht nicht, dass du halb tot auf der Straße liegst. Obwohl ich jetzt so viel Macht habe, komme ich mir trotzdem so schwach vor, kann ich noch nicht einmal das beschützen und halten, was mir am Herzen liegt. Ich bin so ungeübt darin …« Kurz schwieg ich. »Diese Kraft hat mich überwältigt, und bedauerlicherweise warst du mitten in der Schusslinie, als es geschah. Dass du ein Tierwesen bist und somit widerstandsfähiger als alle, die ich kenne, machte es nur schlimmer, denn so konnte ich alles an dir auslassen, ohne jegliche Hemmungen. Es tut mir leid, dass du so gelitten hast. Es tut mir leid, dass ich dich so verletzt, an den Rand des Todes getrieben habe, ohne dass ich die Möglichkeit hatte, mir Einhalt zu gebieten. Ich hoffe nur, du kannst dich wieder davon erholen.«

Ob Drake mich verstanden hatte, geschweige denn meine Entschuldigung annahm, konnte ich nicht sagen. Wäre er ein Mensch gewesen, hätte ich seine Miene wahrscheinlich besser deuten können, so aber starrte ich in sein schuppiges Angesicht und wusste nicht, ob ich mich gerade blamiert hatte.

Langsam schwamm er näher, vorsichtig, und streckte die Schnauze heraus. Ich dachte schon, er wollte mir die Fingernägel abknabbern, aber da wand er sich plötzlich, dass es nur so spritzte, und schlängelte sich davon. Enttäuscht presste ich die Lippen zusammen.

»Normalerweise beißt er allen, die ihn anfassen oder streicheln wollen, die Finger blutig.«

Erschrocken drehte ich mich um und sah Junicus mit verschränkten Armen im Türrahmen stehen.

»Ich dachte schon, du wärst jemand anderes«, murmelte ich, »jemand Wichtiges.«

»So schreckhaft, wie du bist, muss ich nicht einmal raten, wen du meinst.« Er ging zum Bett und zerstörte die Ebenmäßigkeit des weißen Lakens, indem er sich daraufsetzte und die Beine baumeln ließ.

»Bist du mir böse?«, fragte ich vorsichtig.

»Wegen gestern?« Er zuckte nur mit den Schultern. »Das geht mich alles nichts mehr an. Und aus solchen Sachen halte ich mich in der Regel raus.«

»Du *bist* mir böse.«

»Hm, ja, ein bisschen.«

»Es war nicht meine Absicht. Das mit Drake und dem Blauen Käfer.«

»Dachte ich mir schon.«

»Ich wollte das nicht. So bestimmt nicht. Ich wollte …«

Drake hatte seine Runden wiederaufgenommen und schlängelte langsam und gemächlich durchs Wasser, sein Kamm durchstieß mehrere Male die Oberfläche wie die Flosse eines Hais. Resigniert beobachtete ich ihn dabei. »Eigentlich weiß ich nicht, was ich wollte.«

Das Gestell knarrte, als Junicus sein Gewicht verlagerte.

»Du bist doch bestimmt nicht hergekommen, um dich zu rechtfertigen, oder?«

Ich schnippte mehrmals mit dem Finger gegen das Wasser. »Fuchs ist fort«, sagte ich niedergeschlagen.

»Ah. Und jetzt hast du niemanden mehr, mit dem du reden kannst.«

Als ich den Finger zurückzog, war er nicht einmal feucht. »Ich habe ihm nichts über den Funken erzählt, er denkt, ich wäre einfach nur ein mächtiger Magier. Wie mächtig, das hat er gestern erfahren. Er hat sich von mir abgewandt. Er hat gesagt, ich mache ihm Angst.«

»Er kommt schon wieder.«

»Und was, wenn nicht?«, fragte ich viel zu schnell und blickte ihn an. »Was, wenn er mich jetzt hasst?«

Junicus verzog das Gesicht. »Ihr seid doch Freunde, warum sollte er dich hassen?«

»Keine Ahnung.« Ich ließ die Schultern sinken. »Wie hat Jedron denn reagiert, als du ihm gesagt hast, dass du den Funken nicht mehr hast?«

Zuerst wusste ich nicht, warum er erstarrte und zur Seite sah. Wie er nach Worten rang, meinem Blick auswich, sich verkrampfte … Ich erkannte, dass ich ungewollt ein schwieriges Thema angeschnitten hatte. »Du hast es ihm doch gesagt, oder?«

»Äh …« Es war das erste Mal, dass ich den ehemaligen Wassergott sprachlos erlebte.

»Das kann doch nicht wahr sein!« Empört stand ich auf. »Ich habe den Funken nun schon beinahe ein halbes Jahr, und du hast deinem Kumpel immer noch nichts davon erzählt!«

»Scht, nicht so laut …«

»Ich rede, so laut ich will!« Ich warf die Hände in die Luft. »Warum, bei den Scheißgeistern, hast du ihm noch nichts gesagt?«

Es dauerte, bis Junicus antwortete, und als er mich wieder

ansah, war er wie ausgewechselt. Kein ruhiger, spiegelglatter Ozean mehr, sondern die raue See bei aufkommendem Wind. »Weil ich ihm nicht sagen werde, dass ich sterbe.«

Ich trat zwei Schritte auf ihn zu und breitete beschwichtigend die Hände aus. »Du stirbst doch nicht. Du …«

»Doch, Shivari, das tue ich.« Sein Ton hatte eine Härte, die mich überraschte. »Ich sterbe, seit ich dir begegnet bin.«

Ich wusste nicht, ob er es sachlich oder verletzend gemeint hatte, und ignorierte den Stich in meiner Brust. »Aber ihr seid doch Freunde«, versuchte ich es anders. »Er hat ein Recht darauf, es zu erfahren.«

»Vor dir muss ich mich nicht rechtfertigen.« Jetzt stand auch er auf, die Wellen schlugen immer höher. »Jedron und mich verbindet eine Jahrhunderte währende Freundschaft, und anders als bei deinem albernen Geplänkel mit Fuchs erkenne ich schon im Voraus, was ihn nur verletzen wird und was ihn *zerreißt*.«

Ich biss die Zähne zusammen. »Es ist nicht albern …«, versuchte ich zu sagen, doch Junicus ließ mich nicht ausreden.

»Du glaubst, mir Vorwürfe machen zu dürfen, wenn ich meinen Freund anschweige? Du, der du überhaupt noch nie im Leben jemanden so nennen konntest? Was weißt du denn schon? Sag es mir!«

»Ich weiß«, entgegnete ich, »dass Jedron es so oder so herausfinden wird. Spätestens, wenn du schläfst, alterst und krank wirst. Spätestens, wenn …«

»… ich so wertlos bin wie du?«

Er hätte mich auch ohrfeigen können, meine Reaktion wäre die gleiche gewesen. Zuvor hatte ich seine harten Worte nur auf seinen Ärger und seine Empfindlichkeit zurückgeführt, aber das war ein Schlag unter die Gürtellinie gewesen. »Wie bitte?«, fragte ich in dem nutzlosen Versuch, mich zu vergewissern, ob ich mich nicht doch verhört hatte.

»Ich hätte niemals gedacht, dass ein so erbärmliches Wesen

wie du den Funken erben würde. Ich bereue den Tag, an dem ich dir begegnet bin, denn sonst wäre ich jetzt nicht in dieser Lage.«

»Jetzt gibst du mir die Schuld?«, fragte ich und bemerkte zu spät, dass meine Stimme zitterte. »Du hast selbst gesagt, der Funke sucht sich sein Gefäß selbst.«

»Wer hätte je ahnen können, dass ausgerechnet du infrage kommst!« Junicus' Worte waren, anders als meine, nicht laut oder aufgebracht, doch wünschte ich mir, er würde sie lieber schreien, damit sie etwas von ihrer Erbarmungslosigkeit verloren. Damit ich erkannte, dass Junicus nicht Herr seiner selbst war.

Er ging um den Brunnen herum und wandte sein Gesicht zum Fenster, und ich war dankbar, sein sturmgepeitschtes Meer nicht mehr ansehen zu müssen. Mein Boot war längst gekentert, doch das war ihm anscheinend egal.

»Jedron wird es erfahren, da hast du wohl recht, aber ich bestimme den Zeitpunkt und werde nicht zulassen, dass eine Ratte, ein Gossenkind, mir sagt, was ich tun und lassen soll. Du kannst nicht einmal deine eigenen Leute beschützen, und dann bildest du dir auch noch ein, mir sagen zu können, wie ich meine halten kann? Verdammt, ich bin ein Gott!«

Ich atmete tief und zittrig ein. »Nein, das bist du nicht.« Mit geballten Fäusten drehte ich mich um. »Du bist genau wie alle anderen!« Ich knallte die Tür so laut zu, dass man es im ganzen Anwesen gehört haben musste. Das war eine pubertäre und hilflose Geste, aber ich konnte mich nicht beherrschen.

»Ich bin nicht wertlos«, knirschte ich auf dem Weg nach draußen, doch es klang hohl und aufgesetzt, als wolle ich mich selbst davon überzeugen.

Scheiße! Ich lief, zwei Stufen auf einmal nehmend, die Treppe hinunter. Hier waren die Bediensteten zahlreich und wuselten herum wie in einem Ameisenhaufen, doch ich war viel zu aufgewühlt, als dass ich ihnen viel Beachtung schenkte. Fast stieß ich mit einer Dienstmagd zusammen, die ihr voll beladenes Tablett gerade noch halten konnte und mich böse anstarrte.

»'tschuldigung«, murmelte ich, ohne sie anzusehen, und drängelte mich an ihr vorbei. Sie rief mir noch etwas hinterher, aber ich achtete schon nicht mehr darauf. Mit raschen Schritten machte ich, dass ich aus dem Anwesen kam, und nahm mir vor, nie wieder einen Fuß in dieses hässliche Gebäude zu setzen.

Draußen atmete ich tief und zitternd durch und wischte mir mit der Hand über das Gesicht.

Ich muss mich hinlegen.

DER BRÜLLENDE BÄR

Ich wachte auf, weil meine Tätowierung juckte wie ein entzündeter Mückenstich. Stöhnend drehte ich mich um und versuchte, das Kribbeln in meinem Knöchel zu ignorieren, aber ein Weg zurück ins Land der Träume war mir nicht vergönnt. Als ich meine Aufmerksamkeit stärker auf den schwarzen Drachen konzentrierte, spürte ich sofort die dreckige, spröde Magie, die ihn mir in den Körper gebrannt hatte.

Na endlich! Askani war schlecht gelaunt, und seine Stimme grollte wie eine Felslawine durch meinen Kopf. *Weißt du überhaupt, wie lange ich gebraucht habe, um dich zu erreichen? Was erlaubst du dir …?!*

Was willst du? Ich vergrub mein Gesicht im Kissen, das nach Staub und Erde roch.

Ich habe einen Auftrag für dich.

Kann Fuchs das nicht erledigen?

An dem anhaltenden Schweigen, das er mir zornentbrannt entgegenbrachte, erkannte ich, dass ich wohl das Falsche gesagt hatte. *Erstens,* meinte er dann langsam, wobei er jede Silbe betonte, *bin ich der verdammte Gildenführer, du tust gefälligst, was ich dir sage, ohne aufzumucken, geschweige denn irgendwelche blöden Fragen zu stellen. Zweitens,* ich machte mich innerlich schon auf eine lange Predigt gefasst, *hat der Auftraggeber ausdrücklich nach dir verlangt, und du weißt, dass wir es uns momentan nicht erlauben können, Kunden zu vergraulen. Und drittens wurde Fuchs ausgestoßen.*

WAS?!

Schlagartig saß ich aufrecht im Bett, und das Kissen fiel geräuschlos auf den Boden.

Warum, bei den Geistern? Was ist passiert?

Das geht dich verdammt noch mal einen Scheißdreck an. Seid ihr beiden nicht sonst immer zusammen unterwegs, müsstest du das nicht eigentlich selber wissen? Oder habt ihr Schluss gemacht? Er kicherte, was in meinem Geist ein hohles Echo erzeugte.

Was …, wollte ich weiter fragen, doch Askani würgte mich ab.

Dein Auftraggeber wartet schon. Wo sollt ihr euch treffen? Oder bist du mehr daran interessiert, einem Abtrünnigen hinterherzutrauern? Wäre ziemlich schädlich für deine Karriere, mein Guter.

Noch während er sprach, spürte ich einen vertrauten Zug in meinem Inneren, von dem ich in letzter Zeit so oft gehofft hatte, dass er eintreten würde. Meine Hände krallten sich in das Laken, der Ring leuchtete weißer als der Stoff.

Heute Abend. Im Brüllenden Bären.

Anscheinend überrascht, dass ich so schnell auf sein Angebot eingegangen war, schwieg Askani kurz, und das nutzte ich aus.

Die Kneipe liegt in gepflegteren Gefilden der Nacht, *also kein Ort, an dem du dich so oft herumtreibst. Selbst für einen Laien nicht schwer zu finden. Der Wirt behauptet …*

Ich kenne den Wirt.

Dann richte das dem Auftraggeber aus. Wie gesagt, heute Abend. Bis dahin bin ich beschäftigt.

Abrupt und gegen seinen Willen beendete ich die Verbindung und sprang leichtfüßig aus dem Bett. Seit mich der Schwarzgewandete in meiner Bruchbude überfallen hatte, traute ich mich nicht mehr, dort zu schlafen, auch wenn mir der Schattengeist in nächster Zeit wohl keine Probleme mehr machen würde. Meine Höhle in den Eingeweiden der Erde fand ich da sicherer.

Ich blickte auf meine Hand und den weißen Ring an meinem Finger. Der Zug zu Fuchs war nicht stark und fühlte sich eher an wie eine lose Schnur als wie ein straff gespanntes Band. Dennoch wusste ich genau, wohin er führte.

Anders als die meisten Schankhöhlen in der *Nacht* hatte die Kneipe Zum Brüllenden Bären einen ausgezeichneten Ruf. Sofern man die Maßstäbe mit einbezog, mit denen man in der Unterstadt etwas oder jemanden bewertete.

Hier gab es genügend Licht und Feuerschalen, sodass selbst die düsterste Ecke beleuchtet wurde und ein offenes, wenn auch leicht befremdliches Bild vermittelte, schließlich befand man sich unter der Erde. Ein sanfter Hauch von Honig und guter Laune lag in der Luft, ein Merkmal, das die Schenke so beliebt machte. Die grob gezimmerten Tische waren weitgehend unbesetzt, um diese Uhrzeit war kaum etwas los, und der Wirt, ein zäher alter Mann, dem der Klauenhieb eines wilden Tieres das halbe Gesicht verunstaltet hatte, stand einsam hinter der Theke und putzte gleichgültig die Gläser. Als ich eintrat, grunzte er nur.

Fuchs saß auf einem Barhocker in der Ecke, in sich zusammengesunken und halb auf dem Tresen liegend, drei Flaschen Met vor sich. Während ich näher kam, sah ich, dass zwei bereits leer waren, die dritte hatte er gerade angebrochen.

Er grinste, als er mich sah, und eine unangenehme Alkoholfahne schlug mir entgegen. Ungeschickt winkte er dem Wirt zu, und wortlos stellte dieser das Glas vor mir ab, das er soeben geputzt hatte. Als Fuchs nach der Flasche greifen wollte und sie dabei fast umwarf, nahm ich sie ihm aus der Hand und schenkte ihm und mir selbst ein. Nach dem feinen Geruch und der Klarheit der Flüssigkeit zu urteilen, musste es der beste Met der Schenke sein.

»Fuchs, was ist passiert? Du siehst scheiße aus.«

Das war noch untertrieben. Seine Kleidung war schmutzig und zerrissen, als hätte man ihn quer durch die ganze Stadt geschleift, und er stank nach Blut, Schweiß und Urin. Ein Geruch, der sich zusammen mit dem Alkohol, den er bereits getrunken hatte, erst vollständig entfalten konnte. In seinem Haar klebte getrocknetes Blut, und seine rechte Schulter war merkwürdig feucht und roch nach Eiter.

Anstatt mir zu antworten, hob Fuchs sein Glas, rief »Auf den Regen!« und stürzte es hinunter. Mein eigenes Gefäß ließ ich unberührt, auch wenn es mir im Moment sehr verlockend vorkam.

»Weißt du«, lallte Fuchs dann und wischte sich mit dem Ärmel über den Mund, »ich war immer ehrlich zu dir. Hab dich nie angelogen.«

Es war nicht schwer zu erahnen, worauf er anspielte. »Ich war dir gegenüber auch nie unehrlich …«

»Doch, warst du!«, brauste er auf. »Mag sein, dass du mir nie Lügen aufgetischt hast, aber du hast mir etwas verschwiegen. Etwas verdammt Wichtiges!«

»Ich verschweige dir ziemlich viel.« Kurz war Fuchs vor den Kopf gestoßen, und schnell redete ich weiter. »Bei den Geistern, du glaubst doch nicht ernsthaft, dass ich dir alles aus meinem Leben erzählt habe!« Ich packte mein Glas und nahm einen Schluck. Der Met war gut. »Einiges geht dich schlicht und ergreifend nichts an. Und anderes willst du gar nicht wissen. Aber ich gebe zu«, kurz suchte ich nach den richtigen Worten, »dass ich … dir nicht so viel hätte vorspielen sollen.«

»Du hättest mir vertrauen sollen.« Er beugte sich zu mir hinüber und hauchte mir seine Fahne ins Gesicht. »Ich bin dein Freund, verdammt noch mal!«

»Ich … weiß.« Das stimmte. Erst jetzt wurde mir bewusst, dass er der Erste in meinem Leben war, den ich so nennen konnte. So fühlte sich das also an?

»Sagst du's mir jetzt?«, fragte er nun weniger wütend und mit einem Funkeln in den Augen. »Was mit dir los ist? Warum du so …« Er gestikulierte hilflos und verschüttete dabei den Inhalt seines gerade nachgeschenkten Glases.

»Nein, jetzt nicht. Erst, wenn du wieder nüchtern bist und mir die drei Freien Städte Nyrias aufsagen kannst.«

»Hu, das weiß ich!« Beinahe stand er auf, aber weil er sein Gleichgewicht nicht halten konnte, plumpste er gleich wieder auf den Stuhl zurück. »Akaria, Funro …«

Schon falsch. »Vergiss es.« Ich trank mein Glas leer und stellte es vor mich. Fuchs schickte sich an, mir nachzuschenken, doch ich winkte ab. »Fuchs, ich frage noch einmal: Was ist passiert?«

Er sah mich für einen Moment an wie ein Kleinkind, das Süßigkeiten will, dann griff er zur Seite. Vielleicht war es der Alkohol, der den Zähmer von Wind und Sturm langsam werden ließ, jedenfalls hatte ich keine Mühe, ihm die Flasche wegzuschnappen. »Heee!«, begehrte er auf, machte aber keine Anstalten, sich seinen Trunk zurückzuholen.

»Askani hat gesagt, du seist ausgestoßen worden! Weißt du überhaupt, was das heißt? Geht in deinen verwöhnten Adelsschädel rein, dass das kein Spiel ist?«

»Natürlich weiß ich, was das heißt«, brummte er. »Ich bin Freiwild. Deswegen trinke ich ja auch. Komme morgen vielleicht nicht mehr dazu.«

In der Tat, er war Freiwild. Ohne Gilde und ohne Schutzherren waren Kriminelle aufgeschmissen, gerade die talentierten, die sich ganz nach oben gearbeitet hatten. Und Fuchs war Meisterdieb einer der größten Gilden der Stadt gewesen, es gab bestimmt eine lange Liste von Leuten, denen er auf den Schlips getreten war. Die Stadtwache und die Stahlmänner wollten ihn lediglich verhaften (auch wenn das von Letzteren kein Spaß sein sollte), aber die Unterwelt wollte ihn aus dem Weg haben. Das endete im günstigsten Fall nur mit dem Tod. In schlimmeren Fällen konnte Fuchs mit Folter, Demütigungen, Gefangenschaft oder Versklavung rechnen. Jetzt, wo

Askani seine schützende Hand nicht mehr über ihn hielt, machte ihn das verwundbar. Entweder er suchte sich eine neue Gilde, die ihn aufnahm, und das war unwahrscheinlich, weil er von einer hohen Position ausgestoßen worden und somit nicht mehr vertrauenswürdig war, oder er verließ die Stadt.

Ich wusste, dass beides keine Option für ihn war, und genau deswegen machte ich mir so große Sorgen. Realisierte er überhaupt seine Lage? Wusste er, was Menschen einander antun konnten?

»Du willst doch darüber reden«, änderte ich meine Taktik, »sonst hättest du mich nicht hergerufen.« Ich deutete auf den Ring. »Und außerdem bist du Magier, du kannst jederzeit nüchtern werden, wenn du in deine Nael tauchst.«

Für einen Moment starrte er das Schmuckstück an, als wüsste er nicht, woher es plötzlich kam, dann seufzte er und stützte sich mit den Armen auf dem Tresen ab.

»Met«, verlangte er.

»Fuchs …«

»Ich brauch was zu trinken, sonst trocknet meine Kehle aus!«

Widerwillig schenkte ich ihm ein und erwartete schon, dass er nur trinken und nicht reden würde, doch ich täuschte mich.

Der einzige Ort, an dem Fuchs glaubte, dass Shivari ihn nicht finden würde, war der Greifenhorst. Er hatte das Versteck seiner Beute nie preisgegeben, schließlich war er nicht dumm, auch wenn er Shivari als einen engen Vertrauten ansah. Beziehungsweise: angesehen hatte.

Bei den Geistern, seine Glieder zitterten noch immer! Obwohl der Kampf um den Blauen Käfer schon Stunden zurücklag, konnte Fuchs die Furcht nicht vertreiben, die ihn gepackt hatte, als dieser riesige Drache auf ihn zukam. Er hatte gedacht, seine Zeit wäre nun gekommen. Sonderbar war es allerdings gewesen, dass seine einzigen Gedanken seinem Vater gegolten hatten. Hätte er sich doch nur entschuldigen können, dass er stets eine Enttäuschung für ihn gewesen war …

Hör auf!, schalt er sich und kniff die Augen zusammen, um die Erinnerungen zu vertreiben. *Das liegt alles weit hinter dir!*

Hier stand er nun, in den Scherben seiner Existenz, verlassen von jenen, die er liebte, und verraten von dem, dem er vertraut hatte. Das erste Mal seit Jahren.

Konnte man wirklich von Verrat sprechen, wenn der beste Freund Geheimnisse zurückhielt, die Fuchs eigentlich nichts angingen? Wenn er Kräfte besaß, Urgewalten gar kontrollierte, jenseits aller Vorstellungskraft? Wenn Fuchs eigentlich nutzlos war?

Denn er hatte keinen Zweifel daran, dass er es war. Eine »Partnerschaft« hatte Shivari es genannt und somit ein Verhältnis vorausgesetzt, in dem einer dem anderen ebenbürtig war. Fuchs war Shivari nicht ebenbürtig, das hatte er im Laufe der Zeit gemerkt, aber in welchem Ausmaß, erst vergangene Nacht. Götter!

Shivari hatte Fuchs von Anfang an gar nicht gebraucht, und wenn, dann nur als Anhängsel und Bewunderer. Sollte er doch sehen, wo er jetzt ohne ihn blieb! Er hatte nicht vor, zu dem barfüßigen Dieb zurückzukehren. Sie waren wieder das, was sie anfangs gewesen waren: Rivalen.

Aber warum tut es dann so weh?

Fuchs kniete sich nieder, löste die Wachzauber und betrachtete seine Beute. Gegenüber den Edelsteinen und Schmuckstücken war er blind, er hatte nur Augen für die scheinbar nichtigen Dinge, die er zusammen mit Shivari aus dem Haus des Großmagiers entwendet hatte. Seine magischen Sinne kribbelten, als er mit den Fingern darüberstrich.

Das Kurzschwert allerdings war im Vergleich dazu stumpf und langweilig. Stumm nahm er es in die Hand, betrachtete es im Licht der aufgehenden Sonne eingehend und konnte doch nichts Besonderes daran erkennen. Kein Schmuck, keine Verzierung, keine magische Aura. Er wusste nicht, warum sich Shivari deswegen so aufgeregt hatte. Vielleicht hatte er es darum behalten.

Langsam zog er es aus der Scheide und wog die Waffe in der Hand. Er war nicht so begnadet in der Waffenkunst wie Aran, dennoch erkannte er, wie ausbalanciert die Klinge war. Und wie glänzend. Seit dem Raubüberfall hatte er die Waffe nicht wieder angerührt, dennoch schimmerte das Silber wie frisch poliert.

Nein, kein Silber, dachte er, als er mit dem Daumen darüberstrich. *Das ist Chrom.*

Er konnte sich darin spiegeln, sah in sein nachdenkliches Gesicht und auf den Blutstropfen, als er sich an der Klinge schnitt. Das war ein funktionales und extrem effektives Tötungswerkzeug, geschaffen, um Fleisch, Knochen und Rüstungen zu zerschneiden wie …

Erschrocken keuchte er auf und zuckte zusammen, drehte sich blitzschnell um, das Schwert wie zur Verteidigung erhoben. Zitternd deutete die Klinge auf leere Luft, und nervös versicherte sich Fuchs, dass sich niemand außer ihm in dem stinkenden Turmzimmer befand. Aber er hätte schwören können …!

Wieder besah er sich die Klinge, die sein Gesicht verzerrt wiedergab. Für einen kurzen Moment hatte er noch eine Gestalt im silbrigen Glanz gesehen, von Schatten umhüllt hatte sie ihn angestarrt, lauernd und zornig. Wo war sie hergekommen? Hinter ihm stand niemand, ein erneuter Blick über die Schulter bestätigte das.

Er beugte sich tiefer über die Klinge, konzentrierter dieses Mal, und achtete genau auf den schemenhaften Hintergrund, damit ihm bloß nichts entging. Minutenlang starrte er auf das Schwert, und als sich tatsächlich hinter ihm etwas bewegte, blieb er ruhig und dachte, dass es wieder nur diese schattenhafte Erscheinung war.

Das war sein Fehler.

Als er wieder zu sich kam, dröhnte sein Schädel wie nach einer schweren Prügelei. Er spürte, wie er von zwei Personen getragen wurde, seine Füße schleiften kraftlos hinter ihm her. Zuerst erkannte Fuchs gar nichts, als er die Augen öffnete, dann sah er die verschwommenen Umrisse steinigen Bodens und der Stiefel der Männer, die ihn zwischen sich mitschleiften.

Er stöhnte und versuchte, sich loszureißen, doch der Griff der Männer war stark, und die Schläge, die sie ihm in die Magengegend verpassten, sogar noch stärker. Fuchs schnappte nach Luft und musste sich fast übergeben.

»Wer seid ihr?«, versuchte er zu sagen, doch aus seinem Mund kam nur undeutliches Gemurmel.

»Ha! Hast du das gehört, Erdaxt? Der Meisterdieb lernt endlich, in ganzen Sätzen zu reden!«

»Sei still! Cayne hat uns verboten, mit ihm zu reden!«

Da wusste Fuchs, dass er bis zum Hals in Schwierigkeiten steckte.

Während sich sein Sichtfeld langsam wieder klärte und er versuchte, nicht in Panik auszubrechen, fesselten sie seine Hände mit einem rauen Seil auf den Rücken, das seine Haut wund scheuerte. Augenscheinlich befanden sie sich tief in der *Nacht,* die Luft war stickig und die Gänge roh und unbearbeitet. Fuchs versuchte, die Orientierung zu behalten und ein paar Nael zu zapfen, doch einer der Gauner versetzte ihm sofort einen harten Schlag, sodass sich in seinem Inneren alles zusammenzog. Offenbar war er Erdmagier, und hier unten hatte Fuchs so gut wie keine Chance gegen ihn.

Der Gang führte in eine der größten und weitläufigsten Höhlen, die Fuchs je gesehen hatte. Obwohl mit Fackeln und schwebenden Wehrlichtern gut beleuchtet, lag die Decke in ungeahnter Dunkelheit. Es war voller als bei Festtagen auf dem Neunkönigsplatz, dennoch klafften große Lücken in der Menge, weil einfach viel zu viel Platz vorhanden war. Seine Bewacher hatten keinerlei Probleme, sich ihren Weg nach vorn zu bahnen.

Fuchs sah vermummte Schwarze Skorpione und Rote Schlangen, die ihrem Namen alle Ehre machten, denn die dunklen Flecken von Blut auf ihrer Kleidung waren schwer zu übersehen. Hin und wieder erhaschte er auch einen Blick auf zusammengesunkene Gestalten, alle in einem unterschiedlichen Stadium der Verzweiflung, von denen er annahm, dass sie ehemalige Magier des Blauen Käfers waren. Sie alle sahen ihn an wie einen Verurteilten, der zum Galgen geführt wurde.

Er konnte nicht sagen, ob es die Mitte der Höhle war, aber sie näherten sich einigen heruntergestürzten Felsen, auf denen ein paar Menschen hockten und rau lachten. Hart wurde er vor ihnen auf den Boden geworfen, sodass er sich nur mit Mühe wieder aufrichten konnte. Er schmeckte Dreck und Blut im Mund. Die Leute verstummten, und Fuchs richtete seinen Blick auf denjenigen, der am höchsten saß.

Cayne war ein kleiner, drahtiger Mann mit einem Rattengesicht und einem Ziegenbart, der sein fliehendes Kinn nur unzureichend verbergen konnte. Als er Fuchs vor sich kauern sah, lächelte er spitzbübisch, und irgendwie konnte sich der Junge nicht vorstellen, dass dieser Mann die ganze Unterwelt Vesontonios hinter sich vereinigte.

»Ah, der hohe Adel geruht, sich unters Fußvolk zu mischen!«, sagte er mit volltönender Stimme und breitete die Arme aus. Seine Untergebenen lachten schallend.

Fuchs gingen viele Erwiderungen durch den Kopf, eine

kühner als die andere, doch er war nicht so mutig wie Shivari, der seine Meinung einfach rundheraus sagte, also schwieg er lieber. Schon allein, weil er nicht so kopflos enden wollte wie die früheren Gildenführer und ihre Stellvertreter.

»Hast du eine Ahnung«, fuhr Cayne fort, »warum du hier bist, mein Freund?«

»Viele«, sagte Fuchs, »und ich bin nicht dein Freund.«

Er zuckte in Erwartung eines weiteren Schlages zusammen, denn der Erdmagier zu seiner Linken hatte bereits ausgeholt, aber Cayne hob nur beiläufig die Hand. Beschämt senkte der Magus den Kopf und trat zurück, als hätte er einen unbeschreiblichen Fehler begangen. »Erleuchte uns.«

Fuchs hatte keine Lust auf dieses Spiel, aber er war in einer Lage, in der er es sich nicht erlauben konnte, wählerisch zu sein. »Askani, Shivari, Radovan, mein Vater oder zur puren Befriedigung deiner kranken Perversionen«, leierte er herunter. »Such dir was aus.«

In der Höhle war es still, als Cayne leise lachte, und zum ersten Mal bekam Fuchs eine Vorstellung davon, wozu dieser Mann imstande war. »Ein Fuchs, in der Tat«, murmelte er und stieg von dem Felsen herunter.

»Was willst du von mir?«, wagte Fuchs den Vorstoß. Was auch immer ihn erwartete, er wollte es schnell hinter sich bringen.

»Na, na«, machte Cayne nur und schnalzte mit der Zunge, »hat man in gehobenen Kreisen etwa keinen Sinn mehr für gepflegte Konversation?«

»Glaub mir, wenn jemand den Unterschied zwischen gepflegter Konversation und offenen Drohungen kennt, dann bin ich das.«

»Ich drohe dir nicht.«

»Ach ja? Und warum bin ich dann gefesselt?«

»Gutes Argument.«

Er trat mit auf dem Rücken verschränkten Armen, der

Haltung von Fuchs gar nicht mal so unähnlich, zu ihm und beugte sich herab. »Um ehrlich zu sein, du interessierst mich einen feuchten Furz. Ich bin vielmehr an deinem Gefährten interessiert.«

Kurz knirschte Fuchs mit den Zähnen. »Shivari ist unbestechlich.«

»Wird er das immer noch sein, wenn ich ihm dein Ohr in die Bruchbude schicke? Oder deine Hand?« Die Beiläufigkeit, mit der er das sagte, jagte Fuchs einen Schauer über den Rücken. »Du könntest natürlich den Verlust eines Körperteils umgehen, indem du mir gleich sagst, wo Shivari sich aufhält, oder mich zu ihm führst. Wie du willst.«

Fuchs musste nicht lange überlegen. »Bedaure. Ich glaube, ich wähle lieber die Klinge.«

Caynes Lächeln schmolz aus seinem Gesicht wie Schnee im Sommer. »Wohl doch kein Fuchs.«

Er stieg wieder auf den Felsen und wandte sich an seine Untergebenen, die sich mittlerweile in Scharen um sie herum versammelt hatten. »Meine Freunde!«, rief er melodramatisch. »Nun liegt es an euch zu entscheiden, welchen Teil des sogenannten Meisterdiebs wir zu seinem ach so schützenswerten Kumpan zurückschicken! Seid kreativ, ich bin für alle Vorschläge offen.«

Die Menge grölte, und Fuchs machte sich auf das Schlimmste gefasst.

»Den Fuß!«

»Seinen Schwanz!«

»Die Nase!«

»Alle Finger einzeln!«

Zwar bemühte er sich, nicht allzu genau hinzuhören, dennoch konnte er nicht verhindern, dass ihm schlecht wurde vor Angst.

Voller Furcht sah er auf, als sich ein großer, muskelbepackter Mann vor ihm aufbaute, der so aufgeblasen, so brutal und vor allen Dingen so übertrieben aussah, dass Fuchs gelacht hätte, wenn er sich nicht gerade in die Hosen schisse.

»Ich weiß, was wir machen«, sagte er grollend und grinste.

Die Schenke hatte sich während seiner Erzählung gefüllt, und ich musste mich näher zu ihm beugen, um ihn zu verstehen. Mein Blick wanderte zu seiner Schulter, dort, wo früher seine Gildentätowierung gewesen war, und es war nicht schwer zu erraten, was Cayne getan hatte: Um den schwarzen Drachen und Askanis Magie aus Fuchs' Körper zu brennen, war ein langer, schmerzhafter Prozess vonnöten gewesen. Kein Wunder, dass er so viel trank.

»Du … hast also das Schwert behalten.«

»Ist das das Einzige, was bei dir hängen geblieben ist?« Fuchs wollte laut werden, doch er hatte schon zu viel getrunken, und sein Ausbruch blieb daher eher harmlos.

»Fuchs, du musst weg von hier. Dieser Ort ist viel zu öffentlich.«

»Na und?« Er kippte ein weiteres Glas hinunter. Lange konnte es nicht mehr dauern, bis er sabbernd und bewusstlos auf dem Tresen liegen würde. So ungern ich es zugab, aber ich würde den Anblick genießen. »Im Moment ist mir alles egal.«

Ich seufzte. In dieser Stimmung konnte ich Fuchs nicht mit Worten überzeugen. Vielleicht …

»Vergiss es.«

»Bitte?«

»Ich weiß, was du denkst. Und du kannst es gleich wieder vergessen.«

So ein Vollidiot. »Na schön, wie du willst.«

»Eine Frage habe ich allerdings.« Obwohl er schon ziemlich benebelt war, brannte sich sein Blick in meinen, und ich musste dem Drang widerstehen wegzuschauen. »Was, bei den Geistern und den Drachen, will Cayne von dir?«

Ich trank mein Glas leer. »Das habe ich dir schon gesagt: Wir reden, wenn du wieder nüchtern bist.«

»Wir reden jetzt!«

»Nichts da. Du würdest die Zusammenhänge nicht verstehen.«

Genau genommen verstand ich die Zusammenhänge auch nicht. Nach Fuchs' Schilderung war Cayne eher ein Winzling mit einem Minderwertigkeitskomplex, doch das passte nicht damit zusammen, was ich gesehen und erlebt hatte. Und warum hatte Cayne Fuchs laufen lassen? Wusste er, dass ich ihn sowieso finden würde? Lauerte er hier womöglich schon auf mich?

Mit zusammengekniffenen Augen schaute ich mich in der mittlerweile recht gut besetzten Schankhöhle um. Die Gäste waren weniger roh als in den schlimmeren Teilen der *Nacht*, aber nichtsdestotrotz Gauner. Beobachteten sie uns? Warteten sie auf eine Gelegenheit?

»Du leidest echt unter Verfolgungswahn«, meinte Fuchs und bestellte noch eine Flasche.

»Halt die Klappe.«

Mein Blick schweifte umher und blieb an einem Tisch hängen, an dem nur eine Person saß. Ich erstarrte, als ich sie erkannte. Das plötzliche Jucken meiner Tätowierung bestätigte mir außerdem, dass es sich hierbei um den ominösen Auftraggeber handeln musste, mit dem ich mich heute Abend treffen sollte. Nur hatte ich gehofft, diesen Mann, eingehüllt in schwarzen Dunst und Zwielicht, nie wiedersehen zu müssen.

Es war der Schattenmann.

DER HERZLOSE MANN

Er sah mir entgegen, als ich auf ihn zukam. Ohne ihn aus den Augen zu lassen, stellte ich die Flasche Met, die Fuchs soeben bestellt und die ich ihm unter der Nase weggeschnappt hatte, auf den Tisch und setzte mich auf den Stuhl ihm gegenüber. Er würdigte das Getränk nur eines milden, interessenlosen Blickes, bevor sich seine schwarzen Augen wieder auf mich richteten. Sie sahen aus wie verbrannte Kohlen.

Der schwarze Dunst, der ihm vorhin noch um den Kopf geschwirrt war, hatte sich verflüchtigt, doch wenn ich meine Augen zusammenkniff und in meine Nael tauchte, sah ich noch sanfte Schlieren davon in der Luft tanzen. Mittlerweile bezweifelte ich, dass es jemand außer mir bemerkte.

Die Menschen um uns waren unwichtig geworden, Fuchs' Gegenwart drängte sich an den Rand meines Bewusstseins, während ich diesen Mann anstarrte, der mir, einfach so, das Leben gerettet hatte. Obwohl ich ihn bei unserer letzten Begegnung kaum richtig gesehen hatte, war ich mir sicher, dass er damals noch nicht so erschöpft, so erschlagen ausgesehen hatte. Dunkle Augenringe zierten sein ausgemergeltes Gesicht, und obwohl er keineswegs alt war, erkannte ich silbrige Strähnen in seinem schwarzen Haarschopf. Hagere Finger öffneten den Verschluss der Flasche, und mit geschickten Handgriffen schenkte er sich selbst und mir großzügig ein. Wir beide ließen die Gläser jedoch unberührt.

»Nun?«, sagte ich, als ich das Schweigen nicht mehr aushielt.

»Nun«, entgegnete er rau, »da wären wir.«

»Wer bist du?«, fragte ich und ließ es mir nicht anmerken, wie wichtig mir seine Antwort war.

»Spielt das eine Rolle?«, enttäuschte er mich und nahm

teilnahmslos einen Schluck. Ich biss wütend die Zähne zusammen. »Für einen Auftrag sind Namen Wind.« Er hatte einen Akzent, den ich nicht einordnen konnte.

»Nicht zwangsläufig.«

»Für diesen schon.« Er sprach mit einer Emotionslosigkeit, die mich irritierte, und es war schwierig, nicht darauf einzugehen. Es reizte mich beinahe, ihn zu einem Ausbruch zu bewegen.

»Tatsächlich?« Ich lehnte mich zurück und verschränkte die Arme. »Worum geht's?«

»Es ist merkwürdig.« Er strich mit den Fingern über den Rand des Glases. »Normalerweise wollen Diebe und dergleichen immer erst über die Bezahlung reden, bevor sie zur Sache kommen.«

»Vielleicht ist es dir noch nicht aufgefallen, aber ich bin nicht so wie die meisten Diebe.« Ich verhinderte erfolgreich, einen Seitenblick auf Fuchs zu werfen, dessen Kopf dem Tresen immer näher kam.

»Nein, das bist du nicht. Deswegen habe ich dich ausgesucht.«

»Wie reizend von dir. Und genauso reizend von mir, dass ich, egal, welche Bezahlung du mir anbietest, diese nicht annehmen werde.«

Ich freute mich wie ein Kind, als ein Schatten der Verunsicherung über seine glatten Züge glitt. »Wieso solltest du so etwas tun?«

»Weil ich sowieso schon genug Dragare und Juwelen habe und nicht weiß, wohin damit? Weil ich eine durch und durch liebenswürdige Person bin? Aber hauptsächlich …« Mit einer Hand griff ich in meinen Ausschnitt und zog den Mantel und mein Hemd darunter etwas zur Seite, sodass man den Ansatz der Narbe im Schein des Lichtes gut erkennen konnte. »… weil du etwas für mich getan hast, und ich im Gegenzug etwas für dich tun werde.«

Sein Blick ruhte auf der Narbe, zum ersten Mal wirklich interessiert, und ein leises Lächeln umspielte seine Lippen. Ich wertete das als großen Triumph. »Du bist nicht gestorben.«

»Nein, bin ich nicht.« Ich richtete meine Kleidung und beugte mich vor, verschwörerisch, geheimnisvoll. »Also, worum geht es? Was soll ich für dich stehlen?«

Er starrte einige Augenblicke auf seine Hände, die er auf den Tisch gelegt hatte, und als er wieder aufsah, war sein Blick so dunkel und intensiv, dass mir ein Schauer über den Rücken lief.

»Mein Herz.«

Ich musste ihn wohl mit offenem Mund entgeistert angestarrt haben, und obwohl er Letzteres wegen meines Schals nicht sehen konnte, war es mir dennoch peinlich, so dermaßen aus der Fassung gebracht worden zu sein. Gleiches mit Gleichem.

»Ist das … ein Scherz?«, fragte ich leise und kam mir im nächsten Moment albern vor. Dieser Mann sah nicht gerade so aus, als würde er regelmäßig Witze reißen.

Anstatt zu antworten, fing er an, sein Hemd aufzuknöpfen. *Der Typ ist ja irre! Wenn du klug bist, Shivari, suchst du schleunigst das Weite und drehst dich nicht um!* Aber ich konnte mich nicht rühren, seltsam gefangen von seinem Blick, der noch immer auf mir ruhte, wahrscheinlich auf eine Reaktion von mir wartete. Es hätte wirklich nicht viel gefehlt, und ich wäre aufgestanden und gegangen, doch dann sah ich sein faules Fleisch.

In seinem Brustkorb war ein Loch, und zwar keines, in das man gerne hineinblickte. Das Gewebe um die Wunde war eingesunken und an manchen Stellen abgestorben, das Innere nur eine braunrote Masse von Fleisch und Adern. Aber auch ohne anatomische Kenntnisse war nicht schwer zu übersehen, was dort fehlte. Ich konnte es nicht verhindern, mir wurde schlecht.

»Es wird schlimmer in letzter Zeit«, meinte er, als er die Wunde wieder verbarg.

Viel zu viele Fragen schwirrten in meinem Kopf herum, und während ich noch überlegte, welche ich als Erstes stellen sollte, redete er weiter.

»Vor zwei Jahren in Zuar, da … ist es passiert. Ich weiß nicht genau, wie, aber danach fehlte etwas. Alles fühlte sich falsch an, und ich habe danach gesucht. Die Spur verliert sich hier, also nehme ich an, dass der Mann noch in der Stadt ist.«

»Woher weißt du, dass es ein Mann war?« Nicht gerade die offenkundigste Frage, aber mit irgendwas musste ich ja anfangen.

»Ich weiß so einiges.«

Ich seufzte. »Wie ist überhaupt … Ich meine, warum hast du nichts gemerkt?«

»Ich habe geschlafen.«

Ja natürlich, was auch sonst. »Und warum bist du nicht tot?«

»Das …« Wieder sah er auf seine Hände. Ich bemerkte feine Narben an seinen Handgelenken, als wäre er für lange Zeit gefesselt gewesen. Unangenehm berührt schaute ich wieder weg. »Das ist eine andere Geschichte. Eine längere. Eine düstere.«

Obwohl er mit mir redet, sagt er mir so gut wie gar nichts. »Und es wird schlimmer?«

»Ja. Das Fleisch fault, und ich werde immer müder, kraftloser. Etwas zieht die Energie aus mir heraus.«

»Wie lange noch?«

Er sah mich an, und dieses Mal hielt ich seinem Blick stand, obwohl es mir schwerfiel. »Nicht mehr lange. Zwei Monate, höchstens.«

Der Dragar fiel, als eine schwarze Faser sich einer Windbö gleich um seinen Kopf kringelte und sich auflöste.

»Cayne hat deinen Funken geklaut!«

Er wurde ganz starr. »Natürlich, der Funke klammert sich an die Enya, und was ist das Leben, wenn nicht das Herz?«, redete ich weiter. »Du stirbst nicht, weil du dich noch im Übergang befindest, aber Cayne benötigt so viel Energie, um Vesontonio zu unterwerfen, dass der Verbrauch viel größer ist als die Kraft, die dir gegeben wurde. Deswegen war der Schwarzgewandete so …« Alles, was ich sah, war ein leichtes Zucken, und schon im nächsten Moment lag ich rücklings auf dem Tisch, seine Hand an meiner Kehle. Mein Schädel dröhnte.

»Beeindruckend«, meinte er nur und vergrößerte den Druck. Nicht so viel, um mir die Luft abzuschneiden, aber so, dass es unangenehm wurde. Zwar glaubte ich nicht, dass ich in Lebensgefahr war, auch wenn er es ernst meinte, doch Angst hatte ich trotzdem. Vor allen Dingen, weil es mich an eine ähnliche Situation erinnerte …

Vielleicht war das auch der Grund, warum ich mich vorerst schockerstarrt nicht bewegen konnte.

»Woher weißt du von dem Funken?« Ein leises Grollen war das einzige Anzeichen dafür, dass er wütend und vielleicht auch gefährlich war. »Ich hätte es wissen müssen. Von einem Dieb wie dir hätte ich eigentlich nicht erwartet, dass er vor Cayne im Staub kriecht …«

»Lass sie gefälligst los!« Schwankend und mit unstetem Blick versuchte Fuchs, nach der Schulter des Schattenmannes zu greifen, verfehlte sie aber und wandelte die Geste ungeschickt in einen eher harmlosen Fingerzeig um. »Du lässt sie«, er schien kurz zu überlegen, »jetzt los, du Pisser!«

Ich fand meine Stimme wieder. »Verzieh dich, Fuchs!«, ächzte ich halblaut.

Der Schattenmann hatte nicht mehr als einen gelangweilten Blick für ihn übrig, umso erstaunter war ich, dass er tatsächlich locker ließ. Dankbar nahm ich ein paar tiefe Atemzüge.

Er drehte sich um, und ich hörte ihn so etwas wie »Ich vergeude nur meine Zeit« murmeln, dann ging er unbeeindruckt um Fuchs herum und verließ die Höhle.

Ich rappelte mich auf. »Warte!« Mit dem Einsatz meiner Ellbogen drängelte ich mich durch die Menschen und ignorierte Fuchs' Protestrufe hinter mir. Noch sah ich ihn, noch konnte ich ihn aufhalten, noch konnte ich ihn fragen ... Wie der Donnerdrache persönlich stürmte ich aus der Höhle, und obwohl es in diesem Teil der Unterstadt niemals wirklich geschäftig zuging, konnte ich ihn schon nirgendwo mehr entdecken. Als wäre er nichts als ein weiterer Schatten in der *Nacht*.

»Scheiße!«, schrie ich, »Scheiße! Scheiße!« Mehrmals rannte ich die Straße hinauf und hinunter, so aufgewühlt, dass sich niemand mir in den Weg stellte. Er war weg. Er war einfach weg! Frustriert schlug ich gegen die Wand, sodass sich kleine Steinchen lösten und Schmerz durch meine Hand jagte, der allerdings sofort wieder versiegte.

Zusammenzusinken wäre ein Zeichen von Erschöpfung und Niederlage gewesen, die ich mir nie eingestehen könnte, deswegen ließ ich nur den Kopf hängen und starrte auf meine Zehen. »Scheiße ...« Dieses Mal war es nur ein Flüstern.

IN SCHERBEN

Bei der Roten Garde war Arans Ansehen nicht gestiegen, eher im Gegenteil. Hatte man ihn zuvor mit höflicher Missbilligung geduldet, wurde er nun offen verachtet. Die Stahlmänner machten sich nicht einmal mehr die Mühe, ihre Beleidigungen hinter vorgehaltener Hand zu äußern, mit Worten wie »Verräter« oder »Verschworener« wurde er fast täglich bedacht. Normalerweise würden diese Attacken an ihm abprallen wie Regen von seiner Rüstung, wenn nicht die Ermittlungen zu Fuchs' Aufenthaltsort so massiv behindert werden würden.

Offenbar waren die Stahlmänner der Ansicht, dass er eng genug mit den Kriminellen der Unterstadt zusammenarbeiten würde, und hielten es daher nicht für angebracht, neue Informationen an ihn weiterzugeben. Eine Beschwerde über das Verhalten seiner Männer bei General Vael war fruchtlos geblieben, und Aran scheute bisher noch davor zurück, sich an Fürst Sharion oder Radovan persönlich zu wenden. Sie würden ihn wahrscheinlich auf seinen eigenen Fehler hinweisen, den er nicht als solchen betrachtete, der ihn erst in diese missliche Lage gebracht hatte. Aran hatte es mittlerweile satt, sich immer durch das dichte Gestrüpp der Politik zu kämpfen, doch was sollte er tun? Er würde alles wieder genauso machen.

Die Räumlichkeiten in der Roten Festung, die man ihm zugewiesen hatte, waren viel zu groß für einen Mann, der eigentlich nur seinen Freund finden wollte. Auf dem Schreibtisch lagen nur wenige Unterlagen, denn die meisten Hinweise und Informationen hatte Aran an die Wand geheftet und mit Notizen versehen. Ein Stadtplan und eine ungenaue Karte der *Nacht*, die er aus dem Kopf gezeichnet hatte, hingen neben dem Wirrwarr.

Mit gerunzelter Stirn betrachtete Aran die Spuren, die Fuchs in den letzten Wochen hinterlassen hatte. Er hatte notgedrungen auch Shivari in seine Ermittlungen mit einbezogen, aber bald vor der schieren Informationsflut kapituliert. Fuchs war, trotz seiner Titel als Meisterdieb und Adelssohn, weniger bekannt als sein Kumpan. Ein einzelner Name mit einem Fragezeichen thronte etwas abseits, nicht wirklich in das Geschehen passend, aber dennoch darin verwickelt.

Aran seufzte und versuchte, aus dem Gefundenen schlau zu werden, irgendwie Fuchs' nächste Schritte vorauszuahnen. Verdammt, das war ihm doch früher bei Weitem nicht so schwergefallen!

Jemand tippte ihm auf die Schulter.

Aran bemerkte es nicht, weil er es spürte, sondern weil das metallische Geräusch eines Fingernagels auf seiner Rüstung durch die Stille im Raum und in seinem Kopf schnitt. Erstaunt wandte er den Kopf, er hatte niemanden eintreten hören.

»Du hast so versunken gewirkt, dass ich mich fast nicht traute, dich zu stören«, meinte Shivari und zuckte mit den Schultern.

Aran brauchte ein paar Sekunden, um zu reagieren. Vorsichtig wich er zurück und legte die Hand an sein Schwert. Shivaris Augen folgten der Bewegung, aber wenn er sich fürchtete oder einen Angriff erwartete, so zeigte er es nicht. Ruhig wie ein See im Sommer stand er mitten im Raum. Im Hintergrund bemerkte Aran das Fenster, das er geöffnet hatte, um besser nachdenken zu können. Wie nachlässig!

»Was würdest du tun, wenn du Fuchs gegenüberstehen würdest?«

Die Frage überrumpelte ihn, ließ ihn innehalten, als er gerade nach den Wachen rufen wollte. Er fasste sein Gegenüber scharf ins Auge, mit demselben abschätzenden Blick, mit dem auch er bedacht wurde.

»Ich würde mit ihm reden.«

»Warum? Du solltest ihn doch festnehmen.«

Aran seufzte. »Ja. Sollte ich.«

In Shivaris Augen leuchtete es auf. »Du bist loyaler, als ich dachte. Was würdest du sagen?«

Er nahm die Hand von seiner Waffe. Von dem Dieb ging keine Gefahr aus. Trotzdem schwieg er.

»Das geht nur dich und Fuchs etwas an, oder?«

»Richtig.«

Shivari nickte und wirkte für ein paar Sekunden sehr versunken. Aran musterte ihn und konnte sich nicht wirklich vorstellen, dass von dieser schmächtigen Person, diesem *Kind,* eine so große Gefahr ausging. Wäre er nicht selbst Zeuge seiner Fähigkeiten geworden, hätte er über die Gerüchte und Hinweise nur müde gelächelt.

»Kennst du den Brüllenden Bären?«

Aran schüttelte den Kopf. »Nein.«

»Das ist eine Schankhöhle in der *Nacht.* Relativ beliebt und einfach zu finden. Der Wirt behauptet, ein Tierwesen hätte ihm einst das Leben gerettet. Wenn du beim Schattentor runtergehst, ist es nicht mehr weit.«

Ihm schwante, was der Dieb von ihm wollte. »Warum sagst du mir das?«

»Weil Fuchs mein Freund ist.«

Shivari schaute an ihm vorbei zur Wand und auf die Hinweise, die dort hingen. Beinahe andächtig wanderten seine Augen über die Ergebnisse von Arans wochenlangen Ermittlungen. Sie verengten sich, als sie am Namen an der Seite hängen blieben. »Cayne?«, fragte er.

»Ich weiß nicht, inwieweit er in die Sache verwickelt ist.«

»Mehr, als du glaubst.«

Er ging quer durch den Raum und blieb vor einem kleinen Schrank stehen, in dem noch ein paar alte Unterlagen über begangene Verbrechen vor sich hin staubten. Fast vorsichtig strich er über das Holz und prüfte, ob der Schrank sicher stand. »Ist das deiner?«

»Nein. Wieso fragst …?«

»Gut.«

Mit einem kräftigen Ruck stieß er ihn um, sodass sein gesamter Inhalt auf dem Boden landete und das Holz beinahe scheppernd zerbarst. »Du Arschloch!«, rief er dabei laut.

Bevor Aran irgendetwas einwerfen konnte, sprintete Shivari quer durch den Raum auf ihn zu und stieß ihn rücklings über den Schreibtisch. Mit einem überraschten Aufschrei landete er auf dem Boden und stieß sich den Kopf. »He! Was fällt dir ein?«

»Das wirst du mir büßen, verdammter Stahlmann!«, schrie Shivari weiter und schickte sich an, den Schreibtisch hochzuheben. Bevor er das tun konnte, zog Aran sein Schwert und richtete die Spitze auf den Dieb. Er wollte ihn eigentlich nicht verletzen, aber … Shivari wich der Waffe geschickt aus und trat ihm gegen das Schienbein, dass er grunzte und kurz um sein Gleichgewicht rang. Mehr aus Instinkt packte er Shivari an der Schulter, und das wohl genau rechtzeitig.

Die Tür flog auf, und mehrere Rote Ritter stürmten den Raum und blieben verblüfft stehen, als sie das Chaos und die scheinbar miteinander ringenden Personen erblickten. »Ergreift ihn!«, rief dann geistesgegenwärtig der vorderste, und aus ihrer Starre gerissen, zogen die Stahlmänner ihre Schwerter und begannen, auf Shivari zu drängen.

Jetzt machte der Dieb ernst. Er packte Aran fest und schleuderte ihn gegen die anlaufende Flut von rotem Stahl, sodass er im Fall fast alle von ihnen mit sich riss.

»Du bist ein elender Verräter!«, rief Shivari erbost und deutete mit einem zitternden Finger auf ihn. »Ich hätte wissen müssen, dass du mir irgendwann in den Rücken fällst! Ihr Gesetzesmänner seid doch alle gleich.«

Während sich die Männer aufzurappeln versuchten, sprintete er zum Fenster und verschwand mit wehendem Mantel im Wind.

»Hauptmann Kerian, mobilisiert die Windmagier!«, brüllte der ranghöchste Stahlmann und mühte sich ab, sich aus seinem verhedderten Umhang zu befreien. »Shivari ist in das Gebäude eingedrungen und versucht nun zu fliehen!«

Er hielt Aran die Hand hin und half ihm auf. »Ganz schön mutig, sich allein diesem Abschaum entgegenzustellen. Sieht so aus, als hätten wir uns in Euch getäuscht, Stahlritter.«

Aran sah Fuchs in den Scherben seiner Existenz und wandte sich nicht ab.

Wie Shivari gesagt hatte, war es nicht schwierig gewesen, die Taverne zu finden, und dennoch hatte Aran gezögert, sie zu betreten. Wovor fürchtete er sich? Trotz der Verletzungen, des Drecks und der Niedergeschlagenheit hatte er Fuchs sofort erkannt und wusste im gleichen Moment, dass all die Zweifel und die Furcht überflüssig gewesen waren, sie waren nur die Auswirkungen wochenlanger Ahnungslosigkeit, in der die Sorge groß und nagend gewesen war.

Nun verspürte er nur noch Erleichterung.

Offenbar hörte Fuchs das Geräusch seiner metallenen Schritte und drehte sich schwerfällig zu ihm um. Für einen Moment waren beide wie erstarrt, als sich ihre Blicke trafen und sie nicht wussten, was der andere tun würde. Aran ließ sich nicht anmerken, wie nervös er war, als er sich auf den Hocker neben ihm setzte. Kurz sah es so aus, als würde der Junge aufstehen und die Flucht ergreifen, doch mit einem resignierten Seufzer entspannte er sich wieder und spielte mit dem Glas voll Alkohol, das vor ihm stand. Aran konnte die unangenehme Fahne wahrnehmen, die Fuchs wie eine Dunstglocke umgab, gleichzeitig aber auch den wachen Glanz in seinen Augen, als er in seine Nael tauchte und nüchtern wurde.

»Verzeih, dass ich deine Bemühungen der letzten Stunden zunichtemache«, sagte er nicht halb so trocken, wie er gewollt hätte.

Fuchs musterte die goldene Flüssigkeit vor sich mit einem Hauch von Ekel. »Mir ist sowieso die Lust darauf vergangen«, meinte er und verzog das Gesicht, als er das letzte bisschen austrank. »Erst im Nachhinein fällt einem auf, wie erbärmlich das doch alles ist.«

Beunruhigt musterte Aran ihn, seine vor Schmutz und Unrat starrende Erscheinung und die Schmerzen, die er offenkundig hatte. »Fuchs, was …?«

»Die Kurzversion: Ich wurde verschleppt und gegen meinen Willen aus der Gilde ausgestoßen.« Und auf Arans verblüfften Blick hin fügte er noch hinzu: »Du bist schon der Zweite, der mich das heute Abend fragt.«

»Du solltest zu einem Heiler gehen.«

»Zum ›Weißen Hasen‹ am Pfeilweg? Oder dem ›Pferd‹ in den Niederen?« Er schüttelte den Kopf. »Zu gefährlich. Die Nächsten sind mit ziemlich hoher Wahrscheinlichkeit die Weißen. Zuzutrauen wär's ihm …« Er strich mit dem Finger über den Rand des Glases und sah auf einmal sehr müde aus.

Aran wusste nicht, was er sagen sollte. So lange hatte er dieser Begegnung entgegengefiebert, und nun suchte er nach den richtigen Worten wie ein Verdurstender nach Wasser.

»Wie hast du mich gefunden?«, fragte Fuchs ehrlich interessiert, ohne eine Spur Feindlichkeit oder Misstrauen in der Stimme.

»Shivari hat es mir gesagt.«

»Ah«, machte Fuchs und nickte. »Das dachte ich mir schon. Schätze, sie ist sauer, weil ich ihr die Sache mit dem Schattenmann versaut habe.«

Aran runzelte die Stirn. »Sie?«

»Ja, sie. Ich glaube, sie findet es lustig, dass alle Welt sie für einen Jungen hält. Auf ihre Art.« Er grinste wie ein kleines

Kind. »Ist es eigentlich auch.« Bevor der Krieger noch etwas dazu sagen konnte, wechselte Fuchs schnell das Thema. »Wie geht es Vater?«

Aran seufzte schwer, als er an seinen Herrn dachte. »Nicht so gut«, antwortete er. »Letztens hat er versucht, einen von Fürst Radovans Untergebenen zu schlagen. Ich denke, er ist wütend. Weil er so hilflos ist.«

Fuchs blickte beschämt zu Boden. »Ich wollte ihn nicht verletzen.« Er sah Aran an. »Ich wollte dich nicht verletzen.«

»Ich weiß, mein Junge.«

»Es ist nur so …« Er breitete die Hände aus, rang nach Worten. »Ich habe den Wind auf meinem Gesicht gespürt, den Himmel über mir bewundert und mich nach dem Horizont gesehnt und nach dem, was wohl dahinter liegt. Und jedes Mal, wenn ich nach Hause zurückgekehrt bin, habe ich *mich* verletzt.« Mit Tränen in den Augen wandte er sich wieder an Aran. »Verstehst du, was ich sagen will?«

Der Krieger sah die Verzweiflung darin, den Schmerz und vor allen Dingen die Angst. Die Angst, wieder an den Ort zurückkehren zu müssen, wo er so unglücklich gewesen war, und die Aran verkörperte. »Es ist wie ein Käfig«, meinte er dann ruhig, »in den man freiwillig immer wieder zurückgeht. Und von Mal zu Mal wird es schwerer.«

Fuchs schaute ihn an wie einen Fremden. Sein Blick glitt über seine Rüstung und war so intensiv, dass Aran kurz befürchtete, sein Geheimnis preisgeben zu müssen. »Ich habe dich nie nach deiner Herkunft gefragt oder wie es dir in früheren Jahren ergangen ist. Entschuldige bitte. Woher …?«

»Ein anderes Mal, Fuchs.«

Wenn der Junge enttäuscht war, so ließ er es sich nicht anmerken. »Dann weißt du auch, warum es für mich kein Zurück gibt.« Er ballte kurz die Fäuste, als würden ihm die nächsten Worte schwerfallen. »Ich weiß, du bist stärker als ich, aber ich werde mich wehren, gegen dich kämpfen und …«

Er hielt inne, als Aran ihm mit seiner gepanzerten Hand Einhalt gebot.

»Fuchs«, sagte er ernst, »auch wenn ich von jeher dein Beschützer und Wächter war, dich gegen deinen vehementen Willen zu etwas zwingen wie ein Unterdrücker werde ich nicht. Eines jedoch bin ich geblieben: dein Freund.«

Die Falten auf Fuchs' Stirn waren nur eine Andeutung, die Verwirrung in seinem Blick bloß ein Schatten. »Und was ist mit meinem Vater? Bist du ihm nicht treu ergeben?«

Ein Stich durchfuhr Arans Brust. »Ich muss zugeben, dass es mir nicht gefällt, in den Streit zwischen Vater und Sohn hineingezogen zu werden, und es fällt mir schwer, Stellung zu beziehen. Vielmehr will ich … Wie soll ich es sagen …«

»Neutral bleiben?«, half Fuchs aus.

»Ja. Allerdings«, er beugte sich vor, »bin ich nicht euer Vermittler. Was zwischen dir und Sharion steht, ist eure Sache allein.«

Fuchs seufzte. »Ich weiß.«

»Irgendwann wirst du ihm gegenübertreten müssen.«

Er rollte übertrieben mit den Augen. »Auch das weiß ich. Diese belehrende Art von dir hat mir gefehlt.«

Aran lächelte. »Und mir deine höfliche Ignoranz.«

Sie lachten, und das erste Mal seit Wochen fühlte sich Aran wieder richtig wohl.

Erst in den späten Stunden kehrte er zu Fürst Radovans Residenz zurück und fand seinen Herrn allein mit einem Glas Wein im Salon vor.

»Gibt es etwas Neues von Vico?«, fragte Sharion routiniert, ohne ihn anzublicken.

Die ebenso gewohnte Antwort kam ohne Zögern. »Nein, Herr.«

DER ANFANG VOM ENDE

Früher fürchtete ich den Winter.

Er war eine Zeit des Frostes und der Kälte, der Entbehrungen und der Gnadenlosigkeit. Im Winter konnte ich nicht im Freien schlafen, wenn es mal sein musste. Ich konnte es mir nicht leisten, auch mal eine Mahlzeit auszulassen. Ich durfte mir keine Fehler erlauben.

Ach ja, und ich musste Schuhe tragen.

Wenn ich nun den Flocken beim Fallen zusah, ertappte ich mich dabei, wie ich über ihre Geschmeidigkeit nachdachte. Ich saß auf einem schrägen Dach am Rande der Elendsviertel, auf einem Haus, in dem ich vor Monaten Todesangst und Qualen gelitten und nach dessen Verlassen sich mein Leben radikal verändert hatte. Natürlich hatte ich nicht erwartet, dass der herzlose Mann, genauso emotionslos, wie ich es von ihm kannte, dort drinnen im Halbdunkel auf mich warten würde. Trotzdem war ich maßlos enttäuscht gewesen, als ich einer fremden Familie mit vier Bälgern gegenüberstand, die mich genauso verwundert gemustert hatte wie ich sie. Der erste Schnee fiel, als ich draußen auf die Straße spuckte.

Ich bekam das Bild seines Brustkorbes einfach nicht aus dem Kopf. Das faulende Fleisch, die schwarzen Wundränder, und das Loch … Götter, das Loch! Es kam mir so vor, als wäre er genauso verletzlich, genauso hilflos, wie ich es damals gewesen war. Vielleicht verspürte ich deshalb ein so starkes Bedürfnis, ihm zu helfen.

Ein leises Pfeifen mischte sich in das Schneegestöber, und ich musste mich nicht umdrehen, um Fuchs auf mich zugleiten zu sehen. Sanft und sicher kam er auf dem Dach auf, mit einer den Windmagiern eigenen Eleganz, die ich wohl niemals besitzen würde und um die ich ihn glühend beneidete.

Er nahm mit jeder Faser seine Umgebung auf, und als er schließlich etwas sagte, war seine Stimme schwer vor Bedauern. »Hier?«

»Ja, hier.«

Er rutschte fast auf einer losen Dachschindel aus, und der abrupte Wechsel von Eleganz zur Tollpatschigkeit war so grotesk, dass ich unwillkürlich schmunzelte. »Ich kann verstehen, warum du damals so viel Angst gehabt hast«, meinte er, und die Schneeflocken verfingen sich in seinem Haar.

Ich zitterte, als ich daran zurückdachte, und wechselte schnell das Thema. »Du kommst genau richtig zum Spektakel.«

»Hä?« Die Kälte hatte ihm wohl die Zunge eingefroren.

Ich erhob mich und klopfte mir den Pulverschnee von den Beinen. Fuchs' Blick fiel auf meine nackten Zehen, und er wunderte sich wohl, warum sie noch nicht blau gefroren waren. Aber alles zu seiner Zeit.

»Kommst du mit?«, fragte ich aus reiner Höflichkeit, als ich schon in der Luft stand.

»Solange wir keinen wild gewordenen Drachen bekämpfen müssen, gerne.«

»Ich dachte, du magst Drachen.«

»Nur, wenn sie mich nicht töten wollen.«

Ich achtete darauf, nicht zu schnell durch die Luft zu gleiten, weil ich vermutete, dass Fuchs immer noch angeschlagen war. Und weil ich ihn nicht noch mehr provozieren wollte, als ich es ohnehin schon getan hatte. Er hatte mich nicht angeschrien, also nahm ich an, dass das Treffen mit Aran, seinem stählernen Schatten, erfolgreich gewesen war. Ich musste zugeben, die Idee war reine Improvisation gewesen, was bei mir sehr selten vorkam, und meine Verwegenheit bei der Ausführung machte mich stolz. Alles hatte funktioniert.

Wir landeten auf einem schiefen Dach zwischen zwei höheren Gebäuden, von denen man den Pfeilweg gut im Blick hatte. Ich ging hinter einem Schornstein in Deckung, und Fuchs tat es mir gleich, wenn auch mit etwas verwirrter Miene.

»Was machen wir hier?«

»Wir sehen uns den Untergang des Weißen Hasen an.«

»Was?!«

Fuchs wollte erschrocken aufstehen, doch ich packte ihn am Mantel und zog ihn wieder in Deckung.

»Was soll denn das?«, zischte er. »Für so schadenfroh und heuchlerisch hätte ich dich nicht gehalten!«

»Bin ich auch nicht. Ich beobachte den Feind. Und versuche zu lernen.«

Er setzte gerade zu einer scharfen Bemerkung an, doch ich hob die Hand und unterbrach ihn. »Scht! Da kommen sie!«

Es waren weniger, als ich erwartet hatte. Allerdings kamen sie von allen Seiten aus den Gassen, sodass das Gebäude des Weißen Hasen, das direkt an der Straße lag, innerhalb weniger Augenblicke vollständig umstellt war. Einen kleinen Kreis um den Haupteingang ließen sie frei. Sogar auf dem Dach bemerkte ich ein paar Windmagier in schwarzen Umhängen. Vorsichtshalber manipulierte ich die Luftfeuchtigkeit um uns herum, damit man uns nicht sah.

Die Sekunden zogen sich qualvoll in die Länge, sowohl die Menschen auf dem Pfeilweg als auch ihre Tätigkeiten waren vollständig zum Erliegen gekommen. Nichts rührte sich, alle warteten ab, niemand griff ein. Selbst ich ertappte mich dabei, wie ich den Atem anhielt. Hektisch suchte ich in der Menge nach einem bestimmten Mann …

Eine einzelne Person trat vor und blickte an dem Gebäude hoch, er passte auf Fuchs' Beschreibung und war wohl der Anführer, auch wenn ich bezweifelte, dass es sich wirklich um Cayne handelte. Warum versteckte er sich hinter diesem Mann? War das alles nur eine Maskerade?

Die Worte, die der Wind zu uns herübertrug, waren verzerrt und undeutlich. Wenn ich gewollt hätte, hätte ich sie mit etwas Konzentration verstehen können, doch das war nicht nötig.

»Was sagt er?«, flüsterte Fuchs atemlos.

»Er fordert die Kapitulation der Hasen.«

Die Stimme des Mannes verfing sich zwischen den Gebäuden und wurde immer leiser, als er schließlich geendet hatte. Gespannt behielt ich das Gebäude im Auge, in der Stille konnte man die Schneeflocken fallen hören. Es dauerte nicht lange, da trat eine einzelne, weiß gekleidete Frau nach draußen. Sie wirkte gefasst, aber sie sprach so leise, dass ich sie nicht verstand. Das Lachen des Mannes jedoch war lauter als ein Donnerschlag.

Neben mir zuckte Fuchs zusammen. »Das ist doch Wahnsinn! Sie können nicht gegen sie kämpfen.«

»Das tun sie auch nicht.« Ich kniff die Augen zusammen, um besser sehen zu können. »Ich glaube, sie verhandeln.«

»Sie tun *was?*«

»Du weißt, wie wertvoll Heiler sind, und gerade jetzt in diesen unruhigen Zeiten wird Cayne wohl nicht das Risiko eingehen, einige von ihnen in einem Scharmützel zu verlieren, von dem beide Seiten wissen, dass er es gewinnen wird.« Ich kratzte mich am Kinn. »Ich vermute, die Hasen werden Cayne freiwillig folgen, wenn er auf ihre Bedingungen eingeht. Er will testen, wie weit er gehen kann.«

»Wenn es so einfach ist, eine Heilergilde zu übernehmen, wieso hat Cayne nicht als Erstes die Weißen unterworfen?«

»Du hast es bereits gesagt, Fuchs: Es ist Wahnsinn, Heiler kämpfen zu lassen. Mit ihnen kann man keine Schlachten schlagen, aber man kann sie für den Sieg benutzen, wenn man stark genug ist.«

Unten auf der Straße hatten sich nun immer mehr Heiler versammelt, zusammengesunken und ängstlich blieben sie allerdings hinter ihrer Herrin zurück. Caynes Leute bewegten sich so gut wie gar nicht, doch allein ihre Anwesenheit machte die Bedrohung real und schwer. Sehr schwer.

Ich achtete gar nicht auf die unterdrückten Verzweiflungsrufe, auf den Handschlag, der das Schicksal so vieler Menschen besiegelte, denn in dem Moment, in dem es den Weißen Hasen offiziell nicht mehr gab, entdeckte ich ihn. Der Mann mit den vielen Muskeln stand eher am Rande der Menge, trotzdem war er so auffällig wie ein bunt geschuppter Drache. Bei den Geistern, war er seit unserer letzten Begegnung noch gewachsen? Das konnte doch nicht sein!

Die Masse teilte sich und wich zurück, als nun alle Heiler das Gebäude verließen und auf die Straße traten, von den Kriminellen in ihre Mitte genommen und abgeführt wurden, als wären sie selbst welche. Einige Männer, darunter auch er, der Geister versiegelte, traten noch mal ins einstige Hauptquartier der Hasen und scheuchten noch ein paar Nachzügler heraus, aber im Großen und Ganzen blieb die Szenerie friedlich und gewaltfrei. Der Schnee würde nicht rot werden, zumindest heute nicht.

Langsam traten die Leute den Rückzug an, und ich bemerkte, wie Fuchs neben mir ebenso verbissen wie ich auf den Mann achtete, der sich erst, als der Trupp schon weg war, in Bewegung setzte. Jetzt wäre ein guter Zeitpunkt, um …

Seinen Blick spürte ich über die Entfernung hinweg, als er den Kopf drehte und uns direkt ansah. Er hob die Hand und winkte.

»Das war … beeindruckend.«

Fuchs lief in meiner Bruchbude auf und ab wie das Tier, dem er seinen Namen verdankte. Ich sah ihm an, dass er genauso aufgewühlt war wie ich, wenn nicht sogar mehr. Schließlich war die Erinnerung bei ihm noch allzu frisch.

»Ja, in der Tat.« Ich setzte mich auf die Treppe und passte auf, dass sie unter mir nicht zusammenbrach. In den letzten

Wochen hatte ich zugenommen, auch wenn ich so gut wie gar nichts gegessen hatte. Lag wahrscheinlich am Funken.

Fuchs atmete tief durch und strich sich übers Haar. »Ich meine, wie …«, er zögerte kurz, »…wie hat er uns bemerkt? Selbst ich habe gemerkt, wie du die Luftfeuchtigkeit manipuliert hast. Und überhaupt … Wieso hat er nicht … angegriffen? Oder zumindest seinen Kumpels Bescheid gesagt?«

»Ich … denke, er wollte uns nur Angst machen.« So wirklich glaubte ich allerdings nicht daran. Aber ich wusste nicht, woran ich mich sonst halten sollte.

»Warum?«, fragte Fuchs, überlegte und fasste mich dann ins Auge. »Kennst du ihn etwa?«

Der Mann trägt seinen Namen nicht umsonst. »Nun ja …« Ich rutschte unruhig hin und her. »Dafür müsste ich weiter ausholen.«

Er lehnte sich gegen den Tisch, und dieses Mal würde ich ihn nicht so leicht abwimmeln können wie im Brüllenden Bären. »Ich habe Zeit.« Wir wussten beide, dass das, was jetzt kam, unausweichlich war.

Also erzählte ich ihm alles, *wirklich* alles. Die Begegnung mit Junicus, die weitere Verfolgung durch den Schwarzgewandeten und wie der ehemalige Gott des Wassers mir schließlich eröffnet hatte, ich würde in seine Fußstapfen treten. Ich webte den Faden um den Schwarzgewandeten weiter, der sich als Schattengeist offenbarte und schließlich in ebenjener Klinge versiegelt wurde, die Fuchs nun an der Hüfte trug. Sein Gesicht verzog sich kurz, als ich ihm von dem Bann erzählte, aber er unterbrach mich nicht, wofür ich ihm dankbar war. Je mehr ich redete, desto leichter fiel es mir, Worte für das zu finden, was mir widerfahren war. So, wie ich es schilderte, wirkte es in der Tat haarsträubend, und wäre ich irgendein Außenstehender, ich hätte mich längst zum Kopfdoktor bringen lassen.

Ich beleuchtete den Zwischenfall mit Drake mit neuem

Licht, erläuterte ihm meine Theorie, dass Cayne den Schattenfunken trug, aufgrund ebenjener Beobachtungen, die ich ihm geschildert hatte. Und die augenscheinlich daraus resultierende Notwendigkeit, das Tierwesen davon abzuhalten, den Mann zu töten. Dass es so ausarten würde, hatte ja keiner ahnen können.

Fuchs öffnete den Mund, um etwas einzuwerfen, aber ich war so versunken in meinen Worten, dass ich ihn gar nicht erst zu Atem kommen ließ. Bei der Begegnung mit dem herzlosen Mann musste ich das erste Mal zögern, bevor ich weitersprach. Bewusst ließ ich die verstörenden Einzelheiten seines leeren Brustkorbes weg, sagte nur das, worüber ich mir sicher war: Cayne trug nicht den Schattenfunken. Er hatte ihn gestohlen, und jetzt lief die Zeit ab.

»Und das war so ziemlich der Zeitpunkt, zu dem ich aus dem Brüllenden Bären gerannt bin. Ich war so wütend, dass ich keine Antworten bekommen hatte, so frustriert, dass er einfach so verschwunden war. Eigentlich wollte ich es nicht an dir auslassen, auch wenn du es verdient hast, seien wir mal ehrlich. Ich wollte lediglich, dass du zur Vernunft kommst. Und da habe ich an Aran gedacht, wie anerkennend du immer über ihn geredet hast und wie er mich gerettet hat. Er schien mir ein anständiger Kerl zu sein, und nachdem ich ihm einen Besuch in der Roten Festung abgestattet hatte, habe ich ihm gesagt, wo er dich finden kann. Danach bin ich auf die Suche nach dem herzlosen Mann gegangen, erfolglos, wie du siehst. Das war's.« Ich atmete tief aus und musste daran denken, wie die Leute immer davon redeten, ihnen würde ein Stein vom Herzen fallen. Ein Stein war es zwar nicht, was mich jetzt irgendwie aufrechter sitzen ließ, aber es war ein Anfang. Ängstlich sah ich zu Fuchs auf. Wie würde er reagieren?

Erst einmal reagierte er gar nicht, behielt den starren Gesichtsausdruck bei, den er, je mehr ich geredet hatte, perfektioniert hatte. Er schien nachzudenken, sah mich an, und ich widerstand dem Drang, den Blick abzuwenden. Ich hatte alles offengelegt, es gab keinen Grund mehr, sich zu verstecken oder zu schämen.

Mit verschränkten Armen setzte er sich neben mich auf die Treppe, sodass sich unsere Beine berührten. Früher wäre ich vor dieser Nähe zurückgewichen, hätte Abstand gewahrt, doch diese Zeiten waren vorbei. Ich hatte Fuchs vertraut, und jetzt würde sich zeigen, ob er mein Vertrauen verdiente.

»Glaubst du, du bist besser als ich?«, fragte er und sah mich dabei fest an.

Ich musste zugeben, mit dieser Frage hatte ich nicht gerechnet, sodass ich einige Momente um Worte verlegen war. Da hatte ich schon so viel geredet, und jetzt brachte ich keinen Ton mehr heraus?

»Ich … Nein, natürlich nicht …«

»Warum, bei den Geistern«, er sprach sehr langsam, und ich bemerkte seinen Zorn an dem Zittern in seiner Stimme, »hast du mir dann nicht früher gezeigt, dass wir beide eine Verbindung haben? Wieso hast du all das bisher für dich behalten?«

Jetzt starrte ich doch auf meine Hände, ich konnte gar nichts dagegen tun. »Weil ich Angst hatte, dass du dich dann von mir abwendest.« So, jetzt war es raus.

»Wieso sollte ich das?«

»Ich weiß nicht … Du … hast selber gesagt, dass ich dir Angst mache, und ich dachte, wenn du erst das volle Ausmaß meiner Kräfte entdeckst, würdest du gehen und nie mehr wiederkommen. Ich habe in meinem Leben viele Menschen gesehen, die sich aufgrund ihrer Machtverhältnisse bekämpften, zu Rivalen wurden, sich hassten. Ich wollte nicht, dass wir auch so enden.«

Fuchs seufzte. »Wir haben schon viele krumme Dinger zusammen gedreht, Shivari, und immer habe ich mich darüber gewundert, wie stark du bist. Und niemals habe ich daran gedacht, dich deswegen im Stich zu lassen. Nicht, weil ich dich ausnutzen wollte, versteh mich bitte nicht falsch, sondern weil ich mich gefreut habe, mit so einer mächtigen Magierin befreundet zu sein.« Er hielt kurz inne. »Deswegen hat es mich tief getroffen, als ich erfuhr, dass ich bloß ein Anhängsel war …«

»Das warst du nie!«, protestierte ich.

»Ja, das weiß ich jetzt auch, aber damals hatte ich gedacht, dass du dich nur mit mir abgibst, um bewundert zu werden. Erst als ich gefesselt vor dem größten Unterweltboss der Stadt saß und mich vor Angst fast bepisst habe, wurde mir klar, dass du niemals so narzisstisch und süchtig nach Aufmerksamkeit sein würdest.«

»Na ja, eigentlich schon. Schließlich wollte ich Meisterdieb werden.«

»Aber nicht auf Kosten anderer, das ist ein Unterschied.«

»Höchstens auf Kosten von Askani.« Wir kicherten leise.

»Das ist auch der Grund, warum ich dich nicht verraten habe, warum ich dir vergeben habe: Niemals würdest du andere mit deinen Taten absichtlich verletzen«, fuhr Fuchs fort. »Du wehrst dich, wenn du angegriffen wirst, aber ich habe dich niemals Gewalt anwenden sehen, wenn es nicht notwendig war. Du wolltest mich nie verletzen, und ich wollte das auch nie.«

Jetzt war der Stein wirklich da, beziehungsweise er war weg. Polternd fiel er aus meinem Brustkorb, und tief in meinem Innern spürte ich die Last, die er mit sich nahm. Ich merkte erst, wie viel mir Fuchs' Zuspruch bedeutete, als ich einen Kloß im Hals bekam und die Nase hochzog.

»Du fängst doch jetzt etwa nicht an zu heulen, oder?«, fragte Fuchs skeptisch.

Ich versuchte mich zu beherrschen, das versuchte ich wirklich, dennoch konnte ich nicht verhindern, dass sich ein paar Tränen meinem Willen entzogen. Hastig wischte ich sie weg, auch wenn Fuchs sie bereits gesehen hatte. Ich presste ein geschluchztes »Danke« heraus, und damit war die Sache für mich erledigt.

Den Göttern sei Dank vertiefte Fuchs das Thema nicht weiter, er wartete, bis ich mich wieder beruhigt hatte, bevor er weitersprach. »Aber nach deiner Logik wirst du Cayne früher oder später töten müssen.«

»Lieber früher als später«, gab ich zu, und meine Beklommenheit kehrte zurück, nicht, weil ich gefühlsduselig wurde, sondern weil mir bewusst wurde, was ich tun musste. Ich musste ihn umbringen, ich musste ihm *das Herz herausreißen!* Das konnte echt lustig werden.

»Wie willst du das anstellen?«

»Na ja, erst einmal konzentriere ich mich darauf, an ihn ranzukommen. Dann improvisiere ich.«

»Entschuldige mal, wer ist hier jetzt der Idiot?«

Ich zuckte nur schuldbewusst mit den Schultern. »Ich bin eben kein großer Planer.«

Er schnaubte nur. »Von wegen!« Doch er führte es nicht weiter aus. »Und wie willst du an ihn herankommen, o du große Wasserbändigerin?«

»He, werd jetzt nicht frech, Unwürdiger!« Ich beugte mich zu ihm vor und senkte die Stimme, als würde ich ihm ein Geheimnis mitteilen. »Also, hör zu. Warum hat Cayne noch nicht angegriffen?«

Er blinzelte verwirrt. »Wie bitte? Er hat doch angegriffen, wir waren gerade Zeugen …«

»Nein, nein, nicht das. Ich meine, warum hat er *die Stadt* noch nicht angegriffen? Überleg doch mal, spätestens mit den Roten Schlangen hätte er weite Teile der Unterwelt unterwerfen können und von dort aus dann auch die Oberstadt. Stattdessen schnappt er sich den Blauen Käfer, und selbst danach rührt er keinen Finger. Jetzt hat er schon vier Gilden unterworfen, durchdringt alle gesellschaftlichen Schichten

Vesontonios, doch ich versichere dir, dass er auch weiter stillhalten wird.«

»Aber warum macht er das?«

»Er sammelt so viel Macht wie möglich.«

»Wofür?«

Ich hob den Finger. »Andere Frage: Wer beherrscht die Stadt? Und denk darüber nach.«

Das tat Fuchs, und als er begriff, wurden seine Augen groß. »Hochfürst Radovan und die Rote Garde.«

Ich nickte. »Cayne ballt seine Faust. Und jetzt, wo er so gut wie alle nötigen Gilden unterworfen hat, holt er zum entscheidenden Schlag aus.«

»Dann müsste er den Fürsten und die Garde aber beide auf einmal plattmachen. Wie will er das schaffen? Oh …!«, machte er dann, als er verstand. Schließlich war er ein Adelssohn und hatte schon von diesem Fest der Superlative gehört.

Jetzt grinste ich. »Hast du Mittwinter schon etwas vor?«

SCHATTENSPIELE

Cayne hasste Schwäche. Er hasste Schwächlinge. Doch am meisten hasste er Schwächlinge, die Schwächlingen halfen. In diesem Sinne waren Weißmagier das Schlimmste, was ihm widerfahren konnte.

Die Heiler des Weißen Hasen hielten sich wohl nicht für Menschen, die gerade ihre Existenzgrundlage und wahrscheinlich auch ihre Freiheit verloren hatten, kaum einer ging gesenkten Blickes durch die Höhlen der *Nacht*. Beinahe so, als wäre es ihre eigene Entscheidung gewesen, sich ihm anzuschließen. Als wären sie stolz darauf.

Heuchler, dachte er, und die Verachtung für ihresgleichen brannte heiß in ihm.

Er kam allerdings nicht umhin zuzugeben, dass er sie brauchte. In gewisser Weise waren Weiß- und Schattenmagie enger miteinander verbunden als die restlichen Zweige der Zauberei: Schatten konnten nicht ohne Licht entstehen, und ohne Dunkelheit war selbst das hellste Licht nichts wert.

Cayne fieberte dem Tag entgegen, an dem er über Hashan, diesen sinnlosen, verweichlichten Gott, triumphieren würde. *Geduld*, sagte er sich und ballte die Fäuste, *Geduld ist eine Tugend.*

Er hielt sich eher am Ende der Kolonne, passte zusammen mit anderen auf, dass niemand entkam. Hinter ihm war die *Nacht* am dunkelsten. Sie lockte ihn, verführte, und langsam ließ er sich zurückfallen und blieb schließlich ganz stehen. Die Glut der Fackeln und Wehrlicher wurde schwächer, und die Finsternis, die unter der Erde genauso drückend war wie die Tonnen von Gestein über ihm, umarmte ihn. Nicht wie einen lange zurückersehnten Geliebten, sondern verhalten, schüchtern, wie einen Fremden, den man kaum kennt.

Um ihn herum erkannte er jeden Stein und Felsen, jede Einbuchtung an der nackten Wand, als wären sie in hellstes Licht getaucht. Nur eine kleine Sache störte.

»Ich bin der Gebieter der Ewigen Nacht und herrsche über jene, die im Schatten wandeln. Ich befehle, das Verborgene freizugeben.«

Die Schatten wehrten sich, aber nur kurz. Eine Krümmung in der Dunkelheit, als würde die Nacht etwas Unappetitliches ausspucken, und schon stand dort, geduckt und verwirrt …

»Hauptmann Kerian.« Cayne lächelte und breitete grüßend die Arme aus. »Welch angenehme Überraschung!«

Der Ausdruck auf dem Gesicht des Stahlmannes war köstlich. Er drehte sich um, als erwarte er hinter sich eine andere Person, mit der Cayne sprach, und ging, als er sie nicht fand, sofort in Lauerstellung, die Hand auf dem Schwertgriff.

»Die Roten sind wirklich einfallslos«, sagte Cayne und schüttelte den Kopf, wohl wissend, dass Kerian es aufgrund seiner eigenen Magie sehen konnte. »Ihren besten und einzigen Schattenmagier in die *Nacht* zu schicken. Ich würde lachen, wenn es nicht so eine Verschwendung wäre.«

»Schweig, Gesindel!« Jetzt zog Kerian tatsächlich sein Schwert. »Wenn du nicht willst, dass ich dich in Stücke schneide, führst du mich am besten zu Cayne und seinen Leuten.«

»Steht vor dir.«

Kerian blinzelte. »Bitte?«

»Ich bin Cayne.«

Die Klinge zitterte, als der Hauptmann die Augen zusammenkniff und einzuschätzen versuchte, ob sein Gegenüber die Wahrheit sprach.

»Was bist du doch für ein Trottel«, meinte Cayne abschätzig. »Erst lässt du dich von Shivari bloßstellen, und jetzt erkennst du nicht einmal einen Unterweltanführer, wenn er vor dir steht. Was für ein Stahlmann bist du eigentlich?«

Er hatte den Satz noch nicht beendet, da stürmte Kerian schon auf ihn zu, mit einer geschickten Schnelligkeit, die davon zeugte, dass er es schon sehr oft zuvor getan hatte. Cayne sah ihm ruhig entgegen.

Der abwärts geführte Hieb traf ihn an der Schulter, doch im Gegensatz zu Shivari blieb sein Brustkorb intakt. Nicht einmal eine Wunde gab es, nur ein zerschnittenes Wams und eine leicht vibrierende Klinge.

Verdutzt starrte Kerian sein Schwert an, und bevor er es zurückziehen konnte, fasste Cayne es und hielt ihn an Ort und Stelle. Panisch wollte der Stahlmann die Schatten rufen, doch wahrscheinlich zum ersten Mal in seinem Leben verweigerten sie sich ihm.

»Anscheinend fehlt es dir an Rückendeckung«, meinte Cayne und lächelte. »Aber das können wir ändern.«

Mit seiner freien Hand packte er Kerian, und die Dunkelheit verschluckte seine Schreie.

DÄMMERGEDANKEN

Serendin sah in die Dämmerung eines heranbrechenden Tages und dachte nach. Über den Verchromten, Shivari und die Ewige Nacht. Unter ihm auf der Straße fegten die Menschen den Schnee von den Pflastersteinen, als würde in diesem Jahr keiner mehr nachkommen. Schneidender Wind blies ihm ins Gesicht, aber die Kälte, von der er fröstelte, war nicht irdischer Natur.

Seine Hand wanderte an seine Brust, dorthin, wo sich früher etwas Schlagendes, Lebendiges befunden hatte. Jetzt war da nichts mehr … Nur noch der Tod.

Der Sonnenaufgang war grau, schwach und leblos.

»Die Nacht verblasst und der Tag bricht an«, murmelte er und senkte geschlagen das Haupt.

DER WINTERBALL

Ich kann nicht glauben, dass er mich dazu überredet hat, so was anzuziehen.

Missmutig zupfte ich an den seidenen Stoffen herum. Sie kratzten nicht, waren nicht zu steif und passten sich meinen Bewegungen an, wahrscheinlich war das bei maßgeschneiderter Kleidung immer so. Aber das war nicht das Schlimmste (vielleicht nur das Irritierendste), sondern wie sie *aussahen.*

Das Oberteil ging mir nur bis zum letzten Rippenbogen, hatte einen runden Ausschnitt und ließ den Bauch frei, sodass meine Narbe offen zur Geltung kam. Die Hose war weit und luftig, eher nach der Art, wie man sie in der Brennenden Wüste trug, und hatte an der linken Seite ein kunstvolles Muster aus schwarzen Stickereien, die einen Drachen formten. Wenn ich ging, sah es so aus, als würde er sich bewegen. Eine vage Andeutung meiner Identität, denn ich trug die Stiefel, die Junicus mir geschenkt und die Fuchs nach einem kurzen, kritischen Blick für meiner würdig befunden hatte und die zudem meine Tätowierung verbargen. Anders als damals in der Residenz hatte ich nun das Gefühl, dass sie zu mir passten. Ein versilberter Gürtel und eine leichte Weste rundeten mein dezentes, aber nicht unauffälliges Aussehen ab. Heute Abend sollte ich lediglich das Beiwerk sein, die Begleitung, der Leibwächter. Fuchs hatte mir extra dafür das Schwert des Schwarzgewandeten überlassen, und obwohl ich lautstark dagegen protestiert hatte, hing es nun locker an meinem Gürtel.

Alles an mir war unverhüllt und offen, beinahe provokativ, und obwohl es durchaus zu meinem Charakter passte, musste ich gestehen, dass es mir unangenehm war.

Als ich ihn darauf angesprochen hatte, hatte Fuchs nur den

Kopf geschüttelt und gesagt: »Weißt du, was dein Problem ist, Shivari? Die Straße.«

Blöder Fatzke, dachte ich halbherzig, während die Kutsche weiter über das Kopfsteinpflaster rollte. Fuchs hatte keine Kosten und Mühen gescheut und dabei einen beachtlichen Teil seines (und meines) Diebesguts in Dragare umgewandelt, um das zu mimen, was er in Wirklichkeit war: Vico Vanira, der älteste Sohn eines adligen und namhaften Mannes und Erbe einer der wohlhabendsten Städte Nyrias mit ihren Ländereien.

Ohne zu zögern und mit den Kenntnissen eines Mannes, der wusste, was er tat, hatte er sich um das passende Gefährt und die angemessene Bekleidung für unseren Auftritt gekümmert. Ich war ehrlich überrascht, als ich sah, wie sehr Fuchs seiner Aufgabe gewachsen war. Gewissenhaft und willensstark. Eines Großfürsten würdig.

Ich hatte mich geweigert, in der Kutsche mitzufahren, saß stattdessen im Schneidersitz auf deren Dach und spürte den Wind auf meinem Gesicht. Der Kutscher beäugte mich misstrauisch, sagte aber nichts. Ich war mir sicher, dass sich Fuchs seine Verschwiegenheit erkauft hatte.

Es war eine klirrend kalte Nacht. Die Sterne funkelten, als wären sie erfroren, und die Hufe der Pferde knirschten gedämpft über den Schnee. Die Kälte schien alle Geräusche zu verschlucken, allein das Pfeifen des Windes war so scharf und schneidend wie eh und je. Nur wenige Leute waren auf den beinahe ausgestorbenen Straßen unterwegs, die meisten verschanzten sich, zu groß war ihre Angst vor Cayne und der Dunkelheit. Wer konnte es ihnen verübeln? Entweder wurde heute Nacht alles besser oder schlimmer.

Als wir auf die Prachtstraße einbogen, die zu Hochfürst Radovans Residenz führte, musste ich schlucken. Der Schnee war hier zermatscht von den vielen Kutschen, die schon darüber gefahren waren, und das war auch gut so, denn sonst hätte seine Reinheit nur die blendenden Lichter reflektiert, in die das Anwesen getaucht war. Schon von Weitem konnte man erkennen, wie atemberaubend dieses Fest sein würde, wie verschwenderisch und prunkvoll. Hier war Hochfürst Radovan, der sich nicht einschüchtern ließ von der düsteren Lage der Stadt und seiner Bewohner, der trotz des Schwertes, das über unser aller Haupt schwebte, die Arme zum Tanz ausbreitete und so Cayne auf seine ganz eigene Art und Weise die Stirn bot. Ich wusste nicht, ob das mutig, arrogant oder einfach nur unglaublich naiv war, was hier veranstaltet wurde, aber ich spürte, trotz meiner größer werdenden Nervosität, wie ein Funke der hier zur Schau gestellten Euphorie auf mich übersprang.

Ein kleiner Teil von mir freute sich auf den Abend, ein großer Teil war nervös, und der größte schwelgte in schrecklicher Angst. Wir hatten keinerlei Garantie, dass unser Plan gelang, es bestand sogar eine ziemlich hohe Wahrscheinlichkeit, dass wir überhaupt nicht in das Gebäude hineingelassen wurden, und falls wir scheiterten, wäre nicht nur Vesontonio dem Untergang geweiht. Ich bemühte mich, mich nicht allzu sehr unter Druck zu setzen.

Die Kutsche wurde langsamer, als der Verkehr vor dem Gebäude zunahm, und beunruhigt verlagerte ich mein Gewicht. Überall, wo ich hinsah, erblickte ich prächtigere und ausgefallenere Gefährte als unseres, teilweise sogar von ganzen Scharen hauseigener Krieger und Wachpersonal begleitet, die unsere Kutsche nur mit müden, desinteressierten Blicken betrachteten.

Aber wirklich einschüchternd waren die Stahlmänner, die am Rande der Menge ihre Posten bezogen hatten. Als Straßenkind überlief mich ein eisiger Schauer, als ich ihrer gewahr wurde, und ich musste mich wirklich beherrschen, nicht aufzuspringen und das Weite zu suchen, als ihre Blicke uns streiften … und dann weiterhuschten. Bei den Geistern!

Ich richtete mich auf. Vollkommen offen und unverhüllt sah ich nach vorn, niemand erkannte mich, meine Maske war perfekt.

Es dauerte fast eine halbe Stunde, bis wir am stählernen Tor der Residenz ankamen. Auf dem Vorplatz war ein großzügiger Teppich ausgerollt worden, der direkt auf die offenen Tore des Anwesens zuführte und die Besucher in die warme und starke Umarmung des Hochfürsten geleitete. Ein livrierter Diener kam auf uns zu, und mein Herz setzte kurz einen Schlag aus. Jetzt kam der riskante Teil.

»Dürfte ich um Eure Einladung bitten?«, sagte er gewandt zum Kutscher und würdigte mich aufgrund meines freizügigen Aussehens nur eines irritierten Seitenblicks.

»Du darfst nicht«, sagte der Kutscher jene Worte, die er zuvor mit Fuchs abgesprochen hatte, »denn wir brauchen keine.«

Die Miene des Dieners verdüsterte sich augenblicklich. Anscheinend hatte er heute Abend schon mit genügend Leuten zu tun gehabt, die sich ungerechtfertigt Zutritt verschaffen wollten, und jeder Mensch hatte nur einen begrenzten Vorrat an Geduld. Bevor er uns jedoch auffordern konnte, das Gelände zu verlassen, deutete der Kutscher herrisch auf das Innere der Kutsche. »Weißt du denn nicht, wer dort drinnen sitzt? Erkennst du nicht das Wappen?«

Der Diener hob nur das Kinn und wandte nicht einmal seine Kehrseite der Tür zu, auf der das Familienwappen der Vaniras prangte. »Verzeiht bitte meine Unhöflichkeit, aber ich muss Euch auffordern, Eure Kutsche vom Grundbesitz des Hochfürsten zu entfernen.«

»Das ist ja unerhört! Glaubst du denn …«

»Gibt es ein Problem?« Fuchs hätte zum Theater gehen sollen, so gekonnt fand er den perfekten Augenblick für seinen Einsatz. Er streckte den Kopf aus dem Wagenfenster, betont desinteressiert, und wedelte mit einer Hand, an deren

Fingern viele Ringe glitzerten, um den Diener auf sich aufmerksam zu machen.

Dieser zeigte keinerlei Anzeichen dafür, dass er ihn erkannte. »Und Ihr seid …?«

»Vico Vanira«, erwiderte Fuchs geschwollen und hochnäsig, »erster und einziger Sohn von Großfürst Sharion Vanira, seines Zeichens vereidigter Protektor von Lehan und dem Funkelnden See, einem ergebenen Diener Seiner Majestät des Königs. Ich bin, seit meiner Geburt, Hochbaron ebenjener Stadt, Verwalter der Stadkammern und der Kommunen, Erbe des Titels meines Vaters und Anwärter auf den Titel des Hochfürsten von Vesontonio.«

Ich wusste nicht, ob Fuchs das alles gerade nur erfand oder ob er diese Titel tatsächlich besaß. Anscheinend war ich nicht der Einzige, denn auch der Diener blinzelte ein paarmal verwirrt, bevor die Worte ganz zu ihm durchdrangen. Erst jetzt schien er das Wappen auf der Kutsche zu erkennen, und seine Haltung versteifte sich ein wenig. Fuchs lächelte selbstbewusst.

»Besäßet Ihr wohl die Güte, kurz hier zu verweilen?«, sagte er kriecherisch, aber nicht ganz überzeugt. »Ich muss klären, ob Ihr wirklich der seid, der Ihr zu sein behauptet.«

»Beeil dich«, sagte Fuchs und winkte ihn herrisch weg, »sonst frieren wir hier noch fest.«

Während der Diener hektisch davonging, um mit einem seiner Kollegen zu diskutieren, und dabei immer wieder auf die Kutsche deutete, beugte ich mich über den Rand. »Hochbaron? Was ist das denn?«

»Ein kleiner unbedeutender Titel«, winkte Fuchs ab, »der eigentlich aussagt, dass ich Herrscher über eine Handvoll Dörfer bin.«

»Verzeiht mir diese Anmaßung, Euer Hochwohlgeboren«, feixte ich.

»Ich bin noch nicht volljährig, deswegen ist der Titel nur provisorisch, aber das muss ja keiner wissen.«

Der Diener kam zurück, mit zwei gefährlich aussehenden Stahlmännern im Schlepptau. Jetzt wurde es heiß.

»Guten Abend, die Herren«, grüßte Fuchs freundlich, aber distanziert. Die Stahlmänner starrten ihn an, und einer besaß doch tatsächlich die Frechheit oder vielleicht auch die Kühnheit, ungeniert zu grinsen. Sie hatten Fuchs sofort erkannt.

»Guten Abend«, sagte hingegen der andere, »darf ich fragen, was Ihr hier macht?«

»Dumme Frage! Mich amüsieren, natürlich. Als Sohn des Großfürsten habe ich ein Recht darauf.«

Die Stahlmänner wechselten kurz einen Blick. »Ich muss Euch bitten, aus der Kutsche auszusteigen.«

»Und warum, wenn ich fragen darf, sollte ich das tun?« Fuchs rümpfte verärgert die Nase.

»Ihr seid Mitglied einer kriminellen Vereinigung. Als Mitglied der Roten Garde habe ich die Befugnis, Euch festzunehmen und abzuführen.«

»Aha«, sagte Fuchs und beugte sich vor. »Ihr bestätigt also, dass ich Vico Vanira bin?«

»In der Tat seid Ihr das«, sagte nun der zweite Stahlmann deutlich schroffer. »Und jetzt aussteigen. Sofort!«

Bevor es jedoch dazu kommen konnte, ging der Diener dazwischen, sichtlich verlegen, aber couragiert. »In diesem Falle steht dieser Mann unter dem Schutz von Hochfürst Radovan.«

»Was?«, fragte der Stahlmann verdutzt, die Hand auf seiner Klinge hielt inne.

»Alle geladenen Adligen heute Nacht und deren nächste Verwandte stehen für die Dauer des Winterballs unter der Protektion des Gastgebers.«

»Dieser … Jungspund ist ein ausgewiesener Verbrecher!« Jetzt spuckte der Stahlmann tatsächlich aus. »Die Rote Garde hat das Recht und die Pflicht …«

»… das Anwesen heute Abend vor jedweden Gefahren von

außen zu schützen«, unterbrach ihn der Diener todesmutig. »Allerdings stellt Meister Vanira keine Gefahr von außen dar, genießt als nächster Angehöriger des Großfürsten Vanira sogar einen gewissen Grad an diplomatischer Immunität. Sollte er wirklich Mitglied einer illegalen Gemeinschaft sein, wie ihr behauptet, kann eine Festnahme durchaus erfolgen. Aber erst nach dem Winterball.«

»Das ist doch …!«, brauste einer der Stahlmänner auf und hatte schon sein Schwert eine Handbreit aus der Scheide gezogen, als genau jener Mann die Bühne betrat, von dem ich gehofft hatte, dass der Vorhang für ihn heute Abend geschlossen bleiben würde.

»Haltung, Soldat«, befahl Hauptmann Kerian streng, und mit sichtlicher Anstrengung löste der Stahlmann seine Finger vom Schwertgriff. »Verzeiht, ich kam nicht umhin, diese Diskussion von meinem Posten aus mit anzuhören. Aus meiner Sicht ist die Situation klar.«

Die Stahlmänner drückten ihre Rücken durch, und ich sah mich schon in einer roten Zelle sitzen, schweigend auf mein Ende wartend. So weit würde ich es nicht kommen lassen! Ich tauchte in meine Nael.

»Lasst sie durch.«

Kann er das noch einmal wiederholen? Ich glaub, ich hab mich verhört! War das wirklich Hauptmann Kerian, der dort vor mir stand? Jener Mann, der mich ohne ein Zögern niedergefällt hatte und jeden Gesetzlosen mit einer Leidenschaft jagte, die selbst in der Roten Garde ihresgleichen suchte?

»Hauptmann?« Anscheinend waren auch die Stahlmänner für mehrere Momente zu überrascht gewesen, um ein Wort herauszubringen. Umso ungläubiger klang nun dieses.

»Ihr habt mich gehört«, wiederholte Kerian nun härter. »Ihr sollt sie durchlassen. Es gibt keinen Grund, sie noch länger hier festzuhalten, da ist die Hausordnung eindeutig. Und ich verlange, dass Meister Vanira und seine«, sein abschätziger Blick fiel auf mich, »Begleitung den Abend über unbehelligt bleiben. Haben wir uns verstanden?«

Die Stahlmänner wirkten wie Bluthunde, denen man das Fressen weggenommen hatte, sichtlich irritiert rangen sie sich eine Antwort und einen Salut ab.

»Was Verhaftungen und Festnahmen anbelangt«, fügte Kerian noch hinzu, »so kümmere ich mich selbst darum. Und jetzt fahrt, um der Geister willen, ihr haltet noch den ganzen Verkehr auf.« Das klang schon eher nach ihm, doch im Gegensatz zu den Stahlmännern, die ein kleines bisschen erleichtert und siegessicher wirkten, blieb ich misstrauisch.

Während die Kutsche wieder Fahrt aufnahm, fasste ich Kerian nochmals scharf ins Auge. Alles an ihm wirkte normal, soweit man das bei einem Mitglied der Roten Garde behaupten konnte, und erst, als er schon fast außer Sichtweite war, fiel mein Blick auf seinen Schatten, der unförmig auf die Pflastersteine fiel. Er war dunkler und schwärzer als die der anderen Leute um ihn herum.

Es hat also schon angefangen, dachte ich resigniert und sah wieder nach vorn.

Man konnte durchaus sagen, dass Jedron sehr zufrieden mit sich selbst war. Die letzten Wochen waren anstrengend gewesen, nicht nur wegen der zeitaufwendigen Vorbereitungen für dieses Fest, sondern auch wegen des drohenden Unheils aus der Unterstadt. Es hatte kaum einen Abend gegeben, an dem er nicht noch bis spät in die Nacht hinein gearbeitet hätte. Wie praktisch war es, dass er seit Jahrhunderten keinen Schlaf benötigte.

Bewundernd und auch etwas andächtig ließ er den Blick durch den Silbersaal schweifen, der heute in all seinem Glanz erstrahlte. Natürlich waren auch andere Räumlichkeiten seines Anwesens für die heutige Nacht zugänglich gemacht worden, doch wer Klasse kannte und auch Leute, der wusste sich hier einzufügen, wo getanzt und gelacht, geraunt und politische Allianzen geschmiedet und gebrochen wurden. Jedron kannte fast alle seine Gäste persönlich, und er konnte auch ohne sein göttliches Gespür voraussagen, dass der Großteil der heute Abend geschlossenen Bündnisse sich früher oder später gegen ihn richten würde. Es war ihm herzlich egal.

»Sei nicht so steif, Drake«, schalt er seinen Leibwächter und drückte ihm ein Glas Rotwein in die Hand. »Du bist auf einem Ball und nicht im Krieg.« Das Tierwesen musterte erst Jedron, dann das Glas kritisch, bevor er es unberührt auf einem Tablett abstellte, das ein vorbeilaufender Bediensteter auf seiner Hand balancierte.

Jedem Gast, einschließlich Jedron selbst, stand es frei, eine bewaffnete Begleitung zu seinem Schutz mitzubringen, die meisten jedoch hatten sich für mehrere entschieden, wohl auch wegen der prekären Situation, in der sich die Stadt momentan befand. Tatsächlich waren Großfürst Sharion und Jedron die Einzigen, die nur einen Begleitschutz hatten. Der Windgott hatte sich für Drake entschieden, wohl auch, weil er wusste, wie sehr es diesen ärgerte, zum einfachen Leibwächter für einen Mann degradiert zu werden, der eigentlich keinerlei Schutz benötigte.

Für den besonderen Anlass hatte er ihn dazu genötigt, eine Art Uniform zu tragen, und obwohl man dem Tierwesen ansah, wie unwohl es sich in seinem Aufzug fühlte, sah es doch um Längen beeindruckender und stolzer aus als so mancher aufgeblasene Söldner, den ein Adeliger angeschleppt hatte. Allein Aran machte ihm Konkurrenz.

»Ich mache mir nur Sorgen, Herr«, meinte Drake leise.

»Das musst du nicht«, versuchte Jedron ihn zu beruhigen und war überrascht, wie wenig überzeugend seine Worte klangen.

Als Hochfürst und Gastgeber war er stets von Adeligen und Speichelleckern umgeben, hinzu kam auch noch, dass er

Junggeselle war. Einst hatte er den großen Fehler begangen und den Damen des Abends die Wahl überlassen. Das war ihm nie wieder passiert, auf seinem Winterball herrschte seitdem ausschließlich Herrenwahl.

Er war gerade in ein Gespräch mit Hochbaron Zher und seinem Lehnsherrn Großgraf Rekon über die Auswirkungen der kaufmännischen Kommunikationsnetze auf die Landbevölkerung vertieft, als sich sein Oberkämmerer Devien vorsichtig näherte. Heute Abend war er als Verkünder und auch als Organisator tätig, umso mehr verwunderte es Jedron, dass er so angespannt wirkte. Alle wichtigen Gäste waren bereits anwesend und ihm vorgestellt worden, es dürfte eigentlich niemanden mehr geben, der um seine Gunst bemüht war. Oder?

»Ja, Devien, mein Lieber?«, fragte er unschuldig.

Sein Amtsträger beugte sich zu ihm hinüber, sodass nur er die Worte verstehen konnte. »Ehrenwerter Hochfürst, Vico Vanira ist soeben eingetroffen.«

Für einen Moment war Jedron sprachlos. Und das war in seinem langen, langen Leben noch nicht oft vorgekommen. »Was soll das heißen, ›eingetroffen‹?«, gab er barscher zurück, als er wollte.

»Es heißt, er sei in einer Kutsche vorgefahren, hat sein Recht auf Anwesenheit durch seine Verwandtschaft mit Großfürst Sharion beansprucht und befindet sich momentan in der unteren Eingangshalle. Mitsamt Begleitschutz.«

Jetzt fängt es an, interessant zu werden. »Ich verstehe. Meine Herren«, wandte er sich an seine Gesprächspartner, »entschuldigt mich bitte, ich muss mich um einen neu eingetroffenen Gast kümmern.«

Mit wehendem Umhang verschwand er aus dem Saal, schritt zum ersten Mal mit einer Leichtfüßigkeit durch die Korridore, wie es sich für einen Ball geziemte. Drake folgte ihm schweigend.

»Wie ist er hereingekommen?«, fragte er Devien neugierig und verlangsamte etwas seine Schritte, damit dieser hinter ihm herkommen konnte.

»Ganz regulär, wie mir scheint«, keuchte der oberste Kämmerer leicht außer Atem. »Er wurde angehalten und kurz kontrolliert, weil er keine Einladung vorzuweisen hatte, konnte aber dennoch passieren. Anscheinend pocht er auf sein Verwandtschaftsrecht mit dem Großfürsten.«

»Erst wendet er sich von seiner Familie ab, und dann betont er sie?«, überlegte Jedron laut. »Ein Fuchs und ein Meisterdieb, wohlan …«

»Herr, wünscht Ihr, dass ich ihn vom Gelände entfernen lasse?«

»Keineswegs.« Jedron blieb stehen, sodass Devien fast in ihn hineingelaufen wäre. »Er ist der erste Mann heute Abend, der mein ehrliches Interesse erregt. Jetzt will ich sehen, ob er es sich auch verdient.«

Sie betraten die Eingangshalle, in der es auch jetzt noch zu eher fortgeschrittener Stunde, wo kaum noch Gäste eintrafen, eher turbulent zuging. Jedron straffte sein Gewand und stellte sich ans Geländer der oberen Galerie.

Tatsächlich, Vico Vanira höchstpersönlich gab gerade seinen Mantel ab, der die gleiche Farbe hatte wie sein Haar. Die Ähnlichkeit mit Großfürst Sharion war nicht zu übersehen, sowohl in Haltung als auch in den Gesichtszügen, und mit diesen teuren Gewändern und dem aufrechten, fast hochnäsigen Gebaren wirkte er wirklich mehr wie ein Adelssohn denn wie ein gesuchter und gefürchteter Meisterdieb. Der Junge bemerkte den Hochfürsten, und mit einem schelmischen Lächeln verbeugte er sich elegant vor ihm. Seine eher schlichte Begleitung tat es ihm ungeschickt nach. »Ehrenwerter Hochfürst Radovan, ich grüße Euch!«

Jedron lächelte ebenfalls und wartete, bis die beiden Neuankömmlinge die Treppe zu ihm hochgestiegen waren. »Vico

Vanira. Es ist mir eine große Freude, Euch persönlich kennenzulernen.« Wie auch zuvor bei seinem Vater nahm er ohne jede Rücksicht auf Etikette die Hand des jungen Mannes und schüttelte sie kräftig. Vico schien sich davon nicht irritieren zu lassen.

Seine Begleitung war eine junge Frau, fast noch ein Mädchen, und vielleicht ein Jahr jünger als ihr Schutzbefohlener. Sie wirkte eher unauffällig mit einem Allerweltsgesicht, sodass man sie leicht für einen Jungen halten konnte. Jedron fragte sich, wo Vico wohl eine solche Partie aufgegabelt hatte und warum er ausgerechnet sie als … Bei den Geistern, was war *das?!*

Die Narbe wurde teilweise von ihren eher freizügigen Kleidungsstücken verdeckt, zog aber dennoch alle Blicke auf sich. Von der linken Schulter bis hinab zur rechten Hüfte zeigte sich ein gerader, tiefer Schnitt, der in seiner Brutalität nicht viel Fantasie zu seiner Beibringung übrig ließ. Für einige Momente konnte Jedron gar nicht anders, als darauf zu starren wie auf ein seltenes Tier, und eine leichte Röte stieg dem Mädchen ins Gesicht. Süß.

»Verzeiht, meine Teuerste, falls ich Euch in Verlegenheit gebracht habe«, entschuldigte sich Jedron und schenkte ihr eines seiner charmantesten Lächeln.

Sie wurde gleich noch eine Spur röter. »Habt Ihr nicht.« Ihr Blick wanderte zu Drake, der sich noch steifer als vorhin im Hintergrund hielt.

Etwas klingelte in Jedron, als er ihre Stimme hörte, und er kam nicht gleich darauf, was es war. »Was führt Euch zwei Hübschen heute in mein Heim, wenn ich fragen darf?«

»Das Gleiche wie jeden anderen auch«, erwiderte Vico. »Eine exzellente Verköstigung, der eine oder andere Tanz und die Aussicht auf Unterhaltung.«

Das war glatt gelogen, und das wussten auch beide, doch Jedron ging nicht weiter darauf ein. »Es würde mich sehr freuen, dürfte ich Euch heute Abend nochmals in meiner Gesellschaft wähnen. Nachdem ihr gewisse Dinge … geklärt habt.«

Jetzt hatte er es wirklich geschafft, den Jungen zu irritieren. »Wie darf ich das verstehen?«

»Mein lieber Junge.« Jedron gestikulierte ausschweifend. »Wenn ich der Erste war, der von Eurer Ankunft erfahren hat, so wird bestimmt auch die zweite Person bald hier erscheinen.«

Vicos Gesicht hellte sich auf, und er nickte.

»Wenigstens könnt Ihr dann …« Er unterbrach sich, als er schnelle und bestimmte Schritte im Korridor hinter sich vernahm. *Er war schneller, als ich dachte.*

Der Vorhang hob sich, und Sharion Vanira betrat die Bühne.

Vico straffte sich und trat dann hocherhobenen Hauptes seinem Vater entgegen. Eines musste man ihm lassen, Mut besaß er. Oder war es doch Torheit, sich dem Großfürsten in einem solch gefährlichen Zustand zu nähern? Selbst sein Leibwächter Aran war ein paar Schritte hinter ihn zurückgefallen.

Alle Anwesenden spannten sich an, als der Großfürst den Arm hob, wohl in einer düsteren, schmerzlichen Erwartung. Umso erstaunlicher war es dann, dass der Vater seinen Sohn heftig in die Arme schloss. Vico war wie erstarrt.

Das war unerwartet, dachte Jedron und zog eine Augenbraue hoch. Im nächsten Augenblick jedoch ließ Sharion den Jungen los und hielt ihn auf Armeslänge von sich. Die Ohrfeige kam schnell und schallend. *Das jedoch nicht.*

»Wie kannst du es wagen …?!«, fuhr Sharion ihn an und war für mehrere Sekunden so erbost, dass er nach Worten suchen musste.

»Wie kannst du es wagen, Vater«, nutzte Vico die Gelegenheit, »Hand an mich zu legen wie an einen ungezogenen Schuljungen?«

»Nie musste ich dich schlagen, Vico, immer warst du mir ergeben, auch wenn du dich aufgelehnt hast. Doch dieses ganze Theater, dieser … Mummenschanz! Am liebsten würde ich dich übers Knie legen und dir endlich Vernunft einprügeln!«

Erstaunlich ruhig drehte sich Vico zu seiner Leibwächterin um. »Sollte mein Vater nochmals im Begriff sein, mich zu schlagen oder anderweitig zu verletzen, schlägst du ihm die Hand ab.«

Das Mädchen wirkte für einen Moment etwas verwirrt, legte aber die Hand auf das kurze Schwert an ihrer Seite und lockerte es in der Scheide. »Wie du willst, Fuchs.«

Sharion wirkte schockiert. »Das kann nicht dein Ernst sein, Vico!«

»Es ist mein voller Ernst, Vater.« Nun schlug der Junge einen schärferen Ton an, der dem seines Vaters in nichts nachstand. »Ich nutze die Methoden, die du mich gelehrt hast, um meinen Willen zu bekommen. Du warst mir ein guter Lehrer.«

Als hätte er ihm tatsächlich Gewalt angetan, zuckte Sharion zusammen und wich sogar einen kleinen Schritt zurück.

»Herr, wollt Ihr, dass ich eingreife?«, flüsterte Drake Jedron fast lautlos ins Ohr.

»Bist du verrückt?«, entgegnete dieser. »Um nichts in der Welt will ich das verpassen!«

Er bemerkte den Blick des Mädchens nur, weil sie direkt vor ihm stand. Ein leichtes Lächeln, das sie unwahrscheinlich frech aussehen ließ, schlich sich auf ihre Züge. »Sieh mal einer an«, sagte sie, »ein Voyeur!«

Shivari!, schoss es ihm durch den Kopf, und im gleichen Augenblick kam er sich unglaublich dumm vor. *Natürlich.*

»Was ist nur aus dir geworden, mein Sohn?«, fragte Sharion fassungslos. »Ich erkenne dich nicht wieder. Du warst so ein ehrenhafter junger Mann, höflich und wohlerzogen, mit einer strahlenden Zukunft. Mein Erbe.«

»Das war ich nur, weil du es wolltest.« Jetzt wirkte Vico plötzlich traurig und in sich zusammengesunken. »Ich war alles, was du wolltest, aber nicht das, was ich wollte. Und hättest du mir zugehört, dann wüsstest du das.«

»Ich habe dir zugehört …«

»Nein, du hast nur das gehört, was du hören wolltest. Du hast versucht, mich zu einem Mann zu machen, der ich nicht bin, und fiel ich aus der Rolle, dann hast du mir wehgetan. Mehr, als du erahnst.« Er breitete die Arme aus, stand im vollen Licht und hob den Kopf. »So wolltest du mich immer haben, nicht wahr? Aber das bin ich nicht. Das ist nur eine Maske, die ich wieder ablege, wenn ich das Gebäude verlasse. Wenn ich das getan habe, wozu ich hergekommen bin.«

Tiefe Falten zerfurchten Sharions Stirn. »Und was wäre das, Sohn? Wohl kaum, um eine passende Braut zu suchen, wie ich es einst von dir erhofft hatte.«

Vico lächelte und blieb ihm die Antwort schuldig. Er klopfte Aran kurz auf die Schulter, als er an ihm vorbeiging, und winkte Shivari zu, die ihm nicht sofort folgte. »Lass uns doch mal sehen, ob wir auf diesem extravaganten Fest nicht auch etwas Extravagantes zu trinken bekommen.«

Sharion blickte ihm noch nach, als er schon lange verschwunden war, und ein unbestimmtes Gefühl von Mitleid und Anteilnahme stieg in Jedron hoch, als er den Großfürsten so tief verletzt und verunsichert dort stehen sah.

»Kommt«, sagte er dann und fasste ihn um die Schultern wie einen alten Freund, »begeben wir uns wieder unter die Leute. Ich bin mir sicher, das eine oder andere Wort wird sich noch wechseln lassen. Und das eine oder andere Glas exquisiten Trunks!«

Es war Fuchs schwerer gefallen, seinem Vater diese harten Worte ins Gesicht zu sagen, als er gedacht hatte. Vor allen

Dingen, weil er sie in einer Weise geäußert hatte, für die er sich im Nachhinein schämte.

Shivari ging schweigend neben ihm her, und etwas an ihrer sonst so stillen Art störte ihn nun. »Jetzt spuck's schon aus.«

Sie sah ihn nicht an. »Ich finde, das mit dem Abschlagen der Hand war etwas übertrieben.«

»Du weißt, dass ich das nicht ernst gemeint habe.«

»Hörte sich aber so an.«

»Willst du mir vorschreiben, wie ich mit meinem Vater zu reden habe?« Fuchs konnte nicht verhindern, dass sich eine Spur der Wut, die er vorhin gespürt hatte, in seine Stimme schlich.

Shivari blieb stehen und sah ihn eindringlich an. »Nein, das will ich nicht. Aber ich möchte, dass du mich als Person, die niemals einen Vater hatte, ernst nimmst, wenn ich dir sage: Du solltest nicht so zornig sein. Und nicht so nachtragend.«

Fuchs war überrascht. *Seit wann ist sie so?* Er starrte sie verwundert an, ihre offenen Gesichtszüge und die Wahrheit, die aus ihren Augen sprach. Selbst als sie frech lächelte, blieb das Gefühl, dass sich etwas verändert hatte. Etwas Grundlegendes.

»Du kannst ruhig zugeben, dass ich recht habe.«

»Nur über meine Leiche.« Er lächelte zurück.

Als sie in den Festsaal traten, machte sich keiner die Mühe, sie anzukündigen. Vielleicht war das auch überflüssig, auch so richteten sich sämtliche Augenpaare auf sie. Fuchs straffte sich und hob das Kinn, spielte die ihm zugewiesene Rolle. Hinter dieser Maske, die alle sahen, fühlte er sich sicher. Auch Shivari blieb ruhig und zeigte nicht, ob die große Menschenmasse für sie unangenehm war, denn dass es ihr unangenehm war, wusste Fuchs mit Bestimmtheit.

Die Blicke der Adligen waren überheblich und verächtlich,

eine Dame rümpfte hinter ihrem Fächer doch tatsächlich die Nase, als sie an ihr vorübergingen. Am liebsten hätte sich Fuchs ganz nah zu ihr gestellt und sie zu einem Tanz aufgefordert. Wie er hörte, war heute Abend Herrenwahl.

»Lust zu tanzen?«, fragte er Shivari über die Schulter hinweg.

Sie antwortete nicht sofort, als wäre sie überrascht, dass er diese Frage überhaupt stellte. »Ich kann nicht tanzen«, sagte sie dann in einem Tonfall, in dem sie auch »Ich kann nicht singen« hätte sagen können.

»Heute Abend gebe ich den Ton an, und ich will tanzen!«

»Ich bin mir sicher, hier laufen genug junge Dinger herum, die ganz wild darauf sind, mit dir das Tanzbein zu schwingen.«

Er drehte sich zu ihr um. »Aber ich will mit *dir* tanzen.«

Sie blieb stehen. »Nein«, sagte sie bestimmt, und Fuchs wusste, dass damit das Thema beendet war. *So viel zum Tonangeben.* Er seufzte. »Na gut, dann hol mir wenigstens was Ordentliches zu trinken, die Leute gucken schon, weil du mir so vehemente Widerworte gibst. Für einen Leibwächter geziemt sich das nicht.«

Tatsächlich schaute sich Shivari um, als bemerke sie die gepuderten Damen und Herren zum ersten Mal, und ohne ein weiteres Wort verschwand sie in der Menge. Die Leute wichen ihr aus und machten ihr Platz, sodass Fuchs ihr lange hinterhersehen konnte.

»Ich lehne mich mal ganz weit aus dem Fenster und sage, dass sie in eurer Beziehung die Hosen anhat.«

Fuchs zuckte zusammen und schloss kurz die Augen, um sich zu beruhigen. »Manchmal hasse ich dich wirklich, Aran. Ich hätte fast einen Herzinfarkt gekriegt.«

Der Krieger lächelte nur dünn. »Ich kann nur wiederholen, was ich einst schon zu dir sagte: Wenn du weiterhin so unaufmerksam bist, hast du es nicht anders verdient. Und du kannst mich gar nicht hassen.«

Fuchs sah ihn mit hochgezogener Augenbraue an. »Wenn du wüsstest.«

Sie begannen, Seite an Seite durch den Saal zu schlendern, in einem so betont langsamen Tempo, dass in Fuchs die alte Verachtung für diese Gangart plötzlich wieder aufloderte. Er mochte es lieber flott und effektiv.

»Fuchs, was machst du hier?«, sagte Aran leise, sodass Umstehende ihn nur mit Mühe verstehen konnten. »Sobald der Ball vorbei ist, wirst du verhaftet.«

»Wenn ich ehrlich bin, Aran, glaube ich nicht, dass es dazu kommen wird«, erwiderte Fuchs, »in vielerlei Hinsicht.«

»Wie meinst du das?«

Fuchs zögerte, die Worte auszusprechen. »Wir haben Grund zu der Annahme, dass Cayne heute Nacht hier zuschlagen wird. Erbarmungslos.«

Anstatt schockiert zu wirken, nickte Aran nur.

»Du weißt es?«, fragte Fuchs überrascht.

»Jeder, der halbwegs etwas von diesen Dingen versteht, weiß es.« Aran verschränkte die Arme. »Aus diesem Grund ist die Bewachung auch so scharf, und jeder darf einen oder mehrere Leibwächter mitbringen. Wie ich hörte, hat Radovan sogar noch etwas in der Hinterhand, von dem nur er etwas weiß.«

Ich kann mir denken, was das ist. Wer will schon einem Gott trotzen? »Dann bist du ja vorbereitet. Das beruhigt mich.«

Sein Blick wanderte zu seinem Vater, der in einiger Entfernung etwas abseits von den anderen Gästen eindringlich mit dem Hochfürsten redete. Dieser Drake war auch anwesend, doch er schaute zu ihnen hinüber, sodass Fuchs seinen stechenden Blick beinahe körperlich spüren konnte. Sein Vater sah kein einziges Mal zu ihm.

»Er liebt dich wirklich sehr«, meinte Aran dann überraschend.

Fuchs öffnete den Mund, um etwas Hitziges zu erwidern, doch je länger er darüber nachdachte, desto weniger fiel ihm auf diese Bemerkung hin ein. »Ja«, war das Einzige, was er dazu sagte.

»Er will nur das Beste für dich. Er will, dass es dir gut geht.«

»Aber er wird nicht akzeptieren, dass ich nicht zu ihm oder zum Adel zurückkehren werde.«

Erst zögerte er, doch schließlich schüttelte Aran den Kopf. »Nein, wird er nicht.«

Fuchs seufzte schwer. »Gut, dass wir darüber geredet haben.«

Ich wartete gewissenhaft im Hintergrund, während Fuchs und Aran sich leise unterhielten, und obwohl ich keinerlei Schwierigkeiten hatte, sie zu verstehen, musste ich mich förmlich dazu zwingen, sie nicht zu belauschen. Das Gespräch erschien mir recht intim und privat, und ich fühlte mich heute Abend einmal mehr wie ein Eindringling. Nicht zum ersten Mal hoffte ich, dass Cayne nun endlich den Moment zum Zuschlagen für gekommen sah.

Meinen Moment hingegen erkannte ich sofort. Offenbar wusste Fuchs, dass ich in der Nähe war, und streckte einfach seine Hand, ohne hinzusehen, zur Seite aus, sodass ich ihm mühelos das gefüllte Glas reichen konnte. Für Außenstehende musste unser eingespieltes Verhalten wohl seltsam aussehen, und ein Seitenblick auf den Krieger zeigte mir, dass dieser in der Tat leicht verwirrt wirkte.

Fuchs nahm gleich mehrere große Schlucke, hielt aber dann inne und riss die Augen auf. Er hustete kurz und starrte mich dann empört an.

»Hervorragend, nicht wahr?«, sagte ich geistesabwesend und nippte seelenruhig an meinem eigenen Glas. »Ich habe gehört, Radovan hat sich den Met extra aus dem Brüllenden

Bären liefern lassen. Eine ganz vortreffliche Wahl, findest du nicht auch?« Ich feixte, und selbst Aran konnte sich ein Lächeln nicht verkneifen.

»Nun gut, ich revidiere meine Entscheidung von vorhin«, verkündete Fuchs. »Mein Hass auf dich, ehrenwerter Freund, wird nur durch meinen Hass auf diese Dame hier übertroffen.«

»Oh«, machte ich beleidigt und verzog das Gesicht. »Du kannst mich gar nicht hassen.«

Fuchs verschluckte sich. »Gebt es doch zu, ihr beiden sprecht euch ab, oder?«

»Bisher kam ich nur selten in den Genuss ihrer Anwesenheit«, sagte Aran und zwinkerte mir zu.

»Und wir wollen hoffen, dass es auch so bleibt«, erwiderte ich zwar mit ernster Miene, doch mit einem Lächeln in der Stimme. Meine Nervosität verflog ein bisschen. Kehrte aber wieder zurück, als ich sah, wer sich uns da durch den Saal abermals näherte.

Auftritt Jedron.

»Es lässt mein Gastgeberherz höherschlagen, wenn ich sehe, wie ihr euch amüsiert«, sagte der Hochfürst und Gott des Windes und lächelte so charmant, dass ich ehrlich um die zarten Gemüter der Frauen auf diesem Ball besorgt war. Selbst ich konnte mich seiner Ausstrahlung nur schwerlich entziehen.

»Ihr wisst, wie man Feste feiert, Ehrenwerter Hochfürst«, entgegnete Fuchs und prostete ihm zu, jedoch ohne nochmals etwas zu trinken.

»In der Tat«, sinnierte Jedron und ließ seinen Blick umherschweifen. »Bei der Vorbereitung will man nur, dass es so schnell wie möglich vorbei ist. Doch wenn man mittendrin steht, wünscht man sich nur, der Moment würde ewig dauern.«

»Wie wahr.«

Schwachsinn, dachte ich nur und musste einen Schluck trinken.

»Meine Liebe.« Überraschenderweise wandte sich der Hochfürst direkt an mich. »Was meint Ihr? Wollen wir ein Tänzchen wagen?«

Ich verschluckte mich fast. Von Fuchs hatte ich ja eine solche Forderung erwartet, was es einfacher gemacht hatte, sie abzulehnen, aber von *Jedron?!* War das sein Ernst?

»Vergebliche Liebesmüh, Ehrenwerter Hochfürst«, funkte Fuchs dazwischen, bevor ich etwas sagen konnte. »Auch ich habe es schon versucht, und meinem Charme ist sie leider nicht erlegen. Was mir allerdings unbegreiflich ist!«

»Wie schade!«, rief Jedron aus. »Dabei bleibt es wohl nicht bei dieser einen Aufforderung zum Tanz an diesem Abend. Ihr seid schließlich eine interessante junge Frau.«

Schlagartig verschwand die kindische Schwärmerei, die ich soeben noch empfunden hatte, und kalte Nüchternheit breitete sich statt ihrer in mir aus. Ich knirschte mit den Zähnen, lockerte sie aber sogleich wieder. »Ihr macht Euch über mich lustig.«

Jedron wirkte ehrlich überrascht. »Keineswegs«, meinte er dann, »ich würde mich sehr freuen, wenn wir beim nächsten Tanz gemeinsam auf die Tanzfläche gehen.«

»Ich … Nein danke.«

Für einen Moment sah er tatsächlich so aus, als würde er nachgeben, doch dann fasste er mich sanft, aber bestimmt am Arm und führte mich zur Tanzfläche. »Verzeiht, meine Liebe, aber ich kann es nicht ertragen, wenn eine Frau mir einen Korb gibt. Der nächste Tanz ist unser, ich bestehe darauf!«

Vergeblich versuchte ich, mich aus seinem Griff zu befreien. »Aber … ich kann nicht tanzen!«

»Das ist kein Hindernis.« Er wedelte mit der Hand, um dem Orchester, das auf einer Empore spielte, einen Wink zu geben. Kein Hindernis? Wenn das kein Hindernis war, wollte ich sehen, was er als Herausforderung empfand!

Die Musik setzte kurz aus, als der Wechsel zum nächsten Tanz stattfand, und höflich und gesittet spendeten die Gäste Applaus. Aller Augen richteten sich überrascht auf den Hochfürsten, der wie selbstverständlich die Mitte der Tanzfläche anvisierte, und verdüsterten sich gleich wieder angesichts seiner geradezu lachhaften Partnerin. Ich spürte, wie ich rot wurde, und hasste mich dafür.

»Ich glaube nicht, dass wir das tun sollten«, stammelte ich unbeholfen und wollte auf dem Absatz kehrtmachen, doch da hatte Jedron schon meine Hand ergriffen und umfasste mit seiner eigenen meine Taille. Ich erstarrte beinahe augenblicklich.

»Legt Eure linke Hand auf meinen Oberarm«, raunte er mir zu, und ich brauchte ein paar Sekunden, um dem nachzukommen. Unter seinem Gewand konnte ich seine Muskeln spüren.

Plötzlich zog er mich dicht an sich und hob mich kurz hoch, sodass ich nur Augenblicke später auf seinen Stiefeln stand. Ich wehrte mich kurz, doch er sagte nur: »*Ich* kann tanzen.« *Verdammt!*, dachte ich und ließ meine Füße, wo sie waren. Jetzt standen wir so dicht beieinander, dass ich seinen Atem in meinem Haar spüren konnte und er mein wie wild klopfendes Herz hören musste. Sein Duft war betörend.

Die Musik erklang, ein seichter, aber flotter Walzer, und ich musste mich unwillkürlich an Jedron festklammern, um das Gleichgewicht nicht zu verlieren. Seine Schritte waren wohlgesetzt, und er wiegte sich mit dem Oberkörper im Takt, sodass ich mit ihm gehen musste, ob ich wollte oder nicht. Der Saal und die Leute verschwammen zu einer bunten, formlosen Masse, und schnell richtete ich meinen Blick auf seine Schulter, damit mir nicht schwindelig wurde.

Er schaute zu mir herunter, und mir wurde bewusst, wie

lächerlich wir aussehen mussten. Ein stattlicher, erwachsener Mann tanzte mit einem eingeschüchterten … Kind! »Es ist albern, was wir hier tun.«

Er zuckte nur müde mit einer Schulter. »Was die Menschen denken, kümmert mich nicht.«

Ich wurde hellhörig. »Und trotzdem seid Ihr ihr Hochfürst, Erhabener.«

»Es amüsiert mich«, sagte er lächelnd, »zu wissen, dass sie mich brauchen, aber gleichzeitig versuchen sie, mich loszuwerden.«

»Vielleicht seid Ihr zu gut in dem, was Ihr tut.«

»Natürlich bin ich das! Achtung, Drehung.« Er ließ los und wirbelte mich mit einer Hand geschickt im Kreis, sodass ich erst gar nicht wusste, was ich machen sollte. Doch bevor ich mich, der Windgott bewahre, unendlich blamierte, fing er mich wieder auf, und wir tanzten weiter.

»Wo ist mein Siegelring, wenn ich fragen darf?«, plauderte er munter weiter.

Ich wagte nicht, ihn anzulügen. »Ich habe ihn Fuchs gegeben. Nur für heute.«

»Befürchtet Ihr, ihn zu verlieren?«

»Ja.«

Er wartete, ob noch etwas kam, doch schließlich nickte er. »Entspannt Euch!«, meinte er dann. »Ihr seid viel zu steif, Ihr müsst lockerer werden. Wiegt Euch im Takt, hört auf die Musik.«

»Hm … In Ordnung.«

»Ich kann nicht glauben, dass jemand, der so ungeschmeidig ist wie Ihr, mich bestohlen hat.«

»Ich auch nicht.«

Sein Blick war durchdringend und intensiv. »Ihr habt ziemlich wenig Selbstwertgefühl.«

»Und Ihr zu viel. Wollt Ihr mir etwas davon abgeben?«

Er gluckste rau und herzlich und drehte sich in der nächsten Kurve besonders schnell, sodass mein Herz einen Hüpfer machte.

»Wie wäre es, wenn ich Euch gutes Geld dafür zahle, dass Ihr mir die Sicherheitslücken meines Hauses aufzeigt?«

»Äh … Nein.«

»Nein?« Jedron sah mich fragend an. »Habe ich das richtig verstanden? Ein Dieb schlägt eine lukrative Bezahlung aus für Arbeit, die er bereits getan hat?«

»Die Sicherheit war gut so, wie sie war, wenn Ihr es so wollt …«

»Und warum seid Ihr dann trotzdem reingekommen?«

Das war der Knackpunkt. Ich war mir ziemlich sicher, dass Junicus sich noch immer nicht mit seinem Freund ausgetauscht hatte, und ich konnte jetzt entweder den Drachen fliegen lassen oder meinen Mund halten. Beides behagte mir irgendwie nicht. Einerseits hatte Jedron ein Recht darauf, es zu erfahren, andererseits wollte ich Junicus auch nicht enttäuschen.

Während ich noch über eine Antwort nachdachte, wurde sein Griff plötzlich fester, sodass ich die Knochen in meiner Hand bedrohlich knacken hören konnte. Ich sog scharf die Luft ein und wollte mich befreien, doch gleichzeitig spürte ich einen so starken Druck auf meine Nael, wie ich es seit dem Schwarzgewandeten nicht mehr erlebt hatte. Ich verschloss mich und biss mir auf die Zunge.

So schnell, wie der Angriff gekommen war, verflog er auch schon wieder. Ich merkte, wie mich in Jedrons Armen kurz die Kraft verlassen hatte, und hätte er mich nicht gehalten, wäre ich auf der Tanzfläche zusammengeklappt. Benommen schüttelte ich den Kopf.

»Es tut mir leid«, sagte er dann so leise, dass ich ihn kaum verstehen konnte. Der Tanz wurde langsamer und endete schließlich.

»Was …«, murmelte ich.

»Ich denke, Ihr solltet jetzt zu Eurem Fuchs zurückkehren, sonst kommt er noch hier rüber und kratzt mir die Augen aus.« Er deutete mit dem Kinn über seine Schulter, und ich folgte seinem Wink. Fuchs stand am Rand der Tanzfläche und sah tatsächlich so aus, als würde er jeden Moment die Beherrschung verlieren. Jedoch fand ich keine Wut in seinem Gesicht, sondern rasende Eifersucht. Arans Arm auf seiner Schulter schien Schlimmeres zu verhindern.

»... sollte das?«, beendete ich meine schon begonnene Frage halblaut.

»Oh, nur ein Test.« Obwohl er sich um Fröhlichkeit bemühte, sah ich versteckte Trauer in seinen Zügen. »Jetzt habe ich Gewissheit.«

»Ihr ...« Mir schwante Übles.

»Ich hatte es ja schon geahnt, schließlich kenne ich Junicus seit ein paar Tausend Jahren.«

Eine unbestimmte Traurigkeit erfasste mich, und verlegen wandte ich den Blick ab. »Ich ... Verzeiht ...«

»Wieso entschuldigt Ihr Euch?«

Ich brauchte ein paar Momente, um die Worte zu sammeln. »Junicus ist Euer Freund, und ich ... Nun ja, meinetwegen ist er ...«

Das Lachen eines Gottes ist schwer zu beschreiben, erst recht, wenn es von den Winden getragen und erhellt wird. Tatsächlich lachte Jedron so laut, dass sich viele überrascht zu ihm umdrehten. Und ich stand nur wie bestellt und nicht abgeholt in der Gegend herum und wusste nicht, was ihn so amüsierte.

»Ihr haltet es für einen Fluch, nicht wahr?«, kicherte er noch immer, und seine Stimme war glockenhell. »Die Sterblichkeit.«

»Nun ... Ich dachte ...«

»Meine Liebe, Junicus *begrüßt* sein kommendes Ende!«

Für einen Moment wusste ich nicht, was ich sagen sollte. »Was?«

»Wenn du erst einmal so lange lebst wie wir, erkennst du, was für ein Segen es ist zu vergehen. Ich bin mir sicher, es birgt einen gewissen … Frieden.« Er hielt mir galant seinen Arm hin, und erst jetzt fiel mir auf, dass gar keine Musik mehr spielte. Schnell fasste ich ihn, und gemeinsam schritten wir auf den Rand der Tanzfläche zu. Fuchs bemühte sich darum, jetzt, wo er wieder meine Aufmerksamkeit hatte, normal zu wirken. Doch er starrte mich mit einem Blick an, der mir irgendwie unangenehm war.

»Vielen Dank für diesen Tanz«, sagte Jedron nun. »Schade, dass du nicht gewillt bist, so etwas zu wiederholen.«

»Ja, wirklich schade.« Herrje, jetzt fing ich auch noch an, diese sinnfreien Belanglosigkeiten herunterzuleiern.

»Entschuldigt mich nun bitte, werte Freunde«, Jedron nickte bedauernd, »aber es gibt noch andere liebe Menschen, denen ich heute Abend meine Aufmerksamkeit schenken sollte. Schon allein, wenn ich die nächste Amtsperiode überleben will.« Er zwinkerte mir zu und ging dann ab.

»Ein großer Tänzer«, sagte Fuchs, und ich wusste nicht, ob er es ehrlich oder ironisch meinte.

»In der Tat«, erwiderte ich. »Ich hoffe nur, das, was ich da gespürt habe, war sein Zierschwert.«

Fuchs starrte mich entgeistert an, aber gleichzeitig wusste ich, dass ich bei ihm einen wunden Punkt getroffen hatte. »Keine Panik, war nur ein Witz«, sagte ich schnell, bevor er Jedron noch hinterherrannte und tatsächlich eine Dummheit beging.

Das wäre nun wirklich nichts Neues.

Ich fand Junicus auf dem höchsten Balkon der Residenz, wie er die Sterne zählte. Woher ich das wusste? Er bewegte lautlos die Lippen dabei.

»Seit wann sitzt zu schon hier?«, fragte ich mit hochgezogener Augenbraue.

»Seit Sonnenuntergang«, erwiderte er, ohne den Kopf zu senken.

»Willst du was trinken?«

»Was hast du denn im Angebot?«

Ich hielt ihm das Glas hin. »Wasser.«

Er grinste. »Gerne, vielen Dank.«

Während er dankbar den Blick zum Boden richtete, konnte ich meinen nicht von dem Panorama über uns abwenden. Ein heller Streifen dicht beieinanderstehender Sterne zog sich wie ein Fluss quer über den Nachthimmel, funkelte und glitzerte wie Abertausende Diamanten, die man auf schwarzen Samt genäht hatte. Noch nie in meinem ganzen Leben hatte ich etwas Vergleichbares gesehen.

»Was ist das?«, fragte ich ehrfürchtig und neugierig.

»Der Urstromweg«

»Der *was?*«

»Das ist ein bisschen schwierig zu erklären«, meinte Junicus, als er einige Momente mit gerunzelter Stirn überlegt hatte. »Gibst du dich mit einer Metapher zufrieden?«

»Kommt drauf an, welche.«

»Stell dir einen Schwall Wasser vor, der durch die Luft spritzt. Einige Tropfen sind größer, andere kleiner, manche vereinen sich. Und jetzt stell dir vor, einer dieser Tropfen sind wir: unser Land, unser Planet.« Er breitete die Arme aus, als wolle er den Himmel umarmen. »Das da sind die anderen.«

Es war so hell heute Nacht, dass man bestimmt sogar Nachtdrachen in aller Deutlichkeit erkennen würde. Wenn sie denn mal flogen. Die hatten bestimmt etwas Besseres zu tun. »Wie viele sind das?«

»Als du gekommen bist, war ich bei dreißigtausendvierhundertzwölf.«

»Tut mir leid, falls ich dich unterbrochen habe.«

Doch Junicus schien es mir nicht übel zu nehmen. »Früher fand ich nie die Zeit dazu. Und jetzt, wo sie mir ausgeht, fange ich damit an und werde wahrscheinlich nicht zum Ende kommen.«

»Wenn du willst, kann ich auch wieder …« Doch Junicus hob nur leicht die Hand, um mich zu unterbrechen. Schweigend betrachteten wir ein paar Minuten diesen Urstromweg. Komischer Name.

»Es tut mir leid«, sagte Junicus dann, und obwohl es schon der zweite Gott heute Abend war, der das zu mir sagte, und ich jeden Grund hatte, darauf herumzureiten, schwieg ich und wartete. »Ich hatte kein Recht, dich so anzufahren und zu verletzen«, fuhr er etwas leiser fort. »Du hast mich in einer gefährlichen Stimmung angetroffen, in die ich nur sehr selten verfalle. Jedron kennt mich und meidet mich, wenn ich zum Schlag aushole, aber gerade du wusstest es nicht besser. Ich denke, man kann nicht immer nur ruhig und besonnen tun, irgendwann muss das Meer auch mal stürmisch sein. Dafür möchte ich mich bei dir entschuldigen. Vergibst du mir?«

Ich zuckte leicht mit der Schulter. »Habe ich längst. Ich wusste, du bist nicht du selbst, und nach ein paar Tagen musste ich mich echt zusammenreißen, nicht wie ein Hund zu dir zurückzulaufen.«

Junicus lächelte milde, als hätte er nichts anderes von mir erwartet. »Das freut mich.«

»Was? Dass es uns beiden wieder gut geht oder dass ich dir nachlaufe?«

»Beides.« Jetzt grinste er breit.

»Du Saftsack.« Ich grinste zurück.

Zusammen tranken wir und betrachteten das Sternenspektakel. Von hier oben hatte man auch einen hervorragenden Blick auf den Hof und das Silbertor, die noch immer, obwohl längst keine Gäste mehr eintrafen, hell erleuchtet waren. Entlang der Mauer, die das Grundstück umringte, konnte ich vereinzelte Wachen sehen, und als ich meine geistigen Fühler ausstreckte, sogar noch mehr, die sich jenseits davon verbargen. Beunruhigt stellte ich fest, dass ziemlich viele Rote Ritter dabei waren.

»Du bist aus einem bestimmten Grund hier, nicht wahr?«, meinte Junicus, als er meinem aufmerksamen Blick folgte.

»Es dauert zu lange, um dir das zu erklären«, erwiderte ich, ohne ihn anzusehen, und zählte im Stillen die Wächter. Ja, so sahen sie auch aus, wie Leute, die etwas bewachten. Nicht wie Krieger, die etwas beschützten. »Aber es geht um Cayne.«

»Das dachte ich mir schon.« Er schwieg kurz. »Eine große Hilfe kann ich dir nicht sein. Meine Magie ist nutzlos.«

Verwundert schaute ich ihn an. »Wieso? Du hast doch noch so viel davon und …«

»Sie überträgt sich auf dich. Ich kann sie nicht mehr einsetzen. Oder zumindest nicht in einem Maße, das dir hilfreich wäre.«

Ich überlegte kurz. »Das würde auch nichts mehr ändern. Immerhin haben wir ja noch Jedron und Drake und …«

Ich bemerkte, wie Bewegung in die Wachen kam. Sie schienen auszuschwärmen, als hätten sie etwas bemerkt, doch an Stellen, die vollkommen irrelevant waren. Einzig Hauptmann Kerian blieb auf seinem Posten und verschloss seelenruhig die Tore.

»Es geht los«, sagte ich leise.

Sein Vater kam zu ihm, da war Shivari gerade auf das Dach verschwunden, beinahe so, als hätte er auf den richtigen Moment gewartet. Fuchs schmunzelte über den Gedanken. Hatte die Diebin seinen Vater so sehr beeindruckt? Oder war es mehr die Furcht vor Fuchs' Befehlen, die Sharion Vanira so lange im Hintergrund gehalten hatte?

Die Wut war noch da, und mit ihr wohl auch noch das Unverständnis, aber Fuchs beugte sich nicht mehr davor, wie er es früher getan hatte, sondern sah ihnen aufrecht entgegen.

»Sohn«, sagte der Großfürst und schien nach Worten zu ringen.

»Vater«, erwiderte Fuchs und kostete das Wort, das er so lange nicht mehr richtig ausgesprochen hatte. Seinen Klang und Geschmack hatte er fast vergessen. »Willst du was trinken?« Er hob das Glas mit Met, das er noch immer in der Hand hielt. Irgendwie traute er sich nicht, es wegzustellen. Schon allein um den Eindruck zu erwecken, er amüsiere sich. Schließlich musste er den Schein des kultivierten Edelmannes wahren.

Sein Vater sah auf das Glas, schüttelte jedoch den Kopf. »Vico, wir müssen reden. Vernünftig.«

Fuchs nickte und drückte Aran das Gefäß in die Hand. »Sei so gut. Mein ehrenwerter Vater und ich müssen uns unter vier Augen unterhalten.«

Kommentarlos zog der Krieger von dannen, und das Schweigen, das sich dann ausbreitete, war schwer zu ertragen. Voller unausgesprochener Worte, triefend vor Gefühlen und Blicken, schneidend wie ein Schwert.

»Komm«, sagte sein Vater dann, »am Rand der Menge ist es ruhiger.«

Ohne auf seine Zustimmung zu warten, ging er voraus. Fuchs musste leise schmunzeln, als er über diese Eigenart des Großfürsten stolperte. Es war etwas Vertrautes zwischen zwei Menschen, die sich fremd geworden waren.

Die Adligen wichen zurück, und auch die Musik und das Stimmengewirr verblassten, als sie an den Seiten des Saales entlangschlenderten und durch die großen Fenster den bunt beleuchteten Innenhof und den klaren Sternenhimmel darüber betrachten konnten. Nur hatte keiner von beiden ein Auge für diese Schönheit.

»Warum, Vico?«, fragte sein Vater dann, und an dem

schweren Tonfall, den er angeschlagen hatte, erkannte Fuchs, wie lange ihm diese Frage schon unbeantwortet auf der Seele gelegen hatte.

»Ich weiß es nicht«, erwiderte er. »Aber es ist, wie es ist.«

»Habe ich dich so schlecht behandelt? Wenn es wegen des Schlages ist, den du …«

»Nein«, unterbrach Fuchs ihn, »nein, es ist nicht deswegen. Obwohl … es eine Art Auslöser war. Eine Erkenntnis.«

Sein Vater wurde ungeduldig, wie immer, wenn jemand nicht in klaren Sätzen zu ihm sprach. »Erkenntnis? Worüber?«

Fuchs selbst fiel es schwer, es in Worte zu fassen, so wie damals im Brüllenden Bären, wo er Aran gegenübergestanden hatte. Mit seinem Vater war es sehr viel schwieriger. »Dass ich kein Adliger bin.«

Er erwartete, dass sein Vater es abstreiten, wütend werden würde, und tatsächlich hob er abwehrend die Hand. »Unsinn! Du bist der Spross einer angesehenen Familie. Du hast die Möglichkeit, unser Haus nicht nur in eine gute Zukunft zu führen, sondern auch weit über unsere Grenzen hinaus mit …«

»Hör auf.« Er hatte es nicht laut gesagt oder scharf, sondern ganz sanft, als würde er ein Kind beruhigen. »Bitte, hör auf damit.«

Sein Vater blieb stehen. »Womit aufhören? Das ist es, wozu du geboren wurdest, was du bist!«

»Nein, das ist es, was *du* willst, dass ich bin. Aber *ich* will das nicht, Vater. Versteh doch, ich will kein Geld, keine Privilegien und keinen Besitz.«

»Was willst du dann?«

Fuchs musste nicht lange überlegen. »Freiheit.«

Die Augenbrauen des Großfürsten zogen sich zusammen, ein Anzeichen für seine inneren Gefühle und einen möglichen Ausfall in Tat und Sprache. »Vico, du redest wie ein

Kind, das habe ich dir damals auch schon gesagt. Freiheit ist ein Konstrukt, eine Lüge, wenn du so willst, an die zu glauben uns nicht zusteht. Wir sind gebunden. Das waren wir schon immer.« Er ballte seine Fäuste. Sie zitterten.

»Ich möchte ungern so mit dir brechen, Vater.« Anstatt ebenfalls erbost zu reagieren, blieb Fuchs nun ruhig. »Ich will doch nur, dass du verstehst. Der Wind ist mein Zuhause, und ich gehe dorthin, wohin er mich trägt.«

Plötzlich sah sein Vater traurig aus, traurig und alt, und dieser Anblick schockierte Fuchs. »Ich kann es nicht verstehen, mein Sohn. Ich kann nicht verstehen, warum du fortgegangen bist und alles, deine Heimat, deine Familie, zurückgelassen hast.«

»Das habe ich nicht.« Er zögerte, bevor er seinem Vater einen Arm um die Schulter legte.

Die Hand des Großfürsten war schwielig und schwer. »Ich auch nicht.« Er sah auf. »Wieso Vesontonio?«

Fuchs zuckte mit den Schultern. »Keine Ahnung. Der Wind hat mich geleitet, ich wusste kaum, was ich tat. Bisher ist mir das Schreiten noch nicht wieder gelungen, obwohl ich es versucht habe.«

»Du kannst hier Hochfürst werden.«

Fuchs seufzte. »Ich weiß, Vater, ich bin nicht dumm.«

»Niemand behauptet das. Doch es wird der Tag kommen, an dem Radovan weichen wird, obwohl er stets gütig zu uns war.«

Beiläufig sah Fuchs hinüber zum Gastgeber des Abends, den wie selbstverständlich eine Traube von Menschen umgab und der vor Charme förmlich sprühte. Sein Lachen war silberhell.

»Gütig ist er in der Tat«, bestätigte Fuchs und wollte noch etwas sagen, doch etwas ließ ihn innehalten. Er hatte ein Gesicht unter den Leuten gesehen, kurz nur, aber …

Abrupt wandte er sich ab, sein Vater runzelte verwirrt die

Stirn. »Ehrenwerter Hochfürst!«, rief er nervös durch den Saal, doch niemand, nicht einmal die Adligen, schienen ihn gehört zu haben. Er versuchte, sich durch die Menschen zu Jedron durchzudrängeln, doch je näher er ihm kam, desto mehr schienen sich ihm in den Weg zu stellen. Wo kamen die alle plötzlich her?

Bei den Geistern, das darf doch nicht wahr sein! Er griff in seine Nael und schwang sich in die Luft, allerdings nur so hoch, dass er über die Köpfe der Leute hinweggleiten konnte. Von dort aus sah er auch, eher zufällig, eine kleine Kugel aus durchsichtigem Material über den Boden auf den Hochfürsten zurollen. Glas vielleicht, oder … Weißkristall.

»Erhabener!«, rief er nun panisch und beschleunigte.

Tatsächlich sah Jedron nun auf, das Lächeln auf seinem Gesicht eingefroren, nur die Augen blickten überrascht. Als die Kugel seinen Fuß berührte, geschah vieles gleichzeitig.

Fuchs' Magie versiegte restlos wie eine Pfütze in der Wüste. Plötzlich seines Auftriebs beraubt, stürzte er unbeholfen und hilflos in die Menge und überschlug sich mehrere Male schmerzhaft, bevor er zitternd liegen blieb. Die Menschen schrien erschrocken, beinahe panisch auf, und als sich sein Blick wieder geklärt hatte, erkannte er auch, warum. Starr und leblos wie eine Puppe lag der Hochfürst auf dem Boden, und anstatt ihm zu helfen, sahen die Adligen, heillos mit der Situation überfordert, nur tatenlos zu. Fuchs rappelte sich ungeschickt auf und eilte zu ihm.

War zuvor noch so viel Leben in ihm gewesen, die Röte seiner Wangen, das Lachen in seinen Augen, so glaubte Fuchs nun, eine Leiche zu halten. Die Haut war wächsern, das Haar farblos, und die Augen, vor wenigen Sekunden noch schelmisch blitzend, waren halb offen und starrten ins Leere. Zitternd hielt er eine Hand vor seinen trockenen Mund, doch er spürte keinen Atem, und auch, als er die Finger an seinen Hals legte, spürte er nichts. Nicht das Geringste.

Jedron, Hochfürst von Vesontonio und Gott des Windes, war tot.

Noch nie in seinem Leben hatte sich Fuchs so hilflos gefühlt, so unfähig, so niedergedrückt. Er versuchte zwar, das Gewand des Hochfürsten zu öffnen und Wiederbelebungsmaßnahmen durchzuführen, doch tief in seinem Innern wusste er, dass es nichts gab, was er tun konnte.

Aus den Augenwinkeln bemerkte er eine Bewegung, und als er mit tränennassem Gesicht aufsah, erkannte er jenen Mann, der mit seiner Statur so grotesk und unnatürlich wirkte, selbst jetzt noch, wo er in die Gewänder eines Edelmannes gehüllt war. Seelenruhig hob er die Kugel auf, die in seiner Pranke so klein und zierlich wirkte wie eine Blume, und betrachtete sie nachdenklich. Ein kleiner Sturm schien darin zu toben.

»Das lief ja besser, als ich dachte«, sagte er und schien dabei mehr überrascht zu sein als triumphierend.

Der Zorn war heiß und rot, er beherrschte Fuchs' Sinne und die Worte, die er ausspeien wollte, doch es waren zu viele. »Du …!«, brachte er nur gepresst heraus. »Was hast du getan?«

Caynes Blick war amüsiert, als er eine Augenbraue hochzog. »Du erwartest doch nicht ernsthaft eine Antwort auf diese Frage, oder?«

»Das wirst du bereuen!« Leere Worte, so hohl, so aufgesetzt, dass es Fuchs beinahe peinlich war, sie gesagt zu haben. Was konnte er nur tun?

»Vielleicht.« Cayne blickte auf, und Fuchs sah, was er sah: Drake, glühend vor Magie und mit Schuppen auf der Haut, wie er Leute zur Seite stieß und auf sie zurannte.

»Aber vielleicht auch nicht.« Wie beiläufig hob er einen Finger und zeigte auf Aran, und Fuchs wusste erst, dass sie verloren waren, als er den Schrei des Kriegers hörte.

Es war, als hätten tausend Nadeln auf einmal beschlossen, sich in Arans Kopf zu bohren. Das Brummen, das er so sehr fürchtete und das er heute Abend bewusst in die hinterste Ecke seines Bewusstseins verbannt hatte, bäumte sich auf zu einem Brüllen, das Erde spaltete und Eisen zerriss. Es schwemmte über ihn hinweg, verschlang Aran und seinen Willen, den er jahrzehntelang gestärkt hatte. Und wozu? Wozu? Nichts konnte er tun.

Aran fiel, und der Erdensohn erhob sich.

ERDENSOHN UND WASSERDRACHE

Etwas schrie, und ich wusste sofort, dass wir in Schwierigkeiten waren. Eine tiefe, urgewaltige Strömung wogte durch die Luft, als ich, zwei Stufen auf einmal nehmend, nach unten in den Ballsaal rannte. Die Wände zitterten, aber nicht vor Schall, sondern vor Magie. Als ich eine Hand darauflegte, brummten sie wie Tausende von Hummeln.

Den Schrei, der antwortete, kannte ich allerdings: Drake, der Wasserdrache, war erwacht. Ein dumpfes Grollen und ein Knall folgten, als würden zwei große Wesen mit aller Wucht aufeinanderprallen. Ich stolperte, als ich kurz das Gleichgewicht verlor, Putz rieselte von der Decke, und ich musste husten. Was war denn da los?

Die Adligen strömten panisch aus dem Silbersaal wie eine durchgedrehte Herde wilder Rinder. Ihr Kreischen war allerdings ein sanftes Lied im Vergleich zum Brüllen aus dem Inneren. Ich versuchte, mit Windmagie über die Menge hinweg in den Saal zu gelangen, aber irgendwie funktionierte es nicht. Es schien, als wäre mir der Teil meiner Nael, der Winde befahl und Luft manipulierte, einfach verschlossen. Aber das war doch …!

Jetzt sah ich, wovor alle wegliefen, wer sich dort ohne Rücksicht auf die Gefahr für die Umstehenden bis aufs Blut bekämpfte, und ich wurde kreidebleich vor Angst.

Drake war in seiner tierischen Gestalt nach wie vor beeindruckend, obwohl oder gerade weil er nun nicht aus Regen, sondern aus Fleisch und Blut bestand. Brüllend bäumte er sich auf, warf sich auf seinen Gegner, versuchte, ihn zu Boden zu drücken. Doch dieser schien davon nur milde beeindruckt zu sein und schleuderte den Wasserdrachen zur Seite wie ein altes Spielzeug.

Dämon – ein passenderes Wort gab es für ihn nicht. Seine Haut schien vollständig aus dunklem Stahl zu bestehen, rüstungsgleich schmiegte sie sich an seinen grotesk verdrehten Körper. Die Proportionen waren falsch, die Arme viel zu lang und der Kopf groß wie ein kleines Haus. Aus dem höllengleichen Schlund ragten, selbst bei geschlossenen Kiefern, lange, spitze Zähne hervor, die offenbar ebenfalls aus Metall bestanden. In seinen glühenden Augen tobte der blanke Wahnsinn.

Als ich die Bestie erblickte, konnte ich mich nicht bewegen, und die Versuchung, es den Adligen gleichzutun, war nahezu lächerlich groß. An der Schulter des Dämons entdeckte ich einen Fetzen, vielleicht Kleidung, nun zerrissen und an den spitzen Widerhaken festhängend, die sich an seinem gesamten schrecklichen Körper befanden.

Arans Umhang.

Es fiel mir wie Schuppen von den Augen, und ich schalt mich einen Narren, dass ich das nicht schon früher bemerkt und Vorbereitungen dafür getroffen hatte. *Der verdammte Bastard ist ein Erdensohn!*

Das änderte die Situation maßgeblich.

Rasend vor Wut schlug der Dämon um sich, zertrümmerte die Einrichtung und hinterließ Löcher groß wie Kutschen in der Wand. Auf Adlige, die das Pech hatten, sich noch im Raum und dazu noch in seiner Nähe zu befinden, legte er keinen Wert. Manche von ihnen klatschten wie tote Fliegen an die Wände.

»Nein!«, rief ich und rannte los. Ich wusste zwar, dass ich gegen einen direkten Nachfahren der Erdgöttin nicht den Hauch einer Chance hatte, auch wenn ich den Wasserfunken in mir trug. Aber nur nutzlos danebenzustehen, wenn Menschen zerquetscht wurden wie Kakerlaken unter einer Schuhsohle, ertrug ich nicht. Jetzt verstand ich, warum es Jedron vorzog, keinerlei Kinder zu zeugen. Menschliches und göttliches Blut vertrugen sich nicht.

Warum ließ der Windgott dieses Chaos zu? Und wo war Fuchs?

Drake ging erneut zum Angriff über, dieses Mal heftiger. Ich spürte die Vibration seiner Wilden Magie in meiner Enya, brennend und überschäumend, und mit Wucht stieß er dem Erdensohn in den Rücken, dass dieser um sein Gleichgewicht rang. Mit seinem sich windenden Reptilienleib schlang sich der Wasserdrache um die Gliedmaßen des Dämons und versuchte, ihn zu Fall zu bringen. Fauchend schlug dieser nach ihm und hinterließ einen blutigen Krater auf dem schuppigen Leib. Drake brüllte vor Schmerz.

Ich muss ihm helfen!, dachte ich panisch und wollte ihm etwas von meiner Energie abgeben, doch sobald ich seine Aura berührte, verbrannte ich mich daran. Von Weißmagie hatte ich nur wenig Ahnung, schon allein, weil sich meine eigenen Wunden ohne mein Zutun schlossen, und angesichts des dunklen Blutes, das der Drache spuckte, fühlte ich mich hilflos.

Angestrengt schloss ich die Augen, um ein paar größere Zauber zu wirken und nicht nur glotzend am Rande zu stehen, aber bevor ich dazu kam, packte mich jemand und zog mich brutal zur Seite. Keine Sekunde zu früh, denn Drake hatte es geschafft, seinen Schweif um die Füße des Erdensohns zu legen und ihn so zum Wanken zu bringen. Der Boden erzitterte, als beide fielen.

»Wir müssen hier weg!«, schrie Fuchs, und ich verstand es mehr, weil ich von seinen Lippen las, als dass ich es hörte.

»Wo ist Cayne?«, fragte ich stattdessen. »Und wo verdammt ist Jedron?«

»Achtung!« Fuchs packte mich am Arm, und wir rannten schnell in Deckung, als die Kontrahenten wild um sich schlugen.

»Jedron ist tot«, keuchte Fuchs und lehnte sich erschöpft gegen einen herabgestürzten Deckenbalken.

»Jedron kann nicht sterben, er ist …«

»Ich weiß!«, schrie er mich barsch an, und ich zuckte bei seinem Tonfall zusammen. »Cayne hat … Egal! Hol dir die Kugel!«

»Erst einmal muss ich sein Herz …«

»Ja,ja, aber die Kugel! Sie ist aus Weißkristall, ich glaube, Jedrons Enya ist darin gefangen.«

»Wohin …?« Ich wurde von einem Bersten unterbrochen, als mehrere Trümmer von der Decke stürzten.

»Eingangshalle!«, erwiderte Fuchs, während er bereits lief.

Ich nickte und wollte mich auf den Weg machen, doch abermals hielt er mich am Arm zurück. Fragend sah ich ihn an, und sein Blick war tief und schwer.

»Pass auf dich auf«, sagte er.

»Du auch.« *Jetzt oder nie!*, dachte ich. Schnell beugte ich mich vor und presste ihm ungeschickt einen feuchten Kuss auf die Wange. Ohne seine Reaktion abzuwarten, drehte ich mich um und rannte.

Als Shivari ging, wurde die Welt ein bisschen dunkler. Fuchs konnte das Gefühl nicht beschreiben, und obwohl er im Moment eindeutig andere Probleme hatte, konnte er die plötzlich eintretende Leere in sich nicht ignorieren. Er hoffte, er betete so sehr, dass der Plan funktionieren würde!

Aus dem unkoordinierten Gerangel zwischen Erdensohn und Wasserdrache war ein erbitterter Kampf geworden. Brüllend versuchte sich der Erdensohn (Fuchs weigerte sich, seinen Freund Aran in ihm zu sehen) von dem Reptil zu befreien, das sich schlangengleich um seine Gliedmaßen gewunden hatte und einfach nicht lockerließ. Drake versuchte seinerseits, den Dämon in die Kehle zu beißen, jedoch prallten seine

Zähne vom Metall seiner Haut ab wie stumpfe Dolche an einer Rüstung. Denn mehr waren sie nicht.

Wild schlug der Erdensohn um sich, erwischte nicht nur Drake und flüchtende Gäste, sondern auch eine tragende Säule des Saales. Als wäre sie nicht mehr als ein Streichholz, knickte sie ein, und nur wenige Sekunden später folgte die Decke.

Fuchs, der am anderen Ende des Saales versuchte, sich seinen Weg nach draußen zu erkämpfen, wurde in eine Wolke aus Staub und kleinen Trümmerteilen gehüllt, die ihm den Atem raubte. Das Zittern des Bodens brachte ihn aus dem Gleichgewicht, und ungeschickt rollte er zur Seite, um den herabstürzenden Brocken auszuweichen. Blind und hustend tastete er sich vorwärts.

Das Geschrei des Erdensohns war leiser geworden, das Knurren des Wasserdrachen geradezu gänzlich verstummt, und als sich die Sicht einigermaßen geklärt hatte, sah Fuchs auch, warum, und sein Herz rutschte ihm in die Hose. Beinahe die halbe Decke war auf Drake gestürzt, schwere Fassadentrümmer und ganze Dachbalken waren auf ihm zum Erliegen gekommen. Ein gedämpftes Knurren kam aus seinem Maul, das unter den Trümmerteilen kaum noch auszumachen war. Spitze Splitter aus Holz hatten sich in seine Seite und seinen Flügel gebohrt.

Der Erdensohn, der unter ihm lag, schien nur wenig beeindruckt von der Zerstörung, die er angerichtet hatte. Als wäre Drake nicht mehr als ein ungewollter Liebhaber, schob er ihn und die Trümmer von sich herunter und wühlte sich frei.

Nicht gut! Fuchs nahm die Beine in die Hand und rannte. Sobald der Erdensohn frei war, würde er seine Raserei fortsetzen, schon hatte er sein grässliches Maul geöffnet und stieß einen wütenden, hohen Schrei aus, der den Wahnsinn in seinem Innern widerspiegelte. Wenn das Untier so etwas wie Verstand überhaupt besaß, dann hatte es ihn wohl schon längst verloren.

»Vico …« Das Wort war kaum mehr als ein Flüstern und in dieser lauten Welt geradezu unmöglich zu vernehmen, trotzdem blieb Fuchs abrupt stehen, als er es hörte, und glühende Scham stieg in ihm auf. Wie konnte er nur seinen Vater vergessen? Wie konnte er nur an sich selbst, höchstens an Shivari denken, und nicht an die armen Adligen und Sharion Vanira, die noch immer in diesem Saal gefangen waren?

Keuchend drehte er sich um und suchte in den Trümmerteilen nach dem Großfürsten. Er hatte angenommen, dass Aran ihn wie stets beschützt hatte, doch im selben Moment schalt er sich für diese Dummheit einen Narren. Aran war fort. Vielleicht für immer.

Fuchs verbot sich diesen Gedanken und wühlte sich durch das Chaos. Sein Vater lag eingeklemmt unter einem Dachbalken und dessen Verkleidung, hustend und röchelnd rang er nach Atem. Mit einer Schulter stemmte sich Fuchs gegen das Holz und versuchte, den Balken anzuheben, doch er war schwerer, als er gedacht hatte. Tief tauchte er in seine Nael, mit der er ohne seine Windmagie nicht viel anfangen konnte.

»Lass mich …«, keuchte Sharion, und ein kleiner Blutfaden lief ihm aus dem Mundwinkel. »Geh … solange du noch kannst …«

»Kommt nicht infrage!«, widersprach Fuchs heftig und stieß einen Schrei aus, als er sich mit der belebenden Kraft der Magie des Balkens annahm. Er hob sich ein kleines Stück, und Geröllteile kullerten von ihm herunter. Sein Vater kroch zitternd und kraftlos darunter hervor, und fast hätte Fuchs den Balken wieder fallen lassen, seine Beine und seine Muskeln brannten.

Es dauerte Ewigkeiten, bis Sharion sich ganz befreit hatte, und er atmete beinahe so schwer wie sein Sohn. Erschöpft ließ Fuchs den Balken los und ruhte sich ein paar Sekunden aus, um erneut Kräfte für die Flucht zu sammeln. Er drehte sich zu seinem Vater um, wollte ihm aufhelfen … und hielt schockerstarrt inne.

Ein Holzsplitter von der Länge seines Armes hatte sich von hinten in den Rücken des Großfürsten gebohrt und war vorn an seinem Bauch wieder ausgetreten. Blut gab es nur wenig, doch an dem weißen Gesicht und dem schweren Atem seines Vaters erkannte Fuchs, dass er nicht mehr viel für ihn tun konnte.

Er eilte zu ihm, wollte ihm hochhelfen und ihn nach draußen bringen, doch noch immer kämpften die Bestien miteinander, und sich allein durch dieses Feld aus Trümmern und Gefahren zu winden, das vor Kurzem noch die Stätte der Freude und des Tanzes gewesen war, war schon kühn. Mit einem Schwerverletzten war es unmöglich.

»Vico …«, keuchte sein Vater erneut, kraftloser dieses Mal.

Tränen stiegen Fuchs in die Augen, als er Sharion hielt, vor Hilflosigkeit und Wut hätte er am liebsten laut geschrien. »Nein … Bitte, tu mir das nicht an …«

»Vico …« Der Großfürst hob zitternd eine Hand und berührte das Gesicht seines Sohnes, ganz zart wischte er eine Träne fort. »Mein Sohn …«

Seine Hand hielt inne, er öffnete den Mund, als wolle er noch etwas sagen, doch seine Lippen bewegten sich nur stumm. Hastig beugte sich Fuchs zu ihm hinunter. »Vater, bitte! Halte durch! Wir müssen …«

Er konnte den Satz nicht beenden, denn er hörte den letzten Atemzug seines Vaters, und plötzlich bestand die Welt nur noch aus Stille.

Cayne hatte die geflüchteten Adligen in der Eingangshalle zusammengetrieben wie Vieh. Seine Männer waren in schattenschwarze Umhänge gekleidet, drängten die Menschen mit Waffen zurück und kreisten sie ein. Der Herr der Unterwelt hatte seine Hunde gut dressiert.

Er selbst schien nun das Ruder übernommen zu haben und nicht länger sein lächerlicher Kumpan. Mit donnernder Stimme brüllte er Befehle und scheuchte jene, die waghalsig zu fliehen versuchten, mit beherztem Einsatz eigenhändig zurück.

Noch immer bebte die Erde, zwar nicht mehr so stark wie anfangs, als sich der Erdensohn erhoben hatte, doch trotzdem musste ich um mein Gleichgewicht kämpfen, wenn heftigere Stöße durch den Boden vibrierten.

Ich benutzte meine Wassermagie, um mich unsichtbar zu machen, mit vorsichtigen Schritten näherte ich mich dem Geschehen. Anscheinend wollte Cayne die Adligen als Geiseln benutzen, um hohe Lösegeldsummen von deren Familien oder sogar vom König zu erpressen. Dass er mit dieser Methode wahrscheinlich nicht weit kommen würde, kümmerte anscheinend niemanden. Das Selbstbewusstsein der Ganoven tränkte die Luft wie die tränenerstickten Schreie ihrer Gefangenen.

Mein Herz raste, nicht nur Adrenalin beschleunigte seinen Schlag. Dort stand er, der jetzt mächtigste Mann in ganz Vesontonio, Bezwinger der Nacht und Dieb von Herzen. Ich zog das Schwert des Schwarzgewandeten aus der Scheide. Diese Waffe konnte ihn verletzen, sogar töten. Ich kniff die Lippen zusammen.

Aufmerksam beobachtete ich jede seiner Bewegungen, niemand schien mich zu bemerken, und ein prüfender Blick an mir herunter bestätigte mir meine Unsichtbarkeit. Auch Wassermagier schien es unter seinen Männern nicht zu geben. Alles lief gut. Warum war ich dann so unruhig? Es musste mit dem Bevorstehenden zusammenhängen. Das Herz …

Ich holte tief Luft und sprintete dann auf Cayne zu, das Schwert zum Schlag erhoben, ich zielte auf seinen Rücken, dorthin, wo das Herz schlug.

Er drehte sich ganz plötzlich um, und trotz meiner Unsichtbarkeit schien er mich sofort zu fixieren. Ich hatte allerdings schon zu viel Schwung, konnte und wollte nicht mehr bremsen, wollte es durchziehen, es zu Ende bringen …

Sein Blick fiel auf das Schwert, und er riss die Augen auf, als er es erkannte. »Ich kann nicht glauben, dass du wirklich so dumm bist.«

Bevor ich verstand, was er damit meinte, wurde die Klinge in meiner Hand plötzlich kalt. Klirrend kalt, wie tausend Nächte ohne Sterne und Mond. Schwarze Wogen, die schemenhaft die Form eines großen Mannes hatten, strömten aus dem Schwert und hüllten mich in ihre Umarmung, eisig, unbarmherzig und dunkel.

So dunkel.

Der Kampf endete, ohne dass Fuchs es mitbekam. Regungslos saß er auf dem Boden, noch immer hielt er seinen Vater, und er konnte den Blick nicht von diesen Augen abwenden, die ihn so liebevoll, belehrend, wütend und zuletzt so stolz angesehen hatten. Jetzt waren sie leer. Und Fuchs war es auch.

»Fuchs.«

Er blickte auf und erkannte die Gestalt, die hinter ihm stand, nur verschwommen. Die Tränen hatten helle Spuren in seinem von Staub und Dreck gezeichneten Gesicht hinterlassen. Drake sah nicht viel besser aus. Der Kampf mit dem Erdensohn hatte tiefe Wunden in seinen Körper geschlagen, seine linke Seite war besonders blutig und sein Arm wohl verrenkt oder gebrochen. Trotzdem war kein Schmerz in seinem Gesicht zu sehen.

Er blickte kurz auf den Leichnam des Großfürsten. »Es tut mir leid«, sagte er, doch es klang eher floskelhaft.

Fuchs schluckte und erwiderte nichts.

»Wir müssen gehen, Fuchs.«

Er sah wieder seinen Vater an, seine Finger krallten sich in das staubige Gewand. Er konnte ihn hier nicht zurücklassen.

Drake trat näher zu ihm heran. »Der Tod ist ein Teil des Lebens. Alles vergeht, sogar die Götter, sogar die Tierwesen. Du musst das akzeptieren, dann tut es weniger weh. Lass los.«

Wenn er ihn damit trösten wollte, erreichte er nur das Gegenteil. Stumm tropften die Tränen von Fuchs' Gesicht. »Ich kann nicht«, flüsterte er.

»Das ist nur eine Hülle für einen Geist, der nicht mehr da ist«, fuhr Drake unbarmherzig fort. »Wenn du hierbleibst, wirst du von Cayne getötet. Denkst du, das hätte dein Vater gewollt? Oder Shivari?«

Beim Namen der Diebin wurde er hellhörig. »Was ist mit ihr?«, fragte er heiser.

Drake schüttelte nur leicht den Kopf. *Nein!*, dachte Fuchs, und der Schmerz in seinem Innern loderte auf. *Bitte nicht auch noch sie!*

»Wir müssen gehen«, sagte Drake jetzt drängender, »Die Barriere um das Gebäude wird immer stärker. Bald kann selbst ich nicht mehr entkommen.«

Noch ein letztes Mal blickte Fuchs seinen Vater an und schloss ihm sanft die Augen. Nun sah er fast so aus, als würde er träumen. »Leb wohl«, sagte Fuchs. »Und verzeih mir.«

NACHTSCHATTEN

Ich schwebte allein und nackt in der Dunkelheit. Schwärze überall, unendliche Finsternis, in jede Richtung breitete sie sich aus, ein Meer aus Lichtlosigkeit und ich nur ein unbedeutender Tropfen darin, der ertrank.

Stimmen kamen zu mir, flüsterten und schrien durcheinander in einer unverständlichen Sprache. Hin und wieder ein Wort, das ich verstand, doch mein Geist war zu träge, um darauf zu reagieren. Ich glitt auf den Wellen der Finsternis dahin, ließ mich von ihnen treiben und umhüllen wie einen wehrlosen Schiffbrüchigen. Ich war auf ihre Gnade angewiesen.

Ich träumte, ich wäre ein Schatten.

Ich träumte, ich flöge über ein dunkles Meer und durchbräche Gischtkronen und Wellenkämme, über mir ein gespickter Himmel, dessen schwaches Licht auf meinem schemenhaften Körper brannte wie Feuer. Ich hasste es, und ich verfluchte es, während ich in das Land zurückkehrte, in dem ich einst lebte und gestorben war.

Funkeln am Horizont, ein Glimmen in der Nacht, das mich wütend machte. Ihre Schönheit wurde durch das Licht zerstört, und Bedauern mischte sich in meinen Zorn. Warum sahen die Irdischen nicht den Glanz der Lichtlosigkeit? Wieso zerstörten sie ihn? Sie hatten an der Stelle, an der einst die Schatten mit den Wassergeistern säuselten, vor Jahrzehnten eine Stadt hochgezogen wie eine Blume. Eine hässliche Blume.

Ich raste dahin, durchbrach Wasser und Wind. Sie zerrten nicht an mir, denn ich war Schatten, ich war Nacht. Ich hielt auf die Ansammlung von Leben zu, das ich nicht mehr besaß.

Die Irdischen wandelten blind durch die Nacht, doch anstatt die Augen zu öffnen, blendeten sie sie mit dem Licht von Feuer und Magie. Egal, wie lange ich schon durch die Sphären wandelte, ihr Verhalten rief in mir nur Unverständnis und Wut hervor.

Unwürdige!, zischte ich mit einer Stimme, die keine Stimme war. *Ihr erkennt die Schönheit der Schatten nicht!* Niemand hörte mich. Selten hörte mich jemand, selbst wenn ich Form annahm. Aber spüren, das konnten die Irdischen.

Wenn ich sie streifte, fröstelten sie. Wenn ich ihnen folgte, drehten sie sich um. Wenn ich vor ihnen schwebte, suchten sie meinen Blick. Aber sie erwiderten ihn nicht.

Ich huschte weiter, streifte durch Häuser und Gassen und sah den Irdischen bei etwas zu, das ich, wenn ich sie so betrachtete, eigentlich nicht zurückhaben wollte.

Dann das Kreischen.

Ich krümmte mich und zog mich zusammen, etwas wie, ja, Schmerz durchzuckte mich, nicht mehr als eine ferne Erinnerung. Schlug da nicht etwas in mir? War da nicht etwas?

Es wurde wieder still, und meine Bahnen waren zittrig und unregelmäßig, als ich dem Echo folgte. Ein festes Konstrukt der Irdischen war es, wohin es mich führte. Einige Schatten sammelten sich darum, verflogen wieder, doch ich blieb. War es Mut oder Torheit, als ich mich näherte? Oben stand ein Fenster offen, und zögernd schwebte ich heran.

Meister! Ein dumpfes Gefühl der Freude, ein selten heller Tropfen in meiner tristen Welt, durchströmte mich, als ich meinen Herrn erkannte. Doch etwas stimmte nicht. Etwas fehlte. Ein Band, das uns verbunden hatte und das ich jetzt erst erkannte, wo es fort war. Dann fiel mir das Blut auf, die Schwäche meines Herrn, sein Röcheln und seine … Tränen?!

Meister! Meister! … Ich huschte näher heran, traute mich aber nicht, ihm direkt gegenüberzutreten. Alles war so falsch.

»Chrom …«, sagte mein Herr und benutzte den Namen,

den die Irdischen mir gegeben hatten. »Chrom … Du musst ihn finden …«

Wen, Meister?, fragte ich verwirrt.

Jetzt richtete sich mein Herr auf, stöhnend und voller Qual, schwarzes Blut lief aus ihm heraus, er schwankte.

»FINDE IHN!!!«

Ich zuckte zurück angesichts des unglaublichen Zorns, der in seiner Stimme bebte. Er schrie, und die Nacht schien zu erzittern. Panisch huschte ich davon, versuchte, seinem Schrei zu entkommen, der mich mit sich ziehen wollte in den Schmerz und die Angst. Hektisch flog ich durch die Stadt, suchte, suchte, suchte.

Doch wonach?

Ich glitt zurück, und die Schatten flüsterten weiter, nicht feindselig, nicht einlullend. Ein andauernder Strom von Leben oder Tod, der mich schlichtweg nicht zur Kenntnis nahm. Ich wurde ruhig, vergaß, und erlebte vielleicht etwas, was man Frieden nennen könnte.

»Ich hasse Schwäche.«

Langsam schlug ich die Augen auf, die letzten Schatten fielen von mir ab, zogen sich aus mir zurück. Zwielicht hüllte mich statt ihrer ein, ein dunkler Raum, der von einer Fackel erhellt wurde. Nackter Fels wölbte sich über mir.

»Diese Welt ist schwach, das habe ich schon sehr früh bemerkt. Es fängt mit den Menschen an. Sie jammern und flehen und sterben, doch statt etwas dagegen zu tun, beten sie zu ihren Göttern. Hoffnung ist eine Illusion von Sicherheit für diejenigen, die sich die Realität nicht eingestehen wollen. Erbärmlich.«

Ich drehte den Kopf, mein Sichtfeld klärte sich nach und nach, und dort, neben mir auf einem Felsen, saß Cayne. Er sah mich nicht an, sondern das Kurzschwert, das er sich über die Knie gelegt hatte.

»Ich wusste, wenn ich irgendetwas ändern wollte, etwas an

ihrer Schwäche, die sie sich eingestehen und bezwingen sollten, musste ich die Quelle dieser Hoffnung auslöschen. Aber das geht nicht. Also muss ich selbst zu dieser Hoffnung werden. Eine Hoffnung auf eine starke Welt, die sich selbst trägt.«

Ich versuchte, mich zu erheben, doch meine Glieder waren noch zu schwer, wie nach einem langen Traum, von dem man nicht wollte, dass er endete. Prüfend sah ich an mir herab. Ich war unverletzt und nicht gefesselt.

»Serendin war ein Zufall. Ein glücklicher Zufall, das muss ich zugeben, ja. Schon immer übte die Dunkelheit eine Faszination auf mich aus, und ich fand es schade, dass ich keinerlei Begabung für Magie besaß, weder für die Schatten noch für sonst einen Zweig. Ich begegnete Serendin in einem Moment der Schwäche, und zum ersten Mal in meinem Leben feierte ich sie. Ich hatte den ersten Schritt von vielen getan auf einem Weg, der zu einem starken, allwissenden Gott führt.«

»Du bist wahnsinnig«, war mein einziger Kommentar.

»Ja vielleicht.« Er stand auf und schnitzte mit dem Schwert silberne Schemen in die Luft. Ich spannte mich an und genoss das heftige Schlagen meines Herzens in meiner Brust, bevor es mir für immer genommen wurde. Doch statt in meinen Oberkörper rammte er die Klinge neben meinem Kopf in den Steinboden, wo sie zitternd stecken blieb und ich mich unscharf in ihr spiegeln konnte.

»Willst du mir nicht das Herz herausreißen, wie du es mit Serendin getan hast?«, fragte ich leicht verunsichert.

Cayne streckte sich. »Ich glaube, ich warte noch.«

»Wieso?«

Jetzt grinste er, und mich fröstelte. »Fuchs wird bald hier auftauchen, um dich zu retten. Ich will mir nicht das Vergnügen nehmen, dir vor seinen Augen den Brustkorb aufzureißen, bevor ich ihn töte.«

Bevor ich wusste, wie mir geschah, war ich aufgesprungen

und schnellte auf ihn zu, blind dem Gefühl folgend, das in mir aufstieg. Ich prallte heftig gegen etwas Unsichtbares, das mich mit gleicher Wucht zurückschleuderte und gegen die Wand klatschen ließ wie eine Spielzeugpuppe.

»Du benimmst dich wie eine liebestolle Närrin«, meinte Cayne belustigt. »Wenn Fuchs nur halb so aufbrausend reagiert wie du, werde ich mich köstlich amüsieren.«

Um mich herum leuchtete ein Runenkreis in mattem Blau, das nun langsam verblasste. Ein unsichtbares Gefängnis, aus dem ich nicht entkommen konnte.

»Erfreue dich deines Herzens, solange du noch kannst«, sagte Cayne und wandte sich zum Gehen. »Bald wird es mir gehören, und dann bin ich der Herrscher über Nacht und Wasser.«

»Warte!«, rief ich verzweifelt und richtete mich ungelenk auf. »Serendin stirbt.«

Tatsächlich blieb Cayne stehen, ein massiger, unförmiger Umriss, der nur noch entfernt an einen Menschen erinnerte.

»Du ziehst die Energie aus ihm heraus, bald ist es zu viel«, fuhr ich schnell fort. »Wenn der Schattenfunke stirbt, vergeht die Dunkelheit aus dieser Welt. Alles wird hell und brennend und …«

»Du sagst das in dem Glauben, dass es mich interessiert«, meinte Cayne nur abschätzig, »aber die Schwäche der Nächstenliebe habe ich mir schon vor langer Zeit abgewöhnt.«

»Es geht hier nicht um Nächstenliebe!«, erwiderte ich wütend. »Ein Teil der Welt stirbt mit ihm! Das ist ihr Untergang. Das kannst du unmöglich wollen!«

Cayne neigte den Kopf und sah mich mit gerunzelter Stirn an. »In der Tat, das will ich nicht. Aber bist du dir sicher, dass die Schatten vergehen, wenn er stirbt?«

»Er ist das Gefäß für den Funken …«

»Ist er das?« Cayne beugte sich zu mir hinunter, ganz nah brachte er sein Gesicht an die Barriere des unsichtbaren Gefängnisses. »Wie kann er das sein, wenn sein Funke in meiner Brust glüht?« Er tippte sich auf den Oberkörper.

»Er … er ist …«, stammelte ich.

»Er ist schwach!«, unterbrach er mich barsch und richtete sich wieder auf. »Wenn er stirbt, ist das eben der Lauf der Dinge, ein Schwächling weniger auf der Welt. Zum Glück bin ich ja da, um seinen Platz einzunehmen. Und deinen bald auch. Und den von Jedron. Von allen Göttern, die da wandeln.«

Ein freudiges Grinsen breitete sich auf seinem Gesicht aus, es war das Letzte, was ich sah, bevor er sich umdrehte und mich mit meinem wild schlagenden Herzen allein ließ. Es war ungewöhnlich laut.

MENSCHEN UND DÄMONEN

Als Aran erwachte, fühlte er sich schwer und tot. Fast seine gesamte linke Seite war taub, und die rechte brannte wie Feuer. Mühsam öffnete er die Augen.

Er lag auf einer dreckigen Matratze auf dem Boden, in einem Raum, den er nicht einmal einem Straßenkind zugemutet hätte. Die Mauern waren schlecht verputzt, das Fenster mit Brettern zugenagelt, und die Tür zum Zimmer, in dem er lag, hing nur noch schief in den Angeln und ließ sich wahrscheinlich nicht mehr bewegen. Staub und Schmutz bedeckten den Boden wie einen Teppich.

Man hatte ihn mit einem dünnen Laken zugedeckt, und er fröstelte, als kalter Wind durch die Löcher im Gebäude pfiff. Unter der Decke war er nackt, seine Rüstung sah er nirgendwo.

Schwerfällig fasste er sich an den Schädel, ein rasender Schmerz tobte darin. Trotzdem konnte er das Brummen, sonst so allgegenwärtig, nicht mehr vernehmen. Es war fort, wie jedes Mal, wenn er einen Ausbruch gehabt hatte. Doch es würde unweigerlich zurückkehren. Das tat es immer.

Prüfend sah er an sich herab. An seiner linken Seite, dort, wo seine weiche Haut in dunkle, metallene Schuppen überging, waren neue hinzugekommen. Als er die Hand hob, konnte er sie an der Schulter und ein Stück weit an seinem Hals spüren. Das würde es schwieriger machen, sie als Teil einer Rüstung zu tarnen. Die Panzerung an seinem Arm und der Hand sahen zwar unverändert aus, waren jedoch wahrscheinlich härter geworden.

Aran seufzte tief. An den gestrigen Abend hatte er kaum noch eine Erinnerung … War er sich wirklich sicher, dass es gestern gewesen war? Hoffentlich hatte er dieses Mal nicht allzu viel Schaden angerichtet, doch diese Hoffnung war gering. Seine vorherigen Rasereien waren schon alles andere als harmlos gewesen, was hatte er dann mitten in einer Menschenmenge in einem geschlossenen Gebäude angerichtet? Aran fürchtete sich.

Was war mit Fuchs? Und Großfürst Sharion?

Er versuchte, sich zu erheben ... und landete prompt auf dem Boden. Erst jetzt bemerkte er die Stille, zuvor waren geflüsterte Gespräche aus dem Nebenzimmer oder dem Erdgeschoss erklungen, die schlagartig verstummten. Nochmals versuchte er, seinen schwerfälligen Körper hochzuhieven, doch alles, was er erreichte, war eine halbwegs sitzende Position auf der flachen Matratze. Er hörte Schritte, und im nächsten Moment stand Fuchs in der Tür. Den Göttern sei Dank!

Die edle Kleidung des Winterballs hing noch an ihm, war jedoch verschmutzt, teilweise zerrissen und ... Bei den Geistern, war das *Blut?!*

»Oh, gut, du bist wach«, sagte Fuchs leise. Seine Stimme klang lädiert und heiser, er hatte dunkle Augenringe, und große Erschöpfung stand ihm ins Gesicht geschrieben.

»Welcher Tag ...?«, begann Aran, doch Fuchs schüttelte nur den Kopf. »Die Dämmerdrachen verziehen sich gerade.«

Komisch, so kurz war Aran noch nie bewusstlos gewesen. Fuchs verschwand kurz im Gang und kam dann mit einem Bündel Kleider wieder herein, die er ihm, etwas unbehaglich, in die Hand drückte. Sein Blick streifte immer wieder Arans Arm.

»Es tut mir leid«, sagte dieser und konnte gar nicht anders, als auf die metallene Haut seiner Hand zu starren, die den Stoff umfasste und ihn dabei beinahe zerriss. Sein Feingefühl war noch nicht zurückgekehrt.

Für einige Momente erwiderte Fuchs nichts, dann: »Soll ich dir helfen?«

Aran brachte ein kurzes Nicken zustande, und wortlos half der Junge ihm, sich das gefütterte Wams und die Stoffhose überzuziehen. Mehrmals streifte er dabei seine natürliche Panzerung, aber wenn er sich dabei unwohl fühlte, zeigte er es nicht. Aran war ihm beinahe dankbar für seine Wortkargheit.

Als er ihm dicke Lederstiefel und einen Mantel reichte, sagte er noch mal: »Es tut mir leid.«

»Hör auf, dich ständig zu entschuldigen«, entgegnete Fuchs und schnürte die Stiefel. »Du kannst nichts dafür.«

»Ich habe die Kontrolle verloren.«

»Cayne hat dich dazu gezwungen.«

Aran sah auf, doch Fuchs wich seinem Blick aus. »Es tut mir leid, dass ich es dir verschwiegen habe.«

»Es ist deine Sache, wem du es sagst und wem nicht. Du wirst deine Gründe gehabt haben.«

Aran kam nicht umhin, ein wenig erstaunt zu sein. »Du bist mir deswegen nicht böse? Schließlich ist ein Erdensohn eine große und gefährliche Angelegenheit.«

Fuchs zögerte, bevor er ihm in die Augen blickte, suchte kurz nach Worten. »Du hast mich nicht verurteilt, weil ich ein Dieb bin. Wieso sollte ich dich brandmarken, nur weil du ein Erdensohn bist?«

»Ich fürchte, es ist nicht ganz das Gleiche …«

»Eigentlich schon.«

Er erhob sich und hielt Aran die Hand hin, um ihm aufzuhelfen. Es war, wahrscheinlich absichtlich, die linke, denn jetzt musste der Krieger seine gepanzerte Pranke ausstrecken. Als er stand, wurde Fuchs' Blick merkwürdig musternd. »Es ist das erste Mal, dass ich dich in normaler Kleidung sehe«, merkte er an. »Du siehst … ungewöhnlich aus. Oder eher gewöhnlich, denn jetzt fällst du weniger auf.«

»Früher sah ich nur so aus. Erst als sich die Schuppen ausgebreitet haben, bin ich auf die Rüstung umgestiegen. Das machte es einfacher.«

Fuchs nickte verständnisvoll und ging auf die Tür zu. »Komm, Drake wartet im Erdgeschoss.«

»Warte.« Aran streckte seine Hand aus, zögerte aber, Fuchs damit zu berühren. »Was ist mit Großfürst Sharion?«

Wie schwer das Schweigen war! Fuchs' einzige Antwort war ein gesenkter Blick, und schockiert prallte Aran zurück. »Nein … Nein!«

»Es ist nicht deine Schuld …«, versuchte es Fuchs mit gebrochener Stimme, doch Aran war nicht überzeugt. Ein kalter Schleier hatte sich über ihn gelegt, und er bezweifelte, dass er je wieder weichen würde.

»Ich habe ihn umgebracht … den einzigen Mann, der jemals gut zu mir war …« In blindem Selbsthass zerrte er an seinen Metallschuppen am Hals, als könne er sie einfach durch normale Haut ersetzen. Haut, die niemanden aufschlitzte, wenn man sie berührte.

»Aran, lass das! Hör auf damit!« Fuchs versuchte, seine Hände zu packen, aber für Aran war es ein Leichtes, ihn zurückzustoßen. Er musste sich jetzt nicht mehr zurückhalten.

»Wer tut nur so etwas?« Aran spürte Blut an seinen Fingern. »Ich bin ein Dämon!«

»SEI STILL!« Grob stieß Fuchs ihn gegen die Brust, sodass er hintenüber auf die Matratze fiel. Mit tränenverschleiertem Blick sah er zu ihm auf. »Du bist kein Dämon, drachenverdammt!«, schrie Fuchs und sah in diesem Moment, wo der Zorn ihn zu überwältigen drohte, seinem Vater so ähnlich, dass Aran den Blick abwenden musste. »Du bist der beste Mensch, den ich kenne!«

Ein leises Echo seiner Worte, dann Stille. Aran merkte, dass er zitterte. »Ich bin kein Mensch …«

»Hör auf mit dieser Haarspalterei.« In der Tat sah der Junge so aus, als würde er ihm gleich an die Gurgel gehen. Es war Aran egal, er hatte es verdient. »Und hör auf mit diesem

Selbstmitleid! Wir haben jetzt keine Zeit dafür! Shivari ist in Gefahr.«

Der Ton, in dem er das sagte, war merkwürdig eindringlich, und Aran erkannte seinen Fehler erst, als er ihn ausgesprochen hatte. »Shivari ist mir egal.«

Jetzt schlug Fuchs ihn tatsächlich, und in seinem schweren Schädel wurden die trägen Gedanken durchgeschüttelt. Es tat nicht einmal weh.

»Dann bleib doch hier und jammere weiter vor dich hin«, spuckte Fuchs verächtlich aus. »Ich brauche dich nicht, um in der *Nacht* zurechtzukommen. Habe ich noch nie.«

Mit polternden Schritten verschwand er aus dem Zimmer, und Aran tat es irgendwie leid, dass er war, was er war.

Jetzt waren es Tränen der Wut, die Fuchs über die Wangen liefen. Hastig wischte er sie weg, er wollte nicht weinen, wollte nicht so hilflos sein. Er verbannte das Bild des Elends aus seinem Kopf, das Aran dargestellt hatte, so voller Selbstverachtung, voller Scham und Schande. Aran war nicht er selbst, das war die Entschuldigung, die Fuchs für sein Verhalten fand, aber er wusste nicht, ob er ihr trauen konnte.

Drake saß im Erdgeschoss am Tisch, dem einzigen Möbelstück neben zwei Stühlen im Raum, und zog sich fingerdicke Splitter aus der Seite. »Und?«, fragte er ohne aufzusehen.

»Er …« Fuchs suchte kurz nach dem richtigen Ausdruck. »Er braucht noch ein wenig.«

»Hm«, machte das Tierwesen nur und begann, seine Wunden mit Weißmagie zu versiegeln. »Und wo willst du hin?«

Fuchs war auf der Kellertreppe stehen geblieben. »Ich kann nicht einfach untätig hier herumsitzen. Ich gehe in die *Nacht*, im Keller ist ein Zugang, den Shivari geöffnet hat.«

Alarmiert sah Drake auf. »Du kannst da jetzt nicht runtergehen.«

»Wieso nicht?«

»Erstens: Du siehst immer noch aus wie ein Adliger. Zweitens: Du gehörst keiner Gilde mehr an. Und drittens herrscht da unten, wie bald hier oben auch, Anarchie. Du kommst keine fünf Meter weit.«

»Das werden wir ja sehen«, sagte Fuchs und wandte sich zum Gehen. Drake aber war so schnell bei ihm, dass er kaum blinzeln konnte, da hatte er ihn schon fest am Arm gepackt.

»Du benimmst dich wie ein unreifes Junges«, meinte er kalt. »Du bist nicht der Meisterdieb, der sich mit Shivari messen konnte.«

»Ich bin überhaupt kein Dieb mehr«, erwiderte Fuchs und wollte sich losreißen, doch Drakes Griff war unbarmherzig. »Wie du ja schon gesagt hast, ich bin ein Ausgestoßener.«

»Schon einmal daran gedacht, dass Cayne auf dich wartet?«

Fuchs zögerte. »Wieso sollte er?«

»Sag du es mir. Ich lasse dich erst los, wenn du mir beweist, dass du der Fuchs bist und nicht ich.«

Er seufzte. Warum nur mussten die Leute immer auf seinen Spitznamen anspielen? Er hatte ihn wegen seiner Haare und nicht wegen seiner Klugheit. Aber gut, wenn Drake dieses Spiel spielen wollte, würde Fuchs sich nicht dagegen wehren. Er dachte nach.

»Mein Vater ist tot«, sinnierte er und spürte sogleich einen Kloß im Hals, »und ich bin sein einziger Erbe. Ich bin eine wichtige Geisel, die ihm durch die Finger gegangen ist. Oder aber er weiß gar nicht, dass mein Vater tot ist, und will nun zwei Geiseln, mit denen er die Protektion Lehan erpressen kann. In beiden Fällen setzt er darauf, dass ich zu ihm komme, um Shivari zu retten. Oder …« Er runzelte die Stirn und wurde blass, als er daran dachte. »Nein.«

»Doch. Die Möglichkeit besteht.«

»Das … das glaube ich nicht. Es wäre taktisch unklug, auch

wenn er glaubt, mein Vater wäre noch am Leben. Mich vor den Augen Shivaris zu töten ergibt keinen Sinn.«

»Außer den seiner persönlichen Befriedigung.« Drake ließ ihn los, und Fuchs rieb sich die pochende Stelle. »Und das heißt, solange du hierbleibst, dich nicht von deinen Gefühlen und Leidenschaften beherrschen lässt, bist du sicher. Und Shivari auch.«

»Nein, ist sie nicht.« Sehnsuchtsvoll blickte Fuchs in den dunklen Keller, blieb aber, wo er war. »Er wird ihr das Herz herausreißen.«

»Bis jetzt hat er es nicht getan.« Drake ging wieder zum Tisch und setzte sich. »Ich verspüre keine Veränderung in den Strömen.«

»Was sagt dir, dass er es nicht doch getan hat?«, fragte Fuchs skeptisch.

»So nah bei ihr hätte ich etwas spüren müssen. Nein, sie ist unversehrt, wenn auch gefangen. Cayne vertraut darauf, dass du zu ihm kommst.« Sein Blick war intensiv und stechend. »Und ich habe das Gefühl, dass du ihn nicht lange warten lassen wirst, nicht wahr?«

Fuchs presste nur die Lippen zusammen. »Was schlägst du vor?«

Drake begann wieder, sich selbst zu versorgen und zu heilen. »Den richtigen Zeitpunkt zum Zuschlagen abwarten. Bis dahin Kräfte sammeln. Mehr können wir nicht tun, die Stadt ist vollkommen abgeriegelt, Hilfe von außen ist unwahrscheinlich.«

»Und wie lange sammeln wir Kräfte?«, fragte Fuchs ungeduldig. Dieses Pläneschmieden behagte ihm nicht.

»Ein paar Tage. Wir wollen Caynes Geduld nicht unnötig auf die Probe stellen.«

Fuchs nickte. »Gut.« Er ging durch den Raum und öffnete die Tür.

»Was soll das werden?«

»Ich muss etwas tun. Und wenn ich nicht nach unten gehen kann, dann will ich mich wenigstens hier oben gründlich umsehen.« Und bevor das Tierwesen noch etwas dazu sagen konnte, war er schon verschwunden.

Die Rote Festung brannte nicht wirklich, ein ganzes Gebäude aus massivem Stein war nur schwer entzündlich. Aber auf den Wehrmauern und im Innenhof der Festungsanlage brannten trotzdem munter große Feuer vor sich hin.

Fuchs war der Rauchsäule gefolgt, und ohne Windmagie war es weitaus unangenehmer, als er gedacht hatte. Je näher er der Festung kam, desto leerer wurden die Straßen, der Gestank nach verkohltem Fleisch immer übermächtiger. Er konnte verstehen, warum die Leute das Weite gesucht hatten.

Anzeichen von Kämpfen sah er keine, hin und wieder ein überstürzt verlassenes Haus, eingeschlagene Fensterscheiben und kleine Brandflecken. Ohne Wind war der Tag unnatürlich still, nur das Knistern der Flammen war zu vernehmen, und das schon von Weitem.

Fuchs hatte Nebengassen und Querstraßen benutzt, um die Stahlstraße und eventuelle Zusammenstöße mit Feinden zu vermeiden, deswegen sah er die Leichen erst, als er direkt vor der Festung stand.

Askani hing in der Mitte, neben ihm sein Stellvertreter. Auch die anderen Gildenführer, egal ob aus der *Nacht* oder der Oberstadt, baumelten an Hanfseilen von der vorderen Mauer herunter. General Vael, der Oberbefehlshaber der Roten Garde, leistete zusammen mit seinen höchsten Offizieren seinen letzten Dienst, und auch der Bürgermeister hatte seine letzte Amtsperiode angetreten. Manche sahen aus, als hätten sie sich gewehrt. Ein paar Stahlmänner waren wohl schon vorher tot gewesen, bevor man sie aufgehängt hatte. Hauptmann Kerian war nicht darunter.

Fuchs wusste, er hätte schockiert und entsetzt sein müssen,

stattdessen verspürte er nur eine tiefe Traurigkeit, als er die Reihe der Leichen abging. Selbst um Askani, diesen Mistkerl, tat es ihm irgendwie leid. Am Ende der Mauer, fast etwas abseits, hing der Mann mit dem Rattengesicht, den Cayne als Maske benutzt hatte. Sein Gesicht war das schlimmste: einst arrogant und grausam, nun nur noch eine Grimasse aus Schmerz und purer Angst. Die kleinen Augen quollen ihm aus dem Schädel und sahen Fuchs fassungslos an, erstarrt in ihrem Unglauben. Das war der Zeitpunkt, an dem ihm wirklich schlecht wurde und er würgte.

»Ich kann nicht warten«, murmelte er und wandte sich ab.

SHIVARI

Das Schwert war die schlimmste Provokation. Cayne hatte es jenseits der Runenbarriere in den Boden gerammt, sodass ich es nun genau vor meiner Nase hatte, es aber nicht erreichen konnte. Im blanken Stahl der Klinge spiegelte sich meine Hilflosigkeit.

Wieder und wieder warf ich mich gegen die Wand, wie ein wildes Tier, das seine Gefangenschaft nicht akzeptieren will. Der Kreis aus Runen leuchtete in einem klaren Wasserblau, und während er immer wieder aufflammte, versuchte ich, seine Bedeutung zu entziffern. Sie war nicht wirklich einfallsreich: *Shivari darf nicht passieren.*

Wie ich sie umgehen konnte, war mir ein Rätsel. Anders als Fuchs hatte ich mir meine Kenntnis über die Sprache der Magie selbst angeeignet, ohne jemanden, der mir die Feinheiten und Kniffe beigebracht hatte.

Als ich das letzte Mal Tränen vergossen hatte, war in dem Herbst gewesen, als Carja mich auf die Straße geworfen und ich hilflos im Rinnstein gesessen hatte. Dieses Gefühl der Machtlosigkeit, diese ureigene Angst vor etwas, dem man nicht entkommen konnte, genau das gleiche Gefühl beschlich mich nun, wo ich mich zu einem Bündel zusammenrollte und mich und die Welt verfluchte.

Ich zitterte, als mich das Bild von Serendins Brustkorb wieder einholte, und obwohl ich versuchte, es aus meinem Kopf zu verbannen, konnte ich nicht verhindern, wie ich mir mein Gesicht auf seinen Schultern ausmalte. Müde, emotionslos, tot. Ohne jedwede Hoffnung.

Ich rammte meine Stirn immer wieder gegen den Fels, und dass meine Wunden und die Schmerzen in Sekundenschnelle vergingen, machte es nicht besser. Es spornte mich vielmehr an. Erst, als meine Schädeldecke platzte und im nächsten Moment verheilte, hörte ich auf.

Das war es doch, was Cayne wollte, oder? Meine Verzweiflung. Sogar die von Fuchs. Und indem ich mich so gehen ließ, spielte ich ihm genau in die Hände. Ich musste mich zusammenreißen, ich musste hier raus!

Chroms Schwert. Der Geist, der darin gefangen war, hatte sich gegen mich gewendet, ausgerechnet in dem Augenblick, in dem ich ihm und seinem Herrn den Arsch gerettet hätte. Was sollte das? Mein Ziel war auch sein Ziel, und anstatt uns gegenseitig in den Rücken zu fallen, sollten wir uns lieber zusammenschließen. So ungern ich das auch zugab.

Ich rutschte über den Boden näher an die Barriere heran, achtete aber darauf, sie nicht zu berühren, um nicht wieder zurückgeschleudert zu werden. Ganz nah beugte ich mich zu der Klinge. War da nicht gerade ein schwarzer Schemen im Hintergrund gewesen? Ich konzentrierte mich.

»Darf ich dein Schwert benutzen?«, fragte ich.

Die Antwort kam schnell und unmissverständlich. *Nein.*

Ich erschrak. Um ehrlich zu sein, hatte ich nicht damit gerechnet, dass es beim ersten Mal klappen würde. »Aber ich will damit …«

Nein.

»Wieso nicht?«, fragte ich wütend.

Du bist unwürdig.

Hätte er einen Hals gehabt, hätte ich ihn ihm wahrscheinlich umgedreht. »Hör zu«, sagte ich ungeduldig, »ich will doch nur …«

Ich weiß, was du damit zu tun gedenkst.

»Und warum weigerst du dich dann?«

Ich kann dir nicht erlauben, meinen Herrn zu töten.

»Cayne ist nicht dein Herr, sondern Serendin.«

Wer?

Ich stutzte. »Ist das dein Ernst? Du lässt hier den treuen

Vasallen raushängen, aber wem eigentlich deine Loyalität gilt, den verleugnest du? Ich glaube, du bist unwürdiger als ich!«

Der Geist schwieg, offenbar erzürnt.

»Serendin ist dein Herr, Cayne hat ihm den Funken gestohlen, und ich will ihm helfen. Dafür brauche ich dein Schwert. Kann ich es bitte haben?«

Nein.

Bei den Geistern, ich werde noch wahnsinnig!, dachte ich und raufte mir die Haare.

Ich kann dir nicht erlauben, meinen Herrn zu töten. Und mein Herr ist derjenige, der den Funken trägt.

»Aber …«, ich suchte nach Worten, »…es ist falsch!«

Er schwieg kurz, dann sagte er: *Ja.*

Immerhin etwas. »Was ist, wenn ich gelobe, deinen Herrn«, ich machte mir nicht die Mühe, meine Verachtung zu unterdrücken, »nicht zu töten? Kann ich dein Schwert dann benutzen?«

Wieder Schweigen, dieses Mal ungläubiger. *Du willst ihm das Herz herausreißen. Ich habe schon Irdische mit weniger getötet.*

»Sein Herz lasse ich, wo es ist. Ich will nur das von Serendin.«

Er schien kurz zu überlegen. *Das kommt auf dasselbe raus.*

»Nicht zwangsläufig. Alles, was ich will, und du wahrscheinlich auch, ist, dass Serendin seinen Funken zurückbekommt. Dazu will ich das Schwert benutzen, schließlich kann es sogar Götter verwunden. Sonst nichts.«

Schwöre es.

Das kam mir zwar jetzt recht albern vor, aber ich nickte. »Aber nur, wenn auch du schwörst, dich nicht wieder gegen mich zu wenden. Wir verfolgen schließlich dasselbe Ziel, oder?«

Stille.

»Oder?«

Ja.

»Gut. Ich schwöre bei … äh … den Wassern der Welt, dem Herrn der Schatten nicht den Tod zu bringen.«

Und ich schwöre bei den Schuppen des Nachtatmers, dass ich dir zur Seite stehe, solange du dich an deinen Schwur hältst.

»Abgemacht.« Ich klatschte in die Hände. »Und wie überwinde ich jetzt diese bescheuerten Runen?«

Ist doch nicht mein Problem.

Es hätte nicht viel gefehlt, und ich hätte mich wieder mit aller Kraft gegen die Barriere geworfen, wenn auch nur die geringste Möglichkeit bestanden hätte, diesem Bastard von einem Geist dadurch die Leviten lesen zu können.

Seufzend lehnte ich mich zurück und versuchte, mich zu beruhigen. Es brachte sowieso nichts, jetzt die Beherrschung zu verlieren. Chrom war, wie alles andere auch, außerhalb meiner Reichweite.

Ich musste an Fuchs denken und wie leicht ihm das Runenzeichnen und -entziffern immer gefallen war. Bestimmt hätte er sogar meine Höhle in der *Nacht* geknackt, wenn ich ihm nur etwas mehr Zeit gegeben hätte. Die Runen, die ich auf meine Tür gekritzelt hatte, hatte ich aus einem alten Wälzer abgeschrieben, nachdem ich mir sicher war, dass sie funktionieren würden. In Wirklichkeit hatte ich keine Ahnung davon. Fuchs konnte sogar mit nur ein paar Strichen ganze Bedeutungen verändern wie bei unserem Einbruch in das Haus des Großmagiers …

Das war es! *Wie konnte ich nur so dumm sein!*

Aufgeregt ging ich wieder näher an die Barriere heran, ziemlich nah sogar, sodass ich den größeren Luftwiderstand spürte und die Runen aufzuleuchten begannen. *Shivari darf nicht passieren.*

Mein Name war der Knackpunkt. Diese Rune leitete die

anderen und knüpfte ein Netz aus Magie, das für jeden überwindbar war außer für mich. Diese Rune musste ich ändern, oder ich musste mich selbst ändern.

»Shivari« war ein altes nyrianisches Wort für »Straßenkind«, eine Bezeichnung, die ich mir zugelegt hatte, als mich ein alter Bettler so genannt hatte, der mich für einen Kanten Brot umbringen wollte. Meinen alten Namen hatte ich abgelegt und somit auch mein altes Ich. Jetzt wieder dorthin zurückzukehren war für mich unmöglich. Das hieße, wieder klein, schüchtern und schwach zu sein. Hilflos gegenüber den Demütigungen im Waisenhaus, zu ängstlich, um sich dagegen zu wehren.

Nein, das war ich nicht mehr. Ich war nicht mehr hilflos. Nicht länger unwichtig.

Junicus' Worte kamen mir plötzlich und unvermittelt in den Sinn. *Du warst nie unwichtig.*

Unsinn!, dachte ich und verschloss mich wie üblich gegenüber dieser Behauptung. Leute, die so etwas sagten, wussten nicht, wovon sie sprachen. Aber ein erneuter Blick auf den schwach leuchtenden Runenkreis ließ mich innehalten.

Ich musste an Junicus denken, der mich warm und väterlich anlächelte und sagte: *Stirb bitte nicht, ja?* Und an Aran, der sich schützend vor mich gestellt hatte, mich verteidigte, als Kerian mich aus den Beweggründen niederstrecken wollte, die er und ich stets für selbstverständlich gehalten hatten. An Jedron, der mich mit »interessant« angesprochen hatte und mir seine hochgeschätzte Aufmerksamkeit zukommen ließ, als hätte ich sie mir mehr als verdient.

Und an Fuchs ... Bei den Geistern, mein Fuchs!

Ich schlug mir die Hände vors Gesicht, als würden sie verhindern, dass die Tränen kamen. Unsere gemeinsamen Raubzüge. Wie wir auf dem Dach meiner Bruchbude im Regen gesessen hatten. Wie er mir schelmisch zuzwinkerte und mich anlächelte, wenn er glaubte, ich würde es nicht sehen.

Sein Blick auf dem Winterball. »*Weißt du, was dein Problem ist, Shivari? Die Straße.*«

Wenn er nur wüsste, wie recht er damit hatte! Immer auf der Hut sein, niemanden an sich heranlassen, niemandem vertrauen. Die Straße war gnadenlos, und ich hatte zugelassen, dass sie auch mich gnadenlos gemacht hatte.

Fuchs würde hier herunterkommen, egal, ob sich ihm ganz Vesontonio in den Weg stellte. Er würde kommen. Für mich. Und dann würde Cayne ihn töten.

Jetzt weinte ich wirklich, schon zum zweiten Mal an diesem Tag (oder Nacht? Keine Ahnung). Ich weinte, weil es mich glücklich machte, dass es jemanden gab, der so etwas für mich tun würde, und ich weinte, weil es wehtat. Bei den Geistern, ich hatte solche Angst!

Ich bin nicht unwichtig, sagte ich mir. *Ich bin kein Straßenkind mehr!*

Ich ließ die Hände sinken und traute mich irgendwie nicht, auf den Runenkreis zu schauen. Es war plötzlich alles anders, aber war anders wirklich so falsch?

Kein Leuchten, kein Widerstand. Zitternd streckte ich meine Hand aus und spannte mich schon an für den erwarteten Rückstoß, doch ich konnte problemlos meinen Arm strecken und Chroms Schwert berühren. Alles war gut.

Ich konnte mir ein erleichtertes Aufatmen nicht verkneifen, als ich vorsichtig aufstand und den Runenkreis verließ. Ich zog das Schwert mit einiger Anstrengung aus dem Gestein und schwang es, wie Cayne zuvor auch, ein paarmal durch die Luft, sodass es silberne Schatten in die Dunkelheit malte. Eine Scheide hatte er bedauerlicherweise nicht zurückgelassen, und es blank in meinen Gürtel zu stecken erschreckte mich irgendwie. Ich behielt es in der Hand.

Bevor ich ging, blickte ich noch mal zurück zu meinem unsichtbaren Gefängnis. »Hm«, machte ich, »die Rune wäre einfacher gewesen.«

CHROMS SCHWUR

Die Unterstadt war stets ein Ort des Lärms und der Geräusche gewesen. Das summende Gemurmel der Menschen, die vorübergingen; das Geschrei der Händler, die zwielichtige Waren feilboten; Geflüster, wenn man sich in den Schatten zurückzog. Gesang, Kreischen, das sanfte Schleifen einer Klinge, der lautlose Gang eines Kriminellen, das Grollen des Felsgesteins.

Jetzt war das einzige Geräusch, das Fuchs begleitete, das Echo seiner eigenen Schritte.

Die steinernen Straßen waren wie ausgestorben, und was er erst für eine äußerst raffinierte Falle gehalten hatte, beunruhigte ihn nun mehr und mehr, je tiefer er in die Eingeweide der Erde eindrang. Keine Menschenseele, höchstens die Anzeichen einer überstürzten Flucht. Die Stände der Händler waren geplündert, Waren zerschmettert, vielleicht ein paar Tropfen vergossenes Blut, aber keine Leichen.

Die fand er zwei Kreuzungen weiter. Es war eine Frau, die auf dem Bauch lag, und dafür war Fuchs sehr dankbar. Mithilfe seiner Windmagie hatte er immer seine Wege ausgespäht, indem er in den Luftströmungen las, zu viel mehr war er hier unter der Erde nie in der Lage gewesen. Umso angespannter war er nun, da er sich dem reglosen Körper näherte. Es kam ihm vor, als wäre er blind.

Wie vermutet, konnte er nichts mehr für sie tun, und als er von ihrem verstümmelten Körper aufsah, entdeckte er noch mehr Leichen. Sie wurden zahlreicher, je weiter er ging, bis er irgendwann nicht mehr weiterlaufen konnte, ohne auf eine von ihnen zu treten. Männer, Frauen, alte und junge, sogar Straßenkinder waren darunter, alle niedergemetzelt. Wahrscheinlich hatte man sie in die eine Richtung getrieben und dann von beiden Seiten angegriffen. Der Gestank nach Blut und Tod war unerträglich.

Fuchs schloss die Augen und ballte seine Fäuste. All das Blut, diese sinnlose Gewalt, vergeudetes Leben, und wofür? Weil ein Mann nicht genug bekommen konnte. Langsam atmete er aus, um seinen aufwallenden Zorn zu kontrollieren. Es gelang ihm nur teilweise.

Die Höhle, in die er damals gebracht worden war, so hoch und so weit, dass man ihr Ende nicht gesehen hatte ... Er war sich sicher, dass sich Cayne dort aufhielt. Allerdings konnte er sich nur noch verschwommen an den Weg dorthin erinnern, aber wenn er vielleicht ...

Er bemerkte sie nur, weil einer von ihnen strauchelte und leise darüber fluchte. Alarmiert drehte sich Fuchs um und sah mehrere von Caynes Leuten, die versucht hatten, sich von hinten an ihn anzuschleichen. Ihre Blicke begegneten sich, und beide Parteien wussten, dass Fuchs keine Chance gegen sie hatte.

»Auf ihn!«, schrien sie und stürmten mit gezogenen Waffen auf ihn zu.

Fuchs blieb nur die Flucht nach vorn, und die Sorgfalt, mit der er zuvor jedem toten Körper ausgewichen war, verschwand augenblicklich. Es machte das Laufen allerdings nicht einfacher. Er nahm die erste Tunnelabzweigung, die er sah, und stolperte unbeholfen hinein. Die automatischen Wehrlichter, die sich stets entzündeten, wenn ein Gildenmitglied vorüberging, blieben kalt, und schon bald befand sich Fuchs in vollkommener Dunkelheit. Seine Angst und das wütende Brüllen seiner Verfolger spornten ihn jedoch weiter an.

Mehrmals fiel er hin, weil er über ein Hindernis stolperte, und lief letzten Endes fast gegen eine Wand. Schwer keuchend blieb er stehen und lauschte auf die Schritte seiner Feinde. Er drehte sich um, doch auch hinter ihm herrschte totale Finsternis. Noch immer hörte er ihre Stimmen, weiter entfernt jedoch. Langsam tastete er sich an der Felswand entlang. Konnte er es riskieren, ein kleines Wehrlicht heraufzubeschwören?

Er beschloss, das Risiko einzugehen, und wenig später schwebte eine leuchtende Kugel, so groß wie sein Fingernagel, vor ihm in der Dunkelheit. Prüfend drehte er sich noch einmal um, doch die Schergen hatten noch immer nicht zu ihm aufgeholt. War das ein Spiel? Eine Treibjagd?

Sie treiben mich zu Cayne, kam es ihm in den Sinn. War es dann nicht besser, sich einfach jagen zu lassen? Er wollte sowieso zu ihm.

Ganz schlechte Idee.

Fuchs zuckte zusammen und sah sich angespannt um. Nur das Felsgestein der *Nacht* umgab ihn. Woher war dann diese Stimme gekommen? Hatten seine Verfolger …?

Ruhig Blut, junger Freund. Dein stählerner Freund meinte schon, dass du etwas schreckhaft bist, doch solche Ausmaße hätte ich nicht erwartet.

»Wer spricht da?«, rief Fuchs laut und leuchtete mit seinem Wehrlicht in alle Richtungen.

Fuchs, du kränkst mich. Erkennst du nicht meine zarte Stimme? Meine gepflegte Wortwahl? Klingelt's da nicht bei dir?

»Jedron?«

Exakt. Ihm war es, als höre er ein leises Kichern in seinem Kopf, nicht mehr als ein fernes Echo. *Jetzt, wo wir das geklärt haben, würdest du wohl geradeaus gehen und dann links? Das wäre wirklich freundlich von dir.*

Langsam und ein klein wenig misstrauisch setzte sich Fuchs in Bewegung. »Wie kommt es, dass ich Euch hören kann, Erhabener?«

Du bist Windmagier. Enya von meiner Enya, wenn du so willst.

»Wohin führt Ihr mich? Zu Shivari?«, fragte er weiter und

bog links in einen Tunnel mit niedriger Decke ein. In der Ferne konnte er laute Stimmen vernehmen, Lachen vielleicht. Oder Geschrei?

Was? Nein. Ich führe dich zu mir.

Schlagartig blieb Fuchs stehen, und sein Wehrlicht tat es ihm zitternd nach. »Dafür habe ich keine Zeit«, stellte er klar und drehte sich bereits um. »Sie ist in Gefahr. Ich muss zu Cayne!«

Meine Güte, dich hat's ja echt erwischt, oder? Wieder ein Lachen, ein wenig lauter dieses Mal, und Fuchs spürte, wie er rot wurde. *Keine Sorge, ich will deinen selbstmörderischen Ambitionen nicht im Wege stehen. Ich dachte nur, du könntest ein klein wenig Hilfe gebrauchen bei deinem … Feldzug.*

»Hilfe?« Fuchs runzelte die Stirn und dachte nach. »Was für Hilfe wäre das denn?«

Was hältst du von … den Kräften eines Gottes?

Das Herz war seltsam. Mein ganzes Leben hatte ich seinen mal beruhigenden, mal verräterisch lauten Schlag stillschweigend hingenommen, es nicht infrage gestellt, ob es mir nun Angst, Freude oder einfach nur Adrenalin zusammen mit meinem Blut durch die Adern jagte. Niemals hätte ich gedacht, dass sich einmal so viel darum drehen würde, sei es nun mein eigenes oder das eines Fremden. *Das Herz,* dachte ich, während ich rannte und ihm zuhörte, *das Herz ist der Schlüssel. Zu allem.* Ich umklammerte das Schwert so fest, dass es beinahe wehtat. Der Geist darin hatte sich bisher nicht noch einmal gemeldet, und ich bezweifelte, dass sich daran etwas ändern würde.

Cayne hatte mich in einen kleinen Raum am Ende eines langen Tunnels gesperrt, der keinerlei Abzweigungen hatte. Es war einfach – vielleicht viel zu einfach –, ihm zu folgen, wie er geradeaus in die farblose Dunkelheit führte.

Die Stimmen und das Gebrüll hörte ich schon lange vorher, und ich tauchte in meine Nael, um mein Tempo zu erhöhen. Am Ende des Tunnels kam ein schwacher Streifen Licht in Sicht, der länger wurde und schließlich in einer hohen Höhle gipfelte, deren Enden ich nicht ausmachen konnte, selbst mit meinen geschärften Sinnen. Caynes Leute waren offenbar in Hochstimmung, und als ich bemerkte, warum das so war, erschauderte ich.

Sie hatten Gewöhnliche von der Straße hierhergeschleppt und amüsierten sich nun mit ihnen.

Zum ersten Mal in meinem Leben war ich froh, dass ich eine Waffe in der Hand hatte, und meine Enya brodelte vor Magie, die freigelassen werden wollte. Ich schrie auf, als wären die Qualen der Menschen meine eigenen, und mein Schrei hallte von den Höhlenwänden wider und übertönte mühelos das Kreischen meiner Opfer, als ich mich ihrer annahm.

»Cayne!«, rief ich dabei immer wieder, während ich wild um mich schlug und Kriminelle niedermähte wie Grashalme. »Cayne!«

Dass sie mir zahlenmäßig überlegen waren, nützte ihnen nichts. Ihnen stand etwas gegenüber, das göttlich war. Und zornig. So zornig.

»Halt!«, hörte ich dann die ersehnte Stimme, gerade als sich die Mistkerle formieren und mich gemeinsam angreifen wollten. Sie erstarrten in der Bewegung, und in der Höhle wurde es ruhig, bis auf das Stöhnen der Verwundeten, denen ich den Gnadenstoß nicht gönnte.

Cayne war verärgert, das sah man ihm an, jedoch nur milde, und als er mich erblickte, wie ich im Blut seiner Männer stand, lächelte er. Ein perverses, vulgäres Lächeln. Er zog ein langes, schlankes Schwert, ein Degen fast, der ungewöhnlich und geschunden aussah. Jedoch wich ich einen Schritt zurück, denn die Wilde Magie, die die Klinge durchfloss, tat mir beinahe in den Augen weh.

»Sie gehört mir.«

»*Es ist Zeit*«, war das Einzige, was Drake zu ihm gesagt hatte, und Aran wusste, dass er recht hatte. Es war Zeit, dass er sich zusammenriss. Es war Zeit, etwas zu tun. Fuchs war in die *Nacht* gegangen, um Shivari zu retten, das wusste er instinktiv. Hatte er das nicht selbst gesagt? Da war dieser Blick in seinen Augen gewesen. Weder ein Tierwesen noch ein Erdensohn konnten ihn davon abhalten.

Noch immer war Aran angeschlagen, als er in die Gewölbe unterhalb der Stadt eindrang, doch sobald er die geballte Erde über sich und um sich herum spüren konnte, fühlte er sich besser. Er hatte es schon bei seinen gelegentlichen Ausflügen in die Unterstadt bemerkt, aber dass dieses Terrain eine so belebende Wirkung auf ihn hatte, überraschte ihn. Zum ersten Mal in seinem Leben verfluchte er seine Wurzeln zur Göttin der Erde nicht, es freute ihn vielmehr, dass er jetzt, wo er sie so dringend benötigte, so viel Kraft bekam. Bisher war das Brummen noch nicht wiedergekehrt. Gut.

»Wohin gehen wir?«, fragte er, während er strammen Schrittes hinter dem Tierwesen herlief.

»Aus meiner Sicht verhalten sich die Dinge so«, setzte Drake an, ohne sich umzudrehen. »Fuchs will Shivari befreien, aber ihm steht nahezu eine ganze Armee von Caynes Leuten im Weg, ganz zu schweigen vom gegenwärtigen Wächter der Schatten persönlich. Deswegen sind wir hier: Wir sorgen dafür, dass Fuchs ungehindert ziehen kann.«

»Wir greifen Caynes Leute an«, fasste Aran zusammen. »Wie sollen wir das anstellen?«

»Ich bin ein Tierwesen, du ein Erdensohn.« Drake warf ihm einen kurzen Blick über die Schulter zu. »Du wirst vielleicht schon bemerkt haben, dass du als Nachfahre Leracas unter der Erde über gewisse Fähigkeiten verfügst. Und solange du nicht deine Beherrschung verlierst wie beim letzten Mal, gibt es keinen Grund anzunehmen, du würdest scheitern.«

In der Tat, Aran war auf den Pfaden der Erdmagie durchaus bewandert, auch wenn er stets von einem übermäßigen Gebrauch abgesehen hatte. Je mehr er von seiner Magie anwandte, desto lauter war das gefährliche Brummen geworden. Doch nun herrschte in seinem Kopf ungewohnte, herrliche Stille, und es war unwahrscheinlich, dass sich der Dämon abermals zeigen würde. Nicht nach so kurzer Zeit.

»Ich hoffe nur, dass sich Shivari aus ihrem Gefängnis befreien kann, dann fällt zumindest schon einmal Cayne aus dem Raster ...«, fuhr Drake grüblerisch fort.

»Was ist mit Rado... mit Jedron?«

Kurz lachte Drake auf. »Den können wir getrost vergessen. Er ist ein Gott, und der Funke, der sich an seine Enya klammert, nutzt jedes Gefäß ab. Das Gefäß eines Menschen hält Tausende von Jahren. Eine Kugel aus Weißkristall jedoch höchstens ein paar Tage, wenn überhaupt. In absehbarer Zeit wird sie zerbersten, und seine Enya findet den Weg zurück in seinen Körper. Ganz einfach.«

So einfach, wie Drake es geschildert hatte, war es nach Arans Meinung nicht, aber er fand, dass sie in ihrer jetzigen Lage durchaus etwas von dem Selbstvertrauen brauchten, das der Wasserdrache so selbstverständlich ausstrahlte. Er schien sich seiner Sache sehr sicher zu sein. Und Aran ertappte sich dabei, dass auch er zuversichtlicher wurde. Das änderte sich jedoch schlagartig bei den ersten Leichen.

Aran hatte gewusst, dass mit dem scheinbaren Tod des Hochfürsten und dem Sieg über die Rote Garde Anarchie in der Unterstadt ausbrechen würde, trotzdem traf ihn der Anblick des toten Mannes tief. Er lag neben seinem geplünderten Stand, hatte offenbar versucht, seine Waren vor der mutwilligen Zerstörung zu schützen, die über sie hergefallen war, und jemand hatte ihm hinterhältig den Rücken aufgeschlitzt.

Drake ging unbekümmert an ihm vorüber, doch Aran konnte ein Verlangsamen seiner Schritte nicht verhindern.

Er widerstand dem Impuls, dem armen Mann die Augen zu schließen, und lief mit zusammengepressten Lippen weiter.

Es war bei Weitem nicht der letzte Tote, und die brummende Geschäftigkeit der Unterstadt war einer offenen Panik gewichen, deren Geruch bitter in der Luft lag und sich mit dem von Blut und Rauch vermischte. In der Ferne waren Schreie zu vernehmen, und mehrmals liefen ihnen Flüchtende über den Weg, verletzt und weinend, die sie warnten, dem eingeschlagenen Pfad weiter zu folgen.

»Anarchie« war durchaus das passende Wort dafür.

Auf dem Weg hob Aran zwei Schwerter auf, die einem Gefallenen gehörten. Sie waren zwar nicht von so guter Qualität wie seine zurückgelassenen, doch sie würden ihren Zweck schon erfüllen.

Drake brummte vor Magie und zögerte nicht, jenen zu Hilfe zu eilen, die ihrer benötigten, mit einer Schnelligkeit, die nur Tierwesen zu eigen war und die Aran ein Gefühl von Überflüssigkeit gab. Warum war er noch mal hier? Um Caynes Leute auszuschalten? Drake schaffte das auch ganz gut allein.

»Wir sind bald da«, knurrte das Tierwesen, als Aran ihn darauf ansprach, »und dann brauche ich deine Hilfe.«

Was er damit meinte, ließ nicht lange auf sich warten. Nachdem sie mehrere leere Gewölbe durchquert hatten, schlug ihnen lautes Kreischen und Geschrei entgegen. Ein Menschenstrom rannte durch die Höhle auf sie zu, und während Aran zügig hinter ein paar Findlingen in Deckung ging, blieb Drake unberührt stehen. Und tatsächlich, die Menge teilte sich um ihn, floss um ihn herum, als wäre er ein Keil. Das perverse Lachen amüsierter Männer, die sich am Blut und an der Angst anderer labten, strömte durch den Hohlraum, als direkt hinter den Gejagten die Jäger kamen. Diese Gruppe war größer als die bisherigen, viel größer, mindestens hundert Mann, wenn nicht mehr. Offenbar machten sie sich einen Spaß daraus, die Menschen durch die Höhlen zu treiben wie eine Schar verängstigter Schafe. Die Männer, die ganz vorn standen, hatten sogar Peitschen in der Hand. Peitschen mit Nägeln.

Mistkerle! Normalerweise hätte sich Aran vor einem solchen Zornesausbruch gefürchtet, das Brummen und der damit einhergehende Dämon waren schließlich nur schwer zu bändigen, wenn er die Beherrschung verlor.

Allerdings war es dieses Mal er selbst, der gefährlicher war. Drake hatte sich bereits ins Getümmel gestürzt, und er folgte ihm mit Freuden und blank gezogener Klinge. Die Kriminellen liefen glatt in sie hinein, zu überrascht, um sich ihnen in den Weg zu stellen. Sie glotzten nur blöde, als sich der Wasserdrache erhob.

Es war fast wie ein Rausch, und Aran machte seine Hemmungslosigkeit ein bisschen Angst. War er das, der da ohne zu zögern diese Menschen niedermetzelte? Hatte er diesen euphorischen, bestialischen Kampfschrei ausgestoßen? Wessen Blut war das da in seinem Gesicht?

Etwas entfernt Vertrautes war es, das ihn aus seiner Raserei riss, etwas, das er nur ein einziges Mal gespürt hatte. Eine Gänsehaut überzog ihn, und es war, als wöge die nur von wenig Licht geteilte Dunkelheit um sie herum plötzlich so schwer, dass die Kämpfenden mit gebeugten Köpfen weitermachen mussten. Langsam drehte sich Aran um und erkannte seinen Gegner.

Hauptmann Kerian.

Scheiße!, war das Erste, was ich dachte, als unsere Klingen aufeinanderprallten. Ja, ich hatte gewusst, dass die Kraft, die hinter Cayne stand, übernatürlich und unmenschlich war, doch ihre schieren Ausmaße waren mir verborgen geblieben. Bis ich fast zehn Meter durch die Höhle flog und schlitternd auf dem Boden landete.

Bei den Geistern, damit hatte ich nicht gerechnet! Obwohl, damit hatte ich schon gerechnet, aber doch nicht so früh im Kampf! Ich machte eine mehr als lächerliche Figur.

Stöhnend rappelte ich mich wieder auf und bemühte mich, rasch in eine angemessene Kampfhaltung zurückzufinden, doch Cayne dachte gar nicht daran, es schnell hinter sich zu bringen. Betont langsam schritt er auf mich zu, ließ mir so Zeit, meine gebrochenen Knochen zu heilen und das Schwert aufzuheben, das ich aus Versehen fallen gelassen hatte.

»Versuch doch bitte, dich zu wehren, ja?«, sagte er und lachte höhnisch. »So macht es mir mehr Spaß.«

Darauf fiel mir keine geistreiche Erwiderung ein, also sammelte ich abermals Kräfte und griff an, bedachter dieses Mal. Cayne sah die Klinge kommen und rührte sich nicht, erwartete wohl, dass der Geist im Schwert mich abermals aufhalten würde. Verunsichert runzelte er die Stirn, als ich ihn mit mehreren Hieben eindeckte und nichts geschah. Als wäre sein Wildes Schwert nichts weiter als eine Feder, wehrte er mich immer wieder mühelos ab.

Ich wich automatisch zurück, um Atem zu schöpfen, bis mir einfiel, dass ich das gar nicht brauchte. Meine Nael war groß genug, und ich tauchte tief in sie hinein, tief und tiefer, bis ich vor Magie fast so grell leuchtete wie Caynes Schwert. Wieder griff ich an.

Schwertkampf war nicht meine Stärke, ebenso wenig wie die Runenkunde. Erst jetzt wurde mir klar, dass ich eigentlich keine Kunst meisterlich beherrschte, außer die des Stehlens und der Magie, sondern mich bisher immer nur mit einem bisschen von allem durchgeschlagen hatte. Tja, damit kam ich jetzt wohl nicht mehr weit.

Sein längeres Schwert war mir im Kampf taktisch überlegen. Mit gekonnten Paraden und Hieben hielt Cayne mich auf Abstand, während er selbst immer gefährlich nahe dran war, mich zu verletzen. Nur dank meiner schnellen Reflexe und meines auf der Straße geschärften Instinktes konnte ich ihm immer wieder ausweichen. Es war klar, wer hier die Oberhand hatte, und dabei gab er noch nicht einmal alles, das sah man ihm deutlich an. Er spielte nur mit mir.

Wütend ging ich wieder auf Abstand, wollte Zeit gewinnen, um mir eine Strategie zu überlegen, aber so weit wollte es Cayne wahrscheinlich nicht kommen lassen. Dieses Mal war er es, der mich angriff, und die Wucht seiner Schläge raubte mir den Atem. Er trieb mich durch die Höhle, lachte immer wieder, wenn ich ihm ungeschickt auswich oder über einen Felsen stolperte. Einmal verfehlte mich seine Klinge so knapp, dass er mir ein Büschel Haare absäbelte.

»Das soll die gefürchtete Shivari sein?«, höhnte er. »Du willst mich besiegen? Bring mich nicht zum Lachen!«

Seinem nächsten Schlag wich ich mit einem Sprung zur Seite aus, und sein Schwert teilte einen Findling in der Mitte durch, als wäre er nur ein Blatt Papier. Die Schnittkanten qualmten und glühten vom Brand der Wilden Magie.

Wenn das so weiterging, war ich erledigt. *Ich bin kein Schwertkämpfer,* gestand ich mir verzweifelt ein.

Nein, das bist du nicht, ertönte da Chroms Stimme in meinem Kopf, *aber ich.*

Fuchs irrte durch die Gänge und hatte schon lange die Orientierung verloren. Ohne seine Windmagie war er so gut wie machtlos, vor allen Dingen, weil die einzige Waffe, die er bei sich trug, ein elegantes Zierschwert war, mehr nette Dekoration denn effektives Verteidigungswerkzeug. Er dachte nicht im Traum daran umzukehren.

Dann rechts, sagte Jedron, *uuund dann noch mal links. Geradeaus durch und …*

»Sind wir bald da?«, fragte Fuchs genervt und leicht außer Atem.

Ja, es ist nicht mehr weit. Je mehr Fuchs gelaufen war, desto lauter und deutlicher war Jedrons Stimme geworden, sodass er nun fast den Eindruck bekam, der Gott des Windes würde neben ihm stehen und mit ihm plaudern.

»Was passiert eigentlich, wenn ich da bin?«

Im Grunde ist es einfach. Du nimmst die Kugel in die Hand, und mit der Berührung meiner Enya werden deine Fähigkeiten als Windmagier enorm gesteigert. Jetzt übrigens auch. Versuch doch mal, die Luft zu ertasten.

Fuchs tat, wie ihm geheißen, und erschrak. Bisher war er zu nicht mehr imstande gewesen, als ein oder höchstens zwei Tunnel vorauszuspähen, indem er in den Luftströmungen las. Was er aber jetzt erspürte, waren mindestens fünf Tunnel mitsamt den angrenzenden Höhlen und, wenn er sich konzentrierte, sogar darüber hinaus. Die Eindrücke waren niederschmetternd, und taumelnd musste sich Fuchs an der Felswand abstützen. Sein Schädel dröhnte.

Beeindruckend, nicht wahr? Jedron kicherte leise. *Aber ich muss dich warnen. Deine Fähigkeiten mögen zwar um ein Vielfaches gesteigert sein, deine Geisteskraft aber bleibt die Gleiche. Verwende zu viel von meinen Kräften, und du wirst wahnsinnig werden, dein Geist wird zerreißen.*

»Danke für die Warnung«, meinte Fuchs trocken.

Gern geschehen. Die nächste links.

Es war tatsächlich nicht mehr weit, und als Fuchs spürte, dass sein Ziel am Ende der großen Höhle lag, die er soeben betreten hatte, beschleunigte er seine Schritte. Auch als er die schwer bewaffneten Männer sah, die sich im hinteren Teil versammelt hatten, zögerte er nicht. Sie lachten und grölten, während er näher kam, und fingen an, ihn zu verhöhnen, als er sein Zierschwert zog. Zugegeben, ein bisschen mulmig fühlte er sich schon. Jedron schwieg jetzt beharrlich.

»Solltest du jetzt nicht ganz woanders sein?«, fragte einer der Ganoven, und erst beim zweiten Blick erkannte Fuchs Ghar, den Erdmagier aus dem Schwarzen Drachen. Ihm fielen jede Menge passende Bemerkungen ein, doch er tat es Jedron nach und hüllte sich in Schweigen.

Die Männer gingen jetzt in Position, und als Ghar einen Schritt zur Seite machte, entdeckte Fuchs hinter ihm auf einem flachen Felsen eine handgroße Kugel, die in einem orangefarbenen Leuchten pulsierte. Wie ein Herzschlag.

Fuchs machte sich bereit, aber es war nicht Ghar, der als Erstes angriff, wie er vermutet hatte. Sondern ein Hüne, der Cayne vom Körperbau her in nichts nachstand und einen großen Streitkolben schwang. Fuchs wollte ausweichen, doch er hatte das Zittern des Bodens falsch gedeutet. Seine Füße bewegten sich nicht.

Scheiße!, schoss es ihm durch den Kopf, als ihn der Kolben im Bauch traf und ihm sämtliche Luft aus dem Körper presste.

Gegen Erdmagier war er machtlos.

»Was soll das?«, fragte Cayne wütend, während er zurückwich. Der plötzliche Wechsel vom eingeschüchterten Kind zu einem flinken Klingenkämpfer hatte ihn mehr überrascht als mich. Ich duckte mich gekonnt unter seinen immer schneller werdenden Hieben hindurch, bewegte mich mehr und tänzelte um ihn herum, sprang auf Felsen und Steine und attackierte ihn so von oben.

Jemand anderes lenkte mich, führte meine Klinge. War ich besessen? Berauscht? Nein, hinter mir, *in mir*, spürte ich eine starke Präsenz, die meine Bewegungen korrigierte und in neue Bahnen lenkte. Sie war dunkel und schwer, und wenn ich mich stärker auf sie konzentrierte, entzog sie sich mir.

»Nein!«, rief Cayne, als ihm klar wurde, wer mir half. »Ich bin dein Herr! Und ich befehle dir zu weichen!«

Tatsächlich schien sich die Präsenz des Schwarzgewandeten kurz zurückzuziehen, kehrte aber wieder, als ich vorsichtig danach tastete. Er hatte geschworen, mir zur Seite zu stehen, und dieser Schwur verband uns.

Ich stieß zu, genau in dem Moment, in dem zum ersten Mal etwas wie Angst über die Züge des Schattenherrn schlich. Er bewegte sich nicht rechtzeitig, und mit einem schnellen Streich hatte ich ihn am Oberarm verletzt.

Dickes Blut quoll aus der Wunde, und Cayne wich entsetzt zurück, als ich nachsetzen wollte. Ungläubig starrte er erst mich, dann das Schwert und schließlich seine Verletzung an, als könne er nicht glauben, dass er gerade durch ein mickriges Messer verwundet worden war.

Er weiß nichts!, fiel es mir wie Schuppen von den Augen. *Er weiß gar nichts über den Funken und seine Schwächen!* Hatte er nicht selbst gesagt, er hätte, bevor er Serendin das Herz gestohlen hatte, keinerlei Begabung für Magie besessen? Wie konnte er dann etwas darüber wissen? Alles, was er konnte, alles, was er war, hatte er sich selbst hart erarbeitet.

Wie ich.

Jetzt war das Spiel vorbei, und sein Gesichtsausdruck veränderte sich schlagartig. Er riss den Mund auf und schrie so laut und so markerschütternd, dass ich eingeschüchtert den Kopf einzog und ein paar Schritte zurücktaumelte. Selbst der Schwarzgewandete schien sich zu krümmen. Eine ferne Erinnerung streifte mein Bewusstsein …

Cayne griff an, so schnell, dass ich kaum Zeit hatte, das Schwert zu heben. »Ugh«, machte ich und musste angesichts der schieren Kraft sofort nachgeben. Der nächste Schlag kam, und dieses Mal war ich es, der sich nicht schnell genug bewegte. Ich bereute es bitter.

Kerians Augen waren vollkommen schwarz, und wenn er und Aran sich näher kamen, wenn nur noch der geschärfte Stahl zwischen ihnen war, dann konnte er undeutlich schwarze Äderchen unter seiner Haut pochen sehen. Es war bizarr.

Die Besessenheit hatte den Fähigkeiten des Stahlmannes nicht geschadet, eher im Gegenteil. Immer wieder, wenn sich

Aran eine Lücke erkämpft hatte und zum Schlag ausholte, schienen sich die Schatten zu verdichten, und Kerian bewegte sich schneller, stärker und drängte den Krieger wild zurück. So schnell diese Ausbrüche kamen, so schnell verflüchtigten sie sich auch wieder, doch erst, wenn Aran in der Bredouille war.

Technisch und körperlich waren sich beide Männer ebenbürtig, und obwohl Aran zwei Schwerter besaß, glichen Kerians meisterliche Fähigkeiten diesen kleinen Nachteil aus. Stets war seine Klinge schneller, füllte seine Deckungslücken aus und hielt Aran in Schach. Sie zog schwarzen Dunst hinter sich her, wenn der Rote Ritter sie durch die Luft sausen ließ.

Sie waren unter der Erde, und sie waren in fleckiger Dunkelheit. Beide zogen daraus ihren Vorteil, nutzten ihre Magie, um die Oberhand zu gewinnen, aber es führte nur dazu, dass der Kampf heftiger und nicht einseitig wurde. Drake hatte mittlerweile die Ganoven zurückgetrieben, wenn nicht gar ganz besiegt, so genau wusste Aran es nicht. Es gab andere Dinge, auf die er sich konzentrieren musste, nur der abschwellende Lärmpegel und das fehlende Brüllen des Wasserdrachen waren ihm aufgefallen. War das Tierwesen vielleicht schon weiter vorgedrungen?

Kerian deckte ihn mit einer komplizierten Folge von Hieben ein, und Aran hatte Mühe, sich ihn vom Leib zu halten, auch wenn, oder gerade weil, er zwei Schwerter führte. Dadurch wirkten seine Bewegungen langsamer und klobiger. Er reagierte nicht schnell genug, und schon hatte Kerian eines seiner Schwerter verdreht, sodass Aran es loslassen musste. Mit seiner Magie schleuderte es der Rote Ritter weit fort.

Er ließ nicht nach, und schon bald taumelte Aran unbeholfen nach hinten, bemühte sich verzweifelt, seine Deckung nicht zu vernachlässigen. Mit seiner nun freien Hand packte er sein noch verbliebenes Schwert, um fester und kraftvoller zuschlagen zu können. Kerian parierte mehrere Hiebe, und

Aran sah die Schatten, die sich abermals um ihn schlängelten, zu spät.

Sie äußerten sich anders, als er erwartet hatte. Mit seinem Fuß stieß er plötzlich gegen ein Hindernis, sodass er ins Straucheln kam. Es genügte ein gut geführter Hieb des Stahlmannes, um ihn vollends aus dem Gleichgewicht zu bringen. Schmerzhaft landete er auf dem Rücken und versuchte ungeschickt, seine Klinge zu heben, doch Kerian war es ein Leichtes, das Schwert zur Seite auszuspielen. Das Gesicht zu einer zornigen, unmenschlichen Maske verzerrt, hob er seine Waffe, bereit, Aran in zwei Hälften zu spalten. Dieser tat das Einzige, was ihm in den Sinn kam, und hob abwehrend seinen linken Arm.

Er spürte nur einen dumpfen Schlag, als die Klinge auf seine Panzerung traf. Ein metallisches Kreischen ertönte, und Kerian übte weiterhin Druck aus, als könne er mit purer Willenskraft dem Schwert zu seinem Ziel verhelfen. Mit zusammengebissenen Zähnen hinderte Aran ihn daran. Er packte sein Schwert fester, das bisher nutzlos zur Seite ausgestreckt gewesen war, und schwang es kraftvoll nach seinem Gegner.

Es traf die Rüstung des Stahlmannes, doch im Gegensatz zu Arans Panzerung hielt sie nicht stand, und die schartige Klinge drang in das weiche Fleisch darunter. Heute gab Aran nicht nach.

Kerian schrie auf vor Schmerz und wankte schnell aus Arans Reichweite. Blut so rot wie seine Rüstung floss aus seiner Seite, und seine Versuche, die Blutung zu stoppen, scheiterten kläglich.

Mühsam rappelte Aran sich wieder auf, ging in Position, um erneut anzugreifen. Hasserfüllt starrte Kerian ihn an, die schwarzen Adern hoben sich nun deutlich von seiner Haut ab. Bevor Aran wusste, wie ihm geschah, griff Kerian an. Und die Schatten mit ihm.

»Was machen wir jetzt mit ihm?«

»Caynes Befehle waren eindeutig. Er will ihn lebend.«

»Aber er hat nicht gesagt, in welcher Verfassung. Ich schlage vor, wir amüsieren uns jetzt ein bisschen mit ihm, und erst dann händigen wir ihn aus.«

»Ghar, diese Ideenvielfalt kenne ich ja gar nicht von dir!«

Fuchs bekam nur am Rande mit, was die Männer über ihm sagten, der Schmerz in seinem Körper war allgegenwärtig. Jedes Mal, wenn er einatmete, durchzuckte ihn ein Stechen. Er vermutete, dass mindestens eine Rippe gebrochen war.

Gekrümmt vor Schmerz lag er bäuchlings auf dem Boden, spuckte das Blut aus und versuchte, nicht allzu heftig zu atmen, denn noch immer bekam er nicht genug Luft in seine Lungen. War das nicht komisch? Fuchs, der Windmagier, talentiert und jetzt mit beinahe göttlichen Kräften gesegnet, hatte keine Herrschaft über die Luft, die er einatmete? Lachen tat weh, deswegen ließ Fuchs es bleiben.

Als er aufsah, bemerkte er zwischen den Stiefeln seiner Gegner die Kugel aus Weißkristall, die noch immer im beruhigenden Licht pulsierte. Weit entfernt war sie nicht, er musste nur aufstehen und …

Ghar packte ihn grob am Hemdkragen und zog ihn heftig hoch, sodass Fuchs schmerzerfüllt aufschrie. Ganz nah brachte er ihre Gesichter aneinander, der Adelssohn konnte den stinkenden Atem seines ehemaligen Kollegen riechen. Widerlich!

»Darauf habe ich schon lange gewartet«, flüsterte Ghar und gab ihm eine Kopfnuss, dass helle Flecken vor seinen Augen tanzten. Er wurde weggeschleudert und spürte, wie ihm das Blut übers Gesicht lief. Das Lachen der Männer war so dreckig wie der Boden.

Sie machten sich daran, auf ihn einzutreten, doch Ghars Kopfstoß hatte eine Idee in Fuchs entzündet. Schnell streckte er die Hand aus und zog mit seiner Windmagie an der Kugel, um sie zu sich fliegen zu lassen. Sie bewegte sich nur leicht, und er stöhnte, als die Tritte auf ihn niedergingen.

Entgegen Jedrons Warnung tauchte er tiefer in seine Nael und zog heftiger an der Luft. Augenblicklich löste sich die Kugel aus dem Gestein und kam auf ihn zugerast wie ein Geschoss. Nur mit Mühe konnte er sie mit seiner Hand auffangen.

Er explodierte vor Energie, der Schmerz verschwand auf der Stelle, und statt seiner herrschte nun eine Euphorie in ihm, die fast mit Tollheit zu vergleichen war. Fuchs konnte gar nicht anders, er musste lachen. Jetzt hatte sich das Blatt gewendet.

Ich hatte schon so lange keine richtigen Schmerzen mehr gehabt, dass sie mir ungewohnt heftig und lähmend begegneten. Vielleicht fühlte sich aber auch jeder so, der sich mit einer brennenden Magieklinge den Oberschenkel hatte aufschlitzen lassen, wer weiß.

Hatte ich zuvor noch durch Chroms Mithilfe wenigstens den Hauch einer Chance gehabt, so war ich jetzt wieder das hilflose Kind, das gegen einen Giganten kämpfte.

Sein Kampfstil wurde immer schneller und brutaler, kaum wich ich zurück, kam schon der nächste Schlag. Ich wurde immer ungeschickter, bemüht, meine Lücken zu schließen, trotzdem brachte er mir immer wieder kleinere Wunden bei, die an sich nicht wirklich schmerzhaft waren, für mich aber gesammelt eine Qual darstellten. Ich keuchte vor Schmerz und Erschöpfung.

»Du dumme Straßenratte, hast du wirklich geglaubt, jemand wie du könnte sich mir in den Weg stellen?«, schrie er wie in Ekstase, während sein Schwert immer wieder bedrohlich durch die Luft sauste. »Du bist nur ein weiterer Schwächling. Ich bin ein Gott!«

Ohne die Hilfe des Schwarzgewandeten hätte ich schon

längst den Kürzeren gezogen. Seine einstudierten Bewegungen und Reflexe brachten mich immer wieder aus der Gefahrenzone, doch ich merkte, wie ich langsam müde wurde. Der Schmerz meiner Wunden zerrte an mir, vor allen Dingen das Brennen in meinem Bein, und obwohl ich noch mehr als genug Nael hatte, um körperlich nicht vollends zu kollabieren, war mein Verstand in einer Endlosschleife gefangen.

Immer wieder dieselben Hiebe, auf die Cayne mit gleicher Manier antwortete, dieselben Bewegungen, mit denen ich mich aus seiner Reichweite zu flüchten versuchte. Cayne wollte seinen Spaß haben, er dachte nicht daran, den Kreis zu durchbrechen, lieber zermürbte er mich so lange, bis ich von selbst die Arme ausbreitete und ihm ohne Gegenwehr den letzten Stoß gewährte. Zu stark, zu gegenwärtig war die Dunkelheit, hier in der Höhle. In ihm.

Kraftlos hob ich das Schwert, als mich ein abwärtsgeführter Streich von ihm traf. Mit seinem ganzen barbarischen Körper legte er sich in die Klinge, und ich schrie vor Anstrengung auf, ihm Widerstand zu leisten. Meine Arme zitterten.

»Gib auf«, flüsterte er jetzt beinahe sanft. »Du kannst es nicht verhindern. Lass es zu, es wird nicht wehtun.«

Seine einlullenden Worte verfehlten ihre Wirkung nicht. Wie nah ich dran war! So kurz davor aufzugeben, nur damit das alles endlich ein Ende hatte. Damit es endlich einen Sieger gab, auch wenn es der Falsche war.

»Shivari!«

Fuchs!, dachte ich verzweifelt, und Tränen schossen mir in die Augen. *Nein!*

Da stand er, weit hinten in der Höhle, in seiner Hand eine merkwürdig leuchtende Kugel, und obwohl er noch so weit weg war, ertrug ich den Blick nicht, den er mir zuwarf. So angstvoll und sehnsüchtig! Wieso war der Idiot nur hier heruntergekommen? Wieso? Wieso?

Ich wusste die Antwort bereits, und jetzt tat sie mehr weh als all der Schmerz in meinem Körper.

Auch Cayne hatte aufgesehen, allerdings ohne den Druck auf seine Klinge zu verringern, und als er Fuchs erblickte, schauderten die Schatten. Er grinste, denn jetzt war alles perfekt für ihn.

Die Lücke war nur klein, und ich hätte sie nicht bemerkt, wenn ich nicht beschämt versucht hätte, die Augen von Fuchs abzuwenden. Die Vorfreude auf die bevorstehenden Qualen, die er mir zufügen wollte, als er Fuchs erkannte, machten Cayne für einen Augenblick unaufmerksam, so versunken wirkte er in seine Allmachtsfantasie.

Jetzt!, dachten Chrom und ich gleichzeitig, und der Griff in meine Nael kam wie von selbst. Ich duckte mich zur Seite weg und gab nach, sodass Caynes Klinge rasant nach unten stieß und ihn verdutzt um sein Gleichgewicht kämpfen ließ. Ich befreite das Schwert, drehte es mit der Spitze nach vorn und stieß es Cayne in die Brust.

Die Schatten verdichteten sich und lösten sich gleichzeitig auf, wirbelten, kreisten und kreischten. Cayne hatte den Mund zu einem Schrei geöffnet, doch es kam nichts heraus. Er wand sich und versuchte, mir zu entkommen, doch ich ließ einfach nicht locker. Ich durfte nicht versagen! Nicht jetzt! Cayne hob sein Schwert.

»Nein!«, rief Fuchs und streckte seine leuchtende Hand aus.

Wie von einem unsichtbaren Seil gezogen, wurde Caynes Arm am Handgelenk nach hinten gerissen, so heftig, dass er selbst mehrere Meter mitgeschleift wurde und ich als Anhängsel mit ihm. Noch immer steckte das Schwert des Schwarzgewandeten in seinem Brustkorb, und ich weigerte mich, es loszulassen.

Unsanft landeten wir in einem Knäuel aus Kleidern und Gliedern auf dem Boden. Schnell rappelte ich mich auf, packte mit beiden Händen das Schwert und riss es mit einem Ruck kräftig nach oben. Noch immer hatte Cayne den Mund geöffnet, doch erst, als schwarzes Blut spritzte und Knochen und Knorpel rissen, kam ein unmenschlicher, erbarmungswürdiger Schrei aus seiner Kehle. Es war der Schrei eines Mannes, der wusste, dass er sterben würde.

All meine Wut, all meine Verzweiflung und die Angst der letzten Tage legte ich in die Klinge, als ich immer wieder zustieß und den Brustkorb unter mir in eine unförmige Masse verwandelte.

Da war es. Das Herz. Oder besser: die Herzen. Cayne hatte zwei davon in seinem Fleisch, eines, das rot, schleimig und heftig das Blut aus seinem Körper pumpte und mich damit besudelte, und das andere. Das große. Das schwarze. Ohne zu zögern, griff ich danach.

Diese Kälte kannte ich. Es war die Kälte der Dunkelheit, die schon Äonen andauerte, noch bevor das Licht die Welt erhellt hatte. Sie durchströmte mich, füllte jeden Winkel meines Körpers aus, bis ich das Gefühl hatte, selbst zu einem Schatten zu werden.

Der Muskel unter meinen Fingern verhärtete sich, als er noch ein letztes Mal Dunkelheit durch das Wesen meines Feindes pumpte, dann packte ich ihn fester und zog ihn heraus.

Ich wusste nicht, was genau sich an Caynes Schrei änderte, aber jetzt klang er verletzlicher, verzweifelter, menschlicher. Die Schatten um ihn verflüchtigten sich, zogen sich zurück und ließen ihn allein. Noch immer hatte ich das Schwert in meiner Hand. Er lag unter mir, hilflos und schwach, es war der ideale Moment, um diesem Ungeheuer ein für alle Mal den Garaus zu machen. Ich hob die tropfende Klinge.

»Das reicht«, sagte eine leise Stimme hinter mir. Sanft, aber bestimmt hielt jemand mein Handgelenk fest und hinderte mich so daran, Cayne den letzten Stoß zu verpassen.

Ein Blick über die Schulter bestätigte mir, dass es Serendin war. Kaum merklich schüttelte er den Kopf. »Vergiss nicht deinen Schwur.«

Schlagartig ließ ich das Schwert los, vielleicht wegen seiner Worte, vielleicht, weil ich keine Kraft mehr hatte. Auf einmal war ich wie leer gesaugt, aller Energie beraubt und unendlich müde.

Teilnahmslos sah ich hinunter auf den sterbenden Cayne, während mir das Herz aus der Hand genommen wurde. Seine Brust erinnerte nur noch entfernt an die eines Menschen, ich hatte Fleisch zerschnitten, Knochen gebrochen und Adern zerrissen. Sein Herz pumpte, pumpte, immer schneller, doch es war kaum noch Blut da, kaum noch Venen. Sein röchelnder Atem wurde langsamer, sein hasserfüllter Blick rastloser, und schließlich hörte sein Herz auf zu schlagen. Einfach so. Cayne gurgelte noch ein letztes Mal, dann sank sein Kopf zur Seite. Ganz unspektakulär.

Serendin, der seinen Tod genauso fasziniert beobachtet hatte wie ich, legte mir eine Hand auf die Schulter und beugte sich dicht an mein Ohr. »Ich danke dir.« Dann verschwand er, so, wie er stets verschwunden war: lautlos und unsichtbar wie ein Schatten in der Nacht.

Aran wusste nicht, was passiert war.

Kerian hatte, trotz seiner Verletzung, in seinem rasenden Kampfstil nicht nachgelassen, sodass sich das Blut in kleinen Pfützen zu seinen Füßen sammelte. Die Schatten verdichteten sich hinter ihm, schienen ihm zuzuflüstern und ihm Kraft zu verleihen. Jeder normale Mensch wäre schon in die Knie gegangen. Aran wollte ihn ungern töten, doch wenn der Kampf in diesen Maßstäben weiterging, hatte er wohl keine Wahl.

Plötzlich erschauderte die *Nacht*, ein unmenschlicher Schrei schlich sich durch die Tunnel, und Kerian krümmte sich wie unter Schmerzen. Er ließ sein Schwert fallen, krallte die Hände in seine Haare und schrie seine Qual heraus.

Bei den Geistern! Mit seiner Stimme schien auch etwas anderes aus ihm herauszukommen. Eine schwarze Masse quoll aus seinem Mund, unförmig, flüssig und fest zugleich, und als sie sich von Kerian löste, kippte dieser sofort um wie eine Marionette, der man die Fäden durchgeschnitten hatte. Der entfesselte Schatten dehnte sich aus und vermischte sich mit den anderen in der Höhle.

Der Druck der Dunkelheit ließ beinahe zeitgleich nach, sodass Aran erleichtert ein paar Schritte taumelte, bis sein Gefühl wieder zurückkehrte. Auch wirkten die Feuerschalen und Wehrlichter heller als zuvor.

Kerian stöhnte, und sofort steckte Aran sein Schwert weg und lief zu ihm, um ihm zu helfen. Der Stahlmann war blass und kaum bei Bewusstsein, und erst, als Aran ihn bestimmt ansprach und leicht schüttelte, richtete er seinen Blick auf ihn.

»Was …?«, stammelte er. »Wo … wo bin ich?«

Er erinnert sich nicht, dachte Aran und redete beruhigend auf den Hauptmann ein. Er war jetzt kein Feind mehr.

Fragend schaute er sich in der Höhle um. Kaum ein Schatten, kaum Düsternis. »Fuchs?«, fragte er. »Shivari?«

Obwohl der Kampf offensichtlich vorbei war, verlor Fuchs keine Zeit und rannte quer durch die Höhle auf Shivari zu. Je näher er kam, desto besorgter wurde er.

Sie sah schlimm aus, von oben bis unten mit Blut besudelt, erschöpft und verwundet. Ihr Blick war apathisch auf die Leiche gerichtet, auf deren Brustkorb sie hockte. Fuchs war dankbar, dass Cayne das Gesicht von ihm abgewandt hatte, doch der Anblick seines zerfleischten Körpers war kaum zu ertragen. Fuchs fand, dass er es verdient hatte.

»Shivari«, sagte er und trat langsam und zögernd näher.

Sie sah noch immer nicht auf, wie hypnotisiert vom Schaden, den sie angerichtet hatte.

»Ich bin müde«, sagte sie dann heiser und gebrochen. »Ich will fort von hier.«

»In Ordnung«, flüsterte Fuchs und trat noch etwas näher, um ihr aufzuhelfen.

Als er sie berührte, sah sie endlich auf. Ihre Augen waren jetzt nicht mehr braun, sondern blau. Wie der Himmel. Oder das Meer. »Ich will fort aus Vesontonio.«

»Was?«

»Ich will hier nicht mehr bleiben, in dieser Stadt, die ich zu gleichen Teilen liebe und hasse. Ich will nicht mehr unter der Erde, in der Dunkelheit und im Dreck leben. Ich will raus, auf den Winden reiten und über die nyrianischen Steppen laufen. Ich will in die Blanken Berge, in den Smaragdwald und an die Küste. Und ich will mit dir dorthin.« In ihren Augen sammelten sich Tränen, und das war der Anblick, der Fuchs am meisten schockierte. »Bitte, bring mich fort von hier!«

Er hockte sich neben sie und nahm ihre Hand. Seine Antwort war noch immer dieselbe. »In Ordnung.« Er lächelte, und sie lächelte dankbar zurück.

»Lass uns gehen.«

DIE LETZTE ANTWORT

Die Adligen, die von Cayne im Anwesen des Hochfürsten festgehalten worden waren, hatten mithilfe der Überlebenden und der Dienerschaft die Toten in einen separaten Raum gebracht, wo man sie respektvoll nebeneinanderlegte und mit weißen Laken zudeckte. Sie bekamen den Schock ihres Lebens, als sich einer dieser Toten plötzlich kerzengerade aufrichtete und sich das Tuch vom Gesicht nahm. Eine der anwesenden Frauen fiel sogar in Ohnmacht.

Zugegeben, Jedron war daran gewöhnt, dass Angehörige des weiblichen Geschlechts flatterndes Herzklopfen und Atemnot bekamen, wenn sie in seiner Nähe waren. Aber noch nie war jemand bei seinem Anblick umgekippt! Er würde dafür sorgen, dass es niemand jemals wieder vergaß.

Die Tage nach Caynes Tod gehörten zu den anstrengendsten und nervenaufreibendsten in Jedrons gesamter politischer Karriere (und die konnte sich sehen lassen). Noch nie war er Teil einer fremden Machtübernahme oder eines Staatsstreiches gewesen, und die bürokratischen und vor allen Dingen menschlichen Feinheiten waren so haarsträubend, dass sich Jedron ernsthaft überlegte, die Politik in Zukunft lieber den Menschen zu überlassen. Er versuchte nach bestem Willen, das Chaos zu bändigen, das in der Stadt ausgebrochen war, jetzt, wo fast jeder Würdenträger ermordet worden war.

Shivari hatte sich nach den Ereignissen in der *Nacht* nicht mehr blicken lassen, doch Fuchs verweilte zusammen mit Aran und Drake in der Residenz. Den Schaden, den Wasserdrache und Erdensohn angerichtet hatten, übersah Jedron erst einmal großzügig. Er hatte schon ein paar gute Ideen für die Renovierung des Festsaales und der umliegenden Räumlichkeiten.

Er dachte darüber nach, während er mehrere kleine Treppen in die Dachgeschosse hinaufstieg (die Haupttreppe war kaputt). Der Abend würde bald anbrechen, und bevor er sich wieder ins Getümmel stürzte, wollte er noch eine Sache klären, die ihm auf dem Herzen lag.

Unter dem Dach hatte er sich ein Kaminzimmer eingerichtet, zu dem nur ausgewählte Leute Zutritt hatten. Hier fand er Aran und Fuchs vor, die leise raunend in ein Gespräch vertieft waren. Der Krieger hatte seine gewohnte Rüstung angelegt, doch aufmerksame Beobachter konnten die Fortführung seiner Metallschuppen an der linken Seite seines Halses erkennen. Vico Vanira selbst saß in einem der geräumigen Sessel am Kamin und gab sein Bestes, möglichst angeschlagen und bemitleidenswert auszusehen.

»Erhabener«, grüßte Aran ihn respektvoll und deutete eine Verbeugung an. Fuchs nickte nur leicht.

»Wie schön, nach dir habe ich gesucht«, sagte Jedron und klopfte dem Krieger auf die Schulter.

»Nach mir, Erhabener?«

»Nenn mich nicht ständig so, das ist selbst mir unangenehm.« Verlegen winkte Jedron ab. »Ja, denn ich habe mich etwas gefragt. Verzeih bitte, wenn ich das Thema so unverfroren anspreche, aber jetzt, wo dein Herr tot ist, was gedenkst du da zu tun?«

In der Tat schien Aran kurz in Trauer versunken, hatte seine Gefühle aber erstaunlich gut unter Kontrolle. »Nun, so wirklich habe ich darüber noch nicht nachgedacht. Vielleicht gehe ich in den Smaragdwald. Nach Suriya oder Marishen. Als Erdensohn habe ich nicht viele Alternativen.« Jetzt sah er Jedron ernst an, vielleicht auch ein bisschen beschämt. »Wenn Ihr wollt, dass ich das Anwesen und die Stadt verlasse, dann werde ich dem natürlich nachkommen …«

»Aber, aber!«, gebot Jedron ihm mit erhobenen Händen Einhalt. »Mein guter Freund, ich will doch nicht, dass du mich schon verlässt, eher im Gegenteil. Ich möchte dir gerne eine Stelle in meiner persönlichen Wache anbieten.«

Aran blinzelte verdutzt. »Was?«, presste er überrascht heraus.

»Im Grunde machst du das, was du auch schon bei Sharion Vanira getan hast, dein Aufgabenspektrum wird nur minimal erweitert. Und wenn du willens bist, kann ich dir noch ein paar andere Aufträge zukommen lassen, die mich als Gott mehr interessieren denn als Hochfürst, wenn du verstehst, was ich meine. Schließlich kann ich Drake nicht ewig hier festhalten. Das heißt, ich kann schon, tue es aber nicht.«

»Ich … Erhabener, ist das Euer Ernst?«

»Mein Lieber, wenn ich Scherze mache, dann pflegen die Leute um mich herum zu lachen. Und da weder dir noch Fuchs ein müdes Kichern entweicht, spricht das durchaus dafür, dass ich es ernst meine, ja.«

Als könne er es immer noch nicht glauben, sah Aran fassungslos zu Fuchs hinüber, der allerdings nur milde lächelnd mit den Schultern zuckte. Schließlich nickte er mit Erleichterung im Gesicht. »Es wäre mir eine Ehre, Erhabener.«

»Fein! Dann kannst du ja gleich damit anfangen, das Chaos aufzuräumen, an dessen Entstehung du maßgeblich beteiligt warst.«

Jedron hatte erwartet, das Aran protestieren und es sich noch einmal überlegen würde, doch zu seiner Überraschung salutierte der Krieger nur und ging sofort seiner Aufgabe nach. Die Tür hinter sich ließ er angelehnt.

»Er ist wirklich ein tüchtiger Kerl«, meinte Jedron mit hochgezogener Augenbraue.

»Ja, das ist er«, erwiderte Fuchs. »Ihr könnt froh sein, dass Ihr ihn habt.«

Jedron ging zu ihm hinüber und stützte sich auf die Rückenlehne des Sessels, sodass er von oben auf Fuchs hinabsehen konnte. »Und was ist mit dir?«, fragte er jetzt sanfter. »Was sind deine Pläne für die Zukunft?«

Fuchs seufzte schicksalsergeben. »Ich werde den Leichnam meines Vaters nach Lehan überführen und dort im Familiengrab beisetzen. Ich hoffe, in ein paar Tagen bin ich bereit aufzubrechen.«

»Ich nehme mal an, dass du seine Nachfolge als Großfürst ausschlagen wirst?«

»Ihr vermutet richtig. Nach der Beerdigung wäre ich sehr froh, wenn ein paar Gerüchte in Umlauf gebracht würden, die besagen, dass Vico Vanira bei den Aufständen und der vorübergehenden Anarchie von Vesontonio sein Leben verloren hat.«

Jedron nickte geflissentlich. »Kein Problem. Und deine Ländereien? Dein Titel?«

»Gehen auf Cousin Erion über. Oder Base Werea. Ist mir eigentlich auch egal. Die können das sowieso alle besser als ich.«

»Was ist mit Shivari?«

Zum ersten Mal schlich sich ein ehrliches Lächeln auf die müden Züge des jungen Mannes. »Sie will mit mir kommen.«

Auch Jedron konnte sich ein Grinsen nicht verkneifen. »Tatsächlich? Wo ist sie denn?«

»Sie meinte, sie hätte noch etwas Wichtiges zu erledigen.«

Es war nicht schwierig, Serendin zu finden, vielleicht, weil er sich nicht länger versteckte. Ich folgte seiner Spur in die Elendsviertel: Wie Wasserpflanzen, die sich in der Strömung wiegten, neigten sich die Schatten in seine Richtung. Kaum wahrnehmbar für irdische Sinne, aber für mich war es, als hätte er ein Leuchtfeuer angezündet. Der Tag neigte sich schon seinem Ende zu, die Dämmerdrachen zogen sich bereits zurück, als sich ihre geliebte Sonne hinter dem Horizont versteckte.

Schließlich blieb ich vor meiner Bruchbude stehen, in der sich unverkennbar der Magnet all dieser Dunkelheit aufhielt. Nicht nur wegen des faserigen Nebelschleiers, der sich an den Fassaden hochschlängelte wie wilder Wein, sondern auch wegen eines alten Bekannten, der auf dem Rand des Daches hockte, als würde er aufpassen. Ich nickte dem Schwarzgewandeten zu, bevor ich hineinging. Er starrte mich nur böse an.

Drinnen war es so dunkel, dass selbst ich mit meinen immer göttlicher werdenden Sinnen kaum noch Einzelheiten erkennen konnte. Serendin saß auf der Treppe ins Obergeschoss. Mit gesenktem Kopf und den Armen auf den Knien ließ er sich von der Dunkelheit umarmen. Erst, als ich mich an dem Tisch stieß und leise fluchte, sah er auf.

»Anscheinend geht es dir wieder besser«, merkte ich an und verscheuchte mit wedelnder Hand ein paar schwarze Nebelfasern aus meinem Blickfeld.

Serendin lächelte dünn. »Es wird noch eine Weile dauern, bis ich wieder im Vollbesitz meiner Kräfte bin.«

»Sitzt er deswegen da oben wie ein scharfer Wachhund?«, fragte ich und deutete auf das Dach.

»Nein. Chrom fürchtet sich.«

»Wovor?« *Etwa vor der Dunkelheit?*, dachte ich amüsiert.

»Vor dir.« Ich musste wohl etwas perplex ausgesehen haben, denn er fügte hinzu: »Er fürchtet deinen göttlichen Zorn. Deine …« Irrte ich mich, oder schmunzelte er? »Rache.«

»Ich würde nie …«

»Das habe ich ihm auch gesagt, aber er ist ein Schattengeist. Er schließt oft von sich auf andere.«

Vorsichtig tastete ich mit meinen feinen Sinnen nach Chroms Bewusstsein, und tatsächlich: Angespannt und vielleicht ein bisschen ängstlich lauschte er aufmerksam jedem Wort unserer Unterhaltung.

»Wieso bist du hier?«, fragte Serendin dann.

»Das hier ist mein Haus«, entgegnete ich achselzuckend.

»Nein, ist es nicht. Deine Heimat sind die Flüsse und Meere aller Welten, so wie ich in die Nacht gehöre.«

Na gut, du Halunke, dachte ich und kam zur Sache. »Ich will diese Gelegenheit nutzen und dir eine Frage stellen.«

Serendin legte leicht den Kopf schief.

»Warum hast du mir damals geholfen? Als ich blutend und sterbend im Rinnstein gelegen habe, verfolgt von Wachen, Stahlmännern und Schattengeistern. Jeder Bürger dieser Stadt wäre wortlos an mir vorübergegangen, niemanden hat es interessiert, ob ich lebe oder sterbe. Doch du hast dich um mich gekümmert, obwohl es für dich keinen Nutzen hatte, ganz ohne Gegenleistung hast du mir geholfen. Ich weiß, dass es keine pure Nächstenliebe war. Warum also?«

Jetzt hob er etwas den Kopf, sah mich mit seinen Augen an, in denen die Dunkelheit der Welt schlief. Mit merkwürdigem Interesse musterte er mich. »Beherrscht dich das so sehr, dass du es die ganze Zeit mit dir herumgetragen hast?«

»Ja«, sagte ich schlicht.

Langsam und geschmeidig stand er auf und kam auf mich zu. Ich wich nicht zurück, als er dicht vor mir stehen blieb und sich zu mir herunterbeugte, sodass ich seinen Atem auf meiner Haut spüren konnte.

»Weil ich es kann.«

Neues aus der Welt von Asgard

LIZA GRIMM

DIE GÖTTER VON ASGARD

ROMAN

Für die einen ist die Prophezeiung vom »Goldenen Faden« die größte Bedrohung für den Status quo. Andere aber sehen in der Weissagung die letzte Hoffnung, dass zwischen den Göttern von Asgard und den Menschen der Erde wieder eine fruchtbare Verbindung existieren könnte – denn andernfalls wären die Konsequenzen fatal.

Als die Studentin Ray die mysteriöse Kára kennenlernt, ahnt sie nicht im Geringsten, wer Kára wirklich ist. Als Walküre ist diese eine der wenigen, die im Götterreich Asgard im »Goldenen Faden« nicht nur eine Bedrohung sehen, sondern auch eine Chance, die zerrissene Verbindung zwischen Göttern und Menschen wiederherzustellen. Doch auch Káras Gegenspieler, die die Prophezeiung gänzlich anders auslegen, haben ihre Handlanger auf die Erde geschickt. Deren Auftrag ist klar: Ray muss sterben, damit sich die Prophezeiung nicht erfüllt. Und obwohl Kára über Ray wacht, kann sie nicht verhindern, dass diese einen faszinierenden jungen Krieger aus Asgard namens Tyr kennenlernt und sich in ihn verliebt …

KNAUR